Ber

Berthold Auerbach's Deutscher Volks-Kalender für 1866

Mit Beiträgen

SALZWASSER
VERLAG

Berthold Auerbach

Berthold Auerbach's Deutscher Volks-Kalender für 1866

Mit Beiträgen

1. Auflage | ISBN: 978-3-75254-844-0

Erscheinungsort: Frankfurt am Main, Deutschland

Erscheinungsjahr: 2021

Salzwasser Verlag GmbH, Deutschland.

Unveränderter Nachdruck der Originalausgabe von 1866.

Berthold Auerbach's
Deutscher Volks-Kalender
für
1866.

Mit Beiträgen

Berlin,

Inhalt.

Der Nasenring.

Eine Erzählung.

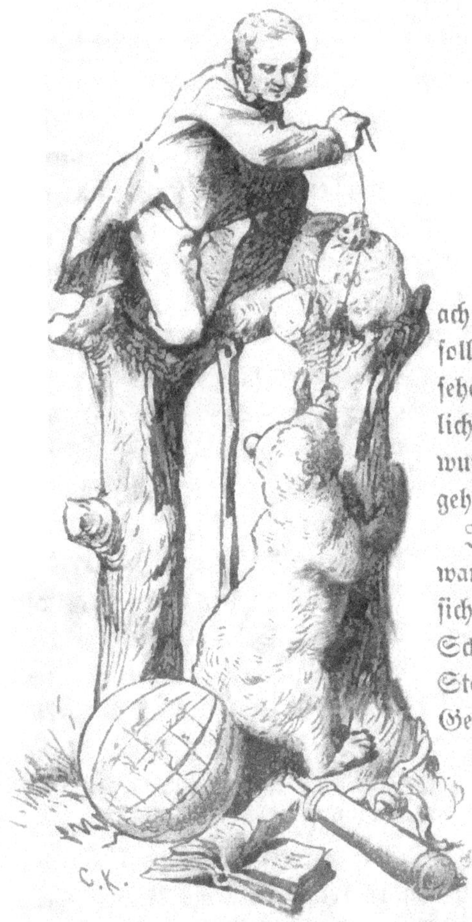

ach einem Zeitraum von Jahrzehnten sollte ich einen Jugendgenossen wiedersehen. Wir hatten uns nur selten briefliche Mittheilung gemacht, aber wir wußten, daß wir einander treulich zugehörten.

Ich war in der Universitätsstadt und wanderte nach dem neuen Stadttheil, der sich vor dem westlichen Thore gebildet. Schon von ferne grüßt der Thurm der Sternwarte, der mitten in der flachen Gegend auf einem kleinen Hügel steht. Das Gebäude ist von einem wohlgepflegten Garten umgeben, und durch das Gitter eingetreten, fühlt man sich im Bannkreise des Burgfriedens.

Wer kann auch beim festesten Vorsatze, die Ruhe zu bewahren, sich eines beschleunigten Schrittes und hastigen Athems erwehren, wenn er der Schwelle eines langentbehrten Freundes sich nähert?

Alexis Braun, der hier als Assistent auf der Sternwarte lebte, war der

Alte geblieben. Auf seinem Angesicht, das den Ausdruck einer genügsamen Natur hatte, lag etwas von der Friedsamkeit und Stetigkeit seines Berufes und dabei blickte noch das Jünglingsantlitz, ja die Kinderzüge aus den Mienen heraus und grüßten wie ein Stück eigener Jugend.

Wir hatten einander viel zu berichten und es bleibt ein durch Nichts auszugleichender Nachtheil des geschriebenen Wortes, daß ihm der Eindruck der Stimme versagt ist. Freund Alexis hatte bei Allem, was er sagte, einen so herzwarmen, milden, und dabei doch wieder heiteren Ton, aber von jener Heiterkeit, der man das schwer Errungene anmerkt.

Bald nach der ersten Begrüßung zündete er die einem Grubenlicht ähnliche Handlaterne an und führte mich auf den Thurm, denn er hatte den Durchgang des Polarsternes zu beobachten, um die Lage unsres Mittagskreises zu bestimmen. Die Dämmerung brach ein. Er öffnete mit einer Kurbel die Drehkuppel des Thurmes, richtete die Schrauben an dem großen Refractor, setzte sich rittlings auf den Stuhl mit der schiefen Lehne, legte sich zurück und schaute in den Himmel, hin und wieder Einiges aufzeichnend; nachdem noch diese letzte Arbeit für heute vollendet, kehrten wir wieder in seine Amtswohnung zurück und saßen wohlgemuth bei einer Flasche Rheinwein und einem einfachen Abendessen, das die Schwester Brauns hergerichtet.

Wir hatten uns nach Jahrzehnten wiedergesehen, aber bald nach den ersten Begrüßungen ergingen wir uns in alter Weise, als ob nie eine Trennung gewesen, in Wünschen und Betrachtungen für das Vaterland und die Menschheit.

„Ja, die fröhliche Studentenzeit," rief Braun, „sie ist der Mandelberg des Märchens, durch den man sich durchgegessen, um dann sein Leben lang sich an guten Erinnerungen zu sättigen. Die heutigen Studenten ziehen indeß die wirklichen Mandelberge vor. Die neue Gletschertheorie, nach welcher die Eisbildung sich wieder weiter zurückziehen soll, findet einen Ausgleich darin, daß die Zuckerbäckerei und die Eisbude immer weiter in die Bier- und Weinzone vordringt. Unsre Musensöhne — der Ausdruck ist freilich veraltet — befleißigen sich der nüchternen schweigsamen Leckerhaftigkeit, und ich meine doch unmaßgeblich, ein schöner Rausch mit Lärm und Gesang und folgerichtigem Katzenjammer ist eine weise Einrichtung der Natur, die die sonnigen Höhen und nächtigen Tiefen des Daseins kennen lehrt."

„Du hast wohl viel Verkehr mit Studenten?"

„Nur wenig. Ich habe manchmal den Einen und den Andern zum mathematischen Examen vorzubereiten und da sehe ich denn, Alles eilt, um so

bald als möglich zu einer Versorgung zu gelangen. Du bist doch viel in der Welt herumgekommen — sage mir: ist anderwärts das Streben nach Anstellung, nach Versorgung in unserem deutschen Sinne, ebenso im Schwange? Ich meine, ist draußen das Verlangen nach Anstellung auch so allgemein?"

„In Frankreich wohl, und auch in Amerika, in England aber sehr gering und es schwindet ja auch bereits bei uns in Deutschland. Das Streben nach

Unabhängigkeit und Selbständigkeit ist weit größer, als das nach Amt und Anstellung. Auch ist ja unsre höher begabte Jugend nicht mehr auf Universitäten allein; die Industrie und der internationale Verkehr saugen einen großen Theil der besten Kräfte auf."

„Ja, der große Weltverkehr — mit Einem Schlage reich werden, glänzend leben," klagte der Freund; sein feines edles Gesicht nahm einen schmerzlichen Ausdruck an, seine Lippen bebten und er strich sich die langen schlichten grauen Locken von der hohen Stirn zurück und glättete sie.

Eine Verfinsterung zog über die milden Züge und mit einem Tone, in dem eine seltsame Mischung von Bitterkeit und Bescheidenheit sich kundgab, nahm er wieder auf:

„Verkenne mich nicht, ich schelte die Jugend nicht. Wenn man selbst anders geworden oder sich in der Richtung einer vergangenen Zeit eingelebt hat, steht man in Gefahr, die Gegenwart mit ihrer fremden Physiognomie und ihren neuen Bestrebungen nicht mehr gerecht zu erkennen. Das wäre schlimm; man muß nie vergessen: es giebt immer wieder achtzehnjährige Menschen und die Rose blüht jedes Jahr wieder und die Cultur versteht die schöne Pflanze immer schöner zu machen und besser zu pflegen. Ich habe auch vor kurzem einem Tanze zugesehen — sie haben jetzt einen neuen Reigen, den sie Lancier nennen, er ist äußerst geschmackvoll. Also bitte, glaube nicht, daß ich gegen Horaz und König Salomo sündige. Ich bin kein Rühmer vergangener Zeiten, weil die vergangene Zeit meine Jugend war. Ich glaube, ja ich weiß, die Welt wird immer schöner; selbst im Gegenstande meiner Wissenschaft giebt es Neubildungen, die das Universum immer herrlicher erscheinen lassen. Ich wollte nur sagen, daß die Sucht, reich zu werden, zu glänzen, zu genießen, leicht etwas Profanirendes und Entweihendes hat; es tritt da eine Fluth in das Festland der Seele —"

„Du sprichst, als ob du das selbst erfahren. Ist denn auch über dich die Versuchung gekommen? Du hast dich doch nie entweiht und ließest dich auch nie entweihen?"

„Doch, doch, lieber Freund. Willst du in einer Viertelstunde hören, was mich Wochen und Monate, ja wenn ich's recht bedenke, fast zwei volle Jahre meines Lebens einen schweren Kampf gekostet hat?"

„Gewiß, erzähle nur."

„Ich erzähle dir im Trocknen von meiner Meerfahrt. Damals aber tauchtest du auch in meiner Erinnerung auf. Ich wollte, wenn das, was man Glück nennt, mir hold war, zu dir reisen; in meiner Angst wollte ich dir auch einmal schreiben und dich zu mir rufen. Ich habe indeß das Schweben zwischen Furcht und Hoffnung ganz allein in's Gleichgewicht bringen müssen.

Ich wurde, wie du weißt, alsbald nach Vollendung der Studien in den Vorhimmel versetzt, ich wurde widerruflich als Hilfsarbeiter bei der Sternwarte angestellt. Ausgabe und Einnahme stimmten; ebenso klein als mein Gehalt, ebenso groß war mein Glück. Je länger man mit den großen Zahlen zu thun hat, um so mehr schwindet der Nimbus der Erhabenheit; aber eine gewisse vertrauliche Stille erquickt die Seele. Das Kämmerchen unter der Treppe, das ich dir gezeigt habe, das, worin wir jetzt die alten Instrumente aufbewahren, beherbergte damals mich und mein ganzes Glück. Ich weiß nicht, ob du schon die Bemerkung gemacht hast, daß am Abend das Auge am meisten ermüdet ist und darum auch am meisten des Schlafes bedarf, wie ja auch das Auge im Schlafe seine besondere Gestalt annimmt; du kannst das schon daran beobachten, daß die Blinden sehr wenig und oft unterbrochenen Schlaf haben. Meine Augen waren müde, aber ich schlief doch sehr wenig, besonders in den ersten Jahren und damals, als ich den Kometen zu beobachten hatte, bedurfte ich nur weniger Stunden Ruhe. Der Komet, ein Vagabund ersten Ranges, machte mich zu einem Fixstern; ich wurde definitiv als Assistent angestellt. Ja, es ist doch ein behagliches Sicherheitsgefühl, wenn man das Anstellungsdekret in der Hand hat und das besagt: du kannst nun lebenslang nicht verhungern.

Ich hatte das Glück, meine Mutter und Schwester zu mir in's Haus nehmen zu können. Eine neue Häuslichkeit zu gründen, hatte ich aufgegeben. Gerade drei Monate nach meiner Anstellung verheirathete sich Luise Hermann, die Tochter unseres Lehrers in der Residenz. Und das mußte gut sein, denn es war Wirklichkeit. Ich bezog diese meine Amtswohnung und meine Schwester, die bisher als Friseurin mit guter Kundschaft sich ernährt hatte, führte unsern Haushalt. Wir haben ein Dutzend henkelbehaftete Tassen und dreizehn silberne Theelöffel, und wohlgemerkt, auch drei silberne Eßlöffel.

Ja, das mußt du besonders beachten — du wirst erkennen, daß ich die Mittagshöhe meiner Laufbahn erstieg. Auf Verwendung unsres damaligen Directors wurde ich Lehrer der Astronomie bei unserm Kronprinzen, der zur Zeit auf der Universität verweilte. Er war ein freundlicher und liebenswürdiger Jüngling und da ich ihn etwas zu lehren hatte, so war ich in diesen Stunden der Souverän, und meine Wissenschaft kann stolz machen — lächle nur, ich bin auch nicht ganz frei von dieser schönen heidnischen Tugend.

Der Kronprinz war sehr aufmerksam, aber die eigentlich strenge Arbeit wurde ihm schwer; er hat indeß einen Einblick in unsre Wissenschaft erhalten und das kommt uns noch jetzt zu gut, denn nun, da er König geworden, hat er unsrer Sternwarte die reichlichste Ausstattung zugewendet; der neue Thurm mit dem beweglichen Dache wurde in seinem ersten Regierungsjahr gebaut und unser großes Instrument ist ein Geschenk aus seiner Privatschatulle.

Bei seinem Abgang von der Universität schenkte er mir zur Erinnerung einen prachtvollen Brillantring, in dessen Mitte ein Smaragd; er sagte dabei sehr heiter: „Tragen Sie den Ring zur Erinnerung, daß Sie mich gelehrt, wie ein glänzender Sternenkreis die grüne Erde umfaßt.“

Diese Anrede war mehr elegant als wissenschaftlich und machte mich auf meinen Unterricht keineswegs stolz, denn unser Planet ist ja nicht Mittelpunkt des Weltalls; aber der Fürst hatte doch so viel gelernt, um aus der Wissenschaft ein anmuthiges Compliment machen zu können. Dafür nahm ich's. Aber was sollte ich mit dem Brillantring? Ihn tragen? Er war freilich für den Finger; aber eben so gut hätte ich einen Ring an der Nase tragen können, als einen solchen Schmuck an der Hand. Ich hieß ihn nie anders als den Nasenring, und so heißen bei mir alle Geschenke, die die Leute machen, blos um ein Geschenk gegeben und sich abgefunden zu haben, ohne zu bedenken, ob der Beschenkte das Ding auch gebrauchen kann. Ich legte also den Nasenring in den Schrank und viele Jahre haben die Brillanten nicht das Licht gesehen. Warte nur, sie kommen schon wieder heraus.

Meine gute Mutter hatte die Geschichte mit dem Nasenring noch erlebt und er funkelte noch in ihre letzten Träume hinein. Sie prophezeite mir viel Wunderbares davon, und es ist auch eingetroffen; nur eben anders, als sie vorher gesagt hatte.

Ich war im fünften Jahre Assistent, als unser Director starb. Mancher Freund, vor Allem aber meine Schwester bedrängte mich, ich solle mich um die erledigte Stelle bewerben. Ich war — warum soll ich es nicht sagen? — ich war ein guter Hülfsarbeiter, aber ich hatte nichts gethan, das mir einen hervorragenden Namen macht. Ich kann nicht sagen, ich habe es erfunden, aber als Sohn eines Uhrmachers habe ich eine wesentliche Verbesserung gemacht in der Anbringung des Uhrwerkes, das dem Instrument eine solche Bewegung giebt, daß es dem Lauf des Sternes nachgeht und indem er dauernd im Gesichtsfelde bleibt, die genaue und ruhige Beobachtung gestattet. Es hat für uns jetzt etwas Erschreckendes, wenn wir daran denken, wie ein

Kepler beobachten mußte, da ihm durch die schnelle Drehung der Erde der beobachtete Himmelskörper immer so rasch über das Gesichtsfeld des Instruments hinweglief. Ich will dir hier gleich sagen, daß das mechanische Talent, das in unsrer Familie heimisch scheint und sich bei mir nur im Kleinen zeigen konnte, sich jetzt wahrscheinlich einen besonderen Träger geschaffen hat. Der älteste Sohn meines Bruders hat das mechanische Talent des Großvaters, das dieser, wie er oft beklagte, nicht zur vollen Entwicklung hatte bringen können; ich habe nun meinen Neffen hier im Hause, er ist in der Stadt in der Lehre, du wirst ihn heut Abend noch sehen.

Also zum Director einer Sternwarte war ich nicht tauglich und bin es vielleicht jetzt noch nicht, eine solche Stellung gebührt nur einem Führer der Wissenschaft als Belohnung und Anerkennung.

Als das Ministerium auch von mir ein Gutachten verlangte, wem das Directorium übergeben werden solle, bezeichnete ich unsern jetzigen Vorsteher als den Würdigsten, natürlich mit dem Vorbehalt, so weit ich das beurtheilen könne; denn ich kannte die Verdienste und Werke der anderen Vorgeschlagenen nicht gründlich.

Ich hatte die Freude, daß der auch von mir Bezeichnete eingesetzt wurde und mein Verhältniß zu meinem Vorgesetzten hat nie eine Störung erfahren außer eben damals, als ich nahe daran war, ein Abtrünniger zu werden oder eigentlich geworden bin. Nur das glückliche Ereigniß, das freilich die Anderen ein höchst unglückliches nannten, hat mich gerettet.

Es war im dritten Jahr des neuen Directoriums, am Pfingstdienstag Morgen, da erzählte mir meine Schwester, sie habe gestern die Frau des Banquier Möller — du weißt ja, das ist der Reichste unserer Stadt — zu einem großen Festschmause frisirt. Diesen einzigen Kunden hatte sie noch behalten, denn sie kannte Frau Möller von Kindheit an und die Dame hat an ihr und an unserer Mutter viel Gutes gethan. Nun erzählte sie mir, daß gestern Herr Möller in das Ankleidezimmer gekommen sei und seiner Frau einen Brillantschmuck in neuer Fassung übergeben habe. Meine Schwester konnte nicht genug schildern, wie reich und doch scheinbar so einfach der Schmuck sei. Natürlich erzählte sie auch von dem einzigen Kleinod, das in der geheimen Truhe unseres Hauses ruhte: von meinem Nasenring. Sie hielt immer den Glauben fest, daß ein besonderer Segen unserer Mutter auf dem Ring ruhe; und so leid es mir um das todte Kapital that, ich durfte den Ring nicht verkaufen.

Herr Möller wurde bei Erwähnung des Nasenrings plötzlich sehr aufmerksam, fragte nach meinem Ergehen und ob ich seit dem Regierungsantritt des Königs nicht eine Zulage oder eine Rangerhöhung erhalten. Meine Schwester mag mich als nicht sehr gewandten Weltmann und unsere Verhältnisse vielleicht etwas zu bescheiden geschildert haben, denn bei aller Gutmüthigkeit war sie doch bisweilen ungenügsam und verglich sich mit Anderen,

denen es besser geht. Außerdem hatte sie damals eine Neigung zu einem ältlichen Candidaten der Theologie, dem ich Unterricht in der Mathematik gab; das Predigen war ihm beschwerlich, da er brustleidend war, und er wollte sich für eine Stelle auf einem Rechneiamte vorbereiten.

Möller hörte mit sehr viel Wohlwollen die Schilderung unserer engen Häuslichkeit und sagte zu seiner Frau: „Da siehst du nun, Flora, mit wie Wenigem man glücklich sein kann." Er fragte indeß meine Schwester, ob ich mich wol dazu bereit finden lasse, eine umfassende Berechnung über eine neue Finanzspeculation auszuarbeiten; er könne mir jedenfalls ein gutes Honorar bieten und wenn die Sache gelinge, mein und meiner Schwester Glück damit machen.

Natürlich bejahte meine Schwester, daß ich Alles ausarbeiten könne; denn mir sei Alles möglich, wenn ich es nur wollte. Sonst mußte ich bei jeder Gelegenheit von ihr hören, wie entsetzlich unpraktisch ich sei; nun aber berief sie sich auf die Freunde, die mir oft scherzend vorhielten, ich nütze meine Talente nicht gehörig aus, ich sei zu bescheiden und hätte nicht Ehrgeiz genug. Als ich den Einwand machte, daß eine solche Arbeit gar nicht innerhalb meines Berufskreises liege, weinte sie. Der Kandidat kam uud er war gern bereit, mir bei der Arbeit zu helfen. Er hatte ein besonderes Geschick, saubere Tabellen zu verfertigen; er schwärmte für rothe Tinte. Ich versprach, den Versuch zu machen und es war ein glücklicher Morgen, an dem wir drei beisammen saßen, ja es war für lange Zeit der letzte stillglückliche Morgen. Ich nahm nun einige Bücher vor, die derartige Gegenstände behandelten; aber es wurde mir ganz wirr dabei.

Am andern Morgen erhielt ich einen Brief des Banquier Möller. Ich ging zu ihm.

Ich kann dir nicht sagen, wie mir zu Muthe war, als ich am frühen Morgen, während draußen bei uns in der Vorstadt Alles voll Vogelsang und Rosenduft war, hier in den großen Gemächern des Comtor's Geld zählen hörte; da und dort brannten Kerzen, wurden Rollen gesiegelt, Beutel geschnürt und hin und her ging's in Anfragen, Zurufen von Aufträgen, Discontiren, Trassiren, Telegramme, Course, Differenzen und wie all die geschäftlichen Dinge heißen. Da sind zwanzig, dreißig junge Leute, gewiß sehr ehrenhafte und wohlgeschulte Menschen, aber ich hatte tiefes Mitleid mit ihnen, daß sie schon am frühen Morgen mit all der Hast des Erwerbes sich abmühen müssen; Jahr aus Jahr ein, Tag für Tag, vom Morgen bis zum Abend in dieser Thätigkeit stehen — ist es dabei wohl noch möglich, einen

Gedanken in der Seele zu bewahren, der über all den Plunder hinaushebt? Wie ganz anders ist es dort auf meiner Studirstube, auf unserer Sternwarte — Ich konnte gar nicht begreifen, daß ich mit diesen Menschen auf demselben Planeten lebe. Endlich beruhigte ich mich doch, während ich wie träumend in diese andere Welt hineinschaute. Es ist da gewiß auch viel innere Erhebung der Seele, die der draußen Stehende nicht merkt. Ueberall ist inneres Licht. Wir haben ja durch die Chemie gelernt, die glänzenden Anilinfarben aus der Steinkohle zu ziehen; was die Urweltsonne da einstrahlte, kommt heraus. Gewiß ist also auch hier in diesem Treiben viel Licht und Erhebung.

Ich wurde aus meinen Träumereien in das Kabinet des Bänquiers gerufen. Er hieß mich mit großer Freundlichkeit willkommen und bot mir eine Cigarre, ich dankte, da ich ja nicht rauche. Mit großer sachlicher Genauigkeit und dabei mit einer herzgewinnenden Liebenswürdigkeit — und ich muß sagen, ich habe ihn in beiden Eigenschaften stets gleichmäßig gefunden — legte mir nun Möller den Plan zu einer neuen Credit-Bank dar. Er beantwortete meine Fragen mit ruhiger Bestimmtheit und händigte mir einige Statuten fremdländischer Anstalten ein, indem er dabei seinen neuen Plan erklärte, der offenbar sehr viel Gemeinnütziges hatte. Ich verstand damals noch nicht, wie das Gemeinnützige und das Gewinnbringende sich verschlingen. — Ich erklärte, daß ich die Berechnung wohl machen könne, das sei aber eigentlich keine Sache für mich; ich hätte vielmehr einen Freund und Schüler, der sich hier an der Handels-Akademie befinde und sich weit besser dazu eignen würde. Möller betonte nachdrücklich, daß er nur mir persönlich das Vertrauen schenke und daß es von besonderer Bedeutung sei, wenn gerade Ich die Arbeit machte und die Ehre meines Namens dafür einsetzte. Er sprach davon fast nur beiläufig wie ich mir gebührendermaßen dabei eine sorglose Existenz verschaffen könne. Auf meinen Einwand, daß ich für Derartiges auch nicht die geringste Autorität beanspruchen könne, lächelte er, zündete sich eine frische Cigarre an der eben ausgerauchten an und betrachtete mich dabei mit großem Auge.

Während unseres Gesprächs waren mehrmals Depeschen gekommen. Möller gab durch ein Sprachrohr Bescheid darauf und fuhr, fast ohne im Fluß seiner Rede unterbrochen zu sein, in den Darlegungen fort. Nun bat er mich, ihn zu verlassen. Ich fragte, ob ich den Candidaten bei der Arbeit verwenden dürfe; er verneinte das kurzweg und so freundlich die Unterhaltung gewesen, so frostig und knapp war nun der Abschied. Die Sache war vorerst erledigt, nun schien jedes Wort überflüssig; das ist wohl Geschäftsstil.

Der Portier begrüßte mich sehr ehrerbietig; ich war so lange im Cabinet des Handelsherrn gewesen, ich war also eine wichtige Person. Da stand ich nun auf der Straße. Wagen fuhren vorüber, Postboten, Comtordiener, trugen Geldsäcke ab und zu. Ich kam auf die Sternwarte wie in eine fremde Welt. Die Instrumente sahen mich so wunderlich an, als ahnten sie, welche Papiere ich in der Brusttasche trug.

In den nächsten Tagen erging es mir seltsam; mir fehlte die Sammlung bei der Arbeit meines Berufes und mein Director — er hatte sich eben in den Pfingsttagen verlobt — erzählte mir später, er habe geglaubt, auch ich sei verliebt.

Die Arbeit für Möller kostete mich unsägliche Mühe; aber sie war einmal unternommen und mußte vollführt werden. Da ich den Candidaten nicht verwenden durfte, so schickte mir Möller einen Commis. Es war ein sehr verständiger und geistig regsamer junger Mann, der mich auch von meinem Vorurtheil bekehrte, daß die vorherrschende Richtung auf Gelderwerb die höheren Lebensinteressen ausschließe.

Ich brachte Möller die Tabellen. Er sprach in aufrichtigem Tone seine

Bewunderung aus, wie ich den Plan nicht nur vollkommen begriffen, sondern auch neue, sehr günstige Berechnungen ausgeführt hätte. Ich erklärte, daß diese nur nothwendige Folgen der aufgestellten Grundlagen seien; er lobte meine Bescheidenheit und war stolz darauf, in mir eine ausgesprochene Begabung für Finanzprojecte entdeckt zu haben. Ich mußte ihm mein Wort geben, daß ich mich nie Jemand Anderem zur Verfügung stelle.

Ach, lieber Freund, wer ist stark genug, daß er sich nicht bisweilen durch Schmeicheleien gefangen nehmen und gegen die eigene Ueberzeugung etwas aufreden läßt, wenn man in neuem Glanze dabei erscheint? Ich sah mich im großen Spiegel des Kabinets und sah einen Menschen, der stolz und glücklich war, ein verborgenes Finanzgenie zu sein.

Der Rückschlag kam bald, denn Möller legte mir eine höchst sauber geschriebene Eingabe vor, worin er und ich gemeinschaftlich die Concession für die neue Credit-Bank nachsuchten.

Es kam mir überaus komisch vor, daß ich, der ich nie das Talent hatte, es zu hundert Thaler Schulden zu bringen, auf einmal der Welt viele Millionen Credit geben sollte. Aber es muß im Geschäftsleben so sein, daß auch der Cours der Stimmung schnell auf- und abgeht. Sofort überfiel mich wieder ein Schreck. Mein Name bei einem Erwerb-Institut und dann tagtäglich in den Zeitungen mit Abrechnungen, Dividenden, Reservefonds und Amortisationen? Wie kann ich noch je in die Tempelstille der Wissenschaft eintreten, wenn ich einen Wechsler und Geldgewinner in mir herumtrage? Nein! Nie!

Möller erkannte meine Scheu vor der Erwerbsthätigkeit und bewies dabei eben so viel Schonung als Einsicht; ja er lobte den hingebenden Stolz der Wissenschaft und beneidete mich fast darum. Dennoch suchte er mich zu überzeugen, daß ich in einem Vorurtheil befangen sei und ich staunte über seine mir in der That neue Beweisführung.

„Denken Sie an Gutenberg," sagte er. „Es war einfach Erwerbstrieb, Ueberwindung der Concurrenz, die ihn zur weltgeschichtlichen Erfindung der Buchdruckerkunst führten; der Geist der Geschichte hat diese Erfindung zum stärksten Hebel der Cultur gemacht und unsterblicher Ruhm ruht mit Recht auf diesem Manne, der doch zunächst nur ein vortheilbringendes gewerbliches Unternehmen beabsichtigte."

Dieses und noch andere Beispiele führte mir Möller an und ich mußte den Mann, der die Erwerbsthätigkeit in ihrer Gemeinschaft mit der sittlichen Wirkung erkannte, auf's Neue hochachten. Ich blieb indeß bei meiner Weigerung und — gestehe ich's nur offen — zunächst aus Furcht vor Verkennung, denn ich konnte ja nicht allen Menschen erklären, wie ich die Besserung und Mehrung des allgemeinen Wohlstandes im Auge haben könnte; daß daneben auch mir daraus ein Vortheil zufließt, ist ja nicht vom Uebel.

Möller bedauerte, daß es ihm nicht gelingen wolle, mich, meine Schwester und unseren Bruder — er wußte, daß dieser ein armer Dorfschulmeister ist — in den Besitz von Hunderttausenden zu setzen; denn es sei keine Frage, daß bei Gewährung des Unternehmens sich ein solches Erträgniß sofort ergäbe. Mir schwindelte.

Möller legte seine Hand auf meine Schulter und erklärte, daß ihm allerdings meine mathematischen Kenntnisse und meine persönliche Zuverlässigkeit von großer Bedeutung seien, der wesentliche Grund indeß, warum er mich zum Compagnon nähme, liege in meiner hohen Beziehung.

Meine hohe Beziehung — was ist das?

Der Nasenring kam an's Licht! Ich war ja ehedem Lehrer des nun regierenden Königs gewesen; in den nächsten Tagen sollte ich nun gemeinschaftlich mit Möller nach der Residenz reisen und in unmittelbarer Audienz beim König die Genehmigung unsres Entwurfs erwirken.

„Sie besitzen ein Creditkapital," erklärte Möller, „das Sie nun ausmünzen müssen, und die Sache ist um so eiliger, da sich bereits, wie mir ein Freund aus dem Ministerium mitgetheilt, zwei andere Gesellschaften um Genehmigung eines ähnlichen Instituts bewerben. Ziehen Sie sich aus Geringschätzung des äußeren Besitzes oder sonst einem Vorurtheil zurück, so erlauben Sie mir, dies einfach als Verschwendung zu bezeichnen; man verschwendet nicht blos durch unnöthige Ausgaben, sondern auch durch Todtlegung seines Kapitals."

Also ich besaß ein Creditkapital, das nur der Ausmünzung harrte und ich war ein Verschwender?

Möller hatte in der That ganz neue Fähigkeiten in mir entdeckt. Ich ließ mich indeß nicht irre machen und lehnte wiederholt auf das Bestimmteste ab. Möller blieb dabei, daß er um meiner selbst und um der Meinigen willen es für seine Pflicht halte, meine Ablehnung, so sehr er sie auch andrerseits zu würdigen verstehe, nicht als endgültig zu betrachten; ich möge die Sache noch bis zum nächsten Tage ruhig überlegen.

Heute war ich froh, als er mich endlich kurzab entließ.

Wieder stand ich wie taumelnd auf der Straße und als eben eine schöne Kalesche vorbeifuhr, flog mir rasch der Gedanke durch den Kopf: solch eine wirst du nun auch haben, die Pferde sind auch für dich geschaffen, die Wagen auch für dich gebaut, auch für dich giebt es dienende Menschen und du wirst sie gut behandeln ... alle Herrlichkeiten der Welt sind dein ... Ich spürte einen Stich im Herzen und zugleich im Kopfe, als ob man mir da und dort zugleich mit einem Dolche hindurchstieße; ich konnte mich kaum fortschleppen, ich war bereits so schwer, als ob die Tausende, die ich gewinnen sollte, schon an mir hingen. Ich rief eine Droschke an und fuhr nach unserer Wohnung. Ich kam in meine Studierstube. Wie eng und dumpf! Ich riß das Fenster

auf. Auf meinem Pulte lag das wunderbare Buch Keplers über die Harmonie der Sphären. Ich sah hinein, es war ein fremder Mensch, der darin las, ein zweiter, hinter mir, neben mir, über mir. Die Buchstaben, die Zahlen krochen durcheinander. Ich ließ ab vom Lesen und dachte an den erhabenen Geist Keplers. Wie wurde er so jämmerlich dahingerafft von Lebenssorgen, fast buchstäblich vom Hungertod; er hat sich zwingen müssen, aus der Sterndeuterei sich Brod zu verschaffen, um dann der freien Wissenschaft dienen zu können. Ist das, was ich unternehme, unternehmen soll, nicht weit besser, als Sterndeuterei? Und ist es nicht unsere Aufgabe, uns in den Bedürfnissen des Lebens frei zu stellen, um, aller Beschwerniß erledigt, dem höchsten Geiste zu dienen?

Du weißt ja, wie sich Alles verwandelt. Das traurige Schicksal Keplers wollte mir zu einer Befreiung werden, und ich vergaß fast ganz, daß ja eigentlich keine Lebensnoth mich hinderte, Großes zu leisten und daß mir nur die höhere Begabung fehlt.

Meine Schwester sah meine Verstörung und — ja, lächle nur, du hast es errathen — Eva, Altmutter Eva spielt ihre Flüsterrolle durch die ganze Geschichte der Menschheit und jedes einzelne Menschenleben. Verzeih! Du bist verheirathet, aber ich bin Junggeselle. Ich war schwach genug, meiner Schwester meine Zweifel und Hoffnungen zu berichten. Sie umhalste mich, tollte im Zimmer umher, lachte und weinte in lauter Glückseligkeit und Mutter Eva sprach — sie hat's von der Schlange gehört —: Du armer Schelm, du fürchtest dich, vom Baume des Reichthums zu pflücken? Versuch' es nur, du stirbst nicht daran, du wirst leben; frei, erhaben, beglückt und beglückend leben. . . .

Plötzlich, inmitten aller trauten Plaudereien und klugen Reden, rief sie: „Ach Gott, ich habe dir den Brief nicht zeigen wollen, jetzt muß ich's. Da schreibt Bruder Albert und bittet um zehn Thaler, er müsse ein neues Bett anschaffen und auch einige Groschen in Vorrath haben, weil er in den nächsten Tagen das siebente Kind erwarte. Nun ist ja Allen geholfen, Allen, — auch mir!“

Sie warf sich an meine Brust und gestand mir ihre Liebe zu dem Kandidaten und wie der Arzt gesagt habe, er werde vollkommen gesund, wenn er auf ein Jahr nach Italien oder Aegypten gehen könne; sie dankte mir schon im voraus, daß ich ihm und ihr das Leben rettete.

Mir zitterte das Herz. So viel Glück kann ich schaffen? Ich will ja

nichts für mich selbst — so viel Glück kann ich Anderen bereiten und soll es von mir weisen, eines Vorurtheils und einer Weltverkennung wegen? Ich schalt mich selbst pedantisch und eitel. Und doch — ich kann nicht anders — innerhalb meines Berufes darf ich mich den Meinigen opfern, das Opfer meiner selbst aber können sie nicht verlangen.

Ich schrieb sofort einen Brief an Möller, worin ich auf das Bestimmteste erklärte, daß ich an Weiterführung der Sache mich nicht betheiligen könne, dagegen bäte ich ihn, mir ein entsprechendes Honorar für die Ausarbeitung zu schicken, da ich dasselbe jetzt für einen Angehörigen verwenden könne; die Arbeit an sich sei in keiner Weise mein Eigenthum und stände zu seiner freiesten Verfügung.

Meine Schwester übernahm es, den Brief zu besorgen; sie sah mich sehr niedergeschlagen an, aber ich konnte ihr nicht helfen.

Von den vielen Gemüthsbewegungen ermüdet, schlief ich am hellen Tage ein. In meinen Traum hinein brannten die Lichter aus dem Comtor, hörte ich Geld klimpern und dazwischen sah ich die mächtige Gestalt Wallensteins, in dessen Diensten Kepler stand, auf- und abwandeln und er sprach immer: „Muß ich denn die That vollbringen, weil ich sie gedacht?“ Und dann sah ich Kepler im einsamen Zimmer zu Regensburg verlassen sterben.

Ich wurde geweckt. Meine Schwester stand mit Möller vor mir. Möller übergab mir eine Rolle von hundert Dukaten und sagte, daß er dies als erste Anzahlung betrachte, ich sollte sie sofort meinem Bruder schicken.

Ich wußte mich nicht zu fassen. Habe ich denn in meinem Briefe zugesagt oder abgelehnt? Erst als Möller mit eindringlicher Beredtsamkeit mir zusprach, erinnerte ich mich dessen, was ich geschrieben. Seine Beweisführung ging mir zu Herzen. Es ist wahr, auch der Gelehrte wird weit mehr Muth und Kraft zu groß angelegten Arbeiten haben, wenn ihm die gemeine Lebenssorge abgenommen ist.

Endlich reichte ich Möller die Hand mit dem Entschlusse: „Ich reise mit Ihnen zum König.“

Als Möller unsre Wohnung verließ, wollte meine Schwester wieder jubeln und weinen, aber jetzt war keine Minute zu verlieren, unsern Albert aus seiner Noth zu befreien. Während ich schrieb und die Hälfte des Goldes einpackte, begoß meine Schwester die Pflanzen und Blumen vor unserem Fenster und ein kleines Myrthenbäumchen, das sie bisher versteckt gehalten, stellte sie nun offen in's beste Sonnenlicht. Eine Wohlthat thun zu können, ist wie Blumenbegießen — es macht fremdes Leben gedeihen. Mit meiner Schwester gemeinsam trug ich die fünfzig Dukaten auf die Post. Wir waren glückselig und dankbar, daß meine Verpackung regelrecht befunden wurde, und daß der Postbeamte so gut war, die Sendung ohne Weiteres anzunehmen. Ach, in solchen Stunden wird jedes Begegniß zu einem offenen Blumenkelch, aus dem sich Honig saugen läßt! Wir waren zwei glückliche Menschen, als wir die Post verließen, und malten uns die Freude aus, die Albert beim Empfange haben wird. Und solche Freudenspendung soll uns nun immerdar gegeben sein. . . .

Einen Theil meines Honorars verwendete ich dazu, mir einen neuen schwarzen Anzug zu kaufen, und andern Tages fuhr ich mit Möller in dessen Wagen nach dem Bahnhof. Ich drückte mich in die Ecke, damit Niemand mich sehe, und ich erschrak schon jetzt, wie es einst sein wird, wenn ich offen im eigenen Wagen dahinfahre. Zum Erstenmal in meinem Leben fuhr ich in der Ersten Wagenklasse nach der Residenz. Ich wagte kaum, den Livreebedienten anzusehen, der uns Kissen und Handtaschen in den Wagen legte und in einer andern Wagenklasse mit uns fuhr. Ich glaube, daß ich auf der ganzen Fahrt nicht zehn Worte gesprochen habe. Beim Gerassel der Eisenbahnwagen läßt sich so eigenthümlich träumen und du glaubst mir, ich dachte nur an das Glück meiner Geschwister; dann aber schien mir mein bisheriges Leben plötzlich so armselig. Habe ich denn nicht auch ein Recht auf alle Genüsse des Daseins, so gut wie meine Mitmenschen? Ich ziehe mich auf mein Landgut zurück und wenn Louise Hermann — sie ist seit drei Jahren Wittwe — noch so meiner gedenkt, wie ich ihrer, so wird unsre alte Liebe wieder eine junge; wir haben nicht mehr zu entsagen. Meiner Wissenschaft bleibe ich getreu, ich baue mir eine eigene Sternwarte, rüste sie mit den besten Instrumenten aus, besolde einen tüchtigen Gehülfen, meine Schwester mit ihrem Manne, mein Bruder mit seiner zahlreichen Familie, sie wohnen in meiner Nähe, vielleicht im Schlosse selbst und es ist schönes vollgesättigtes Leben um mich her.

So träumend und phantasirend kam ich in der Residenz an. Wir waren bereits telegraphisch angemeldet, auch hier wartete ein Wagen; der Diener besorgte Alles, wir hatten nur uns einzusetzen. Ach, wie bequem ist die Welt eingerichtet, wenn man Geld hat! Unsere Zimmer im Gasthof waren bereit, ein gutes Frühstück stand über warm haltenden Untersetzern auf dem Tische; wir speisten, der Diener hatte unsere Kleider ausgepackt und zurechtgelegt, wir kleideten uns um und fuhren in einem schönen Wagen nach dem Schlosse. Möller hieß mich vorangehen.

Wir wurden gemeldet, durch mehrere schön ausgestattete Zimmer geführt und endlich in einen Saal, wo wir warten sollten.

Durch die Thürvorhänge trat der König ein. Wir verbeugten uns. Er kam auf uns zu, streckte mir die Hand entgegen und sagte mit gütiger Stimme: „Seien Sie mir von Herzen willkommen, lieber Doctor Braun."

Ich dankte und stellte meinen Gefährten vor. Der König hieß ihn besonders willkommen als meinen Freund und in bester Laune setzte er scherzend hinzu: er bewundere die Spürkraft des Geschäftsmannes, daß er in mir solche merkantilische Erfindungsgabe entdeckt habe.

Ich wehrte mich bereits nicht mehr gegen diese Annahme und muthig gemacht durch meine Gönnerstellung, empfahl ich dem König meinen einsichtigen und edelmüthigen Freund — wie ich ihn nun wol nennen durfte.

Der König sprach sehr weise über die Verbindung von Wissenschaft und Praxis, als deren Vertreter er uns beide betrachte; er setzte hinzu, daß er unsere Sache möglichst fördern wolle, doch dürfe er als gerechter Herrscher nur der bessern Sache den Vorzug geben; er zweifle indeß nicht, daß unsere Sache gegenüber den anderen Bewerbern auch die bessere sei. Er fragte Möller, ob es nicht wohlgerathen wäre, wenn die verschiedenen Bewerber sich vereinigten, statt sich gegenseitig Concurrenz zu machen. Möller erklärte, daß unser Plan ebenso neu, als in seinen Combinationen zweckentsprechend sei; er betonte wiederholt, daß das Auszeichnende unseres Planes wesentlich mir zu verdanken sei und wie es dem König besondere Freude gewähren müsse, seinen ehemaligen Lehrer in eine nicht minder sorgenfreie als gemeinnützige Stellung zu versetzen.

Wir schieden mit den besten Zusicherungen. Als wir wieder in den Wagen stiegen, drückte mir Möller die Hand und sagte: „Ich gehöre nicht zu Denen, die einen Plan schon sofort als verwirklicht ansehen; aber ich glaube Ihnen doch zu zweimalhunderttausend Thalern gratuliren zu können."

Solltest du es glauben, daß mir das nun schon als gering erschien?

Aber ich war doch genügsam und eine Jahresrente als erster Begründer wird sich natürlich noch daran fügen. Möller sagte, daß er nunmehr bei dem

Referenten im Ministerium die Sache allein betreibe; ich hatte freie Zeit bis zu unserer Rückfahrt am Abend.

Als reicher Mann und als Wohlthäter meiner Mitmenschen wanderte ich durch die Straßen der Residenz. Ich möchte nur wissen, wie mich die Menschen angesehen haben. Eine Weile betrachtete ich mir auch ein schönes Haus am Ufer — es ist in gutem Stile gebaut, liegt ruhig, hat einen weiten Horizont, ein Thurm, den man daran baut, wird ihm gut stehen. Vielleicht ist es besser, statt auf dem Lande, in der Residenz zu leben, im Verkehr mit einem schönen Kreise edel gebildeter Menschen: bedeutsame Fremde besuchen mich, ich unterstütze die strebende Jugend, die Welt soll etwas davon genießen, daß ein Mann der Wissenschaft zu großem Reichthum gekommen. Ich bilde ein offenes und gastfreies Haus, das ist doch wol besser als die Abgeschlossenheit auf dem Lande. Merkst du, wie ich bereits drauf und dran war, nicht mehr durch mich selbst, sondern durch mein Besitzthum etwas sein und leisten zu wollen?

Ich kam auch hier an der Sternwarte vorüber; dort oben arbeitete unser Freund Ludekus, aber ich fürchtete, daß er mich jetzt sehe und anrufe und ging rasch vorüber.

Ich kam auch an dem Hause vorbei, wo die nun verwittwete Louise Hermann wohnte. Ich sah im Erker, wo du und ich so oft gesessen, ein Frauenhaupt mit braunen Locken; jetzt sah sie auf, wer weiß ob der Blick nicht etwas Magisches hat? Ich flüchtete schnell in ein Haus gegenüber. Ja, die Welt ist doch jetzt gut eingerichtet. Der Ritter, der nach seinem Liebchen schaut, kann sich dabei in eine wohl assortirte Conditorei setzen; eine solche war hier. Ich sah, Louise strickte; aber ist Stricken eine gemeinere Arbeit, als Spinnen und Weben, dessen sich die Ritterfräulein in alten Zeiten befleißigten?

Ich erfuhr von dem Zuckerbäcker, daß dort oben Louise mit ihrer Mutter wohne; sie sei gar fleißig und brav und ein leichtsinniger Student habe sie früher sitzen lassen. Ach Gott — ich und leichtsinnig! Aus Angst und Sorge entsagten wir ja. Aber jetzt hat das ein Ende. Ich stand mehrmals auf, ich wollte zu ihr und die alte Liebe anrufen zu neuem Glück. Ich hielt an mich, erst wenn Alles erfüllt ist, will ich kommen und sie soll bestimmen, ob wir in der Residenz bleiben oder auf's Land ziehen.

Mitternacht war vorüber, als ich in Möllers Wagen vor unserem Hause ankam. Meine Schwester wachte noch und ich ließ sie nach Herzenslust träumen und phantasiren von dem uns Allen bevorstehenden Glücke. Sie klagte nur, daß die Briefe aus Aegypten immer so lange zu laufen hätten; sie tröstete sich indeß, daß man wol auch bald nach Aegypten telegraphiren könne und das sei ja das besondere Glück, wenn man keinen Geldaufwand zu scheuen habe, da könne man sich ja stündlich Nachricht geben.

Seit der Audienz beim König wurde mein Leben immer seltsamer. Ich wollte fleißig arbeiten, aber Alles verwirrte sich mir, denn in alle Beobachtungen und Aufzeichnungen hinein sprang mir stets die Vorstellung, wie es nun sein wird, wenn die Hunderttausende über mich ausgeschüttet sind. Ich war bereits etwas mißtrauisch gegen Möller. Ich beschloß, daß ich mir nicht von ihm bestimmen lasse, welcher Antheil mir zukommt; dafür habe ich rechnen gelernt, um das selbst einzusehen und dafür habe ich die Gunst meines Königs eingesetzt, die nur mir gehört; Möller kann zufrieden sein, daß er den vollen gleichen Antheil hat.

Mein Bruder kam zu Besuch. Ich wollte ihm nichts mittheilen; er war glücklich und zufrieden — warum ihn stören? warum ihn mit uns auf die schwankende, veränderliche Wolke der Phantasie setzen? Meine Schwester konnte sich aber nicht enthalten, ihm unser voraussichtliches, ja eigentlich sicheres Glück zu verkünden.

Albert nahm die Sache mit vieler Haltung auf und um sich einstweilen an Tausende zu gewöhnen, kaufte er sich auf meine Rechnung 1000 Stück bessere Zigarren. Er reiste ab und nahm den Kandidaten mit, denn er wohnte in einer milden Gebirgsgegend, deren Luft dem Kandidaten zuträglicher war, als die Luft unserer flachen Universitätsstadt.

Wochen und Monate vergingen. Ich verbrachte sie in beständigem Warten. Mein ganzes Leben war wie ein Wohnen im Wartesalon der Eisenbahn, wo jede Minute der Pfiff der Locomotive erschallen kann; die Stühle und Polstersitze hier bieten keine Ruhe; auch kein Vergessen, kein Versenken in einen allgemeinen Gedanken will sich ergeben. Meine Wissenschaft war mir fremd, ich hoffte, wenn nur erst der Ueberschwall der Glücksumstände sich ruhig gesetzt hätte, wieder heimisch zu werden. Oft war mir's als müsse ich ein Bad nehmen und mich reinigen vom Staub der Welt und der Unruhe, und damals ließ ich mich zur schwersten Sünde hinreißen. Ich ward ein Abtrünniger meiner Wissenschaft. Ich ward ihr gram. Sie ist alt, freilich dadurch auch die ehrwürdigste — aber sie ist fertig, die großen Entdeckungen des Geistes sind vom Teleskop auf das Mikroskop übergegangen, da werden neue Entdeckungen gemacht und Alles ist im vollen lebenden Wachsthum. Unsere Wissenschaft ist eine abgeschlossene, es bleibt uns nichts, als nach dem Gesetz der Schwere die Bewegungen der Himmelskörper abzuleiten und diese Ergebnisse der Theorie mit der Beobachtung zu vergleichen; es können keine neuen Thatsachen, es können nur noch neue Methoden gefunden werden, die uns allerdings wieder neue Richtungen geben. Wir finden jetzt Stoffe, die auf den Fixsternen vorhanden sind, zum Beispiel auf der Sonne.

Sieh, Freund, jetzt eben, indem ich das ausspreche, giebt mir's noch einen Stich durch's Herz, als übte ich in der Erinnerung einen Verrath. Damals aber quälte mich Tage lang und Nächte lang der Gedanke, daß ich, der ich nun im fünfzigsten Lebensjahre stand, vielleicht zu etwas anderem berufen sei, vielleicht gar nicht zu einem Gelehrten, sondern zu einem großen Finanzmann. Ich verlachte den Gedanken und konnte ihn doch nicht los werden. Ich gab mir das Wort, wenn ich frei und Herr über meine Zeit bin, andere Wissenschaften zu studiren, um dadurch auf die meinige neu zu wirken. Das beruhigte mich etwas.

Ich mußte noch mehrmals zur Residenz fahren. Möller hatte Kunde erhalten, daß unsre Angelegenheit wieder fraglich stände. Daß auch Andere sich um die Genehmigung eines ähnlichen Instituts bewerben wollten, erschien mir jetzt als Anmaßung, ja fast als Raub. Ich war sonst kein Freund der Vorrechte und Privilegien, aber hier durfte doch einmal eine Ausnahme gemacht werden, und wir werden sie nicht mißbrauchen.

Dein Weg führte dich ja auch von der Residenz hieher, du kennst also den Tunnel. Mir brachte er damals überraschende Schrecken. Wenn ich so plötzlich im Lesen oder im Ausschauen in die sonnige Landschaft in die Nacht einfuhr, mußte ich fast immer denken: wie wär's, wenn du erblindest und nun ewig so in Nacht lebtest? Ja, Freund, es ist ein schweres Dasein in einer ungewohnten Lebenswende.

Ich suchte um Audienz beim König nach, erhielt aber nur eine kurze, höchstens zwei Minuten dauernde, worin mir der König eilig sagte: meine Sache — er nannte sie mit Nachdruck m e i n e Sache — stünde gut, die Entscheidung ließe sich indeß noch nicht treffen; sie werde in den nächsten Tagen ergehen.

Mir wurde ernstlich bange. Es wäre grausam, wenn — — Nein, das kann nicht sein. Aber wo man zweifelhaft und ängstlich ist, wird man zum Wortgrübler und Mienendeutler. Der König hatte die Sache meine Angelegenheit genannt — überlegte ich auf der Rückreise — das ist von Bedeutung; er will mir wohl. Aber wie ist das zu vereinbaren, daß die Sache gut steht und doch so schwer sich entscheidet? Das Wörtchen „indeß“ machte mir viel zu schaffen, es war so vieldeutig.

Die Entscheidung kam. Sie war abschlägig. Wieder war mir's jetzt im hellen Cabinet Möller's, als ob ich unversehens in den Tunnel einführe, es braust und knattert, aber ich werde fortgezogen und es ist lang Nacht, lang. Werde ich je die sonnige Welt wieder sehen? Möller war voll unehrerbietigen Zorns: das sei der alte Schlendrian, man werde die Sache in unsrem Lande erst gestatten, wenn die Nachbarländer vorangegangen und uns den Hauptvortheil geraubt hätten.

In den Zeitungen stand, daß ein Credit-Institut, um dessen Bewilligung Dr. Alexis Braun und Banquier Möller nachgesucht und das sehr gewinnbringend hätte sein sollen, von der Regierung verworfen sei.“

Da hatte ich's nun. Jetzt stand ich in den öffentlichen Blättern und war in aller Leute Mund als Gewinnsüchtiger und hatte nicht einmal den Gewinn.

Ich sehe dir's an, auch du hast das damals gelesen und dich gewiß über meine Veränderung gewundert. Ja, lache nur, es ist zum Lachen und meine gerechte Strafe. Aber weit erdrückender als das Gerede der Leute, war meine innere Verlorenheit. Du kannst dir den Zustand meiner Seele kaum denken, ich selber kann es fast nicht mehr; ich weiß nur noch: Wochenlang war mir's als ob alles Denken von mir genommen wäre; dazu kam noch — denn das Unglück hat immer eine große Familie — die Trauerbotschaft, daß der Kandidat schwer erkrankt sei. Meine Schwester reiste zu ihm, und pflegte ihn getreulich, bis er starb.

Ich war allein, entsetzlich allein, denn ich hatte mein Einziges nicht mehr, um dessenwillen ich lebte: meine Wissenschaft. Fremd, kalt, abstoßend war mir, was ich vornahm. Ich war entweiht. Mein Auge, sonst so sicher und fest, blinzelte immer, wenn ich durch das Fernrohr sah, und wenn ich Bücher vor mir hatte, war mir's oft, als müsse ich erst buchstabiren und die vier Species lernen.

Wenn man nicht mehr geradaus lebt, bekommt Alles ein doppeltes Gesicht und wird zum Sinnbild. Du hast bemerkt, daß es da oben immer etwas zugig ist; das kommt natürlich, weil die Luft im Zimmer immer so sein muß, wie die draußen. Nun aber swar's in mir nicht mehr so — ich lebte in verschiedenen Temperaturen. Wir hören hier oben wenig Geräusch der Stadt, doch aber noch immer so viel, daß wir, um es abzulenken und während der Beobachtungen den Pendelschlag der Uhr zu vernehmen, uns Hörrohre anlegen. Ich aber hörte noch immer ein anderes Geräusch; es war in mir. Ich zählte laut; es half nichts.

O Freund, was ich damals durchlebt, kann ich nie ausklären. Ich war aufgelöst, zerfallen, ich mußte mich wieder zusammenfinden und am wirklichen Unglück meiner Schwester fand ich mich. Ich mußte sie trösten und ich gewann die Kraft dazu.

Damit das Maß meines Mißgeschickes voll werde, wurde wenige Monate später einer neuen Gesellschaft die Concession zu demselben Creditinstitute gegeben, das wir beabsichtigt hatten und einer unserer ersten Rechtslehrer an der Universität war glücklicher Mitbegründer.

Ich habe dir nichts verhehlt und darf dir also sagen, daß mich dies Ereigniß kaum mehr berührte; es ging in einer andern Welt vor und ich lernte einsehen: Nichts ist verderblicher, als auf plötzlichen Gewinn und Glückswechsel bauen. Es darf auch der Gelehrte an dem Weltverkehr Theil nehmen, aber wehe ihm, wenn er sich so hingiebt, daß es ihn aus seinem eigentlichen Wesen reißt. Es kann allseitige Naturen geben, aber sie sind selten, die in die unmittelbare Welt eingreifen und doch im Reiche der Gedanken stehen.

Ich habe mit Andacht, ja mit Kasteiung gearbeitet, um die Weihe meiner Wissenschaft wieder zu gewinnen. Ich glaube, ich habe sie wiedergewonnen, und aus all dem Wirrwarr ist mir ein Gedanke aufgestiegen, dessen Verwirklichung freilich erst künftigen Zeiten vorbehalten ist. Ich habe in das Weltgetriebe gesehen. Credit und wirklicher Besitz entsprechen den Gesetzen der Anziehungskraft und der Schwere. Man wird in Zukunft, wenn einmal die Erfahrungen von Jahrhunderten, die Strömungen des Weltverkehrs, die Thermometerbeobachtungen der Börse sich übersichtlich festgestellt und gesammelt haben, den Weltverkehr nach ähnlichen festen Gesetzen bemessen können, wie den Kreislauf der Sterne. Ich glaube, daß das kein phantastischer Traum ist, daß er vielmehr in Zukunft sich wohl verwirklichen wird. Du siehst, daß ich die Jugend nicht verkenne und ihr eine Verbindung von Dingen zumuthe, die für uns noch getrennt sind.

Mir wurde ein Anderes. Gerade das, daß ich gebeugt, verloren, zerfallen, mein selbst beraubt geworden, gerade das gab mir einen neuen Muth. Ich mußte mich selbst wieder gewinnen. Ich hatte auf etwas außer mir meine eitlen Hoffnungen gesetzt, mir war nichts geblieben als ich allein; und jetzt sah ich, daß ich immer nicht die rechte Kraft gehabt hatte. Die Bescheidenheit wird auch leicht zur Bequemlichkeit. Ich habe, eine kurze Zeit ausgenommen, nie meine Pflicht versäumt, aber ich gefiel mir darin, eine untergeordnete, eine dienende Kraft zu sein und muthete mir nie etwas Rechtes zu; ich hatte mich von jeder großen Aufgabe freigesprochen. Jetzt, indem ich mich selbst wieder gewann, errang ich aus der Verlorenheit heraus auch eine höhere Kraft. Ich wagte mich an eine große Aufgabe. Ich mußte mich selbst erproben. Jahre lang, Tag und Nacht, arbeitete ich an dem Werke, das ich nun endlich vollendet — so weit man das vollendet nennen kann — in die Welt hinausgegeben habe. Dir sage ich's und du glaubst mir's von ganzem Herzen: ich erwarte keinerlei äußeren Lohn davon; ich habe meinen Lohn in mir; höheren, als mir von außen je einer werden kann. Und hier — ich öffne dir meine ganze Seele — ich habe das Gefühl, daß ich nun sterben kann. Ich habe etwas geschaffen, von dem, wenn auch im mindesten Grade, mit des Dichters Worten gesagt werden kann:

Es kann die Spur von meinen Erdentagen
Nicht in Aeonen untergehn.

Nun gehe ich in mir befriedigt und gesättigt die Lebenstage dahin, die mir noch beschieden sind. Wie ich gleichgiltig geworden bin gegen den Spott der Menschen, so bin ich's auch — ich hoffe, daß ich's bin — gegen ihre Ehrendarreichung. So, mein Freund, das ist die Geschichte meiner Abirrung und meines Wiederfindens....

Der Freund stand auf, sein Angesicht glänzte; er reichte mir seine Lebensarbeit, wie er sie nannte, ein dickes Buch, voll von Zahlen und Zeichen, die ich leider nicht verstand.

„Und nun," sagte ich ihm, „laß mich deinen Talisman, den Nasenring noch zu guter letzt sehen."

Braun ging nach einem Pulte und kam mit einem großen Papier zurück; sein mildes Gesicht war wieder ruhig und lächelnd sagte er: „Ja, Freund, ich hatte ihn einen Nasenring gescholten und hat er sich nicht in Wahrheit zu einem solchen gemacht? Bin ich nicht mit diesem Ringe an der Nase herumgeführt worden in die Hunderttausende und in's Schloß und in allerlei irrlichtelirende Schwärmereien? Es war ein wirklicher Nasenring. Aber es war auch, wie du sagst, mein Talisman, der die Zauberkraft hatte.

sich zu verwandeln und mir eine Bethätigung jenseits des Todes zu bieten. Sieh' hier, ich habe den Nasenring verkauft und mich damit in die Lebensversicherung eingekauft, damit meine gute Schwester nach meinem Tode nicht in Noth gerathe."

So erzählte der alte Freund und wir wurden auf's Neue Freunde. Und gewinnt er sich vielleicht noch viele neue dazu?

Von der Liebe zur Muttersprache.

Von

H. Steinthal.

Mit einem wunderbaren Zauber ist das Wort Muttersprache umwoben. Rein sachlich genommen, was ist denn die Muttersprache? Nichts weiter als die Redeweise des Volkes, unter dem jemand als Kind seine Sprachfähigkeit zuerst entwickelte. So sachlich, so nüchtern sieht aber die Sprache überhaupt die Dinge nicht an; in ihre Schöpfungen treten Phantasie und Gemüth ein; und indem sie sich nun selbst zum Gegenstande machte, sich selbst benannte: da goß sie mit dem Worte „Muttersprache“ um ihr eigenes Wesen einen aus der Tiefe dieses Wesens heraufgehobenen Glanz von Schönheit, Heiligkeit und Liebe. Denn so knüpft sie sich an das, was wir als das Liebevollste und Liebewertheste auf der Erde zu betrachten gewohnt sind.

Wir wollen versuchen, uns die Erscheinungsformen der Liebe zur

Muttersprache und die Bedingungen zur Wirklichkeit dieses Gefühls vorzuführen.

Bedingungen? fragt wohl mancher meiner Leser. Bedingungen wofür? Für ein Gefühl, das uns nicht nur so mächtig, so in allen Nerven durchzuckt, sondern das auch so aus unserm innersten geistigen Wesen hervorquillt? Sei Mensch! ist das nicht Bedingung genug?

Lieb ist mir dieser Einwand; aber gelten kann ich ihn doch nicht lassen. Lieb ist es mir, daß der Leser ein Gefühl hat von dem ursprünglichen Springborn unseres Geistes, aus dem alles rein und wahrhaft Menschliche kommt, ungewollt, ungemacht. Die echte Wissenschaft wird auch das Ureigne des menschlichen Geistes nicht leugnen. Alles aber was ist, ruht auf gesetzlich bestimmten Verhältnissen; und diese hat die Wissenschaft zu erkennen.

Ob der Hottentotte, der Baschkir und Genosse Liebe zur Muttersprache hat? Es bleibe einstweilen dahingestellt. Nur dies ist Thatsache, daß in der Vorstellung aller Völker ihre Sprache mit ihrer Nationalität eins ist. Es wird aber auch die Behauptung keinen Widerspruch finden: Wenn die uncultivirten Völker, die Wilden, sich gegen die Cultur und Civilisation stemmen, weil sie damit ihre Nationalität aufgeben würden: so ist das nicht die Tugend des Patriotismus, sondern Beschränktheit und Unfähigkeit. Und also giebt es hier auch nichts von Liebe zur Muttersprache. Dürfen wir dies einstweilen und unter Vorbehalt behaupten, so können wir zugleich unter demselben Vorbehalt hinzufügen, daß wir auch unter den ungebildeten Schichten der Völker Europas jene Liebe nicht finden können. Bildung also ist eine Bedingung für die Liebe zur Muttersprache.

Blicken wir nun auf das gebildetste Volk des Alterthums, die Griechen. Die volle Verachtung, mit der sie auf den Barbaren herabsahen, bekundet abermals nicht Liebe zur Muttersprache, sondern bezeichnet nur die Schranke des Griechen, der sein Wesen für alleiniges und volles Menschenthum hielt, der im Nicht-Griechen den Menschen nicht zu erkennen vermochte. Auch hat er kein Wort für Muttersprache.

Schon anders die Römer. Nicht die alten meine ich, nicht jene strengen Geister, die ohne höhere Cultur in geistiger wie leiblicher Dürftigkeit lebten; aber wohl den feinen aristokratischen Kreis, der sich zuerst um den jüngern Scipio bildet, der griechische Cultur in Rom einheimisch machen will, der Homer und Euripides und Menander in das Lateinische überträgt, kurz die zweisprachigen Römer, deren Gipfel in Cicero liegt. Er liest die lateinische Uebersetzung der Tragödien des Sophokles, und wäre sie noch so schlecht.

Wer es nicht thäte, müßte wohl ein Feind des römischen Namens sein. Er hat auch das Wort für Muttersprache: patrius sermo. Das bedeutet freilich nur „vaterländische Sprache." Das mit diesem Worte bezeichnete Gefühl ist an den römischen Patriotismus geknüpft. Die Sprache gehört für den Römer zu den heimischen Dingen; und darum liebt er sie. Er ehrt aber die Matrone und kennt den Einfluß der Mutter auf den Sohn durch das Wort. „Nicht sowohl auf dem Schooße, als in der Sprache ihrer Mutter sind die Gracchen erzogen," meint Cicero.

Nun sehen wir auch klar, unter welchen Verhältnissen Liebe zur Muttersprache erwacht. Man muß einer fremden Sprache gegenüberstehn, einem fremden Volksthum, das man hochschätzt, neben dem aber man sich bewußt ist, auch etwas zu gelten. Das Fremde ehren und lieben und dabei das Eigene bewahren und bereichern: das ist die Stimmung, in welcher die Liebe zur Muttersprache erwächst.

Etwa ein halbes Jahrtausend nach Cicero, und die römische Welt ist zertrümmert; die germanischen Stämme sind Herren von Europa. Aber zunächst sind sie Wilde, die sich eifrig zu romanisiren streben. Erst unter Karl dem Großen ersteht deutsches Selbstbewußtsein und damit Liebe zum Deutschthum. Karl läßt die alten deutschen Volksgesänge sammeln. Schon unter Ludwig dem Frommen scheint diese Sammlung verloren gegangen zu sein mit dem Geiste, in welchem sie veranstaltet war. Unter den Ottonen herrscht Ausländerei.

Der Strom der Literatur ergießt sich im Mittelalter in einem dreifachen Bett. Es besteht erstlich in ununterbrochener Ueberlieferung die Volksdichtung; daneben eine gelehrte Literatur in lateinischer Sprache; endlich eine deutsche höfische Dichtung. Dem Volke fehlt die Bildung, das entwickelte Bewußtsein, welches nothwendige Bedingung für die Liebe zur Muttersprache ist. Den lateinisch schreibenden Gelehrten sollte man dieses Gefühl kaum zutrauen; und doch hatte es mancher von ihnen. Aber ihre Liebe war eine verschämte, die sich nicht laut zu bekennen wagte. Man übertrug Volksgedichte in die lateinische Sprache und in die gelehrten metrischen Formen, als wollte man sie dadurch in den Adelstand erheben. Es sind die umgekehrten Rückert, Voß und Schlegel. Auch der höfische Dichter, wenn er wie Gottfried von Straßburg Worte sucht, „die durch das Ohr klingen, die in das Herz lachen," mußte wohl fühlen, daß nur deutsche Worte dies für den Deutschen vermögen. Den Stoff holten sie aus der Ferne, aus der Fremde; aber sie legten deutschen Sinn hinein, und das konnten sie nur, indem sie ihn in deutsche Worte kleideten. Aber das Wort für Muttersprache fehlt. Es wird vertreten durch „deutsche Zunge." Ursprünglich aber war „deutsch" nur die Uebersetzung des lateinischen vulgare, womit die Gelehrten die Volkssprache im Gegensatze zum Latein bezeichneten.

Auch sind nicht die Deutschen die Schöpfer des Wortes „Muttersprache," sondern die Italiener. In einem Actenstück aus Nord-Italien vom Jahre 1189 wird von der Einweihung einer Kirche berichtet, bei der ein Patriarch zuerst eine Predigt hielt litteraliter, d. h. in gelehrtem Latein, worauf der Bischof von Padua diese Predigt für das Volk erläuterte maternaliter, in der Muttersprache.

Dante, der große Dichter, dessen sechshundertjähriges Jubiläum wir im verflossenen Jahre gefeiert haben, war wohl der Erste, der das volle Gewicht des Unterschiedes zwischen der lebendigen Muttersprache und der gelehrten todten Sprache fühlte und begriff. Man suche nicht nach Anekdoten, warum er seine göttliche Komödie italienisch gedichtet, obwohl er sie lateinisch begonnen hatte. Der einzige Grund dafür ist der: er fühlte und begriff, daß was er zu sagen hatte, sich lateinisch nicht sagen lasse; daß, wenn er lateinisch dichte, Virgil nicht sein dienstbarer Führer, sondern sein herrischer Meister sein werde, der ihn nicht zur Beatrice gelangen lasse. Bei ihm zuerst findet sich der Ausdruck parlar materno. — In Frankreich läßt sich Langue maternelle schon in der ersten Hälfte des 16. Jahrhunderts nachweisen.

Und in Deutschland? Cordelia kommt schwer zum Worte. Erst in der zweiten Hälfte des 17. Jahrhunderts, in einer Zeit, wo der deutsche Geist ermattet lag wie nie und von französischem Laut überfluthet ward, da preßte wohl einem edeln Gemüthe, das die deutsche Flamme treu in sich unterhielt, die Trauer und die Sehnsucht das Wort „Muttersprache" ab.

Unsere Liebe zur Muttersprache bekundet sich in zwei Formen: die eine ist die allgemeine, patriotische, auf die Schriftsprache gerichtet; die andere ist die besondere, gemüthliche, dem Local-Dialekt zugewandt. Letztere wird da am mächtigsten sein, wo der Dialekt entschieden von der Schriftsprache abweicht, wie in Nord- und Süd-Deutschland, weniger dagegen in Mittel-Deutschland; denn hier erscheint der Dialekt nur als Verderbung der Schriftsprache, dort als Sprache neben dieser. Wessen Muttersprache Platt- oder Oberdeutsch ist und wer daneben Schriftdeutsch kennt, der ist zweisprachig. Diese Form der Liebe zur Muttersprache dürfen wir also auch in unserer ländlichen Bevölkerung von Nord- und Süd-Deutschland voraussetzen. Der westphälische Bauernsohn, der in Berlin vor dem Zeughause Wache stand und zwei vorübergehenden Männern, weil er sie an dem Tone ihrer Sprache als Landsleute erkannte, nachlief mit den Worten: „Sie sind wohl Westphalen, meine Herren?“ — dem war es fast ergangen wie dem Schweizer zu Straßburg auf der Schanz; es klang ihm entgegen wie ein liebster Gruß und ließ ihn alles Andere vergessen. Und wer kann zweifeln, daß der Neger in Amerika, dem plötzlich ein Landsmann aus Afrika beigesellt wird, in Liebe zur Muttersprache erglüht?

Der Sprache einer fremden Nation gegenüber bekundet sich auch unser Schriftdeutsch als dem Gemüthe gehörig. Wer in Paris, in London u. s. w. war, wird sich erinnern, wie ihm zu Muthe war, als ihm aus dem Geräusche der Boulevards deutscher Klang an das Ohr schlug. Deutsch reden bedeutet uns ehrlich, ungekünstelt, wahr und warm reden. Aurelie und Lothario (in Göthe's Meister) schreiben sich einander deutsch, so lange sie sich lieben. Wie Lothario erkaltet, schreibt er französisch. Denn bequem lassen sich nur in der fremden Sprache lügnerische Schmeicheleien und Ausflüchte sprechen; was uns als Phrase nur aus dem Verstande über die Zunge eilen soll, fliegt am besten mit fremden Flügeln. Als Marc Anton dem Cäsar die Krone angeboten hatte, die dieser zurückschob, sprach der Römer Cicero griechisch.

Worauf beruht denn nun diese eigenthümliche Wirkung der Muttersprache im Gegensatze zur fremden?

An der Muttersprache hängen die glücklichsten, die in's Innerste unseres Gemüths reichenden Erinnerungen, vor allen die aus dem paradiesischen Lebensalter, der Kindheit. In diesen Lauten hat die Mutter uns beruhigt, wenn wir geweint, hat sie uns geschmeichelt, wenn sie mit uns scherzte. Diese Wirkung bleibt nun an diese Laute gebunden.

Um die Sache allgemeiner zu fassen, wird folgende Betrachtung nöthig. Das menschliche Leben gliedert sich in Kreise von Thätigkeiten, Einrichtungen und Verhältnissen. Ganz parallel hiermit gliedern sich unsere Vorstellungen in gewisse größere Gruppen. Wie wir im gewerklichen Verkehr stehen, als Bürger einer Stadt und eines Staates leben, auch als Mitglied einer religiösen Gemeinde und uns sonst noch in geselligen Verhältnissen von der größten Wärme bis zur kalten Gleichgültigkeit bewegen, geistige Bedürfnisse des Verstandes und der Phantasie u. s. w. pflegen: so entwickeln sich in jedem gesunden Menschen mehrere Gruppen von Vorstellungen: eine, die den Staat zum Gegenstande hat, eine andere, die sich auf die Religion, eine andere, die sich auf das gewerbliche Leben bezieht, u. s. w. Jede Vorstellung aber hat ihr Wort; und so giebt es eine Sprache des Marktes, eine Sprache der Poesie, eine der Religion, der Wissenschaft u. s. w.; und so nun endlich auch ein gemüthliches Leben und eine Gruppe in ihm entstandener Vorstellungen und eine Sprache der Gemüthlichkeit. Wie sich der Eine Geist des Menschen vielfältig offenbart, so ist auch die Eine Sprache ebenso vielfältig. Das Gemüth aber entwickelt sich zumeist und in seinen innigsten Beziehungen, und namentlich in der Beziehung des Kindes zur Mutter, in dem eigentlich und im engsten Sinne heimischen Tone. Darum ist Muttersprache vorzugsweise nur der locale Dialekt; denn sie ist ganz eigentlich Gemüthssprache. Sie gehört unsern individuellsten, persönlichsten Beziehungen an, wogegen der literarische Dialekt unser allgemeines Verhältniß zur Nation vermittelt.

Hieraus ergiebt sich wohl auch, wie wenig wünschenswerth für den Nord- und Süd-Deutschen es sein muß, sein Ober- und Nieder-Deutsch literarisch entwickelt zu sehen. Sein Gemüth würde dabei an Sprache verlieren. Nicht als ob alle und jede Literatur im Dialekt unzulässig wäre; nur zu einer Haupt- und Helden-Sprache darf dieser nicht werden. Wer als Schriftsteller im Dialekt auftreten will, muß die engen Grenzen der Anwendbarkeit desselben wohl festhalten. Der Dialekt muß beschränkt bleiben auf die Darstellung des localen Treibens und individueller Gemüths-Erlebnisse; denn nur für diesen Kreis stimmt dann der Inhalt mit der Form. Und wie mit solcher Uebereinstimmung ein Kunstwerk möglich ist, das die ganze Nation genießt, so würde ein literarisches Erzeugniß ohne dieselbe im Leser nur Unlust erregen. Fritz Reuter hat jene Harmonie von Inhalt und Dialekt in hohem Grade; seine Objecte und seine Gedanken leben in dieser Sprachform. So leben und reden seine Menschen, und nur sie; und so würde ein jeder von ihnen seine Gefühle und Gedanken ausdrücken, hätten sie die Macht, sich zu äußern, wie Reuter sie hat. Oder er erzählt uns, was ihm begegnet ist; aber er erzählt es nicht als Ereigniß, sondern wie es sein Gemüth berührt hat. „Ut mine Festungstid" ist die Geschichte seines Gemüths auf der Festung, und dieses Gemüth spricht nur so, wenn es sich voll ausspricht.

Wir gehören aber mit unserm Gemüthe nicht blos uns und unserm engen Kreise an, sondern auch dem nationalen Leben, den allgemeinen Ideen. Unsere Gefühlsmacht knüpft sich vor allem an die Ideale der dichtenden Schönheit, aber auch sogar an alle allgemeinen Erkenntnisse. Nun liegt es aber in der Treue, die wir im Erkennen und Gestalten erstreben, daß wir uns vom Worte mehr und mehr und so weit wie möglich los machen und den Gegenstand sachlich und unmittelbar zu erfassen streben. Das Gefühl aber, das hierbei zurückgedrängt wird, bleibt am Laute des Wortes haften. Darum wirkt kein fremder Dichter, auch der größte nicht, so mächtig auf uns wie unsere Klassiker; darum gewinnt jener auch für den, der ihn im Original lesen kann, in der deutschen Uebersetzung an Macht, und würde Göthe in der vollkommensten Uebersetzung in eine fremde Sprache für uns verlieren. In allen diesen Fällen könnte immerhin für den tüchtigen Kenner der fremden Sprache die gestaltende Thätigkeit der Phantasie beim Lesen oder Hören gleich bestimmt und leicht, also der rein poetische Eindruck derselbe sein; sein Gemüth, das doch beim vollen Genuß der Dichtung nicht schweigen darf, wird dennoch nur dem Gedicht in der Muttersprache den vollen Widerhall gewähren. — So liest man noch mehr eine streng wissenschaftliche Abhandlung gleich gut deutsch, lateinisch oder französisch u. s. w.; und dennoch wird die deutsch geschriebene Arbeit über die letzten Gründe unserer Erkenntniß, die tiefsten Grundlagen der Sittlichkeit Anklänge leisester Art erwecken, die auch solchen Betrachtungen nicht fehlen dürfen.

Alles was die Sprache überhaupt dem Geiste leistet und nach der Organisation des menschlichen Geistes leisten soll: das gewährt nur die Muttersprache. In ihr haben wir denken und fühlen, Gott und die Eltern kennen gelernt, in ihr und durch sie die wichtigsten Kenntnisse erhalten. Mit ihr ist unser Geist zur Einheit verwachsen; und darum ist uns zu Muthe, als wäre an ihren Laut alles Schöne, Wahre und Gute geknüpft. Denn nur in ihr *denken* wir nicht blos die Gesetze der Sittlichkeit, die letzten Gedanken über Gott, Welt und Mensch, sondern *fühlen* auch den Werth, die Erhabenheit dieser Gedanken; in ihr stellen wir uns nicht blos schöne Bilder des menschlichen Lebens phantasievoll vor, sondern fühlen auch die Macht, die das Schöne auf das Gute und Wahre übt, und fühlen die volle Genugthuung, welche das Wissen und das sittliche Handeln dem menschlichen Gemüthe gewährt. Die fremde Sprache, die wir mehr oder weniger mühsam erlernen, sitzt an unserm Geiste, wie ein Zweig, der an einen fremden Stamm gebunden wird; es ist höchstens ein Schmuck, der nicht durch uns lebt und für uns nicht fruchtbar ist. Unsere Muttersprache ist freilich auch nicht aus jedem von uns hervorgewachsen; aber sie ist unserm Geiste wie eingepfropft, so daß die Lebenssäfte aus dem Stamme in den Zweig und aus diesem zurück in jenen fließen. Die fremde Sprache ist ganz ein Spiel des Verstandes oder der rein intellectuellen Thätigkeit; ihre Laute sind mit Begriffen und Anschauungen verbunden, aber nicht mit unserm Gemüth. Daher ist sie für uns kalt.

Hieraus ergiebt sich, daß wir nur in der Muttersprache uns schöpferisch bethätigen, während wir uns der fremden Sprache gegenüber nur aufnehmend, Gegebenes benutzend verhalten. Die Gesetze der fremden Sprache sind uns Regeln, die wir beobachten müssen; die der Muttersprache sind eine Macht in uns, welche unbewußt in uns schafft. In ihr fühlen wir uns frei, selbstthätig; sie ist uns ein gedankenschaffendes Organ. Hier strömt uns das Wort zu, wir wissen nicht woher, aber es stammt aus unserm Innern; das fremde Wort tritt äußerlich zum fertigen Gedanken hinzu, zu dessen Schöpfung es nichts beitrug. Das heimische Wort ist der Ueberfluß des Herzens, also wahr; das Fremde suchen wir, und auch die Lüge sucht, und darum greift sie gern nach diesem.

Der Mensch ist nicht dazu bestimmt, vereinzelt und abgesondert jeder für sich zu leben, wie das Raubthier. Die Sprache hängt mit dieser Bestimmung des Menschen zur Geselligkeit zusammen. Aber nur die Muttersprache, und zwar in ihrem literarischen Dialekt, erfüllt dies. Am unmittelbarsten freilich durchbricht das Individuum den Kreis seines engen Selbst schon als Kind im Local-Dialekt; aber der Kreis, in den es hiermit eintritt, ist wesentlich nur der Familienkreis und was sich nothwendig daran knüpft, und ist für die menschliche Bildung noch zu klein. Dagegen führt die Kenntniß fremder Sprachen und Literaturen in den allgemeinen Zusammenhang der Menschheit, das heißt in einen zu großen Kreis, in dem sich der Einzelne verlöre, wenn es nicht einen mittleren gäbe, aus dem er für seine Persönlichkeit die nöthige Kraft zu selbständiger Gestaltung gewinnt: dies ist der nationale Kreis, der in dem literarischen Dialekt seinen Ausdruck findet. Dieser führt uns die allgemeinen Ideen der Sittlichkeit, Wahrheit und Schönheit zu; und geschieht dies auch in nationaler Beschränkung, so hindert diese doch nicht den Schritt aus diesen Schranken in das reine Allgemeine.

Die Liebe zur Muttersprache beruht also gar nicht auf gewissen Vortrefflichkeiten derselben. Wir lieben sie ohne Rücksicht auf ihre Tugenden und Mängel, eben nur weil es unsere Muttersprache ist, wie wir unsere Eltern lieben ohne jeden andern Grund als weil es unsere Eltern sind, wie wir unsere Heimath lieben, nicht wegen der Schönheit der Landschaft oder der Fruchtbarkeit.

Aber gerade darum ist auch die Liebe zur Muttersprache frei von jeder thörichten National-Eitelkeit und hindert nicht, die Vorzüge jeder fremden Sprache anzuerkennen und sich daran zu erfreuen; und wenn sie zu Uebersetzungen anregt, so heißt dies: sie begünstigt die Aneignung der eigenthümlichen literarischen Schönheitsformen aller Völker, und so wird sie zu einer gestaltenden Idee in der geschichtlichen Entwickelung der Literatur.

Die praktischen Folgerungen aus dem Gesagten sind leicht.

Der Local-Dialekt, wo er noch besteht, soll nicht unterdrückt werden; aber er soll nicht aus der Umzäunung des Hauses treten auf die öffentliche Bühne. Wie die Liebe zum Schrift-Deutsch nicht der Humanität entgegensteht, so hat allerdings auch die Liebe zum Dialekt nichts mit dem Particularismus gemein, wird durch ihn nicht gefördert, wiewohl er allerdings der Entwickelung der Schriftsprache, weil überhaupt des nationalen Geistes, hinderlich ist. In Deutschland von 1648—1750 gab es viel Particularismus, und doch wenig Liebe zur Muttersprache; jener schämte sich vor sich selbst. Denn der Theil empfängt sein Recht zur Existenz erst durch das Ganze. Bei aller Duldung des Dialekts also kann doch die allgemeine Losung des deutschen Geistes nur in den Worten des Schrift-Deutschen gegeben werden.

Was aber soll zur Pflege der Liebe zur Muttersprache im Gemüthe unserer Kinder geschehen? Weiter nichts, als: man hüte sich störend einzugreifen. Man übe die Denkkraft des Kindes in der Muttersprache; man lasse diese erwachsen als das was sie ihrem eigensten Wesen nach ist: eine Mutter des Geistes; man hemme die Aeußerung und Mittheilung des Gemüths nicht; man fördere die Kenntniß der heimischen Literatur.

Von dem geist- und gemüth-verwirrenden Bonnen-Wesen, wobei das Kind zugleich zwei oder drei Sprachen und keine erlernt, wobei es seiner sprachlichen Heimath entrissen wird, ohne eine neue dafür zu gewinnen: braucht nicht mehr gesprochen, vor der innern Leere, die solche sprachliche Heimathslosigkeit begleitet, braucht nicht mehr gewarnt zu werden. Aber wann sollen wir denn den Knaben, das Mädchen in die Kenntniß fremder Sprachen einführen?

Dann, wann das Kind den fremden Boden betreten kann ohne Gefahr, darüber den eigenen Besitz zu verlieren. Sein Sprachgefühl muß erst erstarkt sein. Die Erfahrung lehrt, wie Kinder, die früh dem elterlichen Hause entrissen werden, gegen Eltern und Geschwister erkalten; aber wenn sie schon etwas herangewachsen einige Zeit in der Fremde gelebt haben, so stärkt dies die Beziehung zu allem Heimischen. Dasselbe wird von der Sprache gelten.

Der Unterricht in der fremden Sprache kann nur dann gedeihlich wirken, wenn das Kind die Kraft hat, das Fremde von dem Eigenen getrennt zu halten und beides in gewisser Weise zu vergleichen. Nur in dem Maße als man ihm zumuthen kann, ein immer steigendes Bewußtsein von seiner Sprache zu gewinnen, seine eigene Rede zum Gegenstande seiner Aufmerksamkeit zu machen, kann der Unterricht in der fremden Sprache vorschreiten. Nun weiß man aber, wie das Nachdenken über das Sprechen das Sprachgefühl in seiner schöpferischen Wirksamkeit hemmt und verwirrt. Der grammatische Unterricht auch in der Muttersprache darf nicht so frühzeitig beginnen; vorher aber darf die fremde noch viel weniger gelehrt werden.

Es steht heute wohl zu fürchten, daß wir unsere Kleinen viel zu früh mit der Unterscheidung von Subject und Prädicat, Dingwort und Thätigkeitswort, Sach- und Person-Object abquälen — nicht nur nutzlos, sondern zum Schaden ihres Sprachgefühls. Der Vers wird weder besser verstanden noch lebendiger gefühlt, wenn er so von den Kleinen in todte Wortklassen zerpflückt wird. Dagegen würde sich die grammatische Erkenntniß um etwas später vortheilhaft mit dem Unterricht in der fremden Sprache verbinden lassen. Will man eine durchschnittliche Zeit, so meine ich: das erste Jahrzehent lasse man frei von allem was die ruhige Entwickelung von innen heraus und die unbewußte Aufnahme der geistigen Güter stören könnte.

Der Wahltag.

Eine eidgenössische Geschichte

von

Gottfried Keller.

Der achtzigjährige Friedensrichter Berghansli saß an einem schönen ersten Maisonntage lang und schlank, wie er geblieben war, hinter dem Tisch in stiller Stube und studirte etwas. Er hielt, da er schon einen ziemlichen Gang auf seinen hochgelegenen Matten gemacht, ein Stück Brod in der Hand und trank dazu ein Glas von seinem heiteren Wein, der ruhig und kühl war, wie der Mann. Der war so lange schlank und munter geblieben, weil ihm nicht, wie den heutigen Spekulanten und Gelüstlern, kein Wein süß und feurig genug, kein Vergnügen zu theuer und kein Tag wechselvoll genug war.

Was der alte Berghansli studirte, war aber die Proklamation der Regierung, worin diese das gleichgültige Volk gar nöthlich ansang, daß es doch seiner Bürgerpflicht genügen, sein Ehrenrecht gebrauchen und an den Erneuerungswahlen theilnehmen möchte, aus denen abermals ein Großer Rath hervorgehen und das Regiment neu bestellt werden sollte, und zwar am Nachmittage selbigen Maisonntages. Er las alle solche Kundmachungen von oben bis unten sehr aufmerksam und kritisch: wenn sie zu gefühlvoll waren, zu prahlerisch oder zu zierlich, so verzog er etwas spöttisch den Mund; waren sie aber zu trocken, zu amtlich, hölzern und ungesalzen, so ärgerte es ihn wiederum und er meinte, da sei es kein Wunder, wenn alle Wärme und aller Glanz des öffentlichen Lebens dahingingen; kurz, es war schwer, es ihm recht zu machen.

Denn es war dem Berghansli bei diesen Dingen so feierlich zu Muthe, als ob das Gewissen des Landes selbst redete, und da dünkte es ihn nicht gleichgültig, welche Sprache dasselbe führe. Heute schien er jedoch nicht übel zufrieden zu sein, und als drei wandernde Handwerksburschen zum Fenster hereingereist kamen, nämlich ein ganz neuer weißer Sommervogel, eine lose Apfelblüthe und ein verdorrtes Baumblatt vom vorigen Jahr, welche alle drei sich auf die Wahlproklamation niederließen, da wurde er fast gerührt, und diese Boten des Lebens und Todes gemahnten den Berghansli an den ewigen Wechsel und die Vergänglichkeit irdischer Dinge. Er wunderte sich, daß das Gemeinwesen, welches jene Proklamation aussandte, in diesem Wechsel schon so lange bestand, an die fünfhundert Jahre, mit seinen zweihundert Rathsmännern; und in Betracht, daß auch diese fünfhundert Jahre, selbst wenn sie sich verdoppeln sollten, nur ein Augenblick seien gegenüber der Ewigkeit, nahm er sich vor, heute ebenfalls wieder und vielleicht zum Letztenmal zu den Wahlen zu gehen, um, so viel an ihm lag, den besagten Augenblick benutzen zu helfen und jederzeit seine Pflicht zu thun.

Der alte Berghansli hatte drei Enkel im Hause von einem verstorbenen Sohn, kräftige und hübsche Bursche, welche seinen ziemlich großen Gütergewerb fleißig bebauten und auch sonst zu allerlei nützen und unnützen Dingen pünktlich bei der Hand waren; nur in keine Gemeinds- und Kreisversammlungen waren sie zu bringen uud fanden stets etwas zu thun, wenn eine solche im Anzug war. Heute aber wollte der Alte sie beim Zipfel nehmen und mit Gewalt hinführen, eh' er von hinnen müßte; er guckte daher wie ein alter Falk aus dem Fenster über sein Ausgelände und in das Thal hinunter, um die Bursche zu erspähen, als sie eben hinter seinem Rücken in die Stube traten und riefen: „Großvater! wir gehen alle fort und kommen heute nicht zum Mittagessen!“

„So?“ sagte der Alte. „Seid ihr so eifrig zu den Wahlen? Ihr werdet mich doch mitnehmen wollen, und wenn wir um 12 Uhr weggehen, so kommen wir noch früh genug!“

Bei dem Worte Wahlen schüttelten jedoch alle drei die Köpfe, wie drei Esel, welchen man eine Bratwurst vorhält, da sie doch lieber Heu fräßen.

„Es wird in Thorlikon ein Schaf ausgekegelt,“ sagte Heiri, der älteste, „und ich habe abgeredet, dabei zu sein; es giebt einen großen Wettkampf zwischen den Thorli- und Narrlikonern.“

„Ich will an die Bubliker Kilbi gehen und ein Mädchen beschauen, von dem man mir gesagt hat. Es ist ja ausgemacht, daß ich heirathen soll,“ sagte Jokobli, der zweite.

„Und ich,“ fügte Peterli, der jüngste, hinzu, „will einmal sehen, ob ich den Hirzenwirth zu Bücheliberg antreffe und ihm seinen Stutzen abkaufen. Er wird wohl daheim hocken, da heut die Wahlen sind.“

„So, so!“ sagte der Alte. „Ihr habt ja Alle zu thun, wie die Braut im Bad! Aber erst hört noch ein Wort an von mir, eh' ihr an eure Geschäfte geht.“

Somit ging er über sein Wandschränklein, in dem er seine Papiersachen aufbewahrte und nahm ein Bündelchen vergilbter Druckhefte hervor, mit einem alten weiß und blauen Schnürchen kreuzweis zusammengebunden und mit vielen Ohren und Brüchen versehen. Es waren alle Verfassungen, die der alte Mann seit 1798 beschworen hatte, gewissermaßen die Originalausgaben, wie sie ihrer Zeit als neugebacken dem Volke ausgetheilt wurden. Sie dünkten ihn, als er sie jetzt auseinander legte, wie abgedorrte Blätter vom Baum des Lebens, und er gedachte fast mit einem Seufzer seiner fernen stürmischen Jugendzeit, des fremden Volkes, das er im Vaterland gesehen, des Unfuges, den er an den eigenen Mitbürgern mit erlebt, aber auch der fröhlichen Tage der Befriedigung, die noch immer auf den Unfug, und des neuen Lebens, das noch immer auf das Absterben gefolgt war.

„Seht,“ sagte er, indem er die Verfassung der helvetischen Republik zur Seite legte, „das ist die erste Verfassung, die ich beschworen habe; fabrizirt aber ist sie in Paris worden und hat uns kein Glück gebracht. Die sie gemacht haben, wußten nicht, was Schweizer sind, und wenn sie es errathen hätten, so würden wir eben keine Schweizer mehr gewesen sein. Doch fort damit! Es giebt auch heut noch Leute genug, die immer Alpenrosen im Munde führen, aber nie gemerkt haben, was schweizerisches Recht und Freiheit eigentlich seien. Sie meinen eben, wenn man nur keinen König über sich habe, so sei der Schweizer fertig. Das ist freilich nun so das Gröbste von der Sache.

„Hier ist die von Anno 1802, die sogenannte Mediationsakte. Das war schon ein besseres Werk und das Beste, das wir bis zur neuen Zeit gehabt haben. Der Bonaparte hat es gemacht und uns gegeben und daher war es immer bitterlich für ein altes Kriegs- und Freiheitsvolk, wenn ein fremder Kaiser und Kriegsmann ihm das Gesetz machen mußte, das es selber nicht mehr zuweg bringen konnte.

„Das ist die von Anno 1814, das die Bundesverfassung von 1815; es ist Herrenzeug und zwar von kleinen Herren, die immer weniger über ihre Nase hinaussehen als die großen. Folgt die von Anno 1831, die ich eigentlich gesucht habe. Das ist die erste, die so recht unser eigenes Gewächs ist, drum hat sie auch schon bald dreißig Jahre hergehalten. Glaubt aber nicht, daß das ein sehr kühnliches und vollkommenes Werk sei oder war; vielmehr hat es einen ganz bescheidenen Anfang genommen. Seht, was ich da mit Bleistift durchgestrichen habe, da hatte die Stadt Zürich noch 71 Mitglieder in den Großen Rath zu setzen, ohne einen anderen Grund, als denjenigen ihrer früheren Herrschaft. Nachdem wir diese bescheidentliche Form unserer Selbständigkeit sieben Jahre getragen, haben wir endlich Anno 1836 gewagt, ganz aus dem Hühnerkorb herauszugehen und haben das Wahlrecht auf das ganze aufrechte Volk verlegt. Was geschieht? Nun geht je der zehnte Mann in die Wahlen, als ob die übrigen alle Falliten und Bestrafte wären, und dieser zehnte Mann macht ihnen so das Gesetz; das heißt sich freiwillig einer Bevogtigung unterziehen. Und dabei singt ihr, wenn ihr einen Schoppen im Leibe habt, mit euren neumodigen Fistelstimmen noch immer die schönsten Freiheitslieder! Habt ihr noch nie gesehen, wie einen gleichgültigen Mann, der an nichts in der Welt Theil nehmen mochte, als was seinen Bauch anging, diese Theilnahmlosigkeit noch stets zur Selbstverachtung führte? Das heißt, um seine Laster wie er meinte zu beschönigen, sagte er zuletzt: Es ist eben mit Allem nichts und mit mir auch nicht! Geradeso endet die träge Theilnahmlosigkeit eines Volkes immer mit der Mißachtung seiner Einrichtungen und mit dem Verluste seiner Freiheit. Ueberlaßt nur fünfzig Jahre lang die Bestimmung eures Schicksals einigen wenigen fleißigen Männchen, die nicht zu faul sind, in die Gemeinde zu laufen, so werden euch die schon eine Verfassung machen, welche euch der sauren Mühe des Lebens enthebt, ihr Nachtkappen, die ihr euch so davor scheut, als ob man euch in der Kirche die Nase abschneiden wollte!“

„Hoho!“ sagte Heiri, „dann sind wir auch noch da! So lang ich aber mit der Sache, wie sie geht, zufrieden bin, so seh' ich nicht ein, warum ich immer laufen soll, wenn der Statthalter pfeift; wenn es mir einmal nicht mehr gefällt, so werde ich schon gehen!“

„So? Meinst Du?“ erwiderte der Alte. „Das ist freilich eine besondere Art, seine Befriedigung zu bezeigen, wenn man sich versteckt und stille hält, wie eine erschrockene Maus. Wie sollen die, welche die Sache leiten, denn merken, daß sie es dir recht machen? Und wenn du mit einer Sache zufrieden bist, mußt du nicht trachten, daß sie Bestand habe und auf einen festen Grund gebaut sei? Der festeste Grund für ein Regiment ist aber die lebendige Theilnahme des Volkes. Ein Großrath, der von einer Kirche voll Bürger gewählt ist, hat ein ganz anderes Herz im Leibe, als einer, den einige Dutzend Männlein gewählt haben. Er hat vor diesen gar keinen rechten Respekt und ärgert sich über ihre kleine Zahl statt ihnen dankbar zu sein. Wie? Du bestellst zu jeder Jahreszeit, sei die Hoffnung groß oder gering, dein Feld, damit es nicht an dir liege, wenn es fehlen soll, und du bist zu faul, alle vier Jahre einmal den Acker des Landes bestellen zu helfen, damit es nicht an einem kräftigen Erdreich fehle, wenn etwas wachsen will? Du magst nicht eine Stunde lang in die Kirche gehen, weil du ein Schaf auskegeln mußt? Glaubst du, das werde auf die Dauer Rathsmänner mit Haren auf den Zähnen geben, die von solchen Zufriedenheitsleuten nicht sowohl gewählt, als wählen gelassen worden sind?

„Du pflügst und säest auf deinem Feld, ohne zu wissen, was du erntest, und doch bist du nicht verdrossen, es zu thun; da, wo du aber weißt, was du erntest, wo du dein Schicksal in der Hand hast, da scheust du dich zu säen und glaubst, es wachse dennoch. Zuletzt aber wird es nicht mehr wachsen oder wenigstens nicht, was dir gefällt.“

„Das ist Alles recht,“ sagte Heiri, „wenn es nur auf mich allein ankäme und wenn ein einzelner Mann die Wahlen machte!“

Der alte Berghansli zuckte die Achseln und erwiderte: „Das ist immer die Rede von deinesgleichen, und es ist eine falsche Bescheidenheit, die Zwillingsschwester deiner unächten Zufriedenheit. Wenn der Feind kommt, wenn Feuer ausbricht, wenn die Wasser austreten, so geht Jeder ungeheißen und Keiner sagt, auf den einzelnen Mann komme es nicht an. Es ist eine Gedankenlosigkeit, wenn du sagst, nicht so verhalte es sich mit der Ausübung stiller Bürgerpflichten, wie die Wahlen zum Beispiel sind. Wenn gleich unbemerkbar und langsam, so trägt im Gegentheil jeder einzelne Mann durch sein

Wegbleiben zur allmäligen Abnahme des Allgemeinen bei, und jedenfalls möchte ich nicht immer mit Gewalt der sein, auf welchen nichts ankommt!

„Und wie steht es mit dir, Meister Peterli, du willst einen Stutzen kaufen? Das scheint schon was besseres, als ein Schaf auszukegeln. Aber ist es deine wirkliche Ausrede, oder hast du auch einen höheren oder tieferen Grund, wie dein wackerer Zufriedenheitsbruder?"

„Ich könnte allerdings," antwortete der Jüngste etwas trotzig und finster, „den Stutzen ebensogut an einem anderen Tage kaufen, obgleich ich nicht gern in der Woche im Land herumlaufe. Aber ich will es nur gestehen, daß mich die Wahlen nicht viel kümmern!"

„Und warum nicht?" fragte der Alte.

„Weil," sagte Peterli, „ich nicht so denke, wie mein Bruder, sondern im Gegentheil unzufrieden bin, da Alles am Schnürchen gezogen wird, wie jene Wiege, die eine listige Bauernfrau der Kuh an den Schwanz gebunden hat, damit das Kind einschlafe, während sie Bohnen steckt!"

„Nun," rief der Alte, „so geh' hin, du Schwerenöther und hau' das Schnürchen ab!"

„Wie soll ich es abhauen?"

„Geh' zu den Wahlen, ruf': hoho! hehe! Mach' Lärm und sag': Da fehlt's, dort fehlt's, der gefällt mir nicht, er hat dies und jenes gethan oder nicht gethan, den und den wollen wir wählen! Halte fest auf den und wenn er nicht durchgeht, so unterziehst du dich bis zum nächsten Mal und hast deine Pflicht gethan."

„Das ist eben die Noth," sagte Peterli, „ich kenne Niemand, dem ich stimmen könnte, es ist Niemand um den Weg, es geht ja nichts vor, wobei man auf irgend Einen aufmerksam gemacht wird, es streckt Keiner den Kopf hervor, der ein neues Gesicht hat —"

„Der Rathssaal," unterbrach der Alte ernst, „ist kein Schneiderladen, in dem immer neues Zeug ausgehängt zu sein braucht; die neuen Gesichter erweisen sich zuweilen als bloße Gesichter, an welche sich durchaus kein ehrwürdiger Schimmel der Zeit und Erfahrung ansetzen will. Wenn du aber Niemand kennst, dem du deine Stimme geben kannst — wie willst du dazu kommen, einen kennen zu lernen, wenn du allen öffentlichen Verhandlungen, sei es in Angelegenheiten der Gemeinde, des Kantons oder der Eidgenossenschaft aus dem Wege läufst? Nur dort kannst du hauptsächlich beobachten, wie sich der und jener benimmt, und du mußt ein sehr unzugänglicher Gesell sein, wenn nach Verlauf einiger Zeit nicht irgend ein Mann den Eindruck auf dich macht, daß du ihn eher als einen anderen im Rathe sehen möchtest. Denn Einen von den Vorhandenen wirst du am Ende wählen müssen, wenn du überhaupt willst vertreten sein, da du nicht wirst warten wollen, bis gerade in deinem Wahlkreis ein solcher Prophet aufsteht, wie du ihn in deinem Kopfe ausgedacht hast. Darin hast du Recht, daß du Denjenigen so gut als möglich kennen lernen möchtest, dem du stimmen sollst; dazu ist aber nöthig, daß man selbst etwas Menschenkenntniß besitze und sich selbst auch Rechenschaft zu geben verstehe über das, worauf es ankommt.

„Du bist Feldschütz; um so mehr sieh' drauf, daß der Rathsmann, dem du deine Stimme giebst, auch eine Art Feldschütz sei, welcher auf unbestimmte Distanzen und ohne künstliche Vorrichtungen zu schießen versteht auf dem Platz, auf den er gestellt wird, das heißt, daß er sein eigenes Gewissen frei und frank in der Hand trage, wie du deinen Feldstutzen, und es Angesichts der Ereignisse zu brauchen verstehe; kurz, daß er seinen Schuß selbst lade und ihn abgebe auf sein eigenes Mannesgewissen und nicht so in das verabredete Haufengewissen hinein, wo Einer sich hinter dem Andern versteckt und Alle sich gegenseitig mit schreckbaren Reden Muth machen müssen.

„Sieh' zu, ob Einer ein Urtheil über die Dinge habe, eh' er die Zeitung gelesen hat, und wenn es auch schlicht und kunstlos ist, oder ob immer nur nachher.

„Sieh' auch zu, ob Einer in allen Fällen mit seiner Meinung zum Voraus fertig ist, eh' er die Anderen gehört hat, und mit dem Vorsatz in die Berathung geht, auf nichts zu hören und keine Gründe auf sich wirken zu lassen; denn statt eines Solchen könnte man ebenso gut einen hölzernen Mann hinschicken.

„Einem, den man nie einsam sieht, der nie eine freie Stunde für sich lebt und denkt, sondern der jeden müßigen Augenblick hinter den Karten zubringt, gieb deine Stimme nicht, außer es wäre denn ein sehr kluger Mann; denn es giebt allerdings auch Solche, welche in Gottes Namen einmal nicht allein sein können und immer etwas treiben müssen.

„Einem, der bei jeder Gelegenheit mit allen Glocken läutet, seine Gegner im Großen Rath verächtlich und lächerlich macht und ihnen nachher lachend die Hand drückt, stimme bei Leibe nicht, denn ein Solcher wird in den großen Dingen nie etwas ausrichten.

„Stimme Keinem, der um dich herum geht, wie die Katze um den heißen Brei, oder der dir ein Gesicht macht, als ob er dich fressen wolle, wenn du ihm nicht stimmst; und auch Keinem, der dich fürchten würde, nachdem du ihn gewählt hast.

„Einem, der lügt, und wenn es auch für die gute Sache wäre, gieb niemals deine Stimme, und endlich auch keinem Weinfälscher oder Kartoffelbrenner."

„Gut," sagte Peterli, „da kann ich mich nur gleich auf die Beine machen, um alle die Beobachtungen noch bis um zwei Uhr anzustellen."

„Heute wirst du allerdings nicht mehr viel sehen können," erwiderte der Großvater, „aber um so nöthiger ist es, daß du den Anfang machst und gleich heute in die Versammlung gehst. Schon die Art, wie die Hervorragenden mit mehr oder weniger offenem Tone sprechen und wie sie drein schauen, wird dir für den Eint' und Andern einen günstigen oder ungünstigen Eindruck machen, welchen du nachher bei anderen Versammlungen und Geschäften weiter verfolgen kannst. Wenn du z. B. Einen siehst, der ruhig und in sich gesammelt auf seinem Platze verharrt und das, was er etwa zu sagen hat, ohne Zögern und mit Sicherheit vorbringt, aber mit wohlwollendem Blicke, so wird er dir besser gefallen, als vielleicht Einer, der beständig umherläuft, von Einem zum Andern, sich geschäftig erweist, die Versammlung mit gierigen Habichtsblicken belauert, und fortwährend wie von einem bösen inneren Feuer verzehrt zu sein scheint; obgleich damit nicht gesagt ist, daß Dieser nicht vielleicht eine ehrliche, wenn auch ehrgeizige Haut und Jener ein durchtriebener und listiger Patron sein kann. Aber dein Instinkt für Jenen kann dennoch der richtige sein, da die Selbstbeherrschung für einen Rathsmann eine Haupttugend ist und niemals ohne gute Früchte bleibt.

„Doch wie steht es mit dir, Meister Jakob? Du scheinst mir den ernsthaftesten Abhaltungsgrund zu haben, da du eine Frau suchen willst. Aber könnte man nicht sagen, du würdest dazu ein besseres Recht erwerben, wenn du vorher deine Bürgerpflicht erfüllst? Denn wenn du Hausvater wirst, so bist du mit doppelten Banden an das öffentliche Wesen geknüpft, welches lediglich aus den gesammten Familien des Landes besteht und den Bestand desselben schützt."

„Nun," sagte der Brautschauer, „ich glaube, eine Frau könnte ich auch morgen und übermorgen noch bekommen. Aber offen gesagt, habe ich auch noch einen anderen Grund, mich nicht stark um die Wahlen zu bekümmern, wenn etwas Besseres zu thun ist."

„Und das wäre?"

„Ei," fuhr Jakobli fort, „man hat mir gesagt und es scheint mir auch so, unser kantonales Wesen mit seinem Großen Rathe habe nicht mehr viel zu bedeuten, Alles dränge jetzt der Einheit zu, der Auflösung der Kantone in ein Ganzes, des Kleinen in das Große, und da muß ich gestehen, daß ich keine Freude habe, leeres Stroh dreschen zu helfen!"

„So?" rief der Alte, fast heftig auffahrend, „pfeifst du auch aus dem Loch? Was willst du mit deiner Schweiz ohne ihre alten und neuen Kantone? Eine ausgefressene Schüssel, ein leeres Faß würde sie sein, ein weggeworfener Bienenkorb ohne Waben, ein in ein Haferfeld, auf dem die Rosse weiden, umgearbeiteter Garten würde sie sein! Nein, er ist schön, der rothe schweizerische Bundes- und Waffenrock, aber ein politischer Schmutzfink ist, wer nicht sein reinliches, selbstgewobenes Hemd ehrbaren Standeslebens darunter trägt; es ist stattlich, das rothe Ehrenkleid der Helvetia mit dem Kreuz auf der Brust; aber höchst ehrbarlich und von gutem Herkommen zeugend sind die zweiundzwanzig schneeweiße Hemdchen, welche sie im Kasten hat, das Zürcherische mit einem weiß und blauen Schildlein am Herzschlitz. Ohne Bund giebt es keine Eidgenossen, ohne Kantone keinen Bund, ohne Wetteifer im Großen und Guten keine Kantone: das ist der Steinschnitt im Gewölbe unseres Vaterlandes.

„Daß aber unser Kanton in diesem Wetteifer rühmlich vorangehe, das hängt von dem Großen Rath ab, den wir heute zu wählen haben. Er soll eine Leuchte sein unter den Kantonen in Erfüllung der Bundespflicht wie in Verwaltung und Fortbildung seiner selbst, ein Erhalter der fruchtbringenden Mannigfaltigkeit unseres Schweizerlandes, und hoffentlich wird die Zeit bald kommen, wo die Kantone von ihrer ersten Verblüffung, welche sie über dem lustigen Getümmel der neuen Bundeseinrichtung beschlich, sich erholend, von ihrem Vorschlagsrechte Gebrauch machen und in eidgenössisch-lebendiger Bewegung mit einander wetteifern.

„Also jetzt nur aufgebrochen und mitgekommen, wer ein guter Eidgenosse und ein guter Zürcher ist, Keines ohne das Andere, die Hälfte davon wird nicht angenommen!"

Die drei Wahlscheuen getrauten sich nicht länger, dem Alten davon zu schleichen, sondern gingen willig mit ihm den Berg hinunter.

Der schöne Maientag und der frische Muth des Greisen weckten auch ihre Züricherherzen auf und sie wurden noch auf dem Wege, nach Art aller Neubekehrten, so eifrig für die Sache, daß sie unter einander verabredeten, für diejenige Gemeinde, aus welcher verhältnißmäßig die wenigsten Mannen werden gekommen sein, einen eigenen Uebernamen zu erfinden und ihn derselben anzuhängen für die nächsten vier Jahre, bis sie von einer anderen Gemeinde abgelöst sei.

Das Ergebniß der beendigten Wahlen war in diesem Kreise eine Art Mittelgut, hausbacken und gewöhnlich in der ruhigen Zeit, trotz einiger Aenderungen, welche stattgefunden in Folge natürlichen „Hinschiedes“ einiger Räthe. In solchen Zeiten ist immer ein sanftes Gras nachgewachsen, das nun zunächst steht und zum Blühen kommt.

Da wurde gewählt ein sogenannter Zehenstrecker, d. h. ein Mann, auf den das Volk nicht aus freien Stücken verfallen, den es nicht „sehen“ würde, wenn er sich nicht bei allen Wahlanlässen jedesmal auf die Zehen stellte, bettelnd und schreiend die Hand erhöbe, wie die Kinder unter dem Kirschbaum. Nachdem das Volk sich Jahrzehende lang erst nach dem Zehenstrecker gar nicht, dann etwas verwundert umgesehen, wird es endlich aufmerksam und giebt ihm versuchsweise und lächelnd die ersehnte Stelle. Denn er ist über seiner ewigen Bewerbung ein geriebener Gesell geworden, der einen anscheinend ordentlichen Geschäftsdunstkreis um sich her aufgeregt hat. Eine Million Projektchen und Vorschläge hat er gemacht und jedesmal an den Wahlen in Umlauf gesetzt. Ein Kanälchen hat er ausgeheckt, um die Gemeindetreffermühle zu treiben, die Erzielung einer Ziege mit fünf Zitzen hat er erfunden und was dergleichen Dinge mehr sind, aus denen zwar nie etwas wurde, die er aber in hundert Versammlungen und Vereinen besprach, in der Presse künstlich angreifen ließ und nachher vertheidigte. Er handhabt die verdeckte Selbstangreifung wie ein Meister und die Reklame wie ein Künstler.

Da er nur Einen Grundsatz kennt, der lautet: Wer nicht für mich ist, der ist wider mich! so ist er je nach Umständen Jedermanns Freund und Jedermanns Feind. Diese Stellung weiß er dann immer für eine Parteistellung auszugeben, obgleich er politisch so leer ist wie eine taube Nuß.

Ein solcher Zehenstrecker also wurde gewählt; denn das Volk will zuweilen auch solche Käuze haben; es sorgt stets für die Mannigfaltigkeit und Vollzähligkeit der Gestalten auf seinem Schachbrette.

Ferner wurde gewählt, ebenfalls spät, ein Alter, der sich seit dreißig Jahren gegenüber jeder herrschenden Partei die „junge Schule“ nannte, obschon er kein Härlein mehr auf dem von Vorurtheilen des Alters vollgepfropften Schädel trug. Dieser wurde gewählt, weil er unter den Unmündigen und Frischkonfirmirten allerhand Schaden und Thorheiten anrichtete und heimlich versprochen hatte, die jungen Schuljahre nunmehr abzuschließen und die Zeit der männlichen Reife anzutreten, wozu er jetzo in den schönsten Jahren stehe.

Auch wurde ein sogenannter Früh-Gemeinnütziger gewählt, d. h. Einer, der schon vor seinem zwanzigsten Jahre den gemeinnützigen Gesellschaften der Gemeinde, des Bezirkes, des Landes und der Eidgenossenschaft angehört hatte und nun nach wiederum zwanzig Jahren durch seine vielfachen Missionen und Arbeiten einen ganz schätzbaren Vorrath von Kenntnissen und Erfahrungen erworben und ein brauchbarer Redner über Alles war, welcher der Gegend wohl anstand.

Ein stiller Mann, welcher plötzlich eine Million geerbt, wurde sodann gewählt, da man ihn für Steuern und Geschenke fürchterlich zu schröpfen gedachte und hiefür in guter Laune erhalten wollte. Schon hatte er eine neue Feuerspritze, ein Kirchenfenster, eine Orgel, drei Kadettentrommeln und eine Gemeindefahne gestiftet und Mehreres versprechen müssen.

Zum Schluß wurde ein noch stillerer Mann, ein bestandener Parlamentshecht erkürt, als Vogt über diesen ganzen parlamentarischen Nachwuchs, der denselben mit wenig Worten in Ordnung zu halten und zum Nutzen der löblichen Wählerschaft zu verwenden hatte.

Nach beendigter Wahlhandlung aber saßen die drei Brüder in einem Hinterstübchen des Wirthshauses zusammen und ermittelten nach ihren gemachten Erhebungen diejenige Gemeinde, welche am schlechtesten vertreten gewesen, um ihr den besagten Spitznamen zuzumessen und unter die Leute zu bringen. Die Brüder selbst waren zwar bei ihrem Mangel an Erfahrung in der Hast um ihre Stimmen gekommen, sie wußten kaum wie, und ihr gemeinschaftliches, krummgespitztes Bleistiftendchen hatte sich, von einem eigenen Wahlkobold beseelt, fast gegen den Willen der Schreibenden bewegt. Jeder verschwieg den beiden Andern, daß er gar keine rechte Zufriedenheit an seiner Stimmgebung empfinde und sich für übertölpelt halte.

Vielleicht gerade aus Aerger darüber war ihr Eifer nun groß und sie saßen mächtig zu Gericht.

Es ergab sich, daß es die Bürger von Nebenheim waren, von welchen allein ein alter, halbtauber Ehegäumer sich auf dem Platze eingefunden. Jakob, der die Frau hatte besehen wollen und nun der Grimmigste war, eröffnete, nachdem die Namenfinder eine gute Weile fruchtlos gebrütet, seine Meinung dahin, daß „Nebenheimer" an sich ein guter Spitzname werden könne für solche, die überall daneben kommen; daß zwar der Titel des erschienenen Ehegäumers auch eine ironische Bezeichnung für alle diejenigen geben würde, welche so lässig ihres Rechtes warteten; daß aber endlich gerade die Anwendung des Namens der Nebenheimer auf alle trägen Bürger die empfindlichste und abschreckendste Strafe wäre, da gewiß künftig jede Ortschaft sich hüten würde, ihren erhabenen Namen einer solchen Gefahr auszusetzen.

Die zwei Beisitzer Jakobs, welche von allen den heutigen Verhandlungen ganz erschöpft waren, erklärten sich mit seinem Vorschlage einverstanden und übertrugen ihm auch, den vereinbarten Uebernamen öffentlich zu verkünden „auf ihm geeignet scheinende Weise", worauf sie sich stracks unter das junge Volk machten.

Inzwischen saß Vater Berghans in einer Laube vor dem Hause, neben dem offenen Fenster des Berathungsstübchens seiner Enkel, weit ab vom Getümmel der Leute, und schaute über die blühenden Felder hinaus. Indem er so in den Sonnenschein blinzelte und dabei ein röthliches junges Dornzweigelchen im Munde hielt, erspähte er den alten Ehegäumer von Nebenheim, der, seinen thurmartigen, schwarzlackirten Strohhut wie ein Staatsmann in der Hand tragend, würdig einherschritt, an der Seite eine schlanke Mädchengestalt. Die Art, wie dieselbe ihre natürliche Raschheit mäßigte und neben dem langsamen Gange des alten Mannes die unnatürlich keck ausholenden Schritte elastisch anhielt, gab einen gar anmuthigen, beinahe feierlichen Anblick.

Berghansli erhob sich und winkte dem Paare, und es näherte sich bald der Laube, während das Mädchen vorsichtig einen schnellen Blick über den Platz warf aus ernsten braunen Augen.

Da man von dem alten Nebenheimer sagte, er wolle sich zu einer verheiratheten Tochter zurückziehen und wünsche nun das gegenwärtige Mägdlein, das Kind einer andern verstorbenen Tochter, das bisher bei ihm gelebt hatte, irgendwo wohl anzubringen, da man nicht minder vom Berghansli wußte, daß er einen seiner Enkel und zwar den Jakob, zu einer wackeren Verehelichung anhalte, um sein häusliches Wesen noch vor seinem Tode fortgesetzt zu sehen, so gewann dieses Zusammentreffen sehr den Anschein einer verabredeten Sache.

Wie dem auch sein mochte, so geschah es jetzt, daß Jakob gerade um die Ecke trat, um dem Großvater die Schlußnahme wegen des Spitznamens und deren Tragweite zu eröffnen, als auch der Nebenheimer mit der Jungfrau anlangte, welche die goldene Kette ihrer Vorfahrinnen wie ein Bürgermeister über den Spitzen und Stickereien ihres Sonntagsstaates und einen grünen spitzigen Roggenhalm gleich einem gestrengen Scepter an der Hand trug.

Jakob ließ den Mund, aus welchem er seine politische Mittheilung hatte wollen ertönen lassen, so lange offen stehen, daß die Fremde volle Zeit gewann, sich von ihrem Erröthen zu erholen und dasjenige Benehmen innezuhalten, welches bei solchen sogenannten ersten Zusammenkünften als ersprießlich erscheint und weder etwas verdirbt noch vergiebt.

Es war allerdings eine solche Zusammenkunft, wie sich immer deutlicher zeigte. Jakob hatte seine Frau auf einer Seite suchen wollen, die dem Alten nicht gefiel, und dieser die Sache ohne Jenes Wissen auf den Wahltag angeordnet.

„Siehst du," sagte er scherzweise, „du hast heute, glaub' ich, eine Mädchenschau abhalten wollen und nun bekommst du unverhofft noch die Allerschönste zu sehen!"

„Sie ist allerdings schön!" erwiderte Jakob immer noch verwundert, daß er diese Entdeckung noch nie gemacht, und ganz unbefangen.

Die Jungfrau aber wiegte ihren Roggenhalm und ließ seine Blattstreifen unverfänglich durch die Finger laufen; die Begebenheit endigte für heute damit, daß Berghansli und sein Enkel, nachdem die kleine Gesellschaft eine Erfrischung zu sich genommen, den Ehegäumer von Nebenheim und seine Enkelin eine gute Strecke Weges nach Hause geleiteten.

Auf dem Rückwege sagte Berghansli, indem er bei Sternenschein ungesehen etwas lächelte:

„Wie steht's denn mit dem Spitznamen für die Nebenheimer, den ihr in der Stube ausgemacht habt? Hast du die Sache besorgt?"

Ganz verblüfft antwortete der Junge: „Diese Teufelei hab' ich bei Gott ganz vergessen! Allein — nun haben wir da die Bekanntschaft der guten Leute gemacht; ich glaube, das Mädchen würde mich dauern, auch ist ja ihr Großvater der Einzige, der gekommen ist!"

„Es ist mir recht," sagte der Alte ernster, „wenn dir das Mädchen gefällt und ihr einig werden könnt. Wenn die Sache mit dem Spitznamen aber nicht eine Thorheit gewesen wäre, da dergleichen nie etwas nützt, so würde ich doch sagen, es soll das erste und letzte Mal sein, daß du wegen eines Weibsbildes eine politische Thathandlung änderst oder unterlässest! Siehst du, Meister Jakob, so kommt es, wenn man von der Kälte in die hitzigen Anläufe hineinfällt. Immer gleich und stets geübt, das macht den Mann!"

Zur Geschichte der Gewürze.

Von

Dr. G. A. Pritzel.

Gewürze nennen wir eine Reihe von Substanzen, welche fast alle aus dem Pflanzenreich stammen, und die, ohne selbst ernährend zu sein, den Nahrungsmitteln in geringer Menge beigemischt werden, um sie durch lieblichen Geruch und Geschmack der Zunge angenehmer zu machen. Einen höheren Zweck im Haushalt unseres Körpers erfüllen sie, indem sie ihn zur leichteren Aneignung wenig zuträglicher Nahrungsstoffe geschickt machen, und die durch den Einfluß heißer Klimate gesunkene Thätigkeit der Verdauungsorgane wieder herstellen. In fremden Ländern, unter ungewohnten klimatischen Verhältnissen, wo alle Functionen des Organismus unter Einwirkung von Einflüssen leiden, die von den gewöhnlichen abweichend sind, wird auch die Fähigkeit, zu verdauen, nicht von Störungen frei bleiben, um so mehr, wenn nur ungewohnte Nahrungsstoffe zu Gebote stehen. Unter solchen Umständen sind Gewürze das wirksamste Mittel, diesen Störungen das Gleichgewicht zu halten. Merkwürdiger Weise sind die tropischen Länder mit dem ungesundesten Klima nicht nur das Vaterland pestartiger Fieber und Epidemien, sondern auch das Vaterland der kräftigsten Gewürze, so daß die Natur Gift und Gegengift auch hier einander so nahe gelegt hat.

So unbekannt eine große Menge dieser Substanzen in Bezug auf ihre Zusammensetzung auch noch ist, so hat sich doch unter den genauer untersuchten eine große Uebereinstimmung ihrer Grundstoffe herausgestellt; sie enthalten sämmtlich einen Körper aus der Klasse der ätherischen Oele. Auf gleiche Weise ist unter den äußerlich so verschiedenartigen Genußmitteln, welche eine so bedeutende Rolle unter den Gegenständen des Verbrauches einnehmen, das eine Uebereinstimmende beobachtet worden, daß ihre wesentlichsten Stoffe entweder Coffein oder Alkohol sind.

Der Genuß der Gewürze scheint im Alterthum geringer gewesen zu sein, als in späteren Zeiten, abgesehen von der luxusreichen Periode der römischen Kaiserzeit; er erreichte seinen Höhepunkt in Europa wahrscheinlich im 15. und 16. Jahrhundert, und neigt sich in unseren Zeiten unter den civilisirten Völkern ganz unzweifelhaft einer allmähligen Verminderung zu. Diese erfreuliche Erscheinung läßt sich nicht erklären aus den Preisen der Gewürze; denn mit der Entwickelung des Freihandels und der zunehmenden Kolonisation der fremden Welttheile mußten die Preise sinken und sind so erheblich gesunken, daß man den Pfeffer um den zehnten, die Muskatnüsse um den vierzigsten Theil ihres ehemaligen Preises kauft; sie muß vielmehr gefunden werden in der sorgfältigeren und verständigeren Weise der Zubereitung der Speisen, welche immer ein Zeichen der vorschreitenden Volksbildung ist. Wir finden heut das Uebermaß sinnlos gehäufter Gewürze, wie sie noch im vorigen Jahrhundert bei Schilderung fürstlicher Bankette vorkommen, lächerlich; wir verderben die edlen Weine des Rheins, des Neckars und der Mosel nicht mehr mit Galgant, Cardamomum und Ingwer, wie es die deutschen Ritterfrauen thaten, bei denen kein Wein in höherem Ansehn stand als der gewürzte und gezuckerte; wir haben von allen den Mischereien früherer Zeit nur dem Maitrank mit dem lieblich duftenden blühenden Waldmeister ein freundliches Andenken bewahrt; wir sehen, wie gut am Weihnachtsfest unserer Jugend der Pfefferkuchen ohne Pfeffer mundet, von dem ihm schon längst nichts als der Name geblieben ist, und wie behaglich sie an ihren Geburtstagsfesten die Chokolade schlürft, ohne daß sie den scharfen spanischen Pfeffer darin vermißt, mit dem sie der Mexikaner sich würzt. Ganz verschwunden aber aus dem Gebrauch ist keines der einmal eingebürgerten Gewürze; selbst das kostbarste und gefeiertste von allen, der orientalische Safran (die Stempel der Crocusblüthe), den die Araber auf ihrem Eroberungszuge mit nach Spanien gebracht hatten, und der dort, so wie in Frankreich und einem Theile des südlichen Deutschlands Gegenstand einer ausgedehnten Kultur wurde, hat sich in einigen Gegenden unseres Landes im Haushalt des Bauernstandes erhalten, und dient dort zur Bereitung von Osterfladen und jener klassischen gelben Suppe mit den großen Rosinen, mit welcher man den lieben Nachbaren Kunde von gewissen frohen Familienereignissen zu geben pflegt. Aber die Zeiten seines Glanzes sind dahin, die Zeiten, wo in den Reichsstädten, sobald der längst ersehnte Safranballen aus Venedig eingetroffen, der regierende Bürgermeister und die Rathsherren sammt dem Physicus nach gehörter Messe in feierlichem Zuge, die Stadttrabanten voran, nach der Halle der Kaufherren oder auf das Rathhaus zur „Safranschau" schritten, und wo, je nach dem Ausfall der Prüfung, entweder der Kaufmann den harrenden Patrizierfrauen den Inhalt buchstäblich gegen Gold aufwog, oder, wenn die Waare gefälscht war, der Henker sie in Empfang nahm, um sie vor den Thoren vor einer schaulustigen Menge den Flammen zu übergeben.

Aus der großen Menge gewürzreicher Stoffe, die das Pflanzenreich bietet, kann ich nur einige zu einer ausführlicheren Besprechung auswählen, die schon durch ihr hohes Alterthum für die Civilisationsgeschichte der Menschheit denkwürdig sind, vor allem den Zimmt und den Pfeffer; andere kann ich nur im Vorbeigehen berühren. Aber zuvor wollen wir noch einen Blick werfen auf die Zeit in unserm Heimathlande, bevor ein ausgedehnter Handel mit fremden Spezereien und Gewürzen seine Lebensgewohnheiten veränderte.

Deutschland hat fremde Gewürze kaum vor der Zeit des Frankenreichs gekannt, wenn man von den Gegenden absieht, in welche im Gefolge der Legionen römische Kaufleute schon früh mit ihren Waaren vorgedrungen waren. Dennoch entbehrte der Tisch unserer Vorfahren nicht jeder Zierde. Der Benedictinerorden hatte in seinem einsichtsvollen Fleiße früh eine Menge des besten Obstes in Deutschland verbreitet, Aepfel, Birnen, Pfirsiche, Pflaumen, Quitten, Mispeln und Zellernüsse, und auf den zahlreichen Maierhöfen Kaiser Karl des Großen wurden bereits eine Menge von Gemüse- und Gewürzpflanzen gezogen, deren Kultur die alten Römer schon kannten, und die der Kaiser aus Italien hatte kommen lassen; denn einheimisch ist in Deutschland keine Gewürzpflanze, vielleicht (aber auch nur vielleicht) mit Ausnahme des Kümmels. Gebaut wurde in den kaiserlichen und in den Gärten der Klöster die Raute, der Beifuß, die Salbei, die Stabwurzwermuth, Anis, Körbel, Kümmel, Fenchel, Bohnenkraut, Diptam, Brunnenkresse, Senf, Meerrettig, Koriander, Rosen- und Pfeffermünze (Pflanzen, die fast sämmtlich um das Becken des mittelländischen Meeres und im Orient ihre Heimath haben), und die aus Sibirien auf unbekannten Wegen eingewanderte edle Estragonstaude (Artemisia Dracunculus L.). Von hier fanden sie ihren Weg bald in die Gärten des Landvolkes. Mit diesen aromatischen Pflanzen würzte man in Deutschland, und späterhin auch im Norden Europa's das einfache Mahl, ohne anreizenderer Würzen zu bedürfen.

Wenden wir uns nun zur Betrachtung der einzelnen Gewürzpflanzen, und zunächst des

Zimmtbaums (Cinnamomum aromaticum N. v. E.).

Das älteste Handelsvolk der Welt, die Phönicier, hat Jahrhunderte vor den Zeiten des Herodot den Zimmt wahrscheinlich durch Vermittelung arabischer seefahrender Küstenbewohner zu den Völkern des Westens gebracht, zuerst wohl nicht als ein zum Genuß bestimmtes Gewürz, sondern als eines der kostbaren Rauchwerke, welche den Hauptgegenstand des phönicischen Handels ausmachten. Der Gebrauch des Weihrauchs, der Myrrhe und der indischen Narden beim Gottesdienste war schon früh in der ganzen alten Welt verbreitet; große Mengen wurden außerdem in den Palästen der Großen und bei den Leichenpompen verbrannt, zumal in Phönicien selbst und in seinen Colonien. Denn wie überhaupt die Götter Canaan's mehr durch Rauchwerk als durch blutige Opfer verehrt wurden, so dufteten auch in allen phönicischen Tempeln Weihrauchopfer. Bei den großen Feuerfesten, die zu gewissen Jahreszeiten stattfanden, wurden große Mengen von köstlichem Rauchwerk, mehr als sonst im ganzen Jahre, verbrannt. In den Heiligthümern der phönicischen Colonien läßt sich dieser Brauch von Cypern, wo in den Tempeln der Urania sabäischer Weihrauch auf „hundert Altären" empordampfte, bis nach Gades (dem heutigen Cadix) in Spanien verfolgen, wo das Weihrauchopfer als eine phönicische Sitte bezeichnet wird. Die Rauchopfer im Tempel zu Jerusalem sind aus der heiligen Schrift bekannt. Wenn auch im homerischen Zeitalter den Göttern nur Thiere, Gerste und Wein geopfert wurden, so nahm doch das Weihrauchopfer bei der Entstehung eines geordneten Handelsverkehrs so überhand, daß auch der Aermste im Volke es nicht unterließ, der Gottheit einige Körner zu streuen. Aus der Geschichte der Kindheit Alexander des Großen wird berichtet, daß sein Lehrer Leonidas ihm Vorwürfe gemacht, daß er bei dem Opfer zu verschwenderisch mit dem Weihrauch umgehe; damit solle er warten, bis er weihraucherzeugende Länder werde unterworfen haben. Als Alexander Arabien erobert, sandte er seinem Lehrer eine Schiffsladung Weihrauch mit der Mahnung, nun nicht mehr den Göttern gegenüber zu geizen. Es unterliegt keinem Zweifel, daß zu diesen Rauchopfern außer dem Weihrauch verschiedene wohlriechende Hölzer, und unter ihnen die duftende Zimmtrinde, verwendet wurden. Eine andere Verwendung des Zimmts war die zu einer köstlichen Salbe, zu welcher er mit sechs andern Aromen in den berühmten Salbenfabriken von Sidon und Tyrus gemischt wurde. Diese kostbaren Salbenmischungen, welche indeß in noch höherer Vollkommenheit aus den üppigen Ländern Babylonien und Assyrien kamen, hatten im Alterthum einen so großen Ruf, daß man in Athen eine Kotyle (etwa ¼ Quart) mit 250 Thalern bezahlte.

Auf diese beiden Zwecke scheint sich der Gebrauch des Zimmts im Alterthum beschränkt zu haben. Erst bei Dioscorides wird er als Arzneistoff erwähnt. Daß er gegessen worden sei, davon findet sich, selbst in dem Kochbuche des Apicius, keine Spur. Dazu erschien er denn doch selbst den schwelgerischen Römern zu kostbar. Plinius sagt nur, Kaiser Vespasian sei der Erste gewesen, welcher in allen Tempeln des Capitols und im Friedenstempel in Gold gefaßte Zimmtkränze aufgehängt hat. „Ich habe," fügt er hinzu, „auch eine sehr schwere Wurzel des Zimmtstrauchs im Palatinischen Tempel gesehen, welchen Augusta ihrem Gemahl Augustus erbaut hat. Die Wurzel lag auf einer goldenen Schale; Jahr für Jahr drangen Tropfen aus ihr hervor und verhärteten, bis der Tempel von einer Feuersbrunst verzehrt wurde."

In der That fällt die erste Erwähnung des Zimmts als Gewürz erst in die Zeit der Kreuzzüge, nachdem man ihn schon seit länger als zwei Jahrtausenden kannte. Nach einer Chroniken-Nachricht wurden am Tage vor dem Aufbruch König Ludwig IX. von Frankreich zum Kreuzzuge beim Abschiedsmahle gegessen: „frische Bohnen in Milch gekocht, Reis mit Milch, Mandeln und Zimmt, gebratene Aale und Torten;" sämmtlich Fastenspeisen. Dieses ist der erste historisch beglaubigte Milchreis mit Zimmt.

Forscht man nun bei den alten Schriftstellern nach der Heimath des Zimmtstrauchs, so herrscht tiefes Schweigen. Herodot, der Vater der Geschichte, der älteste Schriftsteller, der ihn überhaupt erwähnt, spricht sich so aus: „Die Araber sind nicht im Stande anzugeben, in welchem Lande der Zimmt wächst; doch muthmaßen

Einige, er wachse in den Ländern, in welchen Dionysos (Bacchus) erzogen worden. Große Vögel brächten die Späne herbei, welche die Phönicier cinnamomum nennen, welchen Namen wir von ihnen entlehnt haben. Die Vögel trügen den Zimmt in ihre an unzugängliche Felsen gebauten Nester. Um ihn nun von da zu bekommen, legten die Araber große Stücke Fleisch von Rindern und Eseln unter die Felsen, und versteckten sich dann. Die Vögel trügen die Fleischstücke in ihre Nester und überladeten sie damit so sehr, daß sie herunterstürzten, worauf der Zimmt gesammelt und nach andern Ländern hin verhandelt würde." Aristoteles dagegen spricht von einem Zimmtvögelchen, welches in den Gegenden, wo es heimisch ist, Zimmt zusammentrage, und daraus sein Nest auf den Zweigen hoher Bäume baue. Die Bewohner des Landes sollen das Nest von da mit Pfeilen, deren Kuppe von Blei ist, herabschießen und so den Zimmt gewinnen. Zur Erklärung dieser seltsamen Märchen, welche selbst bei Geistern, wie Herodot, Pausanias und Aristoteles Glauben fanden, muß daran erinnert werden, daß die schlauen phönicischen Händler den Werth aller Erzeugnisse des fernen Orients durch derartige Fabeln über ihre Herkunft zu steigern wußten. Fabelsagen, denen man zugleich die Absicht anmerkt, den Zugang zu der Heimath der phönicischen Monopolwaaren in schreckhafter Weise darzustellen, knüpfen sich an fast alle aus fernen Ländern gebrachten Artikel des phönicischen Handels. Sie führten bei den Alten den sprüchwörtlichen Namen der „phönicischen Lügen," und sind gewiß zum Theil von den Phöniciern zu dem angedeuteten Zwecke erfunden. Aehnliche Sagen hatten sie von der mit dem Zimmt verwandten Cassiarinde, welche man sich in Sümpfen aus den Krallen gräßlicher Fledermäuse und von geflügelten Schlangen erkämpfen müsse, von dem Ladanum-Harz, welches in den Bärten der Ziegen wächst, von dem Pfeffer, welchen Schlangen in unzugänglichen Wäldern bewachen und der nur von Affen eingesammelt werden könne, von dem Golde und dem kostbaren Electron, welches wunderbare Jungfrauen auf der Insel Cyraunis an Leimruthen aus einem See emporziehen. Der römische Schriftsteller Plinius weist mit seiner Erzählung zuerst auf das wahre Vaterland des Zimmt, die Insel Ceylon, das alte Taprobane hin, wie dies im 13. Jahrhundert durch den berühmten Venetianer Marco Polo endlich zur Gewißheit wurde. Die Worte des Plinius sind: Zimmt und Cassia trägt Arabien nicht; denn der Zimmt wächst im Lande derjenigen Neger, welche mit den Troglodyten verschwägert sind. Die Troglodyten kaufen den Zimmt von ihren Nachbarn und verhandeln ihn weithin über das Meer auf Flößen, welche weder durch Steuerruder gelenkt, noch durch Ruder oder Segel in Bewegung gesetzt, ja nicht einmal durch den Verstand der Menschen regiert werden, sondern nur auf gut Glück darauf los fahren. Sie gehen übrigens Mitte Winters in See, wo vorzüglich Südostwinde wehen. Diese treiben sie geradewegs durch die Meerbusen hin, und nach der Fahrt um das Vorgebirge führt sie der Südwestwind in den Hafen der Gebaniter, welcher Ocilia*) heißt. So kaufen denn die Gebaniter vorzugsweise den Zimmt auf, und sagen, die Zimmtverkäufer kämen in fünf Jahren kaum einmal, und viele von ihnen verunglückten. Für den Zimmt tauschen die Troglodyten gläserne oder eherne Waaren, Kleider, Spangen und Geschmeide ein. — — Die Ernte wird nur vorgenommen, wenn es ein Gott erlaubt, welchen die Eingeborenen Assabinus nennen, Manche aber für den Jupiter halten. Die Erlaubniß zur Ernte giebt der Gott nur gegen ein Opfer von 44 Rindern, Ziegen und Widdern. Vor Aufgang der Sonne und nach deren Untergang darf nicht geschnitten werden. Der Priester theilt die Zweige mit einer Lanze und sondert den Antheil des Gottes aus; das übrige verpackt der Kaufmann. Nach andern Angaben bekommt der Gott ein Drittel, ein anderes die Sonne, ein drittes der Kaufmann. Ueber die drei Theile soll zweimal gelost werden; der Antheil der Sonne soll von selbst in Flammen aufgehen. Am höchsten im Preise stehen die Zweig-Enden, welche in Stücke von Handlänge geschnitten sind; für geringer gelten die hinter jenen stehenden kürzer geschnittenen Stücke. Das Holz des Zimmtbaums wird verachtet, weil es scharf und nach Dosten riecht. Den Preis des Zimmtes bestimmt einzig der König der Gebaniter. Das Pfund galt sonst 1000 Denare; jetzt ist er um die Hälfte im Preise gestiegen, weil die Barbaren, wie man erzählt, ganze Wälder abgebrannt haben; aus welchem Grunde, weiß man nicht sicher. Es giebt auch Schriftsteller, welche behaupten, daß die Südwinde in dem Zimmtlande so heiß wehen, daß sie im Sommer die Wälder versengen.

Soweit Plinius, aus dessen Nachrichten sich mit Wahrscheinlichkeit schließen läßt, daß die Chinesen (seine Troglodyten) die Weltschiffer jener Zeit, die ersten Vermittler des Zimmthandels waren. Als Ceylon 1518 durch die Portugiesen in Besitz genommen wurde, lernte man den Baum allmälig mehr und mehr kennen, aber er blieb noch immer wild in den Wäldern der innern Insel, bis vor gerade hundert Jahren, im Jahre 1765, der holländische Gouverneur Falk seinen Anbau versuchte, bewegt durch das

*) Ocilia, Ocelis, Handelsstadt an der Südostspitze Arabiens.

traurige Loos der Zimmtsammler, welche in den Wäldern den Mißhandlungen der barbarischen Eingeborenen ausgesetzt waren, die ihnen Nase und Ohren abschnitten, oder die im Kampfe mit den wilden Elephanten umkamen oder an bösartigen Fiebern hinsiechten. Falk ließ unweit Colombo den Zimmtbaum in seinen Gärten regelmäßig anpflanzen, und war so glücklich, von einigen Tausend gepflanzter Bäume Zimmt von der vorzüglichsten Güte zu bekommen. Der große Rath von Batavia, von welchem der Gouverneur in Ceylon abhängig war, widerstrebte anfangs diesen Unternehmungen, weil man seit 150 Jahren doch immer auf die alte Art sein Zimmtquantum erhalten habe, und dem Rathe das Schicksal der Zimmtsammler wenig am Herzen lag; allein der Vortheil war zu sehr in die Augen fallend, und die Sache der kultivirten Zimmtbäume siegte. Drei Jahre später, im Jahre 1768, kam der erste lebende Zimmtbaum nach Europa, und wurde von Philipp Miller im Garten zu Hamptoncourt cultivirt. Von Ceylon, wo die Zimmtplantagen jetzt einen Flächenraum von 17,000 englischen Morgen mit einem Ertrage von etwa einer halben Million Pfund einnehmen, wurde der Baum zunächst nach Sumatra, später nach Java, Isle de France, Brasilien, Cayenne und Martinique verpflanzt; aber nirgends erlangt die Rinde das feine Arom, wie in Ceylon selbst. Man beutet den schönen, dem Lorbeer ähnlichen Baum von seinem neunten bis zu seinem dreißigsten Jahre aus, und zwar zweimal des Jahres, vom April bis August, dann vom November bis Januar, wo er die zweite minder ergiebige und auch lange nicht so werthvolle Ernte liefert. Man schneidet zu diesem Zwecke die mehr als dreijährigen Aeste ab, entfernt die äußere graue Rindenschicht mit einem scharfen Messer, spaltet hierauf die innere Schichte, und löst sie vorsichtig vom Holzkörper, rollt die papierdünnen schmäleren Schichten in die breiteren ein, und trocknet diese Röhrenstücke an der Sonne. Letztere kommen dann in oft anderthalb Fuß langen, fingerdicken, eigenthümlich gelb-bräunlichen Röhren als ächte Zimmtrinde in den Handel. Diese Zimmtsorte, welche von Unkundigen bisweilen mit der viel geringeren Zimmtcassia und selbst mit der Canel- oder sogenannten weißen Zimmtrinde verwechselt wird, riecht sehr angenehm und besitzt einen süßen, feurig aromatischen Geschmack, der von einem eigenthümlichen ätherischen Oele herrührt.

Der schwarze Pfeffer (Piper nigrum L.)

Die Pflanze, welche dieses weltbekannte Gewürz liefert, ist ein klimmender und aus seinen Zweiggliedern Wurzeln treibender Strauch von mehr als Klafterhöhe mit stielrunden Aesten, wechselständigen, gestielten, breit eirunden, zugespitzten kahlen Blättern. Diesen Blättern gegenüber stehen oder hängen vielmehr an der fruchttragenden Pflanze schlanke, cylindrische Kolben von 3—5 Zoll Länge. Die reifen kugligen Früchte von der Größe einer kleinen Erbse sind im frischen Zustande hellroth oder rothbraun. Dieser Schlingbusch wird durch Setzlinge vermehrt, und entweder an Geländen und Pfählen oder an Bäumen gezogen, zwischen denen er in Guirlanden herabhängt, wie die Weinrebe zwischen den Ulmenbäumen in mehreren Gegenden Italiens. Gewöhnlich schneidet man die unteren Zweige des Baumes ab, an welchem der Pfefferstrauch gezogen wird, und schneidet die oberen Zweige fächerförmig zu, damit sich der Pfefferbusch auf diese Weise bequem ausbreiten kann. In Malabar verwendet man oft den Mangobaum als Stütze, aber seine sonst vorzüglichen Früchte werden durch die Ausdünstungen des Pfeffers vollkommen ungenießbar. Die Beschaffenheit des Erdbodens hat keinen bedeutenden Einfluß auf die Kultur, da die Staude, wie viele dickblätterige Pflanzen, ihre Nahrung vorzugsweise aus der Luft aufzunehmen scheint; aber ein feuchtes und dabei glühend heißes Klima (31—33° R.) ist erforderlich. Den besten und reichlichsten Ertrag gewährt die Pflanze von ihrem 5.—8. Lebensjahre. Die Beeren werden abgepflückt, ehe sie ganz reif sind, und auf Matten an der Sonne getrocknet, wobei sie eine schwarze Farbe und ein runzliches Ansehn bekommen. So in Säcken versendet, giebt er den schwarzen Pfeffer des Handels. Der glatte weiße Pfeffer, welcher einen viel milderen Geschmack hat, und den die Europäer wenig verwenden (er wird hauptsächlich in China verbraucht) ist keine besondere Art, sondern man gewinnt ihn, indem man die mehr gereiften Pfefferfrüchte in Kalkwasser legt; durch diese Beizung erweicht, läßt nach 8—10 Tagen die äußere fleischige Fruchtschale sich leicht ablösen, und die glänzend weißen Samen kommen zum Vorschein.

Die Pfefferstaude hat nur einen sehr beschränkten Kreis ihres Anbaus, und bildet doch, dem Quantum nach, das wichtigste Product für den ostindischen Handel. Ursprünglich wild in Malabar, erstrecken sich ihre Kulturgränzen nördlich nicht über Goa unter dem 15ten Breitengrade hinaus, gehen nicht südlicher als bis zum 5ten Breitengrade, nicht westlicher, als bis zur Malabarküste, nicht östlicher als Siam und die Ostküste Borneo's. Er kommt also nur vor in den südlichsten Theilen Vorder- und Hinterindiens, auf der Halbinsel Malacca und den dabei liegenden Inseln Pulo und Pinang, so wie auf Ceylon und den Sunda-Inseln. Das also ist das Land, wo der Pfeffer wächst, wohin wir bisweilen unsere guten Freunde wünschen, und nicht das kaiserliche Cayenne, wie ein ziemlich verbreiteter Irrthum anzunehmen pflegt. Auf diesem Bezirk werden nach einer Berechnung Crowford's, die schon Karl Ritter in seiner Erdkunde mitgetheilt hat, 50 Millionen Pfund Pfeffer gewonnen, von denen ⅓ nach Europa, das Uebrige größtentheils nach Nordamerika und nach China ausgeführt wird. Europa erhält den besten Pfeffer, den aus Malabar, seiner ursprünglichen Heimath. Die Eingebornen von Sumatra und von den andern Inseln Polynesiens, wo der Pfefferbau so ausgedehnt ist, gebrauchen ihn nur als Arzneimittel. Vertheilen wir die Gesammtproduktion von 50 Millionen Pfunden auf die Bevölkerung der ganzen Erde, so würde allerdings auf den Kopf nur ein täglicher Verbrauch von 1 Gran kommen; aber bei der ungleichen Betheiligung am Gebrauch ist dieses Ergebniß kein richtiges, und mag in England etwa 2¼ Loth jährlich betragen, eine Ziffer, welche auch mit der Verbrauchsmenge im deutschen Zollverein ziemlich übereinstimmt. Aber in früheren Jahrhunderten war der Verbrauch, wenigstens unter den Bewohnern der Städte, ungleich größer. Schon im Alterthum brachten die Araber den Pfeffer in Massen nach Aden und Sokotora, von wo er über Alexandrien auf den Markt der Aethiopier und Aegypter, zu den Griechen, Byzantinern und Römern ging. Als der Gothenkönig Alarich im Jahr 409 Rom einnahm, legte er der Stadt nebst ungeheuren Geldsummen eine Kontribution von 3000 Pfund Pfeffer auf. In Deutschland besonders überstieg späterhin die Liebhaberei für den Pfeffer alle Grenzen. Bereits im 12. Jahrhundert zogen die Kaufherren aus Wien, Regensburg, Augsburg, Nürnberg und Ulm und aus anderen Städten des schwäbischen Bundes in langen Zügen über den Gotthard nach Venedig, wo die Regensburger bald eine eigene Börse und Handelsloge errichteten. Selbst Lindau, das deutsche Venedig, war dabei so lebhaft betheiligt, daß es, lange vor Einrichtung der Reichsposten, eine eigene Briefpost nach Italien unterhielt. Ulm, Nürnberg und Augsburg wurden bald zu den großen Stapelplätzen für den ganzen indischen Gewürzhandel in Europa; ihre Kaufleute wurden dabei so reich, daß Kaiser und Fürsten bedeutende Summen von ihnen entlehnten, und Anton Fugger zündete bekanntlich in seinem Palast zu Augsburg vor Kaiser Karl V. im Kaminfeuer eine Rolle Zimmtrinde mit des Kaisers Schuldverschreibung von 2 Millionen Gulden an. Pfeffer war in Deutschland im 14. und 15. Jahrhundert geradezu ein Ersatzmittel für Geld geworden. Die Privilegien wurden mit Pfeffer erkauft, die Steuern und Stromabgaben in Pfeffer entrichtet, die städtischen Behörden mit Pfeffer besoldet, durchreisende Fürsten und ihre

Kanzler mit Pfeffer beschenkt, ja sogar die versetzte Krone des heiligen römischen Reiches mit Pfeffer ausgelöst. Die große Regensburger Chronik erzählt von dem Schlusse des Reichstages des prachtliebenden Kaisers Sigismund vom Jahr 1434, wie folgt: „Als hierauf zur Abreise alle Anstalten getroffen worden, gebrach es an Geld, die Kosten der Hofhaltung zu berichtigen. Der Kaiser entdeckte seine Geldverlegenheit seinen lieben Getreuen, dem Kammerer und Rath, die aber, da sie selbst viele Jahre her zur Bestreitung der Kriegsunkosten über Vermögen hatten Anstrengungen machen müssen, über keine volle Kassen zu verfügen gehabt, noch weniger es für rathsam finden mochten, im Namen des gemeinen Wesens dem Kaiser ein Darlehen anzubieten. Der Kammerer Gumbrecht und drei andere ihm beigegebene Verwalter des Gemeinguts erboten sich jedoch in eigenem Namen das Bedürfniß von 4600 Gulden vorzuschießen, bedingten sich aber zu gleicher Zeit die Bestellung eines hinlänglichen Unterpfandes aus. Nothgedrungen sah sich der Monarch zu dem Entschluß gebracht, die verlangte lästige Verschreibung auszustellen (Kaiser Sigmund's Verschreibung d. d. Regensburg 1434 an S. Michelstag, im Königlichen Staats-Archiv zu München), einen Theil seines Silbergeschirrs und selbst seine Kaiserkrone zurückzulassen, und mit geleerten Koffern in den ersten Tagen des Oktobers den Mauern der eben so guten als fürsichtigen Stadt Regensburg den Rücken zu kehren. Nach langem Warten kam dann endlich in den letzten Tagen des Jahres ein kaiserlicher Commissarius, und verlangte die eingesetzten Pfänder zu lösen. Es scheint, der Kaiser habe ungern die Krone, wiewohl sie mit des Hofmeisters Waitasy Emmerich's Petschaft versiegelt gewesen, in den Händen der Bürger und Kaufleute gelassen, oder er habe überhaupt mehr Liberalität von Seiten der Stadt Regensburg erwartet. Obwohl der Commissär nicht hinlänglich mit baarem Gelde versehen gewesen, sondern Pfeffer statt Geldes anbot, so konnte man doch dem Ansinnen nicht geradehin ausweichen, und mußte nolens volens auf das Tauschgeschäft eingehen, über welches in der Regensburger Stadtrechnung folgender Vermerk vorkommt: „Unser Herr der Kaiser ist hie schuldig gewesen 4642 Rheinische Gulden; dafür hat er meinen Herren gute Pfand gesetzt. Auf das haben meine Herren Pfeffer kauft, an dem Pfeffer ist verloren worden 10 Pfund, 6 Schilling, 28 Pfennige."

Schließlich müssen wir hier noch der Pflanze gedenken, welche man wegen des scharf beißenden Geschmacks ihrer Früchte den spanischen oder auch den Cayennepfeffer genannt hat (Paprika bei den Ungarn), obgleich sie im Uebrigen nicht die geringste Aehnlichkeit mit dem Pfeffer hat. Sie gehört vielmehr zu der Familie der kartoffelartigen Pflanzen oder Solanaceen, zu der Gattung Capsicum, und ist nahe verwandt jenen glänzend purpurrothen Früchten, die unter dem Namen der Liebesäpfel in Südeuropa allgemein bekannt sind und dort eins der verbreitetsten Tafelgemüse abgeben. Noch kein Reisender hat diese Pflanze, obgleich sie in allen fünf Erdtheilen kultivirt wird, in wildem Zustande aufgefunden, und es ist schwer zu entscheiden, ob sie der alten oder der neuen Welt angehört. Die Europäer lernten sie zuerst im sechszehnten Jahrhundert kennen, als Alfonso Daveiro sie nach der Entdeckung von Benin nach Portugal brachte. Ihre zu einem feinen röthlichen Pulver zerriebenen Früchte übertrafen an Geschmack und Schärfe bei weitem den indischen Pfeffer und wurden auch auf dem Londoner Markt doppelt so theuer bezahlt. Weil aber die Könige von Portugal befürchteten, daß durch dieses neue Gewürz die großen Massen schwarzen Pfeffers, die sie jährlich aus Calcutta erhielten, im Preise gedrückt werden möchten (König Sebastian hatte beispielsweise im Jahr 1573 mit dem Augsburger Geschlechter Konrad Roth einen Lieferungsvertrag auf indischen Pfeffer für 1,300,000 Scudi geschlossen), so wandten sie alle Energie auf, um jene Quelle zu verstopfen; so mußte unter andern der gelehrte königliche Leibarzt Garzias a Huerta in einem besondern Werke diesen neuen Pfeffer auf Kosten des indischen herabsetzen, wofür er reichere Gunst bei seinem Gebieter gefunden haben mag, als das arme Ober-Collegium medicum in Berlin mit seinem unseligen Gutachten über den Cayennepfeffer bei unserm großen Könige. Im Jahre 1782 war nämlich in Berlin ein lebhafter Streit zwischen den Weinessig- und Fruchtessig-Fabrikanten ausgebrochen. Jene beschuldigten diese nachtheiliger Zusätze in ihren Fabrikaten, und diese behaupteten, eben so gesunde und kräftige Weinessige zu bereiten, als jene. Beide Parteien trugen ihre Streitigkeiten dem Könige unmittelbar vor. Friedrich trug dem Ober-Collegio medico auf, zu untersuchen, ob die Fruchtessig-Fabrikanten wirklich ihre Fabrikate mit schädlichen Dingen vermischten. Das Ober-Collegium medicum berichtete: „es habe sich bei der Untersuchung ergeben, daß gedachte Fabrikanten sämmtlich ihre Essige aus unschädlichen Ingredienzien bereiten, einen ausgenommen, der ein wenig spanischen Pfeffer hinzugemischt, welches ihm ernstlich verwiesen, und ihm der Eid abgenommen sei, sich dieser Zumischung nie wieder zu bedienen.“ Auf diesen Bericht erging folgende merkwürdige wenig bekannte Kabinetsordre an das General-Direktorium und Ober-Collegium medicum, deren Aufbewahrung wir Hufeland verdanken. „Bei denen in der Original-Anlage, von Sr. Könialichen Majestät von

Preußen, Unserm allergnädigsten Herrn, dem Ober-Collegio medico angezeigten Ingredienzien der Wein- und Fruchtessige, wollen Höchstdieselben Dero General-Directorio und demselben hiermit nicht verhalten, daß dergleichen Essigfabrikanten, sobald sie nur keine der Gesundheit schädliche Sachen dazu gebrauchen, in dem Debit derselben nicht chikanirt, sondern ihnen solcher, auf dem bisherigen Fuß, nachgelassen bleiben soll; in mehrerem Betracht es nur Thorheit ist, den spanischen Pfeffer als der Gesundheit schädlich anzugeben; da er bei verschiedenen Speisen gebraucht und ohne Schaden gegessen wird; auch ehe der indianische ins Land gekommen, man sich desselben ohne Besorgniß für die menschliche Gesundheit bedienet hat; wornach sich also sowohl gedachtes General-Directorium als Ober-Collegium medicum achten wird. Potsdam, den 2. Mai 1782. Friedrich."

Wir wollen hoffen, daß das Ober-Collegium medicum diese Allerhöchste Entscheidung mit ehrfurchtsvollem Schweigen hingenommen und sich damit getröstet haben werde, daß es nicht die Felder der Pflanzengeschichte und der Fischkunde waren (wir erinnern hier an den von Friedrich dem Großen im Glazischen erwähnten neuen Fisch), auf denen der Heldenkönig den Kranz der Unsterblichkeit ernten sollte.

Ein Volk zum andern.

Mit besonderer Beziehung auf England und Deutschland.

Von

Friedrich Althaus.

In der alten Welt, so sagen wir uns gern, lebte jedes Volk ausschließlich für sich, schroff und abstoßend, ja feindselig gegen andere Völker.

In der neuen Zeit, sagen wir uns gern, besteht eine Gemeinsamkeit der Völker.

Ist das in Wahrheit der Fall oder ist die gegenseitige Anerkennung der Völker eine Zukunftshoffnung?

Werfen wir einen Blick in die moderne Welt! Wir sehen eine Anzahl von Nationen im Kampfe um innere Gestaltung und äußere Macht begriffen, jede auf ihre Rechte trotzend, jede mehr oder weniger eifersüchtig auf die Rechte der andern, und die einzige geschichtliche Form, in der sich die Idee der Einheit der Menschheit ein Weile sichtbar verkörpert hat, das Papstthum, erliegt der Neubildung des Volkes, in dessen Mitte es thront. Eisenbahnen, Telegraphen, Dampfschifffahrt, Handelsverträge, internationale Ausstellungen, die gesammte Entwicklung der neuern Industrie und Cultur haben, erfolgreicher als einst die gemeinsamen religiösen Ideen, zusammengewirkt, die Nationen der Erde einander näher zu bringen, neue Interessen und Sympathieen zwischen allen zu schaffen; aber die Verbrüderung der Völker, die dauernde Begründung des Weltfriedens, liegt trotzdem noch in weiter Ferne. Man mag zugeben, daß die nationalen Gegensätze sich nicht mehr in den schroffen Formen der alten Zeit äußern; daß sie vorhanden sind und empfunden werden, ist eine offenkundige Thatsache. Franzosen, Engländer, Nord-Amerikaner, wir Deutschen selbst, erheben wie einst Griechen und Juden Ansprüche auf den ersten Rang unter den Völkern der Welt und gründen diese Ansprüche auf gewisse Eigenschaften, von denen behauptet wird, daß sie uns oder jene vor allen andern als eine bevorzugte Nation kennzeichnen. So lange dieses Selbstgefühl nicht auf feindliche Interessen stößt, ist es nicht unverträglich mit internationalen Sympathieen, sobald aber die Interessen mit den Sympathieen der Völker in Streit gerathen, erwacht jene eigenartige Macht der Abneigung gegen das Fremde, welche tief im Herzen jeder Nation schlummert und die Interessen tragen über die Sympathieen den Sieg davon. Es giebt vielleicht kein kosmopolitischer gesinntes Volk, kein Volk, von dem die Anerkennung des Fremden, die Entäußerung seiner Nationalität bis zum Laster weiter getrieben worden ist, als das deutsche. Allein nichts destoweniger haben auch wir Jahre lang an dem Fieber des Franzosenhasses gelitten; die liberalen Professoren unserer Universitäten haben der deutschen Jugend den „gottverordneten Volkshaß“ als eine Tugend gepriesen und noch gegenwärtig existirt unter uns, trotz aller Begeisterung für die Freiheit Italiens, eine Partei, welche aus Gründen deutscher Politik den Italienern ihr unzweifelhaftes nationales Anrecht verweigert. Nach einer andern Seite haben wir die seltsame Erscheinung erlebt, daß die freiheitdürstenden Italiener, der Soldat des Weltbürgerthums und der Humanität, Garibaldi, an ihrer Spitze, in dem schleswig-holsteinischen Kriege aus Gründen der Politik Partei ergriffen für das unterdrückende Dänemark gegen das befreiende Deutschland. Nationale

Vertreter einer noch leidenschaftlicheren Feindseligkeit findet man an den nördlichen und östlichen Grenzen, wo germanische, slavische und magyarische Gebiete einander berühren. Die Kämpfe der Vergangenheit haben unsrer Epoche eben die Lösung einer doppelten Aufgabe hinterlassen: die freie Constituirung der Nationen innerhalb ihrer eigenen Grenzen und die Herstellung naturgemäßer Verhältnisse der Völker untereinander; und in den Wehen der Wiedergeburt, worin Deutschland und Europa sich befinden, kann es, bei dem unvermeidlichen Widerstreit von Sympathieen und Interessen, an Mißstimmung, Feindschaft und Krieg zwischen den Völkern nicht fehlen.

Eine solche Mißstimmung der merkwürdigsten Art hat vor Kurzem zwischen Deutschland und England stattgefunden und es ist wohl der Mühe werth, jetzt, nachdem die erste Bitterkeit des Unwillens gemildert ist, auf ihre tiefer liegenden Ursachen und die Grenzen, innerhalb deren sie sich geäußert, einen ruhig forschenden Blick zu werfen. Diese Betrachtung ist um so wünschenswerther, als England zu allen Zeiten seinem Wesen nach eine Ausnahmestellung in Europa behauptet und eine dieser Stellung entsprechende unabhängige Rolle gespielt hat; während, was die Mißstimmung beider Völker betrifft, kein althergebrachter Zwist erneuert, sondern ein lange freundschaftliches Verhältniß gestört wurde. Vielleicht gelingt es uns, zu der ehrenvollen Schlichtung des Zwiespalts einen Beitrag zu liefern.

Man hat gesagt, daß England Alles was es geworden, Alles was es vor den Andern voraushabe, lediglich dem Zufall seiner geographischen Lage verdanke, dem Umstande, daß es als Insel in der Nähe Europa's und doch von Europa getrennt gelegen. Wir können dieser Ansicht nicht unumwunden beipflichten. Wir glauben vielmehr, daß die volksthümlichen Eigenschaften der angelsächsischen Raçe einen kaum geringeren Einfluß auf seine Entwicklung ausgeübt haben, als die Thatsache seiner äußern Abscheidung von dem Festland. Aber unzweifelhaft brachte die Inselnatur des Landes als solche von vornherein eigenthümliche Vortheile und Nachtheile mit sich, wie kein andres europäisches Volk sie in der Wiege empfing. Vortheile waren: die natürliche Abrundung und äußere Sicherheit seiner meerumflossenen Grenzen; die durch diese gewährleistete Freiheit von vielen festländischen Verwickelungen; die entsprechende Möglichkeit einer unabhängigen Ausbildung des englischen Volksthums; der stärkende Einfluß dieser Unabhängigkeit auf den Charakter des Volkes; endlich die allbekannte Wirkung der durch die Natur der Dinge gebotenen Entwickelung des Handels und Seewesens auf die Begründung demokratischer Sitten und Einrichtungen. Doch ebenso wenig waren die Nachtheile zu verhüten, welche für Völker wie für Einzelmenschen aus einer isolirten Lage hervorzugehen pflegen. In der Dauer der Zeit führt sie unvermeidlich zu einer Beschränkung des Gesichtskreises, zu zähem Festhalten am Bestehenden, zu der Gewohnheit der Selbstüberschätzung, zur Mißachtung des Werthes der Andern. Was nun den angelsächsischen Charakter als solchen betrifft, so vereinigt er in sich eine Fülle verschiedenartiger Elemente, welche nach beiden Richtungen einer kräftigen Entwicklung fähig waren. Wesentlich Angelsächsisch war der ungestüme Drang zur Freiheit und die eingeborne Achtung vor dem Gesetze; der stark ausgeprägte Stolz und Trotz der Persönlichkeit und das ebenso tief gewurzelte nationale Gemeingefühl; die rastlose Energie, die abenteuerliche Kühnheit des Erwerbens und Eroberns und das beharrliche Festhalten an dem errungenen Besitz. Jene Eigenschaften sicherten die Erhaltung der uralten Selbstregierung und verhüteten die despotische Centralisation der Regierung; diese beugten der Zersplitterung vor — den beiden Uebeln, deren einem oder anderem die weniger günstig gestellten Staaten des Festlandes nicht entgingen. Und wenn man nun dieses so bevorzugte Inselvolk auf seinem Wege durch die Geschichte begleitet, so wird im Großen und Ganzen zugegeben werden müssen, daß die geschichtlichen Ergebnisse hinter den Erwartungen, welche die Menschheit auf so merkwürdige nationale Anfänge zu bauen berechtigt war, nicht zurückblieben. Die Entwicklung der Nation mochte in England mit weniger vulkanischem Ungestüm vor sich gehen als auf dem Festland; aber sie war dafür sicherer und dauerhafter. Wenn der Bau des Staates und der Freiheit nach oceanischer Weise, den Koralleninseln der Südsee ähnlich, langsam und von vielem wunderlichen Beiwerk umgeben, aus den Wogen der Geschichte emporwuchs, so wurden seine Fundamente um so fester in den Tiefen des Volkslebens gegründet. Schon zu Anfang des dreizehnten Jahrhunderts erlangte das englische Volk die Magna Charta seiner Freiheiten und weder die auswärtigen noch die Bürgerkriege der folgenden Jahrhunderte waren im Stande, den Grundstein des Gebäudes zu verrücken. Die englische Reformation stand der deutschen vielleicht an Radikalismus der Ideen nach; doch sie zerstörte nicht wie jene die Einheit des Reiches und hatte eine glänzendere Blüthe der Poesie, der Wissenschaft und der politischen Macht in ihrem Gefolge. Während dann in Deutschland auch nach der reformatorischen Bewegung der Feudalismus des Mittelalters fortbestand, während das deutsche Volk in verheerenden Kriegen, in innerer Zersplitterung verkam und seine Volkseinheit der Bildung opferte, während in Frankreich und Spanien absolute Monarchien auf den Trümmern des Feudalstaats emporstiegen, befestigte und erweiterte das englische Volk seine alte Freiheit durch zwei Revolutionen, von denen die erste einem Könige das Leben, die zweite einem andern Könige den Thron kostete, beide aber die Souveränetät des Volkes und die Einheit des Reichs auf immer unerschütterlich begründeten. Seitdem konnte England den Nationen des Festlandes als Vorbild der Freiheit gelten. Durch große Denker erläutert, wirkte sein Beispiel bildend auf die Philosophie des 18ten Jahrhunderts und durch diese auf die französische Revolution. Und zugleich mit dem Bau seiner Freiheit wuchs auch der Bau seiner Macht. Seinen Waffen erlag die Oberherrlichkeit des französischen Despoten, der die Person des Herrschers für den Staat erklärte. Reiche Colonien, nach dem Muster des Mutterlandes gegründet, blühten in allen Erdtheilen auf. Den ersten seefahrenden Nationen des Festlandes wurde die Herrschaft abgewonnen und nach langen Kriegen, nach dem Verluste seiner nordamerikanischen Staaten, fand sich das Inselland noch einmal im Stande, allein unbesiegt und ununterjocht, den großen Kampf gegen eine andere freiheitfeindliche Universalmonarchie, die napoleonische, zu einem glücklichen Ende zu führen. Wenn England hierdurch mehr als irgend ein anderer Staat beigetragen hatte, Europa von der Herrschaft des Cäsarismus zu retten, so verweigerte es am Ende der großen Kriege ebenso entschieden die Betheiligung an dem nachfolgenden allen Volksrechten feindlichen Treiben der „Heiligen Allianz". Neue Erfindungen und neuer Unternehmungsgeist hoben seinen Handel und seine Industrie zu einer vorher nie gekannten Blüthe. Die Sonne ging nicht unter in dem Weltreich, das seine Herrschaft anerkannte. Bildung und Freiheit breiteten sich im Innern mit Riesenschritten aus. Die großen Grundgüter des Volkslebens: die Freiheit der Person, die Freiheit der Presse, das Vereinsrecht und die Selbstregierung, Güter, um welche die Völker des Festlandes noch in langem, zum Theil fruchtlosen Kampfe begriffen waren, wurden in England als altes Erbtheil der Vorfahren bewahrt und fortgenossen. Und nicht das allein — unter dem schützenden Dreizack Britannia's, auf dem Boden dieses freien Insellandes fanden die politischen Verbannten aller Länder ein unentweihtes Gastrecht. Kein anderes Volk in Europa konnte sich so zweifelloser Erfolge auf der Bahn der Freiheit, eines so ungestörten Genusses der Rechte, welche allein das Glück der Völker dauernd sichern, eines so weit verbreiteten Einflusses auf die Geschicke der Menschheit rühmen. Es war daher kaum zu verwundern, wenn das Bewußtsein dieser Vorzüge auf Charakter, Sinnesweise und Haltung des Volkes zurückwirkte, wenn sein Unabhängigkeitssinn die Form des Stolzes und des Uebermuthes annahm, wenn es von seinem Inselthrone mit dem Gefühl der Ueberlegenheit auf die „Fremden" herabblickte, sich für das auserwählte Volk, seine Bildung und seine Einrichtungen für die vortrefflichsten erklärte und seine weltbürgerlichen Bestrebungen innerhalb des weiten Reiches, das seiner Macht gehorchte, befriedigt fühlte.

Dieser Charakterzug des Stolzes, des Selbstbewußtseins, des derben rücksichtslosen Auftretens, der insularen Abneigung und Abgeschlossenheit gegen das Fremde, ist dem Engländer noch heute eigenthümlich und bildet in seinen Auswüchsen die Kehrseite der vortrefflichen Eigenschaften, die wir in der vorstehenden historischen Skizze rühmend anerkennen mußten. Es ist nicht der Stolz, die Grandezza des Spaniers; bei dem Spanier tritt dies Wesen weniger hart hervor und man verzeiht es außerdem leichter, weil es der Rest einer untergegangenen Größe ist. Der Stolz des Engländers wurzelt in dem Gefühl gegenwärtiger Macht, gegenwärtigen Besitzes, in dem Gefühl der Ueberlegenheit, mit dem er aus dem bunten Wirrwarr der festländischen Zustände in seine, von einer wunderbar gleichartigen Bildung erfüllte, seeumgürtete Heimath zurückkehrt. Ja, der englische Stolz hat, so seltsam es scheinen mag, seinen Ursprung in der Achtung vor der Freiheit der Person, an die er durch die Sitten und Rechte seines Vaterlandes gewöhnt ist. Nach diesen Sitten und Rechten ist „jedes Engländers Haus seine Burg"; jeder Einzelne trotzt auf seine Unantastbarkeit und das steife, zurückhaltende, ungesellige Wesen, worüber der Fremde sich ärgert, ist ebenso wie der Stolz und Trotz des Engländers zum Theil mit bedingt durch das Bewußtsein der äußern Rücksicht, die er nach jenem berühmten Grundsatze persönlicher Freiheit und Unantastbarkeit, wie sich selbst so den Andern schuldet. Auf dem Festlande, wo man an ein leichteres, heitreres Wesen gewöhnt ist, wo deutsche Vertraulichkeit und Gemüthlichkeit, französische Eleganz und Esprit im täglichen Verkehr herrschen, bringt eine äußerlich so theilnahmlose abgeschlossene Haltung einen ungünstigen Eindruck hervor und man ist eher geneigt, dem Franzosen seine selbstgefällige Eitelkeit, dem Deutschen seine halb pfahlbürgerliche, halb allerweltstheilnehmende Zerfahrenheit zu verzeihen, als dem Engländer sein kaltes, absolutes, rücksichtsloses Auftreten.

Rauhe Formen des Umgangs verdienen allerdings und auch dann Tadel, wenn sie Auswüchse der Freiheit sind. Doch wir müssen hinzufügen, daß in dem englischen Volke unter dieser kalten Hülle, hinter der schroffen Mauer der Form, die es um sich aufrichtet, rühmliche Eigenschaften, männliche Tugenden verborgen liegen. Der Engländer ist ohne Frage wortkarg, nicht leicht erregt, er trägt sein Herz nicht auf der Zunge und seine Freundschaft nicht auf der offenen Hand. Ueberzeugt von der Vortrefflichkeit des alt Erprobten ist er bis auf's Aeußerste mißtrauisch gegen das Neue; von Natur praktisch und weltklug, entschließt er sich nicht leicht zu der Annahme weit aussehender Pläne, deren Ausführbarkeit er schätzt nach der Kenntniß der Welt wie sie ist, nicht nach einer Vorstellung der Welt wie sie sein sollte. Aber die Kehrseite seiner Wortkargheit ist eine männliche Abneigung gegen weitschweifige, hohle Redensarten, in der Literatur wie im Leben; die Kehrseite seiner kühlen Zweifelsucht eine ernstgemeinte Bereitwilligkeit der Anerkennung wahren Werthes. Den Eintritt in seinen Familienkreis mag er nicht so leicht gestatten und seine Freundschaft noch schwerer gewähren; aber einmal errungen sind es Rechte, die nicht auf Sand gebaut sind. Auch darf man nicht vergessen, daß Englands Verhältniß zu den Fremden durch einen andern Umstand in eigenthümlicher Weise gestaltet werden mußte, einen Umstand, den es sich mit Recht zum Ruhme anrechnet: durch seine Stellung als Land des Asyls für die kämpfenden Nationen des europäischen Festlandes. Jede europäische Revolutionswoge hat ihre Opfer an das englische Gestade geworfen und kein anderes Land diesseits des atlantischen Oceans hat eine so große weltbürgerliche Kolonie aufzuweisen als das „perfide Albion". Deutsche, Franzosen, Spanier, Italiener, Ungarn, Polen und Russen, freiwillige und unfreiwillige Auswanderer aus den knechtenden Banden des festländischen Despotismus, haben das englische Gastrecht in Anspruch genommen und ihre bloße Gegenwart als solche war eine Erinnerung an die Mängel der Heimath, denen sie entflohen. Es bedarf kaum der Erklärung, daß die Ebbe der Revolutionen außer den edlen Elementen auch den Schmutz und Abschaum der Parteien hinüberführte, daß in der That die Fremden in dem fremden Lande nicht immer die besten Vertreter fanden. Wenn die Koryphäen der Revolution sich einer ehrenvollen Aufnahme zu erfreuen hatten, wenn viele tüchtige Kräfte in dem Exil achtungswerthe Erfolge errangen, so gab es andrerseits auch Charaktere genug, die das gewährte Gastrecht durch Nichts vergalten als durch eine kritische, feindselige Haltung. Man fühlt sich auf dem Festlande mit Recht beleidigt durch die Unkenntniß und Oberflächlichkeit in den Urtheilen der englischen Presse über festländische Zustände. Wer jedoch England aus eigener Anschauung kennt, wird zugeben müssen, daß diese Beleidigung in nicht geringem Maße vergolten wird. Kurz, wenn die Aeußerungen nationalen Selbstgefühls in den Beziehungen von Volk zu Volk verschieden in Ton und

Haltung sind, so hat jede Nation von der andern zu lernen, jede der andern das Ihrige zu vergeben und zu vergessen.

Die augenblicklich zwischen England und Deutschland herrschende Mißstimmung wird nicht von Dauer sein. Fast der ganze Verlauf der vergangenen Geschichte offenbart ein Bestehen freundschaftlicher Verhältnisse zwischen Deutschland und England. So große Unterschiede auch im Allgemeinen vorhanden waren, so hatten sie doch bis vor Kurzem nie zu feindlichem Widerstreit geführt. Keine jahrhundertelangen Volkskriege, kein Kampf um die Oberherrschaft zur See, oder um den Besitz ferner Colonien hatten, wie zwischen England, Frankreich, Holland und Spanien, eifersüchtig gereizte Erinnerungen hinterlassen. England war im dreißigjährigen Kriege, im spanischen Erbfolgekriege, im siebenjährigen Kriege, im Kriege gegen das revolutionäre und imperialistische Frankreich unser Bundesgenosse gewesen und der gemeinsam erfochtene Sieg von Waterloo, die Begrüßung der Kriegshelden beider Nationen, Blüchers und Wellingtons, auf dem Schlachtfelde, dem der tapfere Marschall Vorwärts den bezeichnenden Namen Belle-Alliance zusprach, hatte den alten Bund neu befestigt. Während des nachfolgenden Friedens hatte dieser Bund keinen Bruch erfahren. Indeß die Regierungen äußerlich freundschaftlich verkehrten, blickte man Seitens der deutschen Fortschrittspartei ehrend auf England als auf das Bollwerk der europäischen Freiheit, auf die englische Verfassung und deren Kern, das Selfgovernment, als auf ein Vorbild des Zustandes der Dinge, den das deutsche Volk im Kampfe gegen die Fürsten zu verwirklichen strebte. In England, wo es innere Reformen durchzufechten gab, kümmerte man sich allerdings wenig um die auswärtigen Ereignisse — in der That nur insofern, als sie greifbare Resultate zur Folge hatten, oder die Großmachtstellung Englands in Europa berührten. Die Theilnahme an der langsamen innern Entwicklung Deutschlands, das als solches keine auswärtige Politik hatte, dessen unglückliche Zersplitterung und politische Unmündigkeit allein durch die Regierungen von Preußen und Oesterreich und, schlimmer noch, durch das klägliche Schattenbild des Bundestages dem Auslande gegenüber vertreten wurde, war daher gering. Man studirte deutsche Wissenschaft und Literatur, man erfreute sich deutscher Kunst und wunderte sich, daß ein Volk, welches auf dem Gebiete der Geistescultur so Großes geleistet, so anscheinend hoffnungslos versinken könne in nationale Unselbständigkeit und politische Auszehrung. Aber wenn bei der Lage der Dinge die Vorstellung von dem deutschen Volke nach der einen Seite in dem Charakterbilde eines außerordentlichen wissenschaftlichen und künstlerischen Genie's, nach der andern in der Figur des biertrinkenden, wurstessenden und tabackrauchenden Michel ihren typischen Ausdruck fand, so wies England doch die Theilnahme an dem völkerfeindlichen Bunde der heiligen Allianz standhaft zurück und gab dem deutschen Volke keine Veranlassung, in den von Frankreich her erhobenen und von der preußisch-österreichischen Reaktion wiederholten Schrei gegen das perfide Albion einzustimmen. Nicht als ob es in Deutschland an absprechenden Urtheilen gefehlt hätte. Was an dem deutschen Michel gesündigt wurde, wurde dem englischen John Bull vergolten. Alles was an England als fremdartig auffiel: das straffe, abstoßende materielle Wesen, die seltsamen Widersprüche seiner socialen Zustände, der schroffe Gegensatz puritanischer Alterthümlichkeit und moderner Freiheit, fabelhaften Reichthums und recht- und brodloser Armuth — fanden ebenso strenge Kritiker, als das Selfgovernment, das parlamentarische Regime und die Weltmacht Englands anerkennende Bewunderer.

Dennoch hatte Nichts das äußerlich gute Einvernehmen beider Nationen gestört, als die Ereignisse von 1848 eine neue Epoche der deutschen und der europäischen Geschichte eröffneten. Diese Ereignisse übten auf das englische Volk eine doppelte Wirkung aus: sie entfachten ein vorher nicht gekanntes Interesse an der auswärtigen Politik und sie erhöhten das alte insulare Gefühl selbstgenügenden Stolzes, das Bewußtsein der bevorzugten Stellung, die ihm vor den andern Völkern der Welt zu Theil geworden. Denn jener leidenschaftliche Kampf zwischen Despotie und Demokratie, der das Festland in Flammen setzte, war in England längst zu einem ruhigen sichern Genuß der Freiheit ausgeglichen; jene revolutionären Stürme, die Europa in seinen Grundvesten erschütterten, zogen wie ein flüchtiges Gewölk an dem englischen Horizonte vorüber. England fühlte sich in jener Zeit von Neuem als die uneinnehmbare Burg der europäischen Freiheit. Im Großen und Ganzen war die Sympathie mit den unterdrückten Nationen gegen die unterdrückenden Regierungen, der Wunsch, daß ihnen der Kampf um ihre Unabhängigkeit und Freiheit gelingen möge, allgemein. Ueber das offene Geständniß dieser Sinnesrichtung hinaus eine thätige Einmischung zu erwarten, war eben so unweise als die Anklage gegen das „perfide Albion", das freilich Sympathieen bekenne, aber in der Noth keine Hülfe leiste, ungerechtfertigt. Denn es ist die Aufgabe keines einzelnen Volkes, sich zum Champion der Freiheit aller andern Völker aufzuwerfen; jede Nation muß ihre Vollendung aus sich selbst heraus schaffen. Aber nach dem Scheitern der revolutionären Bewegung gewährte England von Neuem, was außer ihm kein europäisches Land gewähren konnte: ein Asyl für die Verbannten aller Nationen, und es genügt, an den Empfang Kossuths und Garibaldi's und an den Empfang Haynau's zu erinnern, um den Beweis zu liefern, wie energisch das englische Volk die Ehre der besiegten von der Unehre der siegenden Partei zu unterscheiden wußte. In der That war England während jener denkwürdigen Epoche vielleicht höher in der Achtung der Welt gestiegen als je zuvor. Der Continent lag wieder zu den Füßen der Despoten; aber dorthin wenigstens reichte der Arm der Reaktion nicht; von jenen Küsten wenigstens schimmerte der Leuchtthurm der Freiheit noch mit unvermindertem Glanze durch die Nacht der Zeit. Und mehr als das. Eben dieses selbstsüchtige, bornirte Volk, diese Nation von Fremdenhassern war es, die gleich darauf den ersten Schritt that, der kosmopolitischen Verbrüderung aller Nationen, von der die deutschen Schwärmer geträumt hatten, die Wege zu bahnen, indem sie Abgeordnete aus allen Erdtheilen in ihre Hauptstadt einlud und das geträumte Ideal in dem glänzenden Culturbilde der ersten großen internationalen Ausstellung verkörperte. Daß England seinen Vortheil dabei hatte, ist wahr genug; doch auch die andern Völker ernteten ihre Vortheile und wenn die Herstellung internationaler Sympathieen unzertrennlich ist von der Erkenntniß und Begründung internationaler Interessen, so ist es schwer, die Bedeutung der Initiative jenes friedlichen Wettkampfes der Völker in den Künsten der Kultur zu überschätzen. Sie war von Bedeutung für die Fremden, die das englische Volk in seiner Heimath kennen lernten und sie war von Bedeutung für die Engländer, die durch den Augenschein praktischer Resultate zu einer besseren Würdigung dessen geführt wurden, was auch die Fremden zu leisten im Stande waren. Auch fehlte es von beiden Seiten nicht an Zeichen aufrichtiger Anerkennung. Wenn John Bull in seinem tiefgewurzelten Glauben an seine eigne Vortrefflichkeit über manche Eigenthümlichkeiten seiner Gäste den Kopf schüttelte, so that dies seiner Gastfreiheit keinen Eintrag, und wenn die Gäste ihre Bemerkungen über manche Wunderlichkeiten des Wirthes nicht zurückhielten, so waren sie doch eben so laut in dem Geständniß seiner ausgezeichneten Eigenschaften. Was das gegenseitige Verhältniß Englands und Deutschlands speciell anging, so konnte nichts herzlicher sein. Denn mit der internationalen Ausstellung hatte England eine Saite angeschlagen, die vor Allem in der deutschen Natur einen lauten Nachhall weltbürgerlicher Sympathieen erwecken mußte.

Denkt man jetzt an jene große Zusammenkunft der Völker in England zurück, so erscheint sie wie ein schönes, aber flüchtig verwehendes Gebilde der Zukunft. Denn nur zu bald wurde der Weltfriede wieder umdüstert von den

Donnerwolken des Krieges. Kaum drei Jahre waren seit der großen Ausstellung verflossen, als der Krimkrieg zum Ausbruch kam. Und in den Verschlingungen, welche dieser Krieg veranlaßte, bereitete auch der erste Anfang nationaler Mißstimmung zwischen England und Deutschland sich vor. Die „Achäer" sollten wieder einmal büßen, „was die Könige sündigten". Wenn irgend ein Volk das dringendste Interesse hatte, den Sturz des russischen Kolosses zu wünschen, so war es das deutsche, dessen Entwicklung in dem kalten Schatten jener nordischen Macht verkümmerte. Aber die deutschen Herrscher standen mit eben dieser Macht in verhängnißvollem Bunde und in England rechnete man, wie es zu gehen pflegt, die zweideutige Haltung der Fürsten zum Theil dem Volke an. Es kam hinzu, daß die Führung des Krieges schreiende Mängel der englischen Verwaltung bloßlegte und dem Ansehen Englands einen argen Stoß versetzte. Auch in Deutschland machte ein entsprechender Umschwung der öffentlichen Meinung sich geltend. An die Stelle der einstigen Lobreden auf die Vorzüge Englands traten herabsetzende Urtheile über die unbehülfliche Regierungsmaschine, die altväterischen Mißbräuche eines Volkes, das mit so gönnerischer Miene auf die andern herabgeblickt; — ja, man muß es gestehen, zu einer Zeit, wo die krasse Reaktion des Manteuffel'schen Regiments noch in voller Blüthe stand, wurde es bei uns Mode, über England die Achseln zu zucken und die Meinung zu äußern, daß die deutschen Zustände am Ende doch nicht so schlecht, oder durch einen so weiten Abstand von denen Englands getrennt seien, als man ehedem angenommen. Bei solcher Stimmung bedurfte es dann von englischer Seite keines großen Scharfsinns, um in der kläglichen Lage Deutschlands genügendes Material zu finden zu vergeltenden Angriffen und die unglaubliche Unwissenheit des sogenannten „leitenden Journals", der Times, trug das ihrige dazu bei, die schon vorhandene Gereiztheit zu verbittern.

So war die Lage der Dinge beschaffen als die bekannte Macdonald'sche Affaire beide Nationen in unmittelbaren Widerstreit brachte. Auf die Einzelnheiten des lang hinausgezogenen Zwistes, auf den Kampf der Presse und der öffentlichen Meinung, auf den lebhaften Depeschenwechsel der preußischen und der englischen Regierungen, der sich daran knüpfte, hier einzugehen, liegt jenseits der Grenzen unserer Aufgabe. Es genügt, daran zu erinnern, daß der Verlauf des Streites gewisse Mängel des englischen Volksthums in dem ungünstigsten Lichte zeigte und auf beiden Seiten des Canals peinliche Eindrücke hinterließ. Allerdings war das halb wunderliche, halb rohe Auftreten englischer Reisenden auf dem Festland eine alte Erfahrung. Aber es hatte nie vorher einen so beleidigenden Ausdruck gefunden und, was schlimmer war, die Persönlichkeit, welche den Mittelpunkt des Zwistes bildete, gehörte nicht den Kreisen der Schneider, Schuster und Handschuhmacher an, die das Festland bereisen, um den „Lord" zu spielen; sondern den gebildeten Klassen, die mehr zu gewinnen und zu verlieren haben, als die Würde eines erdichteten Ansehens. Man konnte ein Hasser des preußischen Polizeistaates sein und den rücksichtslos absprechenden Ton der englischen Presse und Regierung tief gekränkt empfinden. Ebensowenig war der endliche Schluß der Verhandlungen zur Herstellung eines besseren Einverständnisses geeignet. Es war eine Art von Genugthuung, daß die preußische Regierung mit fliegenden Fahnen aus dem Depeschenkampfe hervorging. Doch ein Stachel des Unmuths gegen den Hochmuth John Bulls blieb in dem Herzen des deutschen Volkes haften und in England hörte man ganz ernstlich die Meinung aussprechen, es sei besser, das Reisen in Deutschland aufzugeben, wenn man der Gefahr, insultirt zu werden, zu entgehen wünsche.

Was weiter folgte, der offene, leidenschaftliche Bruch zwischen Deutschland und England in der schleswig-holsteinischen Angelegenheit, ist noch in frischester Erinnerung. Nach langer Erschlaffung erhob sich Deutschland endlich einmal als Nation zur Durchführung einer gemeinsamen Sache und zu seiner Ueberraschung fand es keinen hartnäckigeren, feindlicher gesinnten Gegner, als das freie England. Die Erbitterung über dies feindselige Auftreten eines Volkes, das sich seiner Freiheit und seiner Sympathieen für unterdrückte Nationalitäten rühmt, war um so größer, je selbstsüchtiger die Zwecke waren, welche seine Politik verfolgte und je unzweifelhafter die Art seines Verhaltens mitbestimmt wurde durch Speculationen auf die ungeordneten Wirren des Uebergangszustandes, auf den Dualismus und die Zerrissenheit, aus deren lähmenden Schlingen das deutsche Volk sich zu befreien strebt. Aber Deutschland ist trotz England siegreich aus dem Kampfe hervorgegangen und Nichts ist in der Welt, unter den Nationen wie sie einmal sind, achtunggebietender als der Erfolg. Die Beredtsamkeit des Sieges ist die größte. Es kann keiner Frage unterliegen, daß das Aufflammen des deutschen Nationalgefühls, der Triumph der deutschen Waffen, so wenig befriedigend beide in ihren politischen Folgen auch bis auf den heutigen Tag geblieben sein mögen, in England ihre heilsame Wirkung nicht verfehlt und dem absprechend übermüthigen Tone der englischen Einmischungspolitik eine Grenze gesetzt haben, die er so leicht nicht wieder überschreiten wird. Wenn etwas geeignet war, diese Wirkung zu verstärken, so ist es der Eindruck der andern und noch demüthigenderen Niederlage, von der freilich nicht die officielle Politik der englischen Regierung, aber die von dem einflußreichsten Theil der Presse vertretene Politik der herrschenden Klassen Englands in diesen Tagen betroffen wurde, durch den Triumph der nord-amerikanischen Freistaaten über die Rebellion der sklavenhaltenden Junker. Denn auch nach dieser Richtung waren alle Mittel einer fanatisch verblendeten Selbstsucht in's Werk gesetzt worden, den glücklichen Ausgang des so bedeutungsschweren Kampfes zu hintertreiben. Aber die gute Sache der Menschheit ist mächtiger als die ehrgeizigen Umtriebe der Individuen oder der Völker und auch ein so stolzes Volk wie das englische muß sich der unerbittlichen Logik der Ereignisse beugen. Und es ist gut so. Denn unserer Zeit widerstrebt ebensosehr der Despotismus eines einzigen Mannes wie die Oberherrschaft eines einzigen Volkes, auf welche Gründe sie auch ihre Ansprüche stützen. Andere Kräfte, das neu erwachende Selbstbewußtsein der Nationen, Eisenbahnen, Telegraphen, Dampfschifffahrt, Industrie, Handelsverträge, internationale Ausstellungen, alle tausendfachen Fortschritte der modernen Cultur und Bildung, wirken zusammen, die alten Scheidewände zu stürzen, den Bund der Völker, die Einheit der Menschheit vorzubereiten. Die sicherste Garantie dieses Bundes aber ist die Achtung der Nationen vor einander und die festeste Basis dieser Achtung: die Begründung nationaler Einheit und Freiheit. Seine Einheit und Freiheit haben dem englischen Volke seine Weltstellung errungen und ihr Sieg in Deutschland würde für uns in gleicher Weise wirken. Ein zerrissenes Deutschland, eine Nation, die nicht viel mehr ist als ein geographischer Begriff, die theoretisch für die Menschheit schwärmt und praktisch in der Kleinstaaterei verkommt, fordert Spott und Uebermuth des Auslandes heraus. Ein einiges, freies Deutschland wird aller Welt Achtung gebieten und durch das Gewicht seines moralischen Einflusses dazu beitragen, die Erhaltung des Weltfriedens zu sichern.

Wenn nicht alle Zeichen täuschen, so ist die Epoche dieser Verwandlung nicht mehr fern. Italien, das so lange zersplitterte und geknechtete, ist uns mit einem glänzenden Beispiel vorangegangen; die gesammten Zustände Deutschlands künden das Herannahen einer ähnlichen nationalen Verjüngung an. Obgleich die von uns zu lösenden Aufgaben wohl kaum minder schwierig sind als die jenseits der Alpen, so haben wir doch keine Fremdherrschaft auszutreiben und keinen Papst mit der Freiheit zu versöhnen. Ebensowenig erwarten wir napoleonischen Beistand zur Ausführung unseres nationalen Werkes. Die Zeiten der Franzosenschwärmerei, die sich nach der Julirevolution unter uns ausbreitete, sind ebenso unwiederbringlich vergangen als die Zeiten des Franzosenhasses, der durch die vorhergehenden Unterdrückungs- und Freiheitskriege zu Anfang unseres Jahrhunderts entflammt wurde. Früher oder später werden die germanischen, romanischen und slavischen Nationen von Europa sich unter einander verbünden und unser nächster natürlichster Bundesgenosse in einem solchen Völkerbunde ist England. Derselben germanischen Familie angehörend, ist kein anderes Volk, trotz aller Verschiedenheit, durch so viele uns verwandte Charakterzüge gekennzeichnet; von keinem können wir für das was uns noth thut, mehr lernen. Deutsche Wissenschaft, deutsche Poesie und Kunst haben schon längst eine Heimath in England gefunden, wie die entsprechenden Leistungen des englischen Genius in Deutschland. Im Laufe der Zeit werden, durch innere Reformen und regen Völkerverkehr, auch die fremdartigen Härten der insularen Natur allmälig verschwinden, die Mißstimmung des Augenblicks wird vergessen werden und die Gestaltung eines freien Deutschlands wird den alten Bund beider Völker auf einer unerschütterlichen Basis erneuern.

Die Deutschen im Auslande und das Ausland in den Deutschen.

Von

H. B. Oppenheim.

Im Jahre 1848, als das deutsche Volk begann, — wiederum freilich nach ausländischem Vorgang und fremdem Muster, aber doch mit ureignem Geiste und eigenen Kräften — an seiner Erhebung zur wirklichen nationalen Staatseinheit zu arbeiten, da hätte man wohl, unter all' den Festtagen verzeihlicher Selbsttäuschung, einen traurigen Gedenktag feiern können, den des Westphälischen Friedens, von welchem vor gerade zwei Jahrhunderten das Unglück und der Verfall der deutschen Nation datirte. Auf den langwierigen Kongressen zu Münster und Osnabrück haben deutsche Fürsten und Staatsmänner fremden Monarchen das Recht der direkten Einmischung in die inneren Reichs- und Landesangelegenheiten Deutschlands eingeräumt; und auf denselben Kongressen drang zum ersten Mal die Herrschaft französischer Moden und französischer Sprache in die deutschen Höfe ein. Was das sogenannte Wälschthum, später Französelei genannt, Alles an deutscher Sitte und Eigenart verbrochen, das haben die erleuchteten Geister jener Zeit alsbald und die vereinzelten Patrioten aller folgenden Zeiten mit Nachdruck hervorgehoben. Was den äußeren Reiz des Lebens, den Luxus, die feine Sitte und Galanterie, was selbst die Literatur betrifft, so waren zu jener Zeit die Deutschen allerdings hinter ihren Nachbaren weit zurückgeblieben. Ueber den furchtbaren Religionskriegen, in deren Gefolge sich Entvölkerung und Verarmung einstellten, war das deutsche Volk in weltlicher Kultur, wie in Staatenbildung zurückgeblieben. Was nach einem Jahrhundert der Barbarei von höherem Streben und edlen Regungen noch wach geblieben war, das vertiefte sich in die brennenden Gewissensfragen der neu geborenen Glaubensregeln. Das Ausland imponirte durch seine fertigen und glatten Lebensformen. Weil sich die neue Kulturströmung aber nur an die höchsten Gesellschaftskreise, an Fürsten und Adel wenden konnte, — das Volk lag zu sehr darnieder — darum blieb sie äußerlich und formell, darum wirkte sie sogar entsittlichend. —

Landsleute des Shakespeare zogen damals mit englischen Theaterstücken in den deutschen Residenzen umher; jeder Junker von Distinktion mußte seine „große Tour" durch die europäischen Hauptstädte des Genusses gemacht haben; italienische Abenteurer wurden als diplomatische Intriguanten oder unter dem Versprechen der Goldmacherei die Meister deutscher Höfe; französische Köche verdarben deutsche Mägen und französische Bartscheerer kratzten an deutschen Köpfen herum. Jeder Franzose galt damals für hoffähig, wie heut zu Tage an den meisten kleinen Höfen jeder Engländer. Am widerlichsten war es, wenn sich die alte Rohheit mit dem neuen Raffinement verband, wenn die geleckte und verfeinerte Mode von Saint-Germain und Versailles sich mit dem brutalen Landsknechtston unserer Junker verschmelzen sollte. —

In jeder Art von Ausländerei liegt irgendwie eine unsittliche Richtung; noch bedeutsamer ist aber der dadurch bekundete politische Verfall. „Ohne edles Nationalgefühl giebt es keine achtungswerthen Staatszustände; jeder Verfall der Völker offenbart sich in unwürdigen Verhältnissen zu dem Ausland und jeder Uebergang zum Besseren kündigt sich durch das Wiedererwachen des Sinnes für Nationalität an. Die Größe Friedrichs in seinem siebenjährigen Heldenkampfe gegen Europa wirkte mit wunderbarer Macht auf die Deutschen; während die deutschen Höfe, als Feinde des Hohenzollern, entweder von Neid oder von Furcht befangen waren, wurde das Volk von Bewunderung hingerissen und pries mit Begeisterung die Thaten des Helden. Es war dies keineswegs ein blos preußischer Patriotismus, sondern das deutsche Selbstgefühl regte sich in allen Theilen des Reiches, und man sagte sich mit Stolz, daß Friedrich der Große ein Deutscher sei.“ (J. G. A. Wirth, deutsche Geschichte.)

Daß der alte Fritz die Franzosen, und zwar die Franzosen der Pompadour und ihrer Günstlinge bei Roßbach schlug und demüthigte, wog reichlich seine Begünstigung und Bevorzugung französischer Schriftsteller und Philosophen auf. Freilich hatte auch diese Seite seines Wesens ihre Berechtigung. Denn ein Anderes ist es, die Unsitten des scheinbar oder wirklich überlegenen Nachbarlandes sklavisch nachahmen, weil man sich des eignen Wesens und der ererbten Sitte schämt; ein Anderes wiederum, das Gute auch aus der Fremde sich selbständig aneignen. Kein Kulturvolk kann der fremden Einflüsse entbehren, aber auch nur wirkliche Kulturvölker können solche in sich aufnehmen, ohne ihre Eigenart und Selbständigkeit darüber zu verlieren. Gerade die Völker, welche die freieste Entwickelung durchgemacht haben, Engländer und Nordamerikaner, haben am häufigsten und unbefangensten aus der Fremde Rechtsformen, sprachliche Beimischungen und ganze Einwanderungen in sich aufgenommen. Zu Friedrich des Großen Zeiten mußten wir vom Auslande entlehnen. Das dürfen wir, da wir seitdem mit so reichen Zinsen das Entliehene zurückbezahlt, jetzt um so offener gestehen, als unsere classische Literatur ja die jüngste und neueste der civilisirten Welt ist. Daraus mögen wir auch den Trost schöpfen, daß unser Beruf unter den Nationen noch nicht erfüllt ist, daß uns noch eine große Zukunft bevorsteht, eine um so größere, je weiter der Weg ist, den wir in verhältnißmäßig kurzer Frist zurückgelegt haben. Waren nicht die tapfern Soldaten des alten Fritz Söldlinge ohne alles Nationalgefühl, brachen nicht alle seine Schöpfungen 1806 zusammen, und das Volk mußte sie wieder aufbauen! Die Franzosen der Revolution hätten die Armeen so kriegerischer Volksstämme nicht so leicht und gänzlich überwältigt, wenn nicht der Geist der Freiheit auf ihrer, der Geist des Bedienententhums auf der andern Seite gestanden hätte, wenn die Deutschen sich nicht schon vorher im Geiste vor den französischen Ideen gebeugt hätten! —

Aus dem Volke kam die Erhebung von dieser tiefsten Erniedrigung, und mit der politischen Wiederauferstehung hat das gewaltig gehobene National-Bewußtsein eine energische, meist übertriebene, oft sogar lächerlich einseitige

Abwehr alles Fremdländischen hervorgerufen. Vom Jahre 1813 datirt die sogenannte Deutschthümelei, eine minder traurige Erscheinung, als die Französelei, aber auch eine traurige Erscheinung. Denn nur unterdrückte oder zerrissene Völker, nur Völker, die ihrer selbst nicht gewiß sind und die sich für den mangelnden Ruhm der Gegenwart mit blauen Zukunftsträumen vertrösten müssen, nur solche Völker suchen sich ihre politische Existenz durch die Aeußerungen eines künstlich gesteigerten Selbstgefühls zu beweisen. Den Polen ist das Polenthum eine Religion, den Italienern war der Begriff Italien ein Schiboleth der Parteien; die Engländer aber wissen ganz einfach, daß sie Engländer sind, das heißt: Leute, denen ein großer Theil der Welt gehört und die sich nach selbstgegebenen Gesetzen regieren; und in diesem Bewußtsein leben sie, ohne viel Tendenzfragen, ruhig drauf los. Keinem unter ihnen wird es einfallen, die Sitten der alten celtischen Britten neu beleben und daraus eine bestimmtere Nationalität wieder aufbauen zu wollen, wie es etwa unsere ursprünglichen Deutschthümler gelüstete, ihre studentische Ungelecktheit auf die rohen Ursitten der Chaucen und Cherusker zurückzuführen, um damit das Vaterland zu reformiren. —

Indessen, jeder Druck erzeugt einen Gegendruck, das eine Extrem ruft das andere hervor. So entsprang aus der Lächerlichkeit dieser Urteutonen, zumal seit der Juli-Revolution, eine neue Franzosenschwärmerei. In der That mußte das Beispiel dieser glänzenden und doch so gemäßigten Volkserhebung auf Deutschland eine verführerische Wirkung ausüben. Die Verheißungen von 1813—15 waren ja nicht erfüllt worden; aus der schmählichsten Kleinstaaterei und rücksichtslos dümmsten Polizeiwirthschaft sahen wir neidisch auf die großartigen Reformbewegungen jenseits des Rheins und des Kanals. Dort war mit verhältnißmäßig geringer Anstrengung den Grundsätzen der Gleichheit und der Gerechtigkeit eine höhere und mehr entsprechende Verwirklichung in den Staatsformen zugesichert worden. Das gebildetste Volk der Welt dagegen bewies sich politisch unfähig, das heißt: unfähig, sein Schicksal selbst zu schmieden, gedemüthigt und verlacht in der auswärtigen Politik, gehudelt im Innern, gehemmt in der Entfaltung seines Geistes, wie seiner Gewerbsthätigkeit, seine besten Grenzstämme unter fremder Herrschaft, seine besten Schiffer unter fremder Flagge segelnd und auf fremden Schutz angewiesen! —

Bei der weltbürgerlichen Richtung der gleichsam ohne Staat lebenden Deutschen und deren wissenschaftlichem Berufe, die Früchte aller Kulturen zusammenzutragen und zu einer höheren Einheit zu verschmelzen, war es natürlich, daß einzelne, selbst bedeutende Schriftsteller das Lob des Auslandes sangen, und, wie einst Tacitus den Römern gegenüber mit seinem Lobe Deutschlands, so ihre Mitbürger durch bittern Spott und vergleichende Herabsetzung der heimischen Zustände aufzustacheln strebten. Aus Ludwig Boerne sprach ein verbitterter, aber doch ächter Patriotismus; allein unwillkürlich leistete er einer widerwärtigen Richtung Vorschub. Seine guten Witze waren leichter nachzuplappern, als der Ernst nachzufühlen, aus welchem sie hervorgingen. Es kostete dem Halbgebildeten auch weniger Anstrengung, seine geistige Nahrung aus der Lektüre französischer Romane zu beziehen, als sich mit der klassischen Literatur der Heimath vertraut zu machen. Außerdem wurden die großen Zeitfragen allerdings von den französischen Tagesschriftstellern viel formgelenker und verständlicher behandelt, als von den schwerfälligen deutschen Gelehrten. Eine Menge von Halbdenkern glaubte sich nun durch schwärmerische Bewunderung für Alles, was aus Paris kam, mit allen idealen Forderungen abzufinden. Alle Verirrungen und Frivolitäten der französischen Tagesliteratur, wie sie die Ueberreizung einer schwelgerischen Welthauptstadt erzeugt, wurden von diesen Menschen als das höchste Ergebniß der menschheitlichen Entwickelung angestaunt.

Gegen solche Narrheit und Entartung giebt es nur ein Heilmittel: die richtige Erkenntniß der sittlichen Aufgabe, sich an dem Gemeinwesen, dem man angehört, thätig zu betheiligen. Nur der Privatmensch, der nicht die Pflichten eines freien Staatsbürgers zu erfüllen hat, kann auf solche Abwege gerathen. Darum hat das Jahr 1848, wie ein gesundes Gewitter, dieses Ungeziefer weggefegt und ganze davon angefressene Bezirke, am linken Rheinufer zumal, dem deutschen Geiste zurückerobert!

Aber viele einzelne Exemplare der bezeichneten Gattung haben die große Sündfluth überlebt. Der Handlungsreisende, der sein fehlerhaftes Deutsch mit fehlerhaften französischen Floskeln verbrämt und in seiner Brusttasche die zweideutigen Lieder von Béranger oder Anderen verbirgt; die elegante Frau, welche sich auf die letzte Pariser Mode verpflichtet glaubt, sind unsterblich. Wir haben auch den Anglomanen mit steifem Halskragen, der so außerordentlich korrekt ist und selbst, seinen Vorbildern zu Liebe, Sonntags die Kirche besucht, der die Freiheit liebt, aber nur die respektable und ererbte. Ferner den jungen Gelehrten, der für die Schweiz schwärmt und uns bei jeder Gelegenheit einen Sonderbundskrieg oder sonst eine Schweizerische Begebenheit als nachahmungswürdiges Beispiel demüthigend vorhält. Auch wir finden an der Schweiz, wie an England, Vieles und Großes zu bewundern und noch mehr daran zu lernen. Wenn diese Schwärmer uns aber zuzurufen pflegen: „Nehmt Euch ein Exempel dran!" so beweist das eben nur, daß sie in den Geist der wirklichen Freistaaten noch gar nicht eingedrungen sind. Denn jedes Volk hat seine eigenen Lebensbedingungen. — Merkwürdigerweise machen diese Narrheiten gar verschiedene Wandlungen durch, je nachdem die Musterländer sich ändern oder anders verstanden werden. Wie die meisten Leute immer gleich die allerneueste Mode auch am schönsten finden, ob der Hut nun heute breitkrämpig sei, der gestern schmalkrämpig war und morgen gar keine Krämpe haben wird, — so änderten sich auch z. B. die Anschauungen der Anglomanen, je nachdem ihnen etwa Dahlmann oder Gneist die Einrichtungen Alt-Englands mundgerecht vorschnitt. Sie nehmen die Irrthümer oder Mißverständnisse der Gelehrten mit in den Kauf und stehen in Gefahr, an einem Druckfehler zu Grunde zu gehen. Was nun gar Frankreich betrifft, wie sehr es sich auch fortwährend häutete und umgestaltete, es hat immer neue, und oft wieder dieselben Bewunderer gefunden.

Das Schlimmste an der ganzen Ausländerei ist, daß sie sich gemeiniglich mit dem Hochmuth einer erheuchelten Verlebtheit und der Vornehmthuerei der Alles verneinenden Kritik paart, deren Fahnenspruch lautet: „Es wird ja doch Nichts draus!" — Freilich würde Nichts aus unseren politischen Bestrebungen, wenn alle die bescheidenen Arbeiter und rüstigen Patrioten den Vorwurf der Unthätigkeit und Schlaffheit, den jene Ausland-Schwärmer dem deutschen Volke zu machen pflegen, in demselben Maße verdienten, als jene selber! —

Am ärgsten grassirt die Ausländerei unter den Deutschen im Auslande, welche daselbst industrielle oder wissenschaftliche Stellungen erworben haben. Natürlich ist es bequemer, die im Auslande vorgefundene Freiheit zu genießen, als die Freiheit des eigenen Vaterlandes unter Mühseligkeiten und Gefahren erwerben zu helfen. Aber ein Grund, sich dessen zu rühmen, liegt nicht vor, und der Hochmuth, den die Betreffenden dabei zur Schau tragen, soll wohl nur ihr böses Gewissen beschwichtigen.

Nur die Flüchtlinge von 1848 machten durchweg eine rühmliche Ausnahme. Diese trugen wirklich ihr Vaterland an den Sohlen mit sich und haben demselben auch zum Theil aus der Ferne weiter genützt. In Freud und Leid nahmen sie lebhaften Antheil an Allem, was zu Hause geschah, und die Tüchtigsten unter ihnen haben mit Opfern auf Stellungen verzichtet, welche ihnen die Rückkehr im gegebenen Momente erschwert hätten. Solche Emigrationen haben ihren hohen Beruf, sie erfüllen eine geschichtliche Aufgabe durch die Erforschung fremder Einrichtungen und durch die Zerstörung alter, die Völker trennender Vorurtheile. Diese Männer, verbannt, verfolgt, beraubt und verleumdet von den heimischen Behörden, sie mißachteten darum das Vaterland, für das sie so hohen Einsatz bezahlt, nicht, wie mancher gesinnungslose Kaufmann, der sich in englischer Toilette gefällt und das Land am höchsten schätzt, in welchem er am meisten Geld verdient. Jene vielmehr errangen dem Lande, das sie verstieß, in weiter Ferne Anerkennung und gerechte Beurtheilung. Deutsche Flüchtlinge haben zu dem welthistorischen Kampfe gegen die Sklaverei in Nord-Amerika nicht blos einen Theil der anregenden Ideen, sondern auch ein sehr starkes Kontingent an brauchbaren Offizieren geliefert, und ein deutscher General rückte zuerst in die besiegte Rebellen-Hauptstadt ein.

Es ist, als ob die Vorsehung in dieser Weise für die auswärtige Vertretung Deutschlands sorgen wollte, dessen offizielle Behörden so schlecht dafür sorgen. Wenn heute ein Deutscher nach New-York kommt, ehe er sich an einen deutschen Consul wendet, viel lieber verschafft er sich eine Empfehlung an unsern Freund F. Kapp, der die Wechselbeziehungen und die gegenseitige Würdigung zwischen seinen beiden Heimathen auf praktischen und literarischen Gebieten weit ernsthafter und erfolgreicher betreibt, als die ganze groß- und kleindeutsche Diplomatie. Der Abgeordnete Ziegler*) erzählte kürzlich (19. Mai) im preußischen Abgeordnetenhause, daß er sich in einem kritischen Zeitpunkte zu Neapel durch einen Brief des Flüchtlings Rüstow an Garibaldi Deckung verschafft, und daß er mit dieser Verbindung weit eher dem preußischen Consulate hätte Schutz verleihen können, als er Schutz von ihm zu erwarten gehabt hätte. Bekannt ist es, daß Humboldt einem jungen Gelehrten**) einen offenen Brief mitgab „An meine Freunde in Amerika," und daß kein deutscher Fürst oder Minister einen so allgemein gültigen Schutz- und Empfehlungsbrief ausstellen konnte, wie dieser Fürst der deutschen Wissenschaft.

Deutscher Charakter und deutsche Wissenschaft ersetzen durch die ganze Welt, was an Staatsthätigkeit für Deutschland zu leisten versäumt wird.

Eine große Nation kann nicht auf ihren eigenen Boden beschränkt bleiben, ihre Beziehungen zum Auslande machen einen Theil ihres Besitzes und ihres

---

*) Ich möchte die Leser des Kalenders bei Nennung dieses Namens auf sein in diesem Jahr erschienenes Büchlein: „Landwehrmann Krille. Eine Erzählung." (Berlin bei Franz Duncker) aufmerksam machen. Nach Gehalt und Gestalt ist dies ein Volksbuch der besten Art.

**) Die Leser dieses Kalenders finden von demselben (es ist Friedrich Althaus) einen Beitrag in diesem Jahrgange.

Bewußtseins aus. Der Stolz, mit dem ein alter Römer oder ein moderner Britte sich überall auf sein Bürgerrecht beruft, gehört zum Kapitalvermögen jedes einzelnen Bürgers solcher Völker, und ist nebenbei auch ein sehr positiver Vortheil, der sich nach Thalern berechnen läßt. Ueberall findet der Engländer Schutz, überall tritt er auf, wie zu Hause, und dafür bezahlt er gern die Steuern, welche die große Flotte und die verhältnißmäßig kleine Armee seines Staates kosten.

Der größte Theil unserer Ausländerei kommt daher, daß der Deutsche im Auslande diesen Schutz nicht findet, daß er sehr oft für sein Vaterland und dessen Vertreter in der Fremde zu erröthen hat. — „Wie heißt Ihr Land?" wird er gefragt. Lautet die Antwort „Deutschland," so giebt sich kein Mensch mit einem so allgemeinen Begriff aus der Geographie zufrieden. Heißt es dann weiter etwa „Schwarzburg-Sondershausen," so kann auch der Höflichste ein Lächeln nicht unterdrücken. Was ist Schwarzburg-Sondershausen, und wer vertritt es in London oder Madrid? — Wenn einem Schwarzburg-Sondershausen'schen Handwerksburschen jenseits des Oceans eine Mißhandlung widerfährt, eilt er dann zum Consul von Deutschland oder von Schwarzburg? — Er kann sich, sagt Ihr, an den österreichischen oder preußischen Gesandten oder Consul wenden, aber der erstere hat gar keine, und der letztere, obgleich Schwarzburg zum Zollvereine gehört, nur eine höchst unbestimmte und unbestimmbare, durchaus von seiner persönlichen Auffassung abhängige Verpflichtung, ihm beizustehen. Zwischen Oesterreich und Preußen besteht sogar in dieser Hinsicht eine wechselseitige Verbindlichkeit; aber die Mittel- und Kleinstaaten sind fast ganz auf sich selbst angewiesen; zu einer amtlichen Vertretung ihrer Angehörigen sind die Agenten der deutschen Großmächte geradezu nicht berechtigt.

Zwar eine diplomatische Vertretung bei den fremden Großmächten haben unsere Mittelstaaten bis auf Kurhessen herab. Da aber hinter dieser Repräsentation in blankgeputzten und mit unbekannten Ordenssternen besäeten Civil- und Militair-Uniformen keine wirkliche Macht steht, so trägt dieselbe blos dazu bei, Deutschland herabzusetzen und lächerlich zu machen. Der deutsche Bund, der Zollverein haben natürlich gar keine Vertretung und können keine haben, weil sich die Einzelstaaten darin nicht unterordnen. Und Deutschlands Ansehn im Ausland zu heben, diese Aufgabe steht weder in den Instruktionen eines kurhessischen oder hannöverischen, noch in denen eines preußischen oder österreichischen Gesandten. Selbst wenn der oben erwähnte Sondershausener zufällig nicht aus Sondershausen, sondern in Magdeburg oder Erfurt geboren wäre, stünde es auch in den meisten Fällen nicht viel besser mit ihm.

Das „Individuum" wird natürlich von den Behörden seines Landes im Auslande nicht wesentlich anders behandelt, als von denen im Inlande. Die deutschen Diplomaten betrachten sich nach allen ihren herkömmlichen Vorstellungen nicht als Beamte der Nation, sondern als die Sendlinge und Bevollmächtigten einer Büreaukratie, deren leitender Grundsatz es ist, daß das Volk um der Beamten willen da sei, zum Steuerzahlen und Gehorchen, und bei Leibe nicht umgekehrt: die Beamten um des Volkes willen. Diese Anschauungsweise wird noch dadurch verschärft, daß fast die ganze deutsche Diplomatie aus dem Adel besetzt wird, also aus einem Stande, welcher, von den persönlichen Lasten des Staatswesens entwöhnt, aus der Geschichte das Recht für sich ableitet, ohne eigene Arbeit die Früchte der arbeitenden Klassen in den Staatseinnahmen zu genießen.

Naht so ein armer deutscher Schiffer oder Handwerker schutzsuchend der Gesandtschaft seines Staates, so tritt er schon leise und klopfenden Herzens in die Vorhalle, — ungefähr, wie zu Hause, wenn er auf die Polizei geladen wird, ohne vorher zu erfahren, ob er irgend eine Auszeichnung oder irgend eine Strafe zu gewärtigen habe. Schon Boerne machte einmal die Bemerkung, daß in (dem damaligen) Frankreich eine Polizeistrafe mit mehr Höflichkeit zuerkannt wurde, als von deutschen Obrigkeiten ein Orden oder sonst eine Belohnung. — Ist nun unser Matrose oder Handwerksbursche lange genug in den Vorzimmern seiner Gesandtschaft von Lakaien herumgestoßen worden, ist er von Kanzlei- und Subalternbeamten lange genug angeschnauzt worden, so erfährt er endlich, daß „der Herr" heute nicht zu sprechen sei; aber unbenommen sei es ihm, morgen wieder zu kommen. Darüber vergeht vielleicht die Zeit und die Gelegenheit, dem beschwerenden Umstand abzuhelfen.

Ich habe absichtlich von Handwerkern oder Seeleuten gesprochen. Die letzteren sind verhältnißmäßig noch am besten daran, weil in allen größeren Hafenplätzen Consuln mit genauen Verhaltungsmaßregeln angestellt sind, welche, ihrer ganzen Stellung und Lebensweise nach, weniger von der großen Politik beeinflußt, als durch eigene Praxis, Erfahrung und Anschauung von der Wichtigkeit der Schiffahrt und des Seehandels durchdrungen sind. Unsere großen Kaufleute und Fabrikanten aber wenden sich schon seltener an die deutsche Diplomatie. Vielfach suchen sie den Schutz brittischer Behörden, selbst amerikanischer oder französischer. Viele deutsche Erfindungen werden unter fremden Patenten ausgebeutet. Auf allen Weltausstellungen in London und Paris haben wir es erlebt, daß die bedeutendsten unserer Landsleute, welche auch in fremden Ländern Handelshäuser besitzen, ihre Erzeugnisse in den Abtheilungen dieser anderen Länder ausstellten, um sich von deren Kommissarien vertreten zu lassen. Was hat nicht Alles von deutschem Fleiß und deutschem Erfindungsgeist zum Ruhme der brittischen Industrie beigetragen!

Wirft man den deutschen Industriellen, welche so verfahren, ihren Mangel an Patriotismus vor, so berufen sich dieselben auf eine traurige Nothwendigkeit. Die englische Beamtenwelt, sagen sie, begreift den Werth der Industrie und weiß sie zu behandeln; sie weiß namentlich, daß dieselbe nur in freier Bewegung gedeiht. — „Freie Bewegung," sagt die deutsche Büreaukratie, „das ist Unordnung und Anarchie, die kann bei uns nicht geduldet werden. Bei uns muß Alles reglementsmäßig vor sich gehen, und daher von Oben herab abgemessen und begrenzt werden." — Darüber geht aber die Industrie zu Grunde, und es gehört die ganze Energie und Begabtheit des deutschen Volkes dazu, um es unter solchen Umständen — bei dieser Büreaukratie und der sie vervielfältigenden Zersplitterung — doch so weit gebracht zu haben. Jedes andere Volk wäre auf der ersten Strecke des Weges in diesem Moraste stecken geblieben.

Die Deutschen haben vor anderen Völkern einen starken Wandertrieb in sich und würden den Samen ihrer Kultur über die Grenzen tragen, auch wenn nicht vielen Einzelnen, und zwar gerade den Betriebsamsten, durch manche unerträgliche Einrichtung die Heimath verleidet würde. Ohne Flotte, ohne politischen Schutz, ohne Kolonien zu besitzen, haben die Deutschen sich überall eingebürgert und an der geistigen Entwickelung aller Welttheile thätigen Antheil genommen. Während die Engländer überall, wo sie hinkommen, ihre heimischen Gebräuche und ihren eigenen Rechtsschutz wiederfinden, während die Franzosen eigentlich nur heerdenweise und in Uniform über ihre Grenzen ziehen, haben die Deutschen sich überall durch rein persönliche Leistungen Geltung und Achtung verschafft.

Wer mag es dem Einzelnen verdenken, daß er sich in Frankreich oder England bei unbedingter Gewerbefreiheit und Freizügigkeit mehr zu Hause fühlt, als in seinem engeren — ach, nur zu engen — Vaterlande, wo er vielleicht im nächsten Dorfe keine Stiefel verkaufen und seinem Nachbar keinen Rock ausbessern darf. Der Beruf ist auch eine Heimath, und wo du deinen Beruf nicht ausüben kannst, da fühlst du dich unmöglich zu Hause. Vielfach gelten die Deutschen für unpraktisch, aber mit gebundenen

Füßen ist nicht gut tanzen. Im Auslande concurriren doch unsere Handwerker, Künstler, Kaufleute siegreich mit denen aller anderen Völker; die ersten Bank- und Fabrikgeschäfte in London, Manchester, Liverpool, Paris u. s. w. werden von Deutschen geleitet; die ersten Zeichner der französischen Luxusgewerbe sind unsere Landsleute, die größten chemischen und Bergwerks-Unternehmungen diesseits und jenseits des Oceans stehen unter deutscher Leitung, und selbst unterseeische Telegraphen werden von deutschen Technikern (Siemens) konstruirt. Sonderbarerweise hat sogar ein Deutscher (Gützlaff), allerdings als brittischer Missionair und Consul, zur Blüthe der neuesten chinesischen Literatur beigetragen! —

Als Individuum ist der Deutsche überall geachtet; nur in seiner Beziehung zum Staate, als Bürger wird er selbst in unfreien, aber centralisirten Ländern (wie Rußland) geringgeschätzt. In England war im vorigen Jahre, bei Gelegenheit des Franz Müller'schen Kriminalprozesses, viel die Rede von einem deutschen Rechtsschutzverein. Die würdigen Männer, welche diesen Verein gegründet hatten, haben ihn mit mehr Eifer und Talent, als Erfolg, für einen völlig schutzlosen, kaum der Sprache, keinenfalls der Rechtsmittel kundigen, armen Burschen aus einem Thüringischen Dorfe in Bewegung gesetzt; und bewiesen dadurch, daß sie die Einrichtungen Englands, und namentlich das Wesen der Selbsthülfe durch Vereinigung, nicht vergebens kennen gelernt haben. Sie sind alles Lobes werth. Aber unter den Ausländern konnte man sagen hören: „Was sind das für Zustände, wenn ein Deutscher nicht darauf rechnen darf, von dem Geschäftsträger seiner Regierung in Schutz genommen zu werden!" — Freilich bedürfen wir der Rechtsschutzvereine im Auslande, ganz einfach aus dem Grunde, weil wir noch eines großen, großen Rechtsschutzvereines im Inlande bedürfen. Erst wenn zwischen Rhein und Memel Jedermann sein verbrieftes Recht vor unabhängigen Richtern anrufen und für jede Verletzung desselben jeden Beamten vom Minister bis zum Nachtwächter herab verantwortlich machen kann, erst dann werden wir auch jenseits der Grenzen geachtet und gesichert dastehen, und dann wird alle Ausländerei der Deutschen ein Ende haben.

Holbein's Todtentanz.

Von

Alfred Woltmann.

Eine Darstellung giebt es, welche in den letzten Jahrhunderten des Mittelalters immer und überall wiederkehrt in der bildenden Kunst. In Frankreich und in Deutschland besonders ist sie zu Hause; gemalt oder gemeißelt schmückt sie hier die Vorhallen der Kirchen und die Kreuzgänge der Klöster, selbst in den Höfen der Schlösser kommt sie vor und vervielfältigt wandert sie in Holzschnitten von Hand zu Hand. Diese Darstellung ist der Todtentanz, welcher die unerbittliche Macht, die allem Lebendigen ein Ziel setzt, in ihrer furchtbarsten Gestalt schildert. Die Griechen und Römer des Alterthums, obwohl nach ihren religiösen Vorstellungen Glück, Leben und Genuß mit diesem Dasein endeten, dem nur ein trauriges Reich der Schatten folgte, hielten dennoch vom Bilde des Todes, wenn sie es in der Kunst verkörpert auftreten ließen, alles Entsetzliche fern. Ihnen war der Tod der Bruder des Schlafes, wie dieser friedlich und mild, und, wenn es an der Zeit ist, die brennende Fackel löschend. Abschiedscenen waren es allein, welche bei ihnen die Grabdenkmäler schmückten, der Scheidende reicht den Seinen noch einmal die Hand, wehmuthsvoll, doch ruhig; und nicht entrissen wird er ihnen, er wendet sich und geht. Die Religionsvorstellung dagegen, welche in dieser Welt nur eine Welt des Jammers und der Prüfung sieht, und unbefriedigt von diesem Dasein, stets in der Sehnsucht und Hoffnung eines künftigen besseren Daseins lebt, hätte, wie man meinen sollte, desto entschiedeneren Grund, das Scheiden unter einem freundlichen und trostreichen Bilde darzustellen. Aber in der Vorstellung des Jenseits giebt es ja nicht himmlische Seligkeit allein. Aller harrt ein strenges letztes Gericht, welches die Erwählten von den Verworfenen trennt. Der Tod ist der Sünden Sold, und wer in seinen Sünden dahingeht, fällt ewiger Verdammniß anheim. „Media vita in morte sumus,“ „Mitten im Leben sind wir im Tod“, so hatte schon das alte Kirchenlied gesungen. Wann das Ende naht, wer weiß es? Deßhalb gilt es, allezeit gerüstet zu sein, und so ist wohl die unaufhörliche Mahnung am Platze: alles Irdische ist eitel und vergeht.

Zu dieser Mahnung war besonders im vierzehnten und fünfzehnten Jahrhundert Grund. Zügellosigkeit, Ausschweifung und Genuß waren auf den höchsten Grad gestiegen. Es waren eben Jahrhunderte des Verfalles, in denen was es Großes an Gedanken und Einrichtungen im Mittelalter gab, Papstthum, Kaiserthum, Ritterthum, gesunken, das nationale Leben zerklüftet und im Volke diejenigen Kräfte, welche eine neue Epoche begründen sollten, noch nicht wirklich erwacht waren. Aus solchen Zuständen suchte man nun Rettung in Betäubung und Rausch. Uebermüthig schwelgte man in Festen, der Sinnlichkeit wurden keine Schranken gesetzt, es war ein Leben in Saus und Braus. Desto furchtbarer jedoch brachen unaufhörlich, zu keiner Zeit fast in solchem Grade wie damals, alle Schrecken des Todes herein. Kampf, Gewaltthat, Blutvergießen überall. Durch unaufhörliche Kriege, kleinere und größere, wurden die Länder zerfleischt. Und „daß nicht wir Menschen allein einander bei den Haaren herumzögen“ — wie es in einer alten Chronik heißt — kamen allerlei Schrecknisse der Natur, wie Strafgerichte von Gott gesendet, dazu, Erdbeben, Orkane, Hungersnoth, gräßliche Seuchen, die da und dort viele Tausende zum Opfer forderten; um die Mitte des vierzehnten Jahrhunderts aber hielt der schwarze Tod, ein Viertel aller Bewohner tilgend, durch ganz Europa seinen grausamen Beutezug. Dem Gedanken an dieses Elend zu entgehen, warf man bald sich dem Sinnentaumel nur desto rückhaltsloser und stürmischer in die Arme, bald aber suchte man in Zerknirschung und Buße Heil. Die Altäre wurden umdrängt, gute Werke und fromme Stiftungen häuften sich, bis zur Ekstase stiegen die glühenden Aeußerungen der hülfedurstigen, geängsteten Gemüther. Bußpredigten schollen von allen Kanzeln herab, und eine Bußpredigt waren jene Todtentänze auch, welche in so gräßlicher, unentrinnbarer Klarheit von der Vergänglichkeit aller Dinge, von der Nähe und Allgewalt des Todes sprachen.

Aber nicht blos ein religiöser Grundgedanke, auch ein politischer wohnt ihnen inne. Es spiegelt sich in ihnen die große demokratische Strömung der Zeit, die in die erstarrten und abgestorbenen Verhältnisse neues Leben bringt, in den freien Städten ihren Boden hat und dem Bürgerthum die erste Stelle anweist in der Nation. Diese Strömung konnte nirgend besser als in den Todtentänzen ihren künstlerischen Ausdruck finden, da es ja überhaupt keinen größeren Gleichmacher als den Tod giebt. Ihm gilt Einer wie der Andere, er macht keinen Unterschied zwischen Vornehm und Gering, Geistlich und Weltlich, Alt und Jung, Mann und Weib; die Ersten sind ihm so gut wie die Letzten unterthan.

„Alles das da lebt, Groß und Klein,
Das muß mir werden gemein,
Papst, König und Cardinal,
Bischof, Herzog allzumal,
Grafen, Ritter und Frauen,
Bürger, Knaben und Jungfrauen
Keinem das Spiel erlassen ist,
Länger gönn' ich nicht euch Frist,
Bewahret euch, Jung und Alt,
Eure Jahre sind gezahlt."

So ungefähr spricht der Tod in der Unterschrift eines alten Straßburger Bildwerkes. Und bei einer anderen Todtentanzvorstellung kommen die Verse vor:

„Hier richt't Gott nach dem Rechten,
Die Herren liegen bei den Knechten,
Nun merket hiebei,
Welcher Herr oder Knecht gewesen sei!"

Wie durch diese Worte, so geht auch stets durch die Bilder ein Zug des Hohnes hin, in welchem der Gegensatz zwischen wilder Lust und bitterem Ernst, wie er das ganze Zeitalter durchdringt, verkörpert ist. Diese Ironie zeigt sich vornehmlich darin, daß des Todes Auftreten und Eingreifen geschildert wird wie ein großes Fest, das er anstellt, ein Fest mit Musik und Tanz. Das Furchtbare erscheint unter dem Bilde des fröhlichen Reigens.

Ursprünglich waren die Todtentänze wirkliche Schauspiele, die von lebenden Personen auf den Kirchhöfen aufgeführt wurden; Schauspiele freilich von der einfachsten Form, bloße theatralische Aufzüge nebst kurzer gereimter Wechselrede, welche zwischen dem Tod und denen stattfand, die er ergriff. Dann fing man an, das vorübergehende Schauspiel zu einem dauernden dadurch zu machen, daß man es in Bildern an den Mauern derjenigen Kirchhöfe anbrachte, auf denen die Aufführungen stattzufinden pflegten. Worte wie Handlung wurden in dieser Weise festgehalten, doch waren zuerst noch immer die Worte das Erste und Wichtigste, nach dem die Bilder sich richteten, bis diese endlich mit der größeren Entwicklung der Malerei allmälig zur Hauptsache wurden. Die Vergänglichkeit, die sie schildern, hat sich meist an diesen Darstellungen selbst erprobt. So zahlreich sie waren, so wenig ist von ihnen übrig geblieben. Unter dem Erhaltenen gehören auf deutschem Boden der Todtentanz in der Marienkirche zu Lübeck, der im Dominikanerkloster zu Straßburg und der erst vor wenigen Jahren wiederentdeckte in der Marienkirche zu Berlin zu den berühmtesten. Ein plastisches Werk dieses Inhalts befindet sich auf dem Neustädter Kirchhofe zu Dresden, ehemals am dortigen Schloß. Zwei der bedeutendsten Todtentänze aber, die leider zerstört und nur in kleinen Kopien erhalten sind, waren die Baseler. Der erste war im Frauenkloster Klingenthal auf der Klein-Baseler Seite schon im Anfang des vierzehnten Jahrhunderts entstanden; im folgenden Jahrhundert kam der zweite im Kreuzgang des Predigerklosters zu Groß-Basel hinzu. Hier waren die Schildereien für Jedermann sichtbarer als in dem abgesperrten Frauenkloster; hier wurden sie von allem Volk betrachtet und waren in der Stadt populär. Der Tod von Basel war sprüchwörtlich geworden und kehrte in den Volksliedern wieder. Zu Anfang dieses Jahrhunderts mußte der Kreuzgang, den er schmückte, wegen Baufälligkeit abgetragen werden; nur spärliche Reste der Bilder sind in der mittelalterlichen Sammlung des Münsters bewahrt; aber noch leben sie im Munde des Volkes und noch heißt die Häuserreihe neben dem früheren Kirchhofe „am Todtentanz“.

Die Auffassung in diesem Werke war bereits selbständiger, bewegter, an launigen Einfällen reich. Auch standen hier schon in erster Linie die Bilder, in zweiter die Verse, die sich nach jenen richteten. Aber es war noch immer der alte, einförmige Reigen geblieben, aus einzelnen Paaren bestehend, in welchen der Tod sich je einem Vertreter der verschiedenen Stände und Geschlechter gesellt. In Italien, dessen Malerei sich in einem ganz anderen Zuge der Entwicklung befand, war bereits um die Mitte des vierzehnten Jahrhunderts des Todes unerbittliche Gewalt in weit eigenthümlicherem Geiste künstlerisch dargestellt worden. In der berühmten Friedhofshalle, dem Campo-santo, zu Pisa, welches durchaus mit großartigen Wandbildern der ersten Meister geschmückt ist, hatten um diese Zeit die Brüder Lorenzetti (nicht Orcagna, sagt die neueste Forschung) ihren tiefsinnigen „Triumph des Todes“ gemalt. Es ist ein ergreifend ausgesponnenes Gedicht. Unter Orangenbäumen auf blumigem Rasen sieht man eine vornehme Gesellschaft weilen, Herren und Damen, elegant nach der Mode der Zeit gekleidet, plaudernd, kosend, sich ergötzend am fröhlichen Saitenspiel. Sorglos ahnen sie nichts von dem furchtbaren Verhängniß, das ihnen schon mit Sturmeseile naht. Durch die Lüfte weht der Tod, eine grauenhafte Weibesgestalt mit Fledermausflügeln und flatterndem Haar; die Sense schwingt sie in den Händen; eine reiche Ernte hat sie schon gehalten; Könige, Geistliche, Ritter, die Höchsten und Mächtigsten der Welt liegen dahingestreckt und in Kindergestalt entschweben ihre Seelen, von Teufeln oder Engeln entführt. Jetzt verfolgt sie unaufhaltsam ihr neues Ziel, um dort mitten unter Freude und Lebensgenuß hereinzubrechen. Aber an den Armen, Krüppeln und Elenden, die sie flehentlich anrufen, saust sie vorbei. In der zweiten Hälfte des Bildes, welche durch schroffe Felsenpartien von der ersten geschieden wird, ist dasselbe Thema in einer anderen Tonart wiederholt. Ein Jagdzug kommt durch die Schlucht, drei Könige hoch zu Roß voran. Plötzlich aber stutzen die Thiere und Grauen packt ihre Reiter; drei Särge, in jedem ein kronentragender Leichnam, den bereits Verwesung ergriffen hat, stehen vor ihnen, und daneben erscheint ein greiser Eremit, der heilige Makarius, um zu diesem entsetzlichen Bilde der Vergänglichkeit strenge Mahnungen an die Mächtigen dieser Erde zu richten.

Auch in Deutschland entstehen in der Folge Todesbilder, denen eine freiere künstlerische Auffassung, unabhängig von der Idee des Reigens, zu Grunde liegt. Doch keinem gewaltigen, reich gegliederten Epos gleichen sie, wie das vorige, es sind besondere, in sich abgeschlossene dramatische Scenen. Vorzugsweise der Anfang des sechszehnten Jahrhunderts, der den Höhepunkt der deutschen Malerei bezeichnet, ist an solchen Darstellungen reich. Da sind im Baseler Museum zwei kleine Bilder des großen schwäbischen Malers Hans Baldung Grien; auf jedem eine in Jugend und Schönheit prangende nackte Frauengestalt; die erste umschlingt der Tod, um sie mit seinem grinsenden Schädel zu küssen; die andere ergreift er bei ihrem langen Haar, um sie an das offene Grab zu schleppen; mit der Rechten weist er hinein, und darüber stehen die Worte: „Hie must du in.“ Der Baseler Goldschmied Ursus Graf zeigt auf einem Holzschnitt mit zwei Landsknechten und einer Dirne den drohenden Tod im Hinterhalt. Auf einem Holzschnitt des Nürnbergers Niklas Meldemann besteigt neben einem Weibe der Tod das Lager, von dem er ihren Buhlen herabgeschleudert. Großartiger aber ist nichts ersonnen, als ein Helldunkel-Holzschnitt des berühmten Augsburger Malers Hans Burgkmair. Da hat das wilde Gerippe einen jungen

Krieger zu Boden gerissen; den Fuß hat es ihm auf die Brust gesetzt und würgt ihn mit beiden Händen, während es mit den Zähnen zugleich das Gewand einer fliehenden Frau packt. Ganz besonders häufig kommen aber solche Bilder bei Albrecht Dürer vor; hauptsächlich gleich in seiner frühesten Zeit. Ein Holzschnitt zeigt drei Reiter auf ödem Pfade von ebensoviel schrecklichen Gerippen überfallen, ein ungleicher Kampf. In einer Radirung erblicken wir den Tod, wie er ein junges Weib unwiderstehlich in seine Arme zieht, ein Motiv, das später einer von Dürers vollendetsten Kupferstichen, das Wappen mit dem Todtenkopfe, wiederholt. Ein ander Mal, in einem bekannten Stiche „der Spaziergang", wandelt ein junges Paar in eleganter Tracht durch freundliche Landschaft hin. Sie sind im Gespräch begriffen und mit gespannter Aufmerksamkeit hört der Herr der Dame zu, die er sanft umfängt und an sich zieht. Doch trübe Ahnungen scheinen sich, als er auf sie niederblickt, seiner zu bemächtigen; und nicht ohne Grund, denn hinter einem Baume lauert der Tod. Solche Ideen kehren dann auch in Arbeiten seiner späteren Epoche wieder; eine solche liegt dem Kupferstich zu Grunde, der vielleicht seine gedankentiefste Schöpfung ist, dem „Ritter trotz Tod und Teufel".

Keiner aber von Deutschlands Künstlern hat diesen alten Gegenstand so entschieden mit neuem Geiste durchtränkt, ihm so sehr das eigenste Gepräge verliehen, als derjenige, welcher unter ihnen nach und neben Dürer als der Erste dasteht, Hans Holbein der Jüngere. 1495 ist er zu Augsburg geboren, 1543 starb er zu London an der Pest, aber die Jahre seiner lebendigsten Jugendfrische, 1516—1526, brachte er in Basel zu, wo solche Ideen allem Volke durch den Todtentanz vom Predigerkloster vertraut waren. Hat doch eine irrthümliche Sage, die auch jetzt in Basel noch nicht verstummt ist, ihn selbst zum Urheber dieser Wandbilder machen wollen. Die Begriffe Holbein, Basel, Todtentanz waren so mit einander verwachsen, daß die Volksmeinung sie gar nicht zu trennen vermochte. Aber mag auch das weit frühere Werk seiner Hand vollständig fremd sein, so hat es doch ihm dafür Anregung geboten. Täglich standen ihm die Bilder vor Augen; ihr tiefer Sinn prägte sich ihm ein. Mit ganz anderer Kraft aber erfaßte er diesen, in ganz neuen Formen ließ er ihn zur Erscheinung kommen, wenngleich er sogar in zwei Fällen die Figur des Todes aus den wohlbekannten Wandbildern entlehnt hat. Nächst dem Baseler Todtentanz ist dann wohl auf Holbein der Berner von Einfluß gewesen, welchen damals Nicolaus Manuel, als Dichter und Krieger, Staatsmann und Reformator nicht minder denn als

Maler berühmt, am dortigen Dominikanerkloster ausgeführt; ein jetzt leider zu Grunde gegangenes Kunstwerk, in dem kühner als anderswo Laune und Bewegung herrschten. Auch Hans Burgkmair, von mütterlicher Seite Holbeins Oheim, und während dessen Augsburger Jugendepoche von Einfluß auf ihn, ist gewissermaßen hiefür als sein Vorläufer anzusehen. Auch Holbeins Vorstellungen geben bestimmte dramatische Momente, bei denen nicht nur der Tod und sein jedesmaliges Opfer, sondern gewöhnlich mehrere Personen in ausgesprochener Handlung auftreten. Aber nicht nur vereinzelte Scenen, wie bei Dürer, Grien, Burgkmair, sind es; das hat Holbein von den alten Vorstellungen des Todesreigens wieder aufgenommen, daß er in großer Folge nacheinander alle Stände und Geschlechter auftreten läßt. Im Uebrigen kann von einem eigentlichen „Todtentanz“ nicht mehr die Rede bei ihm sein. In alter Zeit haben die von ihm herausgegebenen Blätter auch nie diesen Titel geführt, sondern hießen einfach „Bilder des Todes“. Nicht in großen Gemälden hat er seine Ideen hingestellt. Nachdem er sich mehrfach mit ihnen abgegeben, Bücher-Initialen mit solchen Darstellungen erfunden, ähnliche in höchst sinniger Weise auf einer für Niello-Ausführung entworfenen Dolchscheide angebracht, gab er eine Folge von kleinen Holzschnitten dieses Inhaltes heraus, die seine tiefsinnigste Schöpfung ist. Die Zeichnungen hatte er wahrscheinlich selbst auf die Holzstöcke gemacht, während der unübertreffliche Hans Lützelburger den Schnitt besorgte. So kam die erste Ausgabe des Büchleins 1538 zu Lyon heraus, als Holbein schon lange Hofmaler in England war, wohin ihn die Noth in der Heimath getrieben. Die Entwürfe aber stammen ohne Zweifel aus weit früherer Zeit. Echt deutscher Geist weht in ihnen und den freien Geschmack, die ganze großartige Herrschaft über die künstlerischen Mittel, die er von seinen Landsleuten allein besitzt, hat Holbein hier aufgeboten: die mächtige Erfindungskraft, die immer treffend und neu ist, die schlichte aber ergreifende Wahrheit, die glänzende Leichtigkeit in der Handhabung der Form, die hinreißende Kühnheit in der Bewegung. Bei ihm zuerst ist der Tod auch meist ein wirkliches Gerippe. Aber selbst in den ganz von Fleisch entblößten Schädel hat der Künstler den mächtigsten Ausdruck, einen wahrhaft dämonischen Hohn, zu legen gewußt.

Als Beweis der alten Wahrheit, daß der Tod der Sünden Sold ist, gehen als einleitende Blätter die Schöpfung aller Dinge, der Sündenfall vorher. Als darauf Adam und Eva aus dem Paradiese vertrieben werden, springt neben ihnen höhnisch der Tod her und macht auf der Laute Musik zu ihrer Flucht. Und als Adam dann im Schweiße seines Angesichts den

Boden bestellt, gräbt das Gerippe neben ihm.*) Das nächste Blatt giebt ein Bild, wie es unter dem Namen „Gebein aller Menschen" immer am Anfang der alten Todtentänze steht. Vor einer Friedhofshalle zahllose Gerippe, die, auf Posaune, Pauke, Drehorgel musicirend, die Ouvertüre zum grauenhaften Schauspiel anstimmen. Dies beginnt mit dem Höchsten in der Christenheit, dem Papst, der, im vollen Ornate thronend, den vor ihm knieenden Kaiser krönt. Aber er soll das Werk nicht vollenden, denn schon umschlingt ihn das Gerippe, und auch der Teufel lauert hinter dem Baldachin. Die Würdenträger der Kirche stehen gegenüber; der feiste Cardinal zuerst und hinter ihm ein zweites Gerippe, das ganz wie dieser den Hut trägt und den Stab hält, ganz seine Grandezza nachahmt, aber mit furchtbarstem Hohn. Noch ein Teufelchen, einen Ablaßbrief haltend, schwebt in der Höhe. Auch dem Kaiser, der zwischen den Seinen thront, nahet der Tod, um durch die schwere Krone ihn zu Boden zu drücken. An des Königs Tafel hat er sich unter die Dienerschaar gemischt und füllt ihm die dargereichte Schale. Gerade beim Austheilen der Ablaßbriefe, die den Gottlosen um Geld lossprechen, überrascht er den Cardinal und reißt ihm den Hut herab. Die Kaiserin, die vor der Pfalz im Gefolge ihrer Damen einherschreitet, hat er vertraulich unter dem Arm gefaßt, um sie zum offenen Grabe zu führen. Im Narrenhabit, das bei Hofe Freibrief hat, packt er die aufschreiende Königin und schleudert den Cavalier, der sie losmachen will, mit einem Fußtritt zurück. Den greisen, gebeugten Bischof zieht er von seiner Herde fort. Den Herzog, der flehende Arme hochmüthig von sich weist, packt er mit beiden Händen am Hermelin. Dem Abt hat er die Zeichen seiner Würde entrissen und schleppt den feisten Herrn, der kaum folgen kann, im eiligsten Laufe fort; die jammernde

*) Dies Bild wie die übrigen sind nach Photographieen geschnitten, die den seltenen und herrlichen Probedrucken von Holbeins Werk im Berliner Museum entlehnt sind.

Aebtissin zerrt er an ihrem Schleier aus der Klosterpforte. Entschlossen setzt der Edelmann sich zur Wehre, als ihm der Tod entgegentritt; er erhebt das Schwert und packt den Gegner an der Kehle; aber umsonst, denn mit entsetzlicher Gewalt tritt der ihn an und hält ihn fest. Dem Domherrn, der mit seinem Jagdgefolge in die Kirche stolzirt, hält er die Sanduhr entgegen und zeigt ihm, seine Stunde sei da. Hinter dem Richter, welcher den demüthigen Armen unbeachtet läßt, aber dem Reichen sich zuwendet, der in den Säckel greift, ist der Tod emporgeklettert und entwindet ihm den Stab. Dem Fürsprech oder Advokaten, der sein Geld empfängt, hilft er den Sündenlohn in die Hand zählen; dem Rathsherrn, der dem Vornehmen mehr Gehör als dem Geringen giebt, wirft er sich in den Weg. Mit scheinheiliger Miene steht der Prädikant auf der Kanzel, wo er Böses gut und Gutes böse nennt; aber noch bevor er Amen sagt, würgt ihn der Tod, der hinter ihm harrt. Zum Sterbenden trägt der Pfarrer das Sakrament, doch ihm selbst ist der Tod nahe; als sein Meßner mit Laterne und Glöcklein schreitet er vor ihm her. Den Mönch mit der klappernden Büchse und dem wohlgefüllten Bettelsack ergreift das Gerippe an der Kapuze; zur Nonne, die mit gefalteten Hän-

den am Betpult kniet und doch zugleich den lautespielenden Buhlen anhört, der auf ihrem Bette sitzt, tritt der Tod in die Zelle und löscht die Kerze aus. Dem alten Weibe, das nicht einsehen will, wie viel besser Sterben als Leben ihr ist, reicht er bekränzt und unter Musik den Arm. Den elenden Kranken führt er dem Arzte zu, auf daß beide seine Opfer werden. Dem Sterndeuter, der den Himmelsglobus studirt, hält er als besseren Gegenstand der Betrachtung einen Todtenschädel hin. Zum reichen Geizhals hat er sich im Gewölbe an den Zahltisch gesetzt, in die aufgeschütteten Geldhaufen greifend; jener aber breitet angstvoll die Arme aus, denn mit seinem Mammon ist ihm auch sein Leben entrissen. Von den kostbaren Waarenballen, die im Hafen ausgeladen werden, reißt er den Kaufmann fort; im Sturm erklimmt er das Schiff und knickt den Mast. Gewappnet ist er dem Ritter entgegengetreten und rennt ihn mit der eigenen Lanze durch und durch. Als Bauer angethan tritt er auf den Grafen zu und wirft ihm ergrimmt sein Wappenschild an den Kopf. Zum Grabe, das allein ihm frommen kann, führt er den armen Greis. Der Gräfin, die sich festlich schmückt, ist er bei der Toilette behülflich und legt ihr ein Halsband von Todtengebeinen um. Die Edelfrau wandelt am Arme des Gatten einher, der ihr liebend schwört: mich und dich trennt nur der Tod; der aber tanzt schon mit Paukenschlag vor ihnen her, um sie beim Worte zu nehmen. Im Bette überrascht er die Herzogin und reißt ihr die Decke vom Leibe. In öder Gegend gesellt er sich dem Krämer bei und will ihm die Last, die er auf dem Rücken trägt, erleichtern; dem Ackermann, der in freundlicher Gegend hinter dem Pfluge geht, treibt er die Pferde an; aus der ärmlichen Hütte raubt er der Mutter das jüngste Kind.*)

*) Mehrere Blätter, die bei späteren Ausgaben hinzukamen, lassen wir unerwähnt, weil wir sie nur theilweise für Arbeiten Holbeins [illegible]

Diese Allgewalt des Todes ist freilich wahr und unabänderlich zu aller Zeit. Holbein aber hat ihre Schrecknisse mitten in seine eigene Gegenwart hineinversetzt, und konnte sie dadurch noch um so eindrucksvoller machen. Und nicht nur die Gestalten seiner Zeit treten auf in ihrer Tracht, mit ihrer Umgebung, ganz wie im Leben: auch der bewegende Geist jener ganzen Epoche geht überall durch. Holbeins Todesbilder haben auch ihre ausgesprochene politische Seite, wie wir ja den Todtentänzen überhaupt neben dem religiösen ein politisches Element zu Grunde liegen sahen.

Zunächst fühlt der Künstler sich als Deutscher; seinem Kaiser hat er die Züge Maximilians gegeben, der so volksthümlich in Deutschland und ihm noch besonders eine liebe, vertraute Gestalt war, da er in Augsburg, Holbeins Vaterstadt, so gern und oft residirte. Der Kaiser ist es auch allein von allen den Hochgestellten und Mächtigen, dem das Verhängniß bei einer guten Handlung naht, wie er den Armen anhört und den Vornehmen, den dieser anklagt, verurtheilt. Im Gegensatz dazu wird der König, den seine Züge wie die Lilien am Thronbaldachin als Franz I. von Frankreich kennzeichnen, beim üppigen Freudenmahl überrascht.

Demnächst geht die große demokratische Bewegung der Zeit, wie überhaupt bei den Todtentänzen, so besonders bei den Holbeinschen Holzschnitten, durch. Hier um so mehr, als ihr Ursprung gerade in die Zeit fällt, wo diese Bewegung in den Bauernkriegen den Gipfel erreichte und zum wildesten Ausbruch kam. In rechter und ruhiger Ausübung ihres Berufes fallen nur die geringen Leute, Ackermann und Landkrämer, dem Tod in die Hände, und die Bibelsprüche auf diesen beiden Blättern, dort: „im Schweiße deines Angesichtes sollst du dein Brod essen“, hier: „kommt her zu mir, die ihr mühselig und beladen seid“, scheinen das Verhängniß fast als eine Wohlthat anzusehen. Dagegen wird der Herzog gepackt, wie er das Flehen der geringen Leute in seiner Hoffart zurückweist, Rathsherr, Anwalt, Richter, als sie sich bestechen lassen, und die, so Gewalt mit dem Schwert geübt, Edelmann und Ritter, fallen durch Gewalt dessen, der noch stärker ist als sie. Der unzweideutigste Ausdruck jener Bauernkriegstimmung ist aber der Tod in Bauerntracht, der gegen den Grafen dessen eigenes Wappenschild aufhebt.

Endlich, und besonders unverkennbar, spricht sich in den Todesbildern die reformatorische Strömung des Jahrhunderts aus. Gegen Rom und seine Mißbräuche macht der Künstler am entschiedensten Front, wie er das auch noch in anderen satirischen Holzschnitten gethan. Gegen Pfaffen und Bettelmönche richtet er stets die schärfsten Pfeile des Hohnes; der weltliche Prunk, die Trägheit, das sinnliche Wohlleben, die Scheinheiligkeit des ganzen Standes sehen wir persiflirt. An zwei Stellen wird der Ablaßkram verspottet; und beim Papste lauern sogar Teufel auf seine Seele.

Wo die politische Seite so stark hervortritt, wird natürlich die religiöse mehr in den Hintergrund gedrängt. Von dem, was das Christenthum an Trost gegen den Tod gewährt, ist in diesen Bildern keine Spur. Denn selbst die Vorstellung des jüngsten Gerichtes, die sich zum Ende zwischen das Blatt mit dem Kinde und das Schlußblatt mit dem Todeswappen fügt, schließt mehr Drohung als Verheißung ein. Auch von einem Humor, welcher von dem, was einmal unabänderlich, das Entsetzliche gutmüthig hinwegzuscherzen suchte, findet man hier nichts. Solch ein Humor hatte, neben allen satirischen Zügen, in Manuel's Berner Wandbildern geherrscht, wo der Tod dem Abt das Kinn streichelt, mit dem Krieger marschirt, das Kind freundlich mit der Pfeife lockt. Bei Holbein aber ist das Vorwaltende eine unerbittliche, echt moderne Ironie. Auch unter der Hülle der Ausgelassenheit birgt sich der tiefernste bittere Kern. Aber gerade in diesem tiefen Ernst der Auffassung liegt das Große der Bilder. In jener Schadenfreude des Todes, der sich durch keinen irdischen Glanz und Schimmer blenden, keinen gleißnerischen Schein der Heiligkeit bethören läßt, Macht und Hoheit gerade, wo sie sich am größten fühlen, zu stürzen und den Sünder, der keine irdische Strafe fürchtet, mitten im Frevel zu packen liebt, offenbart sich, wenn auch das religiöse fern bleibt, desto mächtiger das sittliche Element.

Jenes Versöhnende aber, das wir hier vermissen, spricht sich unter den zahlreichen deutschen Todesbildern blos in einem einzigen, in Dürers schon genanntem Kupferstich vom Jahre 1513, dem Ritter trotz Tod und Teufel, aus. Wer kennt nicht dieses tiefsinnige Blatt! Da zieht der starke Reitersmann muthig, schweigsam und geradaus seine Straße, durch die schrecklichen Gespenster, die sich ihm in der öden Schlucht zugesellen, unbeirrt. Mag der Tod, der auf elender Mähre zur Seite reitet, ihm grinsend das Stundenglas entgegenhalten, mag der Teufel, der folgt, die Krallen gegen ihn ausstrecken er wankt und weicht nicht. Ruhig und fest hält er in der Linken den Zügel, ruhig und fest in der Rechten den wuchtigen Speer. Keine Miene verzieht sein gefurchtes Gesicht, eisern wie sein eisernes Kleid. In seiner gewaltigen Stirn lebt ein Bewußtsein, das stärker ist als Tod und Teufel, lebt der Geist, der später Luthers Lied beseelt: „Ein' feste Burg ist unser Gott, ein' gute Wehr und Waffen." — Nicht nur das unentrinnbare Schicksal hat hier der Künstler gezeigt, sondern erhabenen Geistes stellt er auch das vor uns hin, was die Furcht vor jenen unheimlichen Gewalten überflüssig macht und den Tod überwindet. Man hat dies Blatt den Reformationsritter genannt, und, mag es auch dem Auftreten Luthers um mehrere Jahre vorangehen, mit Recht. Dieser Mannesmuth, dies Gottvertrauen, die hier uns vorgeführt werden, es sind ganz die Waffen, mit denen der große Reformator gesiegt. Aber so verschieden Holbeins Waffen sind, sie sind ebenso berechtigt; und wenn Albrecht Dürer mit Luther, so ist er mit Hutten zu vergleichen, dessen Schwert ebenfalls schneidende, vernichtende Satire war. Dieselben Richtungen, welche in Leben und Literatur jener Zeit nebeneinander stehen und zusammenwirken, treten auch im Kunstgebiet auf, was hier, bei den verschiedenen Auffassungen eines zeitgemäßen Gegenstandes, besonders sichtbar ist. Von Deutschlands beiden größten Malern unternimmt jeder auf seine Weise für die weltbewegenden Ideen der großen Reformationsepoche den Kampf.

Sonnendienst des Naturforschers.

Von

Edmund Reitlinger.

Jean Paul erzählt in seiner unsichtbaren Loge von einem Knaben, der ohne das Tageslicht zu erblicken unterirdisch erzogen wurde. Nach vollendetem zehnten Jahr ward er während der Morgendämmerung an die Oberfläche der Erde geleitet. Und als er nun hier zum ersten Mal die strahlende Sonne, in deren feuriges Antlitz kein Menschenauge ungeblendet zu schauen vermag, glühend und eine Welt in bunte Farben kleidend, emporschweben sah, stürzte er überwältigt nieder und rief anbetend: „Dort steht Gott“. So erging es auch der jugendlichen Menschheit. Als sie sich den dunklen Banden der Thierheit entrang, die Nacht der Unwissenheit um sie verschwand, der Tag des Gedankens in ihr aufdämmerte und sie nun zur Spenderin alles Lichtes, zur Sonne, den Blick erhob, da rief auch sie anbetend aus: „Dort steht Gott". Denn bei allen ältesten Völkern finden wir als Beginn ihrer höheren Entwicklung, als Anfang ihrer Cultur, einen Sonnendienst.

So bildete sich in der arischen Urzeit eine erste Mythologie aus Sonnenaufgang und Sonnenuntergang, aus der Rückkehr von Tag und Nacht, aus dem Kampfe von Finsterniß und Licht, mit einem Worte: aus jenem Sonnenschauspiele, welches seinem vollen Umfange nach binnen einem Jahre aufgeführt wird. Hieraus entstand jenseits des Hindukusch der Opferdienst Indra's und diesseits, in Iran, die Mithraslegende. Auch die Baalsverehrung im Euphratthale und die Religion der Inka's in Südamerika waren Sonnenkulte. Und die älteste Skulpturarbeit, welche die Erde kennt, die riesige, aus dem Felsen gehauene, 177 Fuß lange Sphinx im kleinen Thale bei der großen Pyramide ist nichts anderes, als ein Gedenkstein des altegyptischen Sonnenkultus.

Welch' sonderbares Gebilde ist doch die Sphinxgestalt, halb Löwen- und halb Menschenleib? Sie verbreitete sich, da ihre Deutung gänzlich verloren gegangen war, als das Symbol alles Geheimnißvollen über die Erde. Weltbekannt ist die Rolle, welche das Räthsel der Sphinx in der Oedipussage spielt. Sie selbst aber schien der Räthsel größtes. Hegel meinte in seiner Geschichtsphilosophie, indem Oedipus jenes Räthsel löste: welches Wesen es sei, das Morgens auf vier, Mittags auf zwei und Abends auf drei Füßen gehe? habe er das Mysterium der Sphinx selbst entschleiert. Es sei eben der Mensch das unerreichbare Ziel des durch die Sphinx dargestellten egyptischen Geistes gewesen. Indem der Grieche sich zum Begriff der schönen Menschlichkeit erhob, habe er jene Zwitterform von Mensch und Thier, welche Egypten beherrschte, gezwungen, sich vom Felsen in den Abgrund der Vernichtung zu stürzen. Poetisch-schön! Vielleicht das Schönste, was die geschichtsphilosophische Spekulation ersonnen, aber doch nur ein Wahn. Die Phantasieen der Geschichtsphilosophie Hegel's sind nicht minder irrig, als die seiner Naturphilosophie. Weder die Geheimnisse der Geschichte, noch die der Natur kann man durch Spekulation enthüllen. Nur die nüchternste und eindringendste Erforschung der Thatsachen führt in beiden Fällen zur Wahrheit. Erst indem man die steinernen Urkunden der Hieroglyphen entzifferte, vermochte man das Räthsel der Sphinx richtig zu lösen.

All' jene sonderbaren egyptischen Gestalten: mit Menschenkörpern und Sperber-, Ibis- oder Hundsköpfen, mit Thierleibern und Menschenbüsten, welche so lange das Staunen der Reisenden erregten, sie sind nichts Anderes, als plastische Hieroglyphen für Götternamen, welche einem uralten Naturkultus angehörten. Und was insbesondere die Sphinx betrifft, so ist schon ihr weiblicher Name ein Irrthum. Denn in Egypten sieht man meist nur männliche Sphinxe, bärtige Mannlöwen, und diese bedeuten Harmachis, den Sonnengott beider Welten. Ging er dieser oberirdischen Welt unter, so ging er der unterirdischen, elysischen, wo die Todten weilten, auf. Nur sehr selten findet man in Egypten eine weibliche Sphinxgestalt, welche erst eine spätere Zeit dem männlichen Gotte an die Seite gestellt hat. Aber gerade eine solche wählte der launige Zufall zum Urbilde all' der unzähligen Nachahmungen, die wir in Europa sehen. An Harmachis, den in der Sphinxform dargestellten Sonnengott beider Welten, war das folgende als Hieroglypheninschrift aufbewahrte Gebet des priesterlichen Schreibers Aphurumas gerichtet:

Sei gnädig mir, du Gott der Morgensonne,
Du Gott der Abendsonne, Horos beider Welten,
Du Gott, der einzig und in Wahrheit lebt!
Geschaffen hast du Alles, was da ist,
Im Sonnenauge offenbarst du dich.
Ich rühme dich, wenn abendlich es dämmert,
Wo friedvoll du zu neuem Leben stirbst;
Du scheidest unter Lobgesang im Meer,
Und deine Barke nimmt dich jubelnd auf!

In einer anderen priesterlichen Hymne wird Harmachis „der Bildner aller Wesen" genannt. Und wie die Spekulation des Naturphilosophen durch die Ergebnisse der Naturforschung, so wird der Traum des Geschichtsphilosophen durch die historische Thatsache übertroffen. Beinahe komisch findet man es, wenn Hegel von einem „Lichtausschlage" spricht, „so wenig bewundernswürdig, als einer am Menschen", und damit die unzähligen Fixsterne meint, die nach den Entdeckungen der Astronomen sonnenähnliche Weltkörper, ja wahrscheinlich sogar Mittelpunkte von Planetensystemen sind. Und auch das gelöste Räthsel der Sphinx, der Harmachiskult, ist keineswegs eine Selbstironie egyptischer Beschränktheit, wie Hegel wollte, sondern erscheint vielmehr, nach dem Zeugnisse der Hieroglyphen, als eine urälteste, höchst merkwürdige Ahnung der erst seit Kurzem enthüllten wunderbaren Beziehung zwischen Sonne und Leben.

Diese gefunden zu haben, ist einer der schönsten Triumphe der modernen Naturforschung, welche ihren Anfang nahm, als Copernikus die Sonne in den Mittelpunkt des Planetensystems versetzte. Bald darauf erkannte man, daß sie nicht nur das Centrum, sondern auch die Ursache der Planetenbewegungen ist und daß ihre Masse 720 mal die aller anderen Körper des Systems zusammengenommen übertrifft. So zeigte sich die Großmachtstellung der Sonne auf reelle Besitzverhältnisse gegründet. Merkwürdiger aber, als daß die Sonne durch ihre Masse die Bahnen der Planeten bestimmt, will es uns bedünken, daß sie durch die Macht ihres Strahles auch das Leben auf den Planeten erweckt und erhält.

Um dies seiner vollen Tragweite nach zu würdigen, muß man sich das Gesetz der Erhaltung der Kraft vergegenwärtigen. Danach ist nicht nur die Gesammtsumme des Stoffes, sondern auch die der Kraft im Weltall unveränderlich. Lange Zeit hatte man geglaubt, wenn die am Boden rollende Kugel stille stünde, dann sei ihre Bewegung durch Reibung verloren gegangen. Doch dem ist nicht so. Durch die Reibung wurde Wärme entwickelt und die Wärme ist selbst wieder Bewegung. Bei dem Stillstande der Kugel tritt an die Stelle ihrer Bewegung jenes Erzittern kleinster Theilchen, welches man Wärme nennt. Eine nähere Untersuchung lehrte, daß hierbei das Produkt der Masse in den Weg, durch welches die Größe der Bewegung gemessen wird, völlig gleich blieb. Doch nicht jede Kraft ist immer auch Bewegung. Mehr als 24 Stunden bedarf die aufgezogene Uhrfeder, ihre Elasticität in die Bewegung des Räderwerkes umzuwandeln. Der Physiker spricht hier von einer Spannkraft, welche in eine lebendige Kraft umgesetzt wird. Man denke sich eine Kugel vermittelst eines Fadens an der Decke eines Zimmers aufgehängt. Man bestimme ihre Temperatur. Sodann schneide man den Faden durch. Man wird nach dem Falle sie selbst und die Stelle des Bodens, auf welche sie aufstieß, erwärmt finden. Hier ward die Spannkraft der Schwere zur lebendigen Kraft der Wärme. Ebenso wird bei der Verbrennung durch das Zusammenprallen der Atome die Spannkraft chemischer Anziehung zur lebendigen Kraft der Wärme. In allen diesen Fällen kann man aber bestimmen, wie viel lebendige Kraft in der Spannkraft schlummert. Wenn man dies berücksichtigt, so findet man die Summe aller Kraft unvermehrbar und unverminderbar und das Gesetz der Erhaltung der Kraft erwiesen. Es sind also die Begriffe des Entstehens und Vergehens nicht auf Kraft und Stoff selbst, sondern nur auf deren Erscheinungsformen anwendbar. Der Ausspruch Salomo's, es gäbe nichts Neues unter der Sonne, gewinnt — einen neuen Sinn.

Wie für alle Naturerscheinungen, so gilt das Gesetz der Erhaltung der Kraft auch für die Vorgänge des organischen Lebens. Sie sind Bewegungsformen, welche einen Theil der ein- für allemal unveränderlichen Kraftsumme des Weltalls bilden. Auch die den erhabensten Gedanken begleitende Hirnbewegung ist eben dieser Kraftsumme entlehnt. Doch halt — hier berühren wir ja die unsere Zeit so mächtig bewegende Frage des Materialismus. Zwar hat die moderne Naturlehre den Licht- und Wärmestoff, die zwei elektrischen und die zwei magnetischen Materien, verbannt und an ihre Stelle mathematisch-sublimirte Bewegungsformen gesetzt. Trotzdem glauben ängstliche Seelen in der Zeit des „Materialismus" zu leben und sehen alle höheren Errungenschaften der Menschheit hiedurch bedroht. Ein Bild mag sie darüber beruhigen. In Tropengegenden pflegt manchmal das Gras während der Regenzeit so üppig emporzuschießen, daß es selbst die Bäume überragt und eine Wiese über dem Walde bildet. Aber Niemand wird so voreilig sein, aus diesem Anblicke zu schließen, die Welt gehöre den Gräsern und es sei die Erde nur zur Weide für die Kühe und Schafe bestimmt. Wie sollte nun gar der Naturforscher über der materiellen Grasdecke jedes Innere vergessen?! So ist es nicht. Er betrachtet die Welt keineswegs als bloße Weide für sinnliche Genüsse. Er weiß, daß unter der Wiese der Wald seine Wurzeln schlägt, daß in dessen Hallen tausend lebendige Wesen verweilen, daß zwischen dessen Bäumen die Lianen der Liebe tausend Bande schlingen und daß von dessen Zweigen tausend Lieder der Lust und des Schmerzes ertönen. Und nicht einmal jenes wunderbare Vögelchen möchte er missen, bei dessen Gesang der Mönch nach der Sage dreihundert Jahre für einen Tag hielt, jene idealistische Philosophie, bei welcher man Zeit und Raum vergißt. Auch sie ist ihm eine bedeutsame Erscheinungsform des Menschengeistes. Ihm sind Gedanke und Hirnbewegung ein und dasselbe, aber von zwei Seiten besehen. Zu diesem idealistischen Materialismus bekennt sich heutzutage wohl jeder vorurtheilslose Naturforscher. Gleichzeitig hofft er jedoch, es werde seine Gehirnbewegung mit begeistertem Flügelschlage ihn zur ideellen Sonne der Wahrheit emportragen. Die echte Wissenschaft ist eben weder Materialismus, noch Idealismus, sie umfaßt Beide, sie ist Psychophysik.

Woher stammt aber bei Menschen und Thieren die lebendige Kraft ihrer organischen Thätigkeit? Aus einem chemischen Prozesse, lautet die Antwort. Der thierische Körper nimmt mit jedem Athemzuge Sauerstoff auf, während er Kohlen- und Wasserstoff in der Nahrung erhält. So sind die Elemente gegeben, aus welchen Kohlensäure und Wasser im Organismus entstehen. Indem hierbei die Atome aneinanderprallen, verwandelt sich die Spannkraft der chemischen Anziehung in die Körperwärme und die übrigen Lebensvorgänge des belebten Wesens. Doch nun tritt erst die wahre Schwierigkeit hervor. Wenn das Gewicht der Uhr herabgesunken ist, so muß es, bevor es das Räderwerk auf's neue zu treiben vermag, wieder emporgehoben werden. Wenn sich die Atome verbunden haben, so müssen sie wieder getrennt werden, um aus ihrer chemischen Anziehung lebendige Kraft zu entwickeln. Nach dem Gesetze der Erhaltung der Kraft bedarf es aber hiezu einer Arbeit. Wer leistet diese? Ja noch mehr. Der thierische Körper ist gar nicht im Stande, Kohlen- und Wasserstoff sich unmittelbar anzueignen, insbesondere den Kohlenstoff kann er nur in der Form von thierischer oder pflanzlicher Nahrung aufnehmen. Und statt des absorbirten Sauerstoffs athmet die Thierwelt unathembare Kohlensäure aus, würde also zuletzt allen Sauerstoff der Atmosphäre verschlungen und sich selbst das Grab bereitet haben, wenn ihr nicht Jemand zu Hilfe käme. So führt die Erklärung des Thierlebens mit Nothwendigkeit zur Erforschung des Pflanzenlebens.

Denn die Pflanze ist es, welche die vom Thiere ausgeathmete Kohlensäure aus der Atmosphäre aufnimmt und jenen Sauerstoff aushaucht, den das Thier einzieht. Es zeigt sich also, daß die Respiration der Pflanzen und Thiere sich wunderbar ergänzt, um die Luft für beide Arten des Lebens geeignet zu erhalten. Und da sie Sauerstoff entbindet, ist selbst noch die giftigste Pflanze von Nutzen und befördert das thierische Leben. Indem aber die Pflanze aus der Kohlensäure den Sauerstoff ausscheidet, verdichtet sie gleichzeitig in ihrem Inneren den Kohlenstoff und bildet aus diesem und dem aufgesogenen Wasser jene Kohlenwasserstoffe, welche dem Thiere zur Nahrung dienen. Die Pflanze liefert immer wieder von neuem die getrennten Elemente, aus deren Vereinigung der thierische Körper alle Wärme, alle lebendige Kraft gewinnt.

Doch durch die Zuhilfenahme der Pflanze ist die Frage nach der Erhaltung der Thierwelt nur hinausgeschoben. Denn, indem die Pflanze die Kohlensäure in ihre Bestandtheile zerlegt, vollbringt sie eine Arbeit und die dabei aufgewandte Kraft muß irgendwie der unveränderlichen allgemeinen Kraftsumme des Weltalls entstammen. Hier hat nun eine nähere Untersuchung den merkwürdigen Aufschluß gebracht, daß es der Sonnenstrahl ist, durch dessen lebendige Kraft die Pflanze aus der Kohlensäure Sauerstoff und Kohlenstoff abscheidet und unorganische Nahrungsmittel in Theile ihrer selbst umwandelt. Man kann daher sagen, direkt oder indirekt entwickle jeder lebende Organismus seinen Leib und seine Kraft durch die Arbeit der Sonnenstrahlen. Diese verlieren, wenn sie Kohlensäure, Wasser 2c. zersetzen, an ihrem Lichte und ihrer Wärme. Eben deßhalb brennt die Sonne weniger drückend, wo sie Wälder und Wiesen mit ihren Strahlen nährt und versengt doppelt die wasserleere Wüste. Im ersteren Falle sind die Sonnenstrahlen gewissermaßen latent geworden. Ihre lebendige Kraft schlummert als Spannkraft in der chemischen Anziehung zwischen den in der Pflanze erzeugten Produkten und dem von derselben ausgeschiedenen Sauerstoffe. Erst wenn mit diesem die aus der Pflanze stammende Nahrung im athmenden Organismus wieder zusammentrifft, da erwacht die verzauberte Kraft zu neuer Entfaltung und regt sich in bunter Lebensthätigkeit, auch in jener höchsten, welche man menschliches Denken nennt. Also paßt der Titel des Kaisers von China: Sohn der Sonne, auch auf uns, wir alle sind Kinder der Sonne, wie Helmholtz bemerkt. Und Liebig schreibt: Es stammt demnach Alles, was besser ist in uns, als das irdene Gefäß, unser Leib, von Weiter — vom Himmel, von der Sonne — her.

Zunächst erhält allerdings der Leib seine Wärme und Kraft von Speise und Luft. Man wandte deßhalb auf ihn das alltägliche, aber richtige Bild von einem Ofen an, den man mit Brennmaterial versorgt. Und doch dürften die Wenigsten wissen, wie zutreffend dieser Vergleich ist. Denn ob wir den Ofen heizen oder den Körper ernähren, in beiden Fällen ist die letzte eigentliche Kraftquelle — die Sonne. Wie Viele, welche unter den glühenden Strahlen der Mittagssonne im Hochsommer litten, mögen schon geseufzt haben: Ach, könnten wir doch diese uns jetzt erdrückende Wärme für einen kalten Wintertag aufbewahren! Und als sie sich dann später an der Flamme des frischgeschlagenen prasselnden Holzes im Kamine wärmten, da war ihr Wunsch, ohne daß sie es ahnten, erfüllt. Von der Sonne hatte der Baum die Kraft entlehnt, Sauerstoff und Kohlenstoff zu trennen. Indem sich diese nun im Kamine wieder verbinden, geben sie nur die von der Sonne geliehene Kraft zurück. Und auch die Verbrennungswärme der Kohle, mit welcher wir unsere Motoren treiben, kommt von der Sonne. Schon Watt, der hochpraktische Erfinder der Dampfmaschine, hatte es ausgesprochen: Durch unsere Kohlenschichten sei in zahllosen verwitterten Pflanzen Sonnenwärme aufgespeichert aus einer Zeit, wo noch keine Menschen da waren, sie zu benützen.

Fassen wir nun die Wirksamkeit der Sonne beim Aufbau der Pflanze noch näher in's Auge. Der Sonnenstrahl läßt sich in Bestandtheile von verschiedener Brechbarkeit durch das Prisma zerlegen. Nur innerhalb gewisser Grenzen der Brechbarkeit sind diese Theilstrahlen direkt dem Auge sichtbar. Jenseits der einen Grenze kann man sie aber noch durch Wärme, jenseits der anderen durch Fluorescenz und chemische Wirkung wahrnehmen. Mit Hilfe der Fluorescenz verwandeln gewisse Stoffe dergestalt die sie treffenden dunklen Strahlen, daß sie das Auge als Licht empfindet. Um sich von der chemischen

Wirkung der Strahlen eine Vorstellung zu bilden, gedenke man der Photographie. Man kann demnach die Strahlen nach ihrer vorzüglichsten Thätigkeit in leuchtende, wärmende und chemische eintheilen. Strahlen von allen diesen drei Sorten bedarf die Pflanze. Vor Allem sind es die leuchtenden Strahlen, welche die Kohlensäure in Sauerstoff und Kohlenstoff zerlegen und das Wachsthum der Pflanze befördern. Leuchtende und chemische vereinigt schmücken die Pflanzen mit bunten Farben. Chemische begünstigen das Keimen. Und die wärmenden Strahlen sind nicht nur bei allen Lebensvorgängen nöthig, weil Wärme und Wasser die verflüssigenden Elemente sind, durch welche chemische Verwandtschaft erregt wird, sondern dienen noch speziell dem Blühen und Fruchten. Diese verschiedenen Wirkungen des Sonnenlichtes, um deren nähere Beobachtung sich der Engländer Hunt verdient gemacht, stehen in genauer Beziehung zu dem Jahres- und Pflanzenwechsel. Wie Hunt angiebt, sind in der Jahreszeit des Keimens, im Frühlinge, die chemischen Strahlen die vorherrschenden. Im Sommer, wo die Pflanzen blühen und wachsen, halten wärmende und leuchtende Strahlen den chemischen das Gleichgewicht. Gegen den Herbst hin vermindern sich leuchtende und chemische Strahlen und wärmende reifen die Frucht, würzen und zuckern sie. Ein höchst merkwürdiger Zusammenhang!

Nicht minder wunderbar wirkt auch der Wechsel von Tag und Nacht auf die Pflanze. Nur am Tage, unter dem Einflusse der Sonne, athmet sie Sauerstoff aus und Kohlensäure ein. Bei Nacht absorbirt sie sogar etwas Sauerstoff. Aber eben hiedurch werden die kohlenstoffreichen Bestandtheile der Pflanze befähigt, sich im Lichte der Sonne zu zersetzen und das Blattgrün zu bilden. Nicht leicht verdankt ein anderer Stoff mehr als das Blattgrün, das Chlorophyll, seine Entstehung der unmittelbaren Einwirkung der Sonnenstrahlen. Eben deßhalb bleiben Pflanzen im Finstern blaß, während sie unter den Tropen ein dunkles gesättigtes Grün annehmen. Und indem sich das Blattgrün selbst gar leicht verwandelt, ruft es all' die zauberische Farbenpracht der Flora hervor. Wie sehr diese mit der Sonne und ihrem Stande zusammenhängt, zeigt sich wohl am deutlichsten bei jenen Blumen, welche je nach der Tagesstunde die Farbe wechseln. So ist die Blume von **Hibiscus mutabilis**, einem Malvengewächs, am Morgen in das Weiß der Unschuld gekleidet, prangt Mittags in sinnlich üppigen, fleischfarbigen Tinten und strahlt des Abends das verklärte Roth der Rose wieder. Ein Frauenleben? Der „farbenwechselnde Schwertel" trägt des Morgens braune, innen gelb gefärbte, des Abends hellblaue Blumen, die sich des Nachts wieder in die braune Färbung zurückverwandeln. So geht es acht Tage in erneutem Wechsel fort. Dergleichen bliebe ohne den zersetzenden Einfluß der Sonnenstrahlen unverständlich. Und so machen diese nicht nur die bunte Farbenpracht der Pflanzen sichtbar, sie bringen dieselbe auch hervor, sie kleiden die Lilien auf dem Felde.

Und auch die Farben in der Thierwelt entstehen nicht ohne Einwirkung des Sonnenlichtes. Man erinnere sich nur an die reichen Farben der Vögel unter den Tropen, wo sie oft fliegenden Blumen gleichen und gedenke, wie die Färbung so vieler Thiere an den von der Sonne beschienenen Körpertheilen z. B. dem Rücken, ganz anders als an den von ihr abgewandten ist. Freilich der ungleiche Stand der Sonne binnen einem Tage vermag nicht das Farbenkleid eines Thieres, wie das der empfindlicheren Pflanze umzufärben. Wenn sich aber die Stellung der Sonne mit den wandelnden Jahreszeiten völlig ändert, da zeigt sich auch bei manchen Thieren ein gewiß nicht ohne Einwirkung des Sonnenlichtes zu Stande kommender Farbenwechsel. So spaziert der Polarfuchs in der Fortschrittszeit des Frühlings mit rothbraunem Gewande einher, während er in der reaktionären Winterszeit schneeweiß dasteht. Er besitzt also die Kunst stets die zeitgemäße Farbe zu tragen und übertrifft darin selbst Ministerkandidaten.

Doch nicht mit irgend welchen Einzelheiten können wir die Thätigkeit der Sonne erschöpfen, da Alles und Jedes durch sie geschieht. Selbst die Wolken, durch welche sie verdunkelt wird, läßt sie den Gewässern der Meere entdampfen. Sie schwingt den Donnerkeil, denn auch der Blitz ist nur eine der unzähligen Formen, in welche ihr Strahl proteusartig sich verwandelt. So erzeugt sie nicht nur alle organischen Prozesse, sondern mit Ausnahme einiger weniger Erscheinungen, wie der vulkanischen Ausbrüche oder der Ebbe und Fluth, auch alle mechanischen Bewegungen auf Erden. Um sich von der lebendigen Kraft der Sonnenstrahlen eine Vorstellung zu verschaffen, ermittelten die Physiker die Wärmewirkung derselben. Hier wurde nun jede Erwartung übertroffen. Die Gesammtsumme der Wärme, welche die Erde binnen einem Jahre von der Sonne erhält, wäre hinreichend, um auf die ganze Erde vertheilt, eine dieselbe bedeckende Eislage von 100 Fuß Dicke zu schmelzen. Die von der Erde aufgefangene Wärme beträgt aber nur $\frac{1}{2300000000}$ der nach allen Punkten des Himmelsraumes von der Sonnenkugel ausgestrahlten Wärme. Um diese in ihrer Gesammtheit zu erzeugen, müßte auf der Sonnenoberfläche Jahr für Jahr ein dieselbe vollständig bedeckendes Steinkohlenlager von 17 Meilen Dicke verbrennen. Zwar ist die Masse der Sonne

350,000mal größer als die Erde. Aber auch wenn diese ungeheure Sonnenmasse nichts als Steinkohle wäre, würde ihre Verbrennung nach dem eben Gesagten nicht einmal während der 6000 Jahre der historischen Zeit die von der Sonne ausgestrahlte Wärme haben liefern können, geschweige daß sie für die Jahrmilliarden der Geologie ausgereicht hätte. Ganz andere Stoffe aber auf der Sonne als auf der Erde anzunehmen, verbieten uns die Entdeckungen der Spektralanalyse. Vermittelst dieser fand Kirchhoff Eisen, Kalk, Natrium und noch viele andere irdische Stoffe in der Sonnenphotosphäre. Wir stünden hier vor einem Räthsel, für welches wir nicht einmal eine vermuthungsweise Lösung fänden, wüßten wir nicht, daß auch die allgemeine Anziehung — die Schwere — eine Wärmequelle ist. Ein Meteor, der statt zur Erde auf die Sonne fällt, vermag nach Tyndall 10,000mal mehr Wärme zu entwickeln, als wenn die gleiche Masse Steinkohlen verbrennt und die Wärme, welche durch das Zusammenballen der Sonnenmasse aus dem Urweltnebel entstehen mußte, beträgt Tausende Millionen Grade. Da wir die Hitze des Kalklichtes nur auf 2000° C. schätzen, übersteigt dies alle unsere Vorstellung. Dem entsprechend giebt es zwei Hypothesen für die Sonnenwärme. Die eine von Dr. Mayer in Heilbronn nimmt an, daß unausgesetzt Meteore in die Sonne fallen und sie gewissermaßen mit der durch ihre Fallgeschwindigkeit hervorgebrachten Wärme heizen. Die andere hat Faye erst vor wenigen Monaten der Pariser Akademie der Wissenschaften mitgetheilt. Sie stellt die Vermuthung auf, das Innere der Sonne sei gasförmig und befinde sich in einem Zustande feinster atomistischer Vertheilung. Daselbst sei der ungeheuere aus der Zusammenballung der Sonnenmasse stammende Wärmevorrath aufgespeichert. Weil aber Gase bekanntlich die Wärme beinahe gar nicht leiten, so vermindere er sich nur durch diejenigen Atome, die an die Oberfläche gelangen und hier abgekühlt werden. Denn diese allein bilden durch Cohäsion und chemische Anziehung theils feste, theils flüssige Niederschläge, welche Wärme ausstrahlen, sodann in's Innere zurücksinken und dort zerstäuben. Immer steigen neuerdings Atome empor und wiederholen den Prozeß. So wallen die Sonnentheilchen „im Thatensturme auf und ab" und erhalten die unaufhörliche Ausstrahlung der Sonne. Man mag nun aber die eine oder die andere dieser beiden Hypothesen annehmen, in beiden Fällen wird als die letzte Quelle der von der Sonne ausgestrahlten Wärme die allgemeine Anziehung, die Schwere, betrachtet. Es stammt also die Kraft des Sonnenstrahles, welche das Leben auf den Planeten weckt, aus derselben Schwere, die wir als dem Leben feindlich anzusehen gewohnt sind, und auch der Gedanke, welcher der Schwere entgegen die Himmel durchmißt, entlehnt in letzter Instanz eben dieser Schwere die Kraft seines Fluges. Die Schwere erzeugt das Licht, das Licht den Gedanken — wie will man solchen Erkenntnissen mit den alten Schlagworten: Materialismus und Spiritualismus gerecht werden. Beide sind dem Naturforscher überwundene Standpunkte, wie dem echten Künstler die Schlagworte: idealistisch und realistisch.

Zum Schlusse wollen wir nur noch nach dem Ende der Dinge fragen. Wir können uns zwar keinen Untergang von Stoff und Bewegung überhaupt denken, wohl aber einen Stillstand des Lebens in unserem Planetensystem. Der Leser erschrecke nicht, denn ein solcher könnte jedenfalls erst in Billionen und Billionen Jahren stattfinden, wo nach seinen geologischen Antezedentien zu schließen wahrscheinlich das Menschengeschlecht längst wieder anderen Geschlechtern den Platz geräumt hat. Aber die aufgespeicherte Wärme aus der Sonnenballung muß, wenn auch nach noch so langer Zeit ein Ende finden, die Masse der Meteore muß, wenn sie noch so groß ist, sich erschöpfen und so müßten zuletzt, wenigstens nach unseren gegenwärtigen Kenntnissen, Sonne und Planeten, indem sie alle ihre Wärme in den Fixsternraum hinausstrahlen, ausgebrannt und erstarrt zurückbleiben. Wie es Byron in seinem Gedichte Darkneß in ergreifender Weise schildert, müßte mit den entweichenden Sonnenstrahlen auch das Leben von der Erde fliehen.

Benützen wir einen dieser Strahlen, um einen Archimedespunkt außer der Erde zu gewinnen und überblicken wir das Schauspiel, das sich uns darbietet. Ist es schon verwundersam, daß der Sonnenstrahl die Gegenstände in farblosem Licht und Schatten auf der photographischen Platte abzubilden vermag, so sehen wir nun mit Staunen, daß einst die kaum erst abgekühlte Erde eine riesige photographische Platte war, auf welcher der Sonnenstrahl die von uns noch heute nicht gelösten Probleme der Farbenphotographie und Photoplastik verwirklichte und seit damals bis heute alle jene Formen und Gestalten hervorrief, die wir gegenwärtig mit unseren photographischen Apparaten kopiren. Und noch fort und fort erzeugt er Neues, und wird darin nicht ruhen, bis er nicht jedes Stäubchen auf der Platte belebt und verwendet hat.

All' die immer vollkommeneren Geschöpfe, die sich langsam und allmälig nach dem Zeugnisse der geologischen Schichten auf der Erde einfanden, vom Infusorium bis zum Menschen hinauf, es erschuf sie alle der Sonnenstrahl. Und als sich der Mensch vom Boden erhob, stützte er sich hiebei mit der Kraft des Sonnenstrahles. Diese lehrte ihn sprechen, Religionen erdenken, Staaten ordnen. Der Sonnenstrahl leiht die Stärke dem Arm des Drängers, aber auch dem Sklaven, der sich befreit. Prometheus hatte nicht nöthig, zum Himmel emporzuklimmen und ihm sein Feuer zu rauben. Im Sonnenstrahle senkt es sich selbst zur Erde nieder. Man kann von ihm, wie Aeschylus von Prometheus sagen: Mit einem Worte Alles engumfaßt vernimm, er schenkte alle Kunst den Sterblichen. Ja, ihm entfließt das Licht der Poesie, der Wissenschaft. Die Wahrheit ist seine Selbsterkenntniß. Und von der Geschichte der Erde und des Lebens auf ihr, wie sie sich von der feuerflüssigen Erde an bis zur ausgebrannten und erstarrten in der buntesten Gestaltenfülle entrollt, mit Tyrannen- und Freiheitssiegen, mit Lust und Qual der Guten und Bösen, kann man mit Recht sagen: sie sei — großartiger als die göttliche Komödie eines Dante, das verlorene Paradies eines Milton, denn diese sind doch nur Nachahmungen hievon — das Gedicht eines Sonnenstrahls, der zur Erde kam und sie wieder verließ.

So stimmt denn die Naturerkenntniß der Gegenwart mit der Religion der Vergangenheit, welche allegorisirte Naturwissenschaft war, überein und wie einst der Priester Egyptens kann heute der Naturforscher empor zur Sonne rufen:

„Verehrung dir, wenn lebenspendend
Du strahlst im Himmelsocean,
Du hast erschaffen alle Dinge,
Du strahlst den reinen Menschen Leben aus,
Verehrung dir, dem Bildner aller Wesen!"

Der Kampf um das Salz.

Von

Gottfried Kerst.

Das Kochsalz (Chlornatrium) ist für Erhaltung und Gedeihen von Mensch, Thier und Pflanze fast so unentbehrlich als die atmosphärische Luft. Und wie diese von der Natur überall auf der Erde in überreicher Fülle dargeboten wird, so hat sie ebenmäßig dafür gesorgt, daß das für das organische

Leben unentbehrliche Salz in unerschöpflicher Menge vorhanden ist und mit geringer Mühe gewonnen werden kann.

Der Ocean, welcher drei Viertheile des Erdballs bedeckt, alles feste Land umgiebt, mit großen Buchten und Busen in dasselbe eindringt, und die Verbindung der Völker aller Zonen und Racen vermittelt, ist stark gesalzen und wimmelt von thierischem Leben. Fast mühelos vermag der Mensch, namentlich in den wärmeren Erdstrichen, dem Meer das Salz (Seesalz), welches demselben bis zu 2½ Prozent beigemischt ist, zu entnehmen. Der Berghauptmann v. Carnall hat berechnet, daß wenn man nur eine Schicht Wasser von 1 Zoll Stärke von der Oberfläche des ganzen Weltmeeres abhöbe und aus derselben das Salz auszöge, letzteres in solchem Maße gewonnen sein würde, daß, bei einem Verbrauch von 60 Pfund jährlich für den Einzelnen, das ganze Menschengeschlecht für 10,000 Jahre vollkommen versorgt sein würde.

In unseren Tagen ist es zur Gewißheit erhoben, daß in der Urzeit der Erde alles gegenwärtig feste Land vom Meere bedeckt gewesen und durch unterirdische Kräfte, deren Wirkungen wir noch heute in den Erdbeben und in der Thätigkeit der Vulkane verspüren, nach und nach emporgehoben worden ist. Als Niederschlag des Meeres in jenen Urzeiten lagern in den emporgehobenen, zu festem Gestein erstarrten Erdschichten über und unter Milliarden von untergegangenen Thieren und Pflanzen (jene versteint, diese als Stein- und Braunkohlen) gewaltige Massen von Salz (Steinsalz), dessen Dasein häufig aus der Tiefe emporsteigende Quellen gesalzenen Wassers (Soolquellen) den Menschen anzeigen. Oder das Salz ist überreich, oft über ungeheure Strecken, wie in den Wüsten Mittelasiens, in den Gegenden des Caspischen Meeres, in Korasan, Tibet, Arabien, in den afrikanischen Wüsten, in der Pampa des gewaltigen La Plata-Stromgebietes, in der Wüste Atacama, in Brasilien u. s. w., der obersten lockeren Erdschicht beigemischt (Steppensalz), dergestalt, daß durch dasselbe fast sämmtliche dort fließende oder stehende Gewässer stark gesalzen sind. Durch Auslaugung aus der gesalzenen Steppen-Erde oder Abdunsten jener salzigen Wasser — was in den wärmeren Erdstrichen die Glut der Sonne im Hochsommer selbst besorgt — wird das Kochsalz leicht gewonnen.

Dergestalt hat die Natur, im Verlaufe einer unermeßlichen Zeit, in welcher andere Wesen unsere Erde belebten, für die Erhaltung der heutigen thierischen und pflanzlichen Schöpfung und das Wohl des jüngsten Erdenbürgers, des Menschen, durch Beschaffung des unentbehrlichen Salzes aller Orten vorgesorgt. Wo das Meer seine salzigen, von Thieren aller Art belebten Wogen an die Gestade des festen Landes rollte, oder wo Salzquellen sprudelten, oder wo salzige Flüsse und Landseen sich in der Nähe befanden, da verdichtete sich, waren die sonstigen Bedingungen für die Existenz gegeben, sehr bald die Menschenbevölkerung und um den Besitz solcher Landstriche entbrannten nicht selten die heftigsten Kämpfe.

Salzgewinnung und Salzhandel dürften zu den ältesten Industrieen zu zählen sein. Noch heute vertreten in manchen Gegenden Afrika's gewisse Salzmengen oder Steinsalzstücke unsere Metallmünzen und papiernen Werthzeichen, und diejenigen civilisirten Völker, welche mit Salzschätzen gesegnet sind und sich die freie Verfügung über dieselben zu sichern gewußt haben, versenden ihr Salz zum Austausch gegen andere Produkte in die entferntesten Gegenden der Erde.

Seitdem die Theilung der Arbeit in den civilisirten Staaten immer weiter fortgeschritten ist und in unseren Tagen immer mehr die Erkenntniß reift, daß es zum Segen Aller gereicht, wenn die Arbeitstheilung in den Beziehungen von Volk zu Volk Platz greift, jedes Volk das produzirt, wozu es durch seine Anlagen und die Natur seines Landes vorzugsweise befähigt wird und seinen Ueberfluß an Gütern gegen den Ueberfluß an anderen Gütern eines anderen Volkes austauscht, und seitdem die Menschheit überhaupt zu begreifen angefangen, daß nur in der Arbeit der Adel unseres Geschlechtes gesucht und gefunden werden kann, entbrennt in steigender Energie der Kampf um die Befreiung der Arbeit von allen Belastungen und Fesseln und um die freie Benutzung und Ausbeutung der Schätze, welche die Natur jedem Volke freigebig gespendet hat.

Erfreut sich das deutsche Volk auch nicht eines Klima's, in welchem Palmen und kostbare Früchte und Gewürze gedeihen, durchströmen unsere Flüsse und Bäche auch keine Goldfelder, sind die Gipfel unserer schönen Berge auch nicht mit reichen Silberadern durchzogen; so reift uns doch die goldene Getreideähre, wächst die mächtige Eiche für unsere Schiffe und die schlanke Tanne für deren Masten, und im Schooße der Erde lagern in unerschöpflicher Menge Eisen, Kohle und Salz, den Fleiß unseres Volkes herausfordernd und spornend, mit dem es Alles zu erringen vermag, was ein Volk zu würdiger und geehrter Existenz bedarf. Noch aber sind wir nicht einmal dahin gelangt, das edelste der Naturgeschenke, unser Salz, in Freiheit auszubeuten, zu genießen und zu gebrauchen. Der Kampf um freies Salz hat in Deutschland ernstlicher erst im Jahre 1865 begonnen.

Einst, als noch mächtige, vom ganzen freien Volke gewählte Kaiser im deutschen Reiche walteten, wußte man nichts von Salzsteuern, noch weniger von einem Salzmonopol. Als aber die Vasallen mächtiger wurden und sich ein kaiserliches Regal nach dem anderen zu erbetteln oder zu ertrotzen wußten, wurde es in deren Händen allmälig zu einer größeren Ausbeutung des Volkes gebraucht und nach Einführung der stehenden Heere, durch welche die Vasallen zu souveränen Fürsten aufstiegen, fing man in verschiedenen deutschen Fürstenthümern an, das Salzregal in ein Salzmonopol umzuwandeln, d. h. der absolute Fürst reservirte sich die Salzgewinnung, soweit es irgend möglich war, und den Alleinhandel mit Salz. In einigen deutschen Staaten blieb bis auf die Neuzeit zwar der Handel mit Salz frei und die Regierungen begnügten sich mit einer mehr oder minder hohen Produktionssteuer; in keinem deutschen Staate aber ist das Salzmonopol von altem Datum; ein Monopolgesetz findet man bis zu dieser Stunde selbst in Preußen nicht, wo doch das Salzmonopol auf der Bevölkerung, Landwirthschaft und Industrie am schwersten lastet.

Preußen kannte bis zum Jahre 1810 nicht einmal eine eigentliche Salzsteuer. Das Salz hatte naturgemäß in den verschiedenen Provinzen sehr verschiedene Preise und es wurde von ihm, wie von allen Waaren, beim Eingange in die Städte eine Accise erhoben. Als die Monarchie 1806 zusammengebrochen war, und die Regierung sich in der äußersten Geldbedrängniß befand, da wurde 1810 eine gleichmäßige Salzsteuer in den Preußen verbliebenen Provinzen eingeführt, unter der ausdrücklichen und bestimmten Voraussetzung und Zusicherung, daß Preußen eine Repräsentativ-Verfassung erhalten werde, und in dem Edikt vom 7. September 1811 wurde weiter zugesichert, daß alle Monopole aufgehoben werden sollten. Das Salzmonopol besteht noch fort, trotzdem im Sturme des Jahres 1848 die Volksvertretung gewonnen worden.

Bei der Gründung des deutschen Zollvereins war es vorzugsweise die preußische Regierung, welche darauf drang, daß diejenigen dem Verein beitretenden Staaten, welche das Salzmonopol noch nicht bei sich eingeführt hatten, dasselbe einführen sollten und zugleich wurde festgesetzt, daß in keinem zollvereinten deutschen Staate der Debitspreis der Tonne Kochsalz (400 Pfund altes preußisches Gewicht = 378$\frac{8}{10}$ Zoll-Pfund) nicht unter 8$\frac{1}{3}$ Thaler sein sollte. In Preußen wurde durch eine Verordnung vom 17. Januar 1820 der Preis einer Tonne Salz gleichmäßig für alle Provinzen auf 15 Thaler festgesetzt, und endlich durch eine Verordnung vom 22. November 1842, nach vernommenem Gutachten der Provinzialstände, wurde dieser Preis von 15

Thalern auf 12 Thaler herabgesetzt. Dieser übermäßige Preis muß für Kochsalz noch heute in Preußen gezahlt werden.

Inzwischen aber begann man auch in Preußen zu ahnen, wenn auch noch nicht vollständig zu begreifen, daß ein so übermäßiger Salzpreis die nachtheiligsten Folgen für die Landwirthschaft und die Industrie herbeiführe und durch eine Kabinets-Ordre vom 21. Juni 1838 wurde angeordnet, daß „versuchsweise“ ein denaturirtes Salz, dessen Preis auf 4 Thaler per Tonne festgestellt wurde, bereitet und gewissen näher bezeichneten Gewerbtreibenden, die viel Salz verbrauchen, und Landwirthen verabfolgt werden sollte. Kleine Gewerbetreibende, die nicht viel Salz verbrauchen, zahlten und zahlen nach wie vor 12 Thaler pro Tonne; — trotzdem die preußische Verfassung vom Jahre 1850 im Art. 101 klar bestimmt:

„In Betreff der Steuern können Bevorzugungen nicht eingeführt werden. Die bestehende Steuergesetzgebung wird einer Revision unterworfen und dabei eine jede Bevorzugung abgeschafft.“

Einen schwachen Versuch, das Salzmonopol abzuschaffen und dafür eine hochgegriffene Salzsteuer einzuführen, machte im Jahre 1852 der Abgeordnete Harkort im preußischen Abgeordnetenhause, fand aber bei seinen damaligen Kollegen kein Gehör. Im Jahre 1857 aber glaubte das damalige Ministerium sogar den Preis einer Tonne Kochsalz von 12 auf 15 Thlr. wieder erhöhen zu dürfen. Das damals gefügige Abgeordnetenhaus willigte ein. Allein das Herrenhaus verwarf damals jenes Ansinnen; vielleicht ist dies das einzige Verdienst um das Volk, dessen sich jenes hohe Haus zu rühmen hat.

Ernstlich aufgenommen hat den Kampf um das Salz das jetzige preußische Abgeordnetenhaus. Der bekannte Kerst'sche Antrag auf Abschaffung des Salzmonopols, im Beginn der Session von 1865 eingebracht und vom Antragsteller ausführlich begründet, wurde in der Sitzung des Abgeordnetenhauses am 24. März 1865 mit sehr großer Mehrheit angenommen, und unter den als dringend nothwendig befundenen Steuer-Reformen, über welche die Budget-Kommission gleichzeitig jenem Hause Bericht erstattete, stand die Aufhebung des Salzmonopols in erster Reihe. In fast allen deutschen Landesvertretungen sind nach dem Vorgange im preußischen Abgeordnetenhause gleiche Beschlüsse gefaßt worden und es darf nun erwartet werden, daß das Volk von seinem Petitionsrecht Gebrauch machend, seiner Seits mit Ernst in den Kampf um freies Salz eintreten werde. — Selbst in der französischen gesetzgebenden Versammlung haben die Beschlüsse der deutschen Kammern Nachhall gefunden in dem Antrage Garnier-Pagó's, die Salzsteuer in Frankreich ganz abzuschaffen. — Mehrere Staaten haben gleich Frankreich zwar noch eine Salzsteuer, aber das drückende und die Gewerbethätigkeit lähmende Salzmonopol besteht fast allein nur noch in Deutschland; selbst Rußland hat es 1862 aufgehoben gegen Einführung einer Salzsteuer von 30 Kopeken für 1 Pud (= 32¾ deutsche Zoll-Pfund) Salz.

Das Bestehen des Salzmonopols im Zollverein widerstreitet schnurstracks den Zwecken, für welche der Verein gegründet ist. Das nächst der Luft unentbehrlichste Lebensbedürfniß, das Salz, ist bei uns vom freien Verkehr ausgeschlossen und die härtesten Strafen treffen denjenigen, der mit einigen Pfunden Salz, die er in einem deutschen Nachbarstaate ehrlich mit einem übermäßig hohen Preise bezahlt hat, die Grenze, welche ein deutsches Ländchen von dem andern scheidet, überschreitet; ja man hat in einigen Grenzdistrikten Hunderttausende freier Menschen der, durch kein eigentliches Gesetz gerechtfertigten sogenannten Salzconscription unterworfen, nach welcher jeder Einzelne gezwungen wird, eine bestimmte Menge Salz für seinen persönlichen Verbrauch, für sein Gewerbe und für sein Vieh von dem fiscalischen Alleinhändler zu kaufen. Für Kinder unter 14 Jahren muß pro Kopf die Hälfte des Salzes wie es für den Erwachsenen vorgeschrieben ist, gekauft werden, für eine Kuh ein halbes Pfund mehr als für ein Kind, für je 20 Schafe soviel wie für eine Kuh u. s. w. — und das Alles auf Grund bloßer Verwaltungs-Verordnungen!

Kein Volk der Welt besitzt vielleicht einen solchen Reichthum an Salz, als das deutsche und kein anderes Volk wird genöthigt, dasselbe so theuer zu bezahlen. Auf Kochsalz sind in Preußen, Bayern, Baden, Würtemberg, beiden Hessen, Thüringen, Braunschweig, Schwarzburg-Rudolstadt, Lippe, Anhalt und Waldeck 72 Werke; auf Steinsalz in Preußen, Württemberg und Bayern 6 Werke im Betriebe. — Unermeßliche Salzlager sind in neuester Zeit, namentlich in dem großen Halberstadt-Magdeburgischen und im Thüringischen Becken erbohrt worden, aus denen mit höchst geringen Kosten das schönste, reinste Salz gefördert werden kann.

Allein in der Mulde, in welcher das berühmte Staßfurter Steinsalzbergwerk aufgeschlossen worden ist, lagert, über einen Raum von ungefähr 25 Quadratmeilen ausgedehnt, das Steinsalz in bis jetzt unerforschter Mächtigkeit; man ist in dasselbe zur Zeit bis auf 1200 Fuß eingedrungen und hat noch lange nicht das Gestein erreicht, auf dem es ruht. Geologen schätzen nach gewissen Anzeichen die Dicke dieses ungeheuren Salzlagers auf ca. 5000 Fuß. Davon sind die obersten 515 Fuß unreines, die ganze übrige ungeheure

Masse das reinste, herrlichste Kochsalz. Jene mächtige unreine Masse aber ist fast noch werthvoller als das reine Kochsalz selbst, denn sie ist reich an Kali, ein Salz, welches man bisher fast allein aus der Asche verbrannter Hölzer und anderer Pflanzen durch Auslaugen gewann (Pottasche).

In dem großen Thüringer Becken finden sich gewaltige Steinsalzläger, deren Ausdehnung nach Quadratmeilen bis jetzt noch nicht angegeben werden kann; von ihrem Reichthume aber gewinnen wir einigermaßen eine Vorstellung durch den Aufschluß des Steinsalzes bei Erfurt. Am 13. Juli 1863 erreichte man dort in der Tiefe von 160¼ Lachter (à 6 Fuß) das oberste Steinsalzlager. Nach und nach durchteufte man 3 Salzlager: das oberste 4 Fuß, das zweite 60 Fuß, das dritte 23 Fuß mächtig. Die drei Lager sind durch Gipsfels von resp. 5½ und 7½ Fuß Mächtigkeit von einander getrennt. In den beiden oberen Lagern ist das Kochsalz stärker mit gipsartiger Masse verunreinigt, im untersten dagegen ist dasselbe von größter Reinheit und dieses Lager ist denn auch seit 1863 angehauen worden.

In dem Halberstadt-Magdeburger Becken, in welchem die Steinsalzwerke von Alt- und Neu-Staßfurt (letzteres auf Anhaltischem Gebiete) im Betriebe sind, hat man noch bei Elmen, in der Nähe der Saline Schönebeck im Februar 1863, in Schönebeck selbst im Februar 1864 das ungeheure Steinsalzlager erbohrt, welches wahrscheinlich eine Fortsetzung der 25 Quadratmeilen umfassenden Mulde ist, in der Staßfurt liegt.

Bei diesem unermeßlichen Reichthum an Salz müßte das deutsche Volk dasselbe sich noch billiger als die Engländer ihr Salz stellen können. In England kostet die preußische Tonne Kochsalz — nachdem dort jede Steuer von Salz seit 1825 aufgehoben worden ist — etwa 8 Silbergroschen; wir müssen dieselbe mit 12 Thaler bezahlen. Dank dem Monopol! vermögen wir unsere Salzschätze nicht zu verwerthen. Für Menschen und Vieh muß mit dem theuren Salze gespart werden. Was nützt es uns, daß wir das Salz wohlfeiler als die Engländer produziren können? Es ist wegen seines hohen Preises, in welchem es die Regie erhält, massenhaft weder im eigenen Lande, noch, weil sich ein deutscher Staat gegen den andern in Betreff des Salzverkehrs hermetisch absperrt, im weitern Vaterlande abzusetzen. Die Verwaltung des Salzmonopols versucht daher seit 2 Jahren unser Salz im Auslande, mit dem wohlfeilen englischen Salze concurrirend, abzusetzen und verkauft es den Fremden so billig, daß Hamburger Kaufleute dasselbe mit Vortheil sogar nach England, welches das billigste Salz liefert, verfahren!

Gäbe es in Deutschland keine Salzsteuer, kein Monopol, so würde dann unser überaus billig herzustellendes Salz in ungeheuern Massen in der Landwirthschaft und in den Gewerben verwendet werden, wie es in England seit Aufhebung der Salzsteuer der Fall ist, und ein Wohlstand im Volke sich begründen, von dem man gegenwärtig bei uns kaum eine Ahnung hat. Um die deutschen Salzbergwerke herum würde sich der Boden mit Fabriken für Chemikalien bedecken, ungeheuere Eisenbahnzüge würden das Salz nach allen Richtungen hin verfahren, besonders nach den Kohlendistrikten, wo es raffinirt und zu Chemikalien verarbeitet werden könnte und von wo dieselben Wagen mit Kohlen beladen zu den Stapelplätzen des Steinsalzes zurückkehrten. Das wohlfeile Salz würde die größere Wohlfeilheit der Steinkohlen nach sich ziehen und denjenigen Gegenden, die keine Kohlen haben, billiges Brennmaterial verschaffen. Kurz, überall hin würde das billige Salz ungeahnten Segen verbreiten.

Doch vor Allen hat die arbeitende Klasse Grund, in den Kampf für freies Salz einzutreten. Sie ist durch den so hoch gestellten Salzpreis am schwersten besteuert.

Es ist eine unzweifelhafte Thatsache, daß diejenigen Klassen der Bevölkerung, welche auf weniger nährende Lebensmittel, z. B. hauptsächlich auf Kartoffeln und Gemüse angewiesen sind, um dieselben genießbar und verdaulich zu machen, ungleich mehr Salz verbrauchen müssen, um sich gesund und kräftig zu erhalten, als diejenigen, welche mehr Fleisch genießen. Die hohe Besteuerung, welche in dem Monopolpreise des Salzes steckt, ist mithin nicht blos eine reine Kopfsteuer, sondern der Arme zahlt pro Kopf mehr als der Wohlhabende. Die Armen sind es daher hauptsächlich, welche in Preußen die 6¼ Millionen Reingewinn vom Salzmonopol aufbringen. Wäre die Salzsteuer auch nur als reine Kopfsteuer aufzufassen, so müßte sie schon um deswillen fallen, denn sie ist auch so eine ungerechte Steuer, wie jeder Volkswirth zugeben muß. Der Arme zahlt in Preußen pro Pfund Salz jetzt 13 Pfennige, d. i. für die Tonne Salz 13¾ Thlr.: existirte nicht das Salzmonopol, wäre das Salz steuerfrei, so würde die Tonne schönstes, gemahlenes Salz in Staßfurt und Erfurt kaum 8 bis 10 Sgr. und in den entlegensten Orten der preußischen Monarchie kaum 1½ Thlr. kosten.

Schafft also in Deutschland vor Allem freies Salz!

Der Schulstreit im Großherzogthum Baden.

Es muß ein streitbares Völkchen sein, das jenen gesegneten Winkel Deutschlands bewohnt, welchen der westliche Lauf des oberen Rheines mit dem nördlichen bildet. Hat man seit Jahren etwas Anderes dorther vernommen als Kampf und Kriegsgeschrei? Kaum lagen die fehdereichen Jahre 48 und 49 hinter uns, so entbrannte dort ein langwieriger Kirchenstreit; und kaum scheint dieser beendigt, so dringt die Kunde von einem „Schulstreit" durch die deutschen Gauen, ja durch die europäische Welt hin.

Doch was geht ein badischer Schulstreit die übrige Menschheit an? Allerdings sehr viel. Denn es handelt sich hier nicht um eine örtliche Balgerei, sondern um allgemeine Fragen, die überall über kurz oder lang zur Lösung kommen werden. Das badische Ländchen erscheint nur als ein vorgeschobener Posten jenes gewaltigen Krieges, welchen die Hierarchie in neuen wie in alten Zeiten gegen die Macht des Staates und gegen die fortschrittliche Entwicklung der Menschheit geführt hat.

In der That bietet dieser Streit durch sein Ziel wie durch seinen Verlauf ein so belehrendes Bild, daß eine genaue Darstellung desselben und die Kenntniß der Fragen, um welche hier gestritten wird, für Jeden, der das Herz auf dem rechten Flecke hat und Etwas von der Zeit versteht, von Belang ist. Das was aber heute und in dem kleinen Lande Baden zu Tage tritt, wurzelt so tief in früheren Verhältnissen und Vorgängen, daß es unmöglich ist, Etwas davon zum Verständniß zu bringen, ohne ein wenig weiter auszuholen.

Als die rosigen Gaben des Jahres 1848 für die übrigen Betheiligten, eine um die andere, zerrannen: verstand es die römische Kirche, ihren Theil Freiheit festzuhalten. Bald war es ihr gelungen, in Preußen und Oesterreich, außerordentliche Ansprüche durchzusetzen. Schwieriger wurde dieses in den deutschen Kleinstaaten. Namentlich in Baden, wo Regierung und Volk sich jenen maßlosen Forderungen abgeneigt zeigten, brach 1853 der bekannte Kirchenconflict aus, der freilich auch mit dem Siege des Ultramontanismus zu endigen schien, als die Regierung, des Haders müde, die berüchtigte Convention des Jahres 1859 mit dem päpstlichen Stuhle abschloß. Allein es sollte anders kommen.

Es war, als ob nach langem Winter plötzlich ein wundersamer Frühlingshauch durch das Land ginge, als nach dem dumpfen Jahrzehend, welches der großen Erhebung von 1848 folgte, der Volksgeist zum ersten Mal wieder sich regte, indem er gegen diese Fesselung Einsprache erhob. Das damalige Ministerium unterschätzte entweder die Wichtigkeit seines eigenen Schrittes oder die Mündigkeit des Volkes, als es sich einbildete, eine so tiefgreifende Maßregel auf dem Weg der Verordnung einführen zu können — nur wenige Bestimmungen sollten mit der Kammer vereinbart werden.

Man hatte sich schwer verrechnet: ein gewaltiger Sturm brach alsbald gegen das Concordat los. Die hervorragendsten und besonnensten Männer erhoben ihre Stimme dagegen; eine wegen ihrer Loyalität sprüchwörtliche Kammer trat dem Ministerium mit unerwarteter Entschiedenheit entgegen und erklärte das ohne Zustimmung der Landstände abgeschlossene Concordat für ungültig; ein edler Fürst, einer der wenigen, welche die schwere Schule von 1848 und 49 wirklich genützt, verstand die Bedürfnisse seines Volkes und ließ sein reiches Herz frei walten.

Die Proclamation des Großherzogs Friedrich vom 7. April 1860, worin beiden Kirchen volle Selbständigkeit in der Ordnung ihrer Angelegenheiten auf gesetzlichem Weg, d. h. durch Vermittlung der Stände, zugesagt wurde, löste den Knoten und bezeichnet zugleich mit der Berufung des Ministeriums Stabel-Lamey-Roggenbach den Eintritt der „neuen Aera in Baden.“

In rascher Ausführung jenes fürstlichen Wortes folgte dann das Gesetz vom 9. Oktober 1860 über die rechtliche Stellung der Kirchen und kirchlichen Vereine im Staat, worin jenen das möglichst große Maß freier Selbstregierung zugetheilt und die beiderseitigen Machtgebiete, das des Staates und der Kirche, abgegrenzt wurden. Die protestantische Kirche, welcher dieses Geschenk unverhofft genug in den Schooß fiel, schwieg dankbar. Auch katholischer Seits nahm man, was hier an Vortheilen geboten wurde, nicht ohne sichtliche Zufriedenheit — einer der lautesten Wortführer der klerikalen Partei rühmte auf einer Versammlung die durch die eigene Verwaltung von siebenzig Millionen kirchlichen Vermögens gewonnene Machtvergrößerung —; doch legte man nach bekannter Taktik Protest ein, als sei die Kirche auch jetzt noch verkürzt und das in einer päpstlichen Bulle verkündete Concordat nach wie vor maßgebend

Hätte es die Kürze der Zeit erlaubt, so wäre es sicherlich gut gewesen, wenn man gleich jetzt bei der ersten Ausscheidung nicht blos durch einen allgemeinen Paragraphen ausgesprochen hätte, daß das öffentliche Unterrichtswesen vom Staat geleitet werde und nur der Religionsunterricht den Kirchen zufalle, sondern sofort ein auf die neue Grundlage errichtetes Schulgesetz vorgelegt hätte. Ohne Zweifel wäre die römische Kirche damals sehr zufrieden gewesen mit dem Antheil an der Schule, über welchen sie vier Jahre später wie über den ärgsten Raub sich beschwerte.

Schon deshalb durfte man nicht säumen, weil die bisherige Schulaufsicht, welche die Geistlichen im Namen und Auftrag des Staates führten, nach dem Gesetz vom Jahr 60 nicht mehr möglich war, durch welches sie in ihren amtlichen Verrichtungen lediglich unter ihren geistlichen Oberherrn gestellt wurden, wenn anders der Staat sich nicht der kläglichsten Hülflosigkeit in Weigerungsfällen aussetzen wollte. Ist es doch oft genug vorgekommen daß die geistlichen Unterbehörden dem Oberschulrath geradezu den Gehorsam aufkündeten!

Auch die Trennung der Meßnerei (Küsteramtes) vom Schuldienst drängte zur neuen Organisation; der Lehrer kann und darf nicht zum Diener zweier Herren gemacht werden.

Das Nächste, was zur Anbahnung einer durchgreifenden Schulreform geschah, war die im Herbst 1862 vollzogene Gründung einer neuen Oberschulbehörde, die als eine rein staatliche confessionell gemischt, für alle Bekenntnisse nur eine war und ihre geistlichen Mitglieder wenigstens nicht als solche enthielt. Auch wurde mit glücklichem Griffe die Oberleitung der Mittelschulen demselben Collegium übertragen: so daß dieses nunmehr die Befugnisse der beiden Oberkirchenräthe, des israelitischen Oberrathes, des früheren Oberstudienrathes und des Gewerbsschulrathes in sich vereinigt. Nur das Polytechnicum und die beiden Universitäten blieben der unmittelbaren Leitung des Ministeriums unterstellt.

Das Schwerste dabei aber war unstreitig die Wahl des Directors für diese Stelle. Denn es handelte sich hier nicht um einen gewöhnlichen Bureauchef, sondern um den schöpferischen Staatsmann, welcher es verstünde, das neue Princip in einer Reihe einzelner, den Verhältnissen des Landes entsprechender Einrichtungen zu verwirklichen. Nicht umsonst wurde in der Kammer, als das Budget für den zu gründenden Oberschulrath berathen wurde, von dem Manne, der so viel politische Einsicht mit so viel technischer Erfahrung, Energie mit Klugheit, Hingebung für die tausenderlei kleinen

Einzelheiten mit dem großartigen Blicke für das Ganze vereinigen mußte, wie von einem kaum aufzufindenden gesprochen. Und es zeugt für die staatsmännische Begabung des neuen Ministeriums, daß es für diese schwierige Aufgabe den rechten Mann fand.

Es ist dies der als Gelehrter und akademischer Professor (zuletzt in Freiburg) schon damals in der wissenschaftlichen Welt rühmlichst bekannte, seitdem aber als Verfasser der „Thesen" allgemein genannte Dr. Karl Knies, welcher eben jetzt auch in die Kammer eingetreten war. Von Haus aus Philologe und selbst eine Zeit lang praktischer Schulmann; theoretisch ebenso gewandt und einsichtsvoll in der Beantwortung politischer und staatswirthschaftlicher Fragen, als durch ein hervorragendes Organisationstalent für praktische Aufgaben geeignet; dabei geschult im Leben, das ihn zu frühester Selbständigkeit zwang; bewährt als Charakter (er hatte u. a. seiner Ueberzeugung die von Hassenpflug eröffnete lockende Aussicht auf eine feste Lebensstellung in seinem Vaterlande Churhessen geopfert); endlich von unbedingter Redlichkeit und seltener Schlichtheit des äußern Auftretens — so geartet erschien dieser Mann, sobald man ihn genannt, nicht als der geeignetsten einer, sondern als der einzig geeignete.

Kaum ein halbes Jahr verstrich, so trat Knies mit seinen „Thesen", als dem Ergebniß der schulräthlichen Reformberathungen, hervor (Mai 1863). Sie bilden das Programm für die neue Volksschule Badens und sind von maßgebender Bedeutung, nicht nur für die badische, sondern für jede Schulreform. Die Erweiterung oder vielmehr Vertiefung des Volksschulunterrichts und, was die erste Bedingung hiefür ist, die Bildung des Lehrers, mit dessen innerlicher Hebung wieder nothwendig seine äußere Besserstellung zusammenhängt, bilden die Gegenstände der inneren Reorganisation der Schule. Was aber ihre äußere Verfassung angeht, so mußte in erster Linie die neue Form der unteren und mittleren Aufsichtsbehörden bestimmt und die Frage über den confessionell-kirchlichen Charakter der Schule ins Auge gefaßt werden.

Von allen diesen Punkten ist zwar bis jetzt auf dem Wege der Gesetzgebung nur die Frage über die Aufsichtsbehörden, als die brennendste, und das Verhältniß der Schule zum kirchlichen Bekenntniß nur soweit entschieden worden, als es bei jener Frage in Betracht kommen mußte. Dieses Verhältniß bildet aber eine zu tief greifende Angelegenheit des gesammten Volkslebens, als daß es hier nicht eine kurze Besprechung finden müßte.

Man hat mit dem Wort „Communalschule", wie mit vielen Wörtern, argen Mißbrauch getrieben und es nach und nach dahin gebracht, daß es zur Verdammungsformel auch für ganz reine Bestrebungen dient. Denn selbst wenn es in dem Sinne gefaßt wird, daß es eine Schule bedeutet, wo der Religiosunterricht ein gemeinsamer für die Kinder aller Bekenntnisse ist: so wird doch Niemand läugnen dürfen, daß es eine Religion geben könne, welche für Alle die gleiche, ja daß dieß nothwendig die wahre Religion sein müsse; daß auch das Christenthum erst später in dogmatische Confessionen zerfiel, und daß Christus selbst weder Katholik noch Protestant war. Man mag sagen, daß eine solche Religion und mithin auch ein solcher Religionsunterricht zur Zeit eine Unmöglichkeit sei: aber einen Menschen, der diesen Gedanken hegt, wie einen ruchlosen Gottesläugner behandeln, ist pfäffische Praxis, von der sich ehrliche Leute nicht sollten anstecken lassen.

Von einer solchen Schule ist übrigens weder in den Thesen noch überhaupt bei der badischen Schulreform die Rede. Die ganze Sache, um die es sich handeln könnte und um welche von klerikaler Seite ein so entsetzliches Geschrei erhoben wird, ist: Herstellung einer Schule, wo Lehrer verschiedenen Bekenntnisses neben einander lehren, wo aber immerhin der Religionsunterricht nach wie vor in confessioneller Form, sei es vom Geistlichen oder vom Lehrer, ertheilt würde; während jetzt oft die ärmste Dorfgemeinde gezwungen ist, für vielleicht ein Dutzend Schüler, um ihrer verschiedenen Confession willen, eine zweite Schule zu halten.

Indessen auch diese Form der Comunalschule, welche man besser die gemischte Schule nennt zum Unterschied von den anderen Formen, wollen die Thesen nicht an der Stelle der bereits bestehenden Confessionsschulen durch Staatszwang eingeführt wissen — wiewohl dieses Viele von der neuen Reform erwarteten — sondern die Sache dem freien Ermessen der Gemeinde selbst anheimstellen. Nur neu entstehende Schulen sollen ohne Weiteres gemischte sein.

Eine dritte Art von Comunalschule, für welche sich ebenfalls achtbare Stimmen ausgesprochen haben, ist die in Frankreich und in manchen anderen Staaten herrschende: wo der Religionsunterricht ganz getrennt von der Schule und rein Sache der Kirche ist, so daß jene sich gar nicht darum bekümmert.

Man kann in der That nicht läugnen, daß diese dritte Art von Auseinandersetzung mit der Kirche wohl die folgerichtigste ist; und es kann möglicher Weise bald dahin kommen, daß gegenüber den Wühlereien und Quälereien der ultramontanen Partei dem Staate nichts anderes übrig bleibt, als diese grundmäßige Trennung der Schule von der Kirche.

Der zweite Hauptpunkt der neuen Organisation, wie sie in den Knies'schen Thesen angebahnt ist, betrifft die Schulaufsicht. Dieser Theil der Schulreform wurde, wie schon gesagt, im Jahr 1864 zum Gesetz erhoben, während alles Uebrige noch des Vollzugs harrt. Daß indessen dieses Stück das Hauptstück ist, beweist der heiße Kampf, welcher darob entbrannte.

Denn es handelt sich hier um ein Stück Herrschaft. Und wenn auch die Kirche auf ihrem Felde ein anderes größeres Stück zu unbedingter Verfügung erhielt, so wollte sie doch auch dieses nicht fahren lassen. Zwar war die Volksschule schon vorher anerkannter Maßen unter Aufsicht des Staates. Doch da dieser zu ihrer Beaufsichtigung sich ausschließlich der Geistlichen bediente, war sie freilich thatsächlich in den Händen der Kirche. Dies nun konnte unter den veränderten Verhältnissen nicht bleiben; bei aller Anerkennung für Das, was einzelne würdige Geistliche für die Schule gethan, konnte doch der Geistliche als solcher nicht der einzige untere und mittlere Aufsichtsbeamte für die Schule bleiben. Indessen ist in dem neuen Gesetz für eine segensreiche Betheiligung des Pfarrers an der Schule ein unbeschränktes Feld gelassen: nur die Schulregierung ist dem Staate zugesprochen, dem sie gebührt.

An die Stelle der früheren Inspectoren, welches Amt stets der Ortsgeistliche führte, sind „Ortsschulräthe" gesetzt, d. i. Collegien, welche gebildet werden 1) aus sogenannten geborenen, d. i. ständigen und nicht gewählten Mitgliedern, als da sind der Bürgermeister oder ein Stellvertreter desselben aus dem Gemeinderath, der Lehrer, der Ortspfarrer (insofern er will oder darf, d. h. von seiner geistlichen Oberbehörde zur Uebernahme des Amtes ermächtigt wird); 2) aus etlichen gewählten Mitgliedern aus der Schulgemeinde, d. i. den verheiratheten Männern und Wittwern. Der Vorsitzende im Ortsschulrath wird durch die Regierung gewählt. Später gab diese — in ihrem wenig gelohnten Bestreben, den Widerstand der geistlichen Curie durch Entgegenkommen zu besiegen — die Zusicherung, daß in allen Fällen, wo nicht besondere Gründe entgegen stünden, der Geistliche wenigstens auf dem Lande mit dem Vorsitz betraut werden solle.

An Stelle der früheren, ebenfalls geistlichen Visitatoren (Decane), deren es etwa 100 gab, welche als Nebengeschäft die (mittlere) Aufsicht über durchschnittlich je 20 Schulen übten, führt das neue Gesetz „Kreisschulräthe" ein (gegenwärtig sind es deren eilf), welche dieses Amt ausschließlich und als reine Staatsbeamte besorgen. Es versteht sich von selbst, daß der Staat geeignete Geistliche von diesem Amte grundsätzlich so wenig ausschließt, als jene im Ortsschulrath ausgeschlossen sind.

Von Bedeutung ist, wie rücksichtsvoll das neue Gesetz gegen die Kirche verfuhr: sowohl durch Beibehaltung des obligatorischen Religionsunterrichts, als durch die dem Geistlichen vermöge seines Platzes im Oberschulrath verwilligte Mitleitung der Schule, als endlich bezüglich des confessionellen Charakters der unteren oder localen Schulbehörde. Für den Ortsschulrath nämlich ist die Confession der Schule bestimmend: abgesehen von dem Bürgermeister, müssen sämmtliche Ortsschulräthe derselben Confession angehören, welcher die Schule angehört, die sie beaufsichtigen. Nur falls diese eine gemischte ist, ist auch der Ortsschulrath confessionell gemischt. Dagegen ist die mittlere Aufsicht, wie die oberste Leitung, nicht an die Confession gebunden. Die Bezirke der neuen Visitatoren (Kreisschulräthe) sind local abgegrenzt, und demselben Mann unterstehen in seinem Sprengel sämmtliche Schulen aller Bekenntnisse.

Als entschiedener Fortschritt sind, abgesehen von der Nothwendigkeit dieser Reform, zu betrachten die Vertiefung der technischen Leitung durch Fachmänner und die Betheiligung der Laiengemeinde an der Schule.

Man hat mehrfach gerade an dieser letzteren Einrichtung Anstoß genommen; und es wäre kein Wunder, wenn unsere noch lange nicht zur Selbstregierung hinlänglich erzogenen Bürger und Bauern sich auch für dieses Geschäft nicht völlig reif zeigten. Allein dies könnte so wenig einen Grund bilden, das bürgerliche Element dauernd von der Schulleitung auszuschließen, als von den Kreisversammlungen und den Sälen der Geschworenen. Uebrigens hat (um dieses vorauszunehmen) die Erfahrung in dieser Hinsicht bereits überraschende Ergebnisse geliefert, wie in den letzten Kammerverhandlungen besonders hervorgehoben wurde. Die Berichte der bäuerlichen Schulinspectoren mögen in grammatischer und orthographischer Beziehung Manches zu wünschen übrig lassen: aber sie treffen (so wurde versichert) den Nagel meist auf den Kopf. Selbstverständlich sind es indessen nicht Fragen der pädagogischen Methodik, welche man durch die Ortsschulräthe entscheiden läßt; ob ihre Schule aber gut oder schlecht sei und warum, darüber haben die Leute meist eine recht klare Einsicht; und zur Hebung der Disciplin können gerade sie von der wohlthätigsten Wirkung sein. Ueberdieß ist es ja darauf abgesehen, daß auch der Pfarrer seine Sachkenntniß und seinen Einfluß bei dieser localen Leitung der Schule zur Geltung bringen soll.

Noch ein anderer Einwurf, als ob das neue Verhältniß des Lehrers zum Geistlichen einen Verlust an patriarchalischer Tugend mit sich bringe, löst sich leicht auf. Der Pfarrer, wenn er der rechte Mann ist, bleibt nach wie vor der Patriarch seines Dorfes; auch der Lehrer wird ihn ehren und lieben, wenn er auch künftig nicht mehr das Rauchfaß hinter ihm schwingt und ihm das Meßgewand anzieht. Dagegen sind zwei Uebelstände des früheren Verhältnisses nicht zu übersehen. Stellte sich der Lehrer gut zu dem Geistlichen, so sah ihm dieser oft Dinge nach, die er ihm nicht hätte nachsehen sollen; andrerseits kam es bald vor, daß ein Lehrer, um gut mit dem Geistlichen zu stehen, sich zu größerer Unterwürfigkeit herbeiließ, als mit einem braven Charakter verträglich ist; bald wieder wurde ihm die persönliche Dienstbarkeit so unerträglich, daß er auch den schuldigen Gehorsam versagte.

Wenn das Ministerium, wie man allgemein erwartete, in kürzester Frist nach Bekanntwerdung der Thesen ein vollständiges Schulgesetz den Kammern vorgelegt hätte, wäre vielleicht viel Hader und Begriffsverwirrung vermieden worden. Allein man wartete über ein Jahr, bis man sich entschloß, den nothwendigsten Theil des neuen Schulgesetzes vorzulegen; die Gegner, welche erst durch die Milde der in den Thesen dargelegten Absichten überrascht waren, gewannen immer mehr Zeit und Aussicht für ihre Agitation.

Für alles Andere schien die Theilnahme im Lande erstorben. So fühlten die Einen wie die Andern heraus, wie bedeutsam die acht Paragraphen seien, aus denen das neue Gesetz bestand. Auch über die Grenzen des Landes hinaus ragte dieses Interesse; und mancher Freund und Feind des Fortschritts verfolgte den Kampf in Baden, welcher in den letzten Tagen des Juni und in der ersten Hälfte des Juli 1864 durch die Entscheidung der Landstände sein Ende finden sollte. Keine geringeren Leute, als Häußer und Rothe — jener als Historiker, dieser als Theologe hochberühmt — waren Berichterstatter in den Kammern, und beide setzten das Beste ihrer Kraft ein. Häußer hob hervor, wie unbegründet der stets wiederholte Anspruch der Kirche auf die Volksschule sei; Rothe freute sich aufrichtig, daß man anfange zu verstehen, wie Christenthum und Kirche zwei verschiedene Dinge seien. Beide sprachen ihre Anerkennung für die schonende Art und allseitige Gerechtigkeit aus, womit man den unerläßlichen Schritt vollzog. Nicht anders urtheilten die Kammern selbst. In beiden Häusern wurde das Gesetz mit Begeisterung begrüßt und fast einstimmig angenommen.

Damit hätte man den Streit für beendigt ansehen sollen. Aber sei es, daß die Gegner auf eine Schwäche der Regierung rechneten, welche sich scheuen würde, das Gesetz zum Vollzug zu bringen; sei es, daß man hoffte, eine Massenbewegung durchzusetzen: jetzt begann die Agitation erst recht.

Kein Mittel blieb unversucht. Auf den Kanzeln wurden wahre Kapuzinaden gegen die Regierung losgelassen; in der Presse das Aeußerste geleistet, was das geduldige Papier nur immer erträgt; Petitionen und Adressen in zahlloser Menge mit einer fast großartig zu nennenden Organisation in's Werk gesetzt. „Die Religion ist in Gefahr," war das Feldgeschrei der Ultramontanen; den Bauern redete man vor, man wolle sie lutherisch machen, Schenkel's ketzerisches Buch über das Leben Jesu an die Stelle des Katechismus setzen; Alles sei das Werk der Freimaurerei und Kirchengebete wurden angeordnet zur Wahrung der heiligsten Güter; in einem Hirtenbriefe wird auf Julian den Abtrünnigen hingewiesen, und vor der Wiederkehr ähnlicher Zeiten gewarnt; es werden die Gläubigen an das Beispiel der wilden Thiere erinnert, um sie zu bewegen, daß sie sich ihrer Kinder annehmen; endlich wird noch die Autorität des Papstes selbst in Bewegung gesetzt, um jenes Treiben zu sanctioniren. Das Wichtigste aber war, daß die erzbischöfliche Curie ihren Geistlichen verbot, in den Ortsschulrath einzutreten, sie jedoch anwies, den Religionsunterricht in der Schule zu geben.

Etwas Günstigeres — so schien es Vielen — hätte unter solchen Umständen dem neuen Gesetz kaum wiederfahren können. Denn nun erst konnte sich das weltliche Element frei entwickeln und die Betheiligung der Gemeinde erstarken, bis sich die Kirche eines Besseren besonnen; und man hatte doch, wie man wünschte, den Religionsunterricht nach wie vor in der Schule. Allein so war es von der Kirche nicht gemeint. Als die Regierung sich durch diesen Schreckschuß nicht zurückjagen ließ, wurde die Agitation mit neuen Mitteln und auch nach Einführung des Gesetzes (29. Juli) fortgeführt; um so heftiger, je näher die Gefahr herantrat, daß man die Geistlichkeit wirklich im Ortsschulrath entbehrlich finden könnte. Bis zur offensten Widersetzlichkeit ward die Opposition gegen Gesetz und Regierung getrieben. Es kamen z. B. Fälle vor, wo der Geistliche weltlichen Behörden officielle Angaben aus den von ihm im Auftrag des Staates geführten Geburts- und Sterberegistern verweigerte.

Die Langmuth der Regierung gegenüber all dem Unfug grenzte an das Unbegreifliche. Freilich sie konnte des Volkes selbst sicher sein. Denn dieses in seiner großen Mehrzahl wußte und weiß, was es von jenem Getreibe zu denken hat; und wer etwa im Ausland, getäuscht durch falsche und mangelhafte Zeitungsberichte, die Vorstellung hat, als ginge in Baden Alles drunter und drüber, irrt gewaltig: es wird wohl viel getrommelt, aber die Leute kümmern sich nicht um den Lärm. Das ganze Ergebniß der Aufhetzereien, das sich aber die Urheber selbst zuzuschreiben haben, ist: daß die Geistlichkeit sich um ein gut Stück ihres Credits beim Volke gebracht hat.

Der Oberschulrath bot alle seine Kraft auf, um die neuen Institutionen in's Leben zu rufen. Nachdem die eilf Kreisschulräthe, alle aus pädagogischen Wirkungskreisen stammend, ernannt waren, handelte es sich um Einsetzung der Ortsschulräthe. Es ist kein Kleines, gegen 1700 neue Collegien, großentheils aus Bauern bestehend, für eine neue Art von Thätigkeit zu gestalten; zumal wenn nicht nur der Pfarrer dagegen arbeitet, sondern auch die Beamten, wie das leider auch zuweilen der Fall war, nicht willig sind und auf den Umschlag spekuliren. Aber der Geist des Volkes ist unverwüstlich gut: es begriff rasch seine Aufgabe. Trotz aller Gewissensangst, welche den Leuten von geistlichen Eiferern gemacht wurde, trotz aller angedrohten und ausgeführten Schädigungen wurden die Wahlen, meist mit verhältnißmäßig starker Betheiligung, vollzogen; nur an wenigen Orten, wo die Wühlerei am größten und die Einsicht am geringsten war, stieß man auf Widerstand, der indessen unschwer zu beseitigen war. Bei den Protestanten stellte sich ohnehin kein wesentliches Hinderniß entgegen. Denn wenn auch hier schwarze Eiferer nicht fehlten, konnte doch die evangelische Kirche als solche, zumal nachdem in ihrer neuen Verfassung das Laienelement in seiner Berechtigung vollauf anerkannt war, sich dem Schulgesetz nicht ungünstig erweisen. Nicht minder arbeiteten sich die neuen Kreisschulräthe schnell in ihre schwierige Aufgabe ein; allenthalben wurden sie von den Lehrern und, mit verschwindenden Ausnahmen, auch von den Gemeinden mit Begeisterung aufgenommen.

Um so unbegreiflicher erschien bei so glänzenden Erfolgen, daß das Ministerium den anmaßlichsten Schritten der Curie eine überaus bedenkliche Nachgiebigkeit zeigte; eine Nachgiebigkeit, in welcher die Kammer später geradezu eine Beeinträchtigung des Gesetzes erblickte. Als nämlich die Curie erklärte, daß sie die neuen Schulbehörden nicht anerkenne und nur mit dem Lehrer selbst, wie mit ihrem Beamten, verkehre, erließ das Ministerium die Verordnung, daß der Lehrer die geistlichen Weisungen in Empfang nehmen und, je nachdem sie Etwas enthielten, für sich befolgen oder an die oberen Behörden weiter befördern solle. Hiermit aber war (um von Verlust an Würde nicht zu sprechen), nicht nur das Gesetz beeinträchtigt, welches vorschreibt, daß der Verkehr zwischen Schule und Kirche durch die oberen Behörden geschehen solle: sondern der arme Lehrer wurde auch, so zu sagen, zwischen Thür und Angel gestellt und ihm Entscheidungen aufgebürdet, welche lediglich in den höheren Regionen getroffen werden sollten.

Glaubte man vielleicht, um diesen Preis Ruhe zu bekommen? Als ob man die Hierarchie je anders versöhnen könnte, als wenn man Alles preisgiebt! Als ob nicht jede Nachgiebigkeit ihre Kühnheit steigerte!

Dies zeigte sich denn auch bald. Die ultramontane Presse wurde so maßlos, daß auch diese Regierung sich genöthigt sah einzuschreiten; ein alles Anstandes vergessender Deputationssturm wurde organisirt, daß der Landesherr sich durch ein Verbot schützen mußte; sogenannte Casino's, tumultuarische Wanderversammlungen wurden abgehalten, denen bekanntlich die Mannheimer Straßenjungen ein Ende bereiteten.

Zuletzt wurde noch einmal ein Petitionssturm bei dem scheidenden Landtag gegen das junge Gesetz versucht (im Mai 1865). Wie diese Petitionen zu Stande kamen, davon ließe sich manche ergötzliche Geschichte erzählen. Allein die Antwort der Kammer war die, daß sie der Regierung die strengste Durchführung des Gesetzes zur Pflicht machte und über sämmtliche Petitionen zur Tagesordnung überging. Es war das erste Mal, daß man Etwas von Unzufriedenheit bei der Landesvertretung gegen das Ministerium der „neuen Aera" verspürte. So begeistert ist man gerade in den Regionen des Volkes für die Schulreform. Die schlichtesten Leute, ergraute Landbürgermeister, sprachen sich aufs Entschiedenste gegen das Getreibe des Ultramontanismus und gegen jede Concession an dasselbe aus. Hier konnten sich auch die bedächtigsten Zweifler durch die Aussagen von Augenzeugen verlässigen, welch kräftige Wurzeln die Schulreform im Volke gefaßt hat, was für ein frisches und gesundes Leben hier angebahnt und wie wenig von dem Zetergeschrei der kirchlichen Herrschsucht zu fürchten ist.

Noch Eines darf schließlich nicht unerwähnt bleiben: das treue Ausharren der Lehrer. Trotzdem daß sie bis jetzt keine Frucht von der Schulreform geerntet, indem ihre ökonomische Besserstellung noch immer „in Aussicht genommen," die Anforderungen an ihren Beruf aber eher gesteigert als vermindert sind; trotzdem, daß die jetzige Uebergangsperiode für sie überaus mißliche Verhältnisse mit sich bringt, und vollends im Fall eines Umschlags ihr Loos ein sehr beweinenswerthes wäre, zu welcher Befürchtung das Schicksal der regierungsfeindlichen Geistlichkeit zur Zeit des Kirchenstreites ein naheliegendes Beispiel liefert: — trotz alledem halten sie doch weitaus der Mehrzahl nach entschieden zum Staat und zur Sache des Fortschritts. Hoffentlich löst jener bald seine Schuld gegen eine ebenso achtungswerthe als wichtige Klasse seiner Diener ein. —

In diesem Stadium befindet sich die Schulfrage jetzt: das Aufsichtsgesetz ist gegeben und damit das Verhältniß der Schule zur Kirche bestimmt. Die Kammer hat aufs Bestimmteste erklärt, daß sie Ernst mit diesem Gesetz gemacht wissen wolle; das Ministerium seinerseits versichert, daß es nicht beabsichtige, dem Gesetze weder nach dessen Geist noch Buchstaben Abbruch zu thun; das Volk endlich hat durch seine warme Betheiligung sowohl vor als nach Einführung des Gesetzes seinen Willen und seine Reife dargethan. Selbst die schwarzen Gegner werden nur so lange streiten, als sie Hoffnung haben, Etwas zu erreichen. Der bessere Theil der Geistlichkeit wünscht ohnehin den Frieden und sieht mit Schmerz die rücksichtslose Macht des Jesuitismus an die Stelle patriarchalischen Kirchenregiments treten.

Doppelt Schmach und Schande wäre es daher, wollte man jetzt, mitten im Sieg, wieder zurückweichen oder auch nur nicht so entschieden vorwärts gehen, wie es die tapfere Haltung des Volkes erlaubt und verlangt. Einer festen Führung freilich bedarf es in solchen Zeiten; unsicheren Händen entgleitet das Steuer und wirft den Steuermann selbst über Bord. Vielleicht hätte man gleich anfangs gut gethan, wenn man für die wuchtigen Aufgaben, welche der Oberschulrath zu lösen hat, statt einer Mittelbehörde von ziemlich beschränkter Executivgewalt ein Unterrichtsministerium bestellt hätte.

Es wird sich zeigen, ob und in welchem Grade die badische Regierung und das badische Volk die culturgeschichtliche Aufgabe, zu der sie berufen erscheinen, vollends zu lösen verstehen. Wir zweifeln nicht, daß es gelingen wird. Aber selbst, wenn feindliche Einflüsse mächtiger wären als sie sind: sie könnten den Gang der Ereignisse vielleicht aufhalten, aber nimmermehr ab- oder rückwärts lenken.

Chronik eines Finkennestes.

Beobachtungen und Parallelen aus dem Leben der Thiere.

(Mitte März.)

Eine unverhoffte Freude! Im Berggarten auf dem Apfelbaum, daran noch die Knospen geschlossen sind, nistet ein Finkenpaar. In der Achsel zweier Zweige, die eine Gabel bilden, ist der Unterbau sicher und geschickt angebracht; noch ist er nichts als eine unförmliche Unterlage, aber der Bauplan ist streng und unwandelbar. Im niedern Thierleben gibt es keine Nester. Ließe sich nicht auch am Nesterbau die Stufenreihe der höheren Organisation verfolgen? Im Nestbau zeigt sich doch, daß es im Thierleben auch ein Denken und Mühen für morgen giebt, daß da auch nicht immer, buchstäblich genommen, in den Tag hinein gelebt wird. Die Thiere haben nicht für Nahrung und Kleidung zu sorgen, aber die Wohnungsnoth ist auch ihnen nicht erspart. Freilich wissen sie nichts von der Barbarei der Menschen, die sich sittlich und religiös nennen und doch keine Familie bei sich einziehen lassen wollen, die nicht kinderlos ist. — Die Vögel bauen nur für die Nachkommenschaft.

Das Vogelpaar hat viel Noth und Plage, bis es sein Heimwesen hergerichtet, aber es ist jung, fröhlich und in glückseliger Liebeszeit, jetzt noch auf der Hochzeitsreise, bald da bald dort übernachtend.

Es mag viel Ueberlegens gekostet haben, wo man sich denn eigentlich ansiedeln wolle. Die Zerstreuung über alle Gegenden — um jede zu dichte Bevölkerung zu vermeiden — scheint in der Vogelwelt von selbst geordnet; aber auf welchem Baum man sich niederlasse, das hat gewiß manches Hin- und Herfliegen und viel Ueberlegung gekostet. Der Finkenhahn hat in männlicher Selbstherrlichkeit eigenmächtig die Entscheidung getroffen, und nicht etwa die Rücksicht auf befreundete Nachbaren, die man habe, hat zuletzt die Ansiedlung fest bestimmt — man hat das nicht nöthig, man ist sich selbst genug — das Wichtigste ist, daß man keine Feinde in der Nähe habe, die einem die Ruhe rauben, das Leben verbittern, ja sogar gefährden.

Unsere Finken lieben die Nähe der Menschen, weil in den Gärten bei den Menschenwohnungen die vierfüßigen und geflügelten Raubthiere nicht so daheim sind.

Auch im Thierreiche scheint die Baukunst eine männliche Kunst zu sein. Meister Fink richtet und schichtet Alles, die junge Frau trägt nur zu oder heftet nur lose an, erst der sangreiche und kunstfertige Schnabel des Bauherrn und Baumeisters zugleich bringt Alles in gehörige Richte, und er erhält dafür manches einsilbige, aber wohl vieldeutige Lob von der liebenden Ehehälfte. Zwischen hinein gönnt er sich eine Erholungsminute auf dem benachbarten Birnbaum und schmettert aus voller Kehle seinen lustigen Sang, wie wenn er sagen wollte: „Sieh, mein Schatz, das strengt mich gar nicht an und ich bin nie vergnügter, als wenn ich recht arbeite.“ Und er beguckt sich hüben und drüben, und er darf sich bekennen, er sieht schön aus, etwas bunt gekleidet, aber das lieben ja die Weiber.

In der Vogelwelt muß man dem Männchen die Bezeichnung des schönen Geschlechts zuerkennen, wie man schon in jedem Hühnerhof sehen kann. Auch an Zungenfertigkeit steht das Weibchen dem Männchen weit nach. Freilich theilt der Singvogel diesen Vorzug mit den Fröschen, wo auch das Männchen singen und die Donna nur kurren kann. Meister Fink hat nicht nur jetzt sein Hochzeitkleid an, die Frau kann es ihm überhaupt an Farbenpracht nicht gleich thun; sie ist einfach aber geschmackvoll, vorherrschend in Grau gekleidet, nur an den Flügeln zeigt sich etwas Weiß und Grün.

(1. April.) Täuscht das Auge oder ist es wirklich so? Der Bau schreitet nicht vorwärts. Das junge Paar zeigt sich, fliegt aber bald wieder fort und zwitschert mit einander auf dem benachbarten Baume.

(3.) Richtig! Das Nest ist verlassen, und wer ist Schuld? Der betrachtende Mensch. Das tiefste Naturleben ist unbelauscht, muß es sein, die Wurzel der Pflanze ruht im Dunkel und das Geheimleben der Thiere entzieht sich dem forschenden und betrachtenden fremden Auge. Also verscheucht! Die Furchtsamkeit ist die Schutzwaffe der Schwachen und Wehrlosen.

Auch hier nun eine Ruine, eine verlassene zerstörte Burg. Wer weiß, ob nicht bei dem Paare dort, das so heftig zwitschert, die Frau dem Manne vorwirft, daß sie nachgegeben, sich hier anzubauen; sie hat es ja vorher gesagt, daß es hier nicht geheuer ist, und jetzt hat sich's bewahrheitet: da ist ein seltsames Geschöpf gekommen, das sich noch zwei Scheiben vor die Augen heftet und aus einem Stengel im Munde Rauch ausbläst; dem ist nicht zu trauen, drum fort! ausgewandert! Schade, schade um die viele vergebliche Mühe! Der Mann bleibt indeß keine Antwort schuldig, und bei dem eigenen Mißmuth über eine mißlungene Arbeit sind Vorwürfe just nicht das Angenehmste. Meister Fink schüttelt den Kopf und sagt mit sichtlich erzwungener Ruhe: „Du hättest nicht nachgeben sollen, wenn du es besser wußtest, aber du hast auch nichts gewußt; und eigentlich solltest du dich schämen, du willst eine rechtschaffene Finkenmutter werden und bist so furchtsam? Und ich schwöre darauf, das Ungeheuer hat uns gar nichts thun wollen. Ich kenne die Welt, ich weiß besser, was darin vorgeht.“ — „Ich Arme,“ klagt die Frau, „o ich muß unschuldig leiden! O was für einen bösen Mann habe ich! Das hätte ich nie geglaubt! O wenn das meine Mutter wüßte!“

Schade, daß nur die Menschenweibchen weinen können, Frau Fink möchte auch gern weinen, aber sie bringt's nicht zuwege, und sie trutzt, und der Gemahl gibt ihr die besten Worte; von Vorwürfen ist gar keine Rede mehr, er ist seelenfroh, daß sie nur wieder gut ist, und er sagt endlich: „Du hast Recht, ich bin etwas unüberlegt; aber jetzt folge mir, drüben über'm Strom, schau, dort im Walde, da ist es viel fröhlicher und ich bringe dir den besten frischen Tannensamen; der ist viel besser und gewürziger als der Salatsamen aus den Gartenbeeten. Du gehst doch mit?“ — „Ich folge dir über den Strom und in den wilden Wald, ich bin deine Frau und gehe überall mit hin, nur mache mir keine Vorwürfe mehr.“ — „Nein! Nein!“

Und fort fliegen sie über den Bach und nach dem Bergwald, und das

Menschenkind hat das Nachsehen und es ist vorbei mit dem wunderfitzigen Betrachten des Vogellebens.

(15. April.) Alles gleicht sich aus in der Welt. Was einer wahrhaft und unablässig sucht, findet er, und meist findet er's, wenn er es äußerlich und mit Willen kaum mehr suchte; das Wollen stand in der Seele unbewußt, lauschend, und nun bietet sich ihm das Gewünschte dar.

Sieh da, just vor meinem Fenster auf dem Apfelbaum, etwa zehn Schuh in gerader Linie von dem Fenstersims, ist ein fertiges Vogelnest, darin Buchfinken wohnen, und offenbar ein sehr altes und wohl schon von vielen Geschlechtern bewohntes; denn an der Außenseite des Nestes hat sich das gleiche Moos angesetzt wie an dem wol zwei Faust dicken Aste, daran es sich lehnt, und dieses Moos braucht sehr lange zum Wachsen.

Ich habe immer gehört, daß die Singvögel stets neue Nester bauen und bewohnen, es scheint also diese Regel doch nicht so allgemein zu sein. Oder sollte ich mich täuschen und dieses Moos nur ein ähnlich grauer Kitt sein, den die Vögel mit ihrem Speichel bereiten?

Es ist bekannt, daß in der Regel der Finkenhahn voraus kommt und den Hausstand wesentlich fertig einrichtet, dann kommt das Weibchen nach; aber unerklärt bleibt es immer, wie sie ihn findet, wie sie einander erkennen. Man hat auch beobachtet, daß oftmals Finken in der Nähe der Menschenwohnungen überwintern, auf Futter vertrauend. — Ich hoffe neue Beobachtungen zu machen. Mein Standort ist günstig und bequem.

(16.) Das Nest ist sehr weise angelegt. An dem untern nordöstlichen Ausläufer des Hauptastes ist ein nicht ganz faustdicker Zweig abgeknickt und die Rinde ein Stück weit abgelöst; da wo dieser Zweig mit dem Hauptast eine Achsel bildet, ist das Nest angebracht und gegen Westen, wo hier die Wetterseite ist, strebt ein breiter Ast etwas gebogen in die Höhe und deckt das Nest fast ganz vor Regen und allen Unbilden des Wetters.

In jungen Jahren kletterte man behend einen Baum hinauf und schaute in ein Vogelnest. Das geht jetzt nicht mehr, und ich wäre auch besorgt, die Vögel zu verscheuchen; sie sollen mir nur still halten zu allerlei Wahrnehmungen.

Der unvergeßliche, liebenswürdige rheinländische Hausfreund hat seine „Betrachtungen über ein Vogelnest" an ein leeres Nest angeknüpft, vielleicht kann ich, ihn fortsetzend, das allmälige Werden und Sein, das darin sich aufthut, erkennen.

(17.) Es weht ein heftiger Wind und schüttelt den Baum, seine Zweige schwanken hin und her, auch der Ast, darauf das Nest ruht. Der Vogel sitzt ruhig im Neste, der Wind sträubt ihm kein Federchen, er liegt mit dem Kopfe nach Osten, woher der Wind kommt, und im Rücken deckt ihn der breite Ast. Der Vogel dreht nur manchmal den Kopf rechts und links, wie wenn er sagen wollte: „Das ficht mich nichts an, bin's gewöhnt auf schwankendem Aste ruhig und fröhlich zu sein. Seht nur dort meinen Gemahl, wie er auf der höchsten Baumspitze in den Wind hinein pfeift, und der Zweig schwankt immer heftiger von seinem Sange; es bricht kein Zweig, worauf wir stehen oder bauen, das müssen wir besser wissen, wir haben's probirt. Wind und Wetter fürchten wir nie, nur schleichende Katzen und Wiesel und Marder und unversehens aus der Luft herabschießende Raubvögel."

Der Tag ist wieder hell und heiter geworden, ein ächter herbkräftiger Frühlingstag. Wenn ich nur in das Nest hineinsehen könnte! Es müssen schon Eier darin sein, aber mein Standpunkt ist nur wenig erhöht über dem Neste. Dieses — jetzt ist eben das Weibchen fort — ist an den Rändern so übergebogen, daß kein Regen hineinfallen kann, und nur auf erhöhtem Standpunkt könnte ein Blick hineindringen. Ich muß mich begnügen, von diesem Hausstande so viel zu erkunden, als sich eben nach außen kund gibt.

Wenn ich den Vogel so ansehe, wie er daher fliegt, eine Weile vor dem Neste steht und dann hinein huscht, hat er im Ganzen betrachtet die Eiform, aus der er sich entwickelte.

(18.) Am frühen Morgen sitzt die Henne lange auf dem Neste, dann gegen Mittag ist das Nest oft stundenlang verlassen. Die Henne fliegt immer abwärts vom Baume und fliegt auch immer von unten herbei zum Neste; sie will wol bedachterweise durch Ab- und Zufliegen den Standort ihres Nestes verbergen.

Die Henne sitzt meist still im Neste und dreht nur manchmal den Kopf, bisweilen jedoch zwitschert sie und da antwortet der Hahn lustig vom Baume selbst oder von dem benachbarten; sie antwortet ihm oft lange nicht, dann schmettert er schneller drein: „Hörst du mich nicht? Sei nur nicht so verzagt! Deine Großmutter hat dasselbe durchmachen müssen wie du. Hörst du mir gar nicht zu? Gieb doch Antwort, sei gut, nur ein einzig Wort; oder soll ich zu dir kommen?" — „Nein, nein, bleib nur, laß dir's wohl sein, ich gönne dir's," so antwortet sie endlich mit halb unterdrückter schmerzlicher Stimme, und sie kann den Kopf nicht mehr halten, sie drückt ihn auf den Nestrand und — „Sei jetzt still und laß mich schlafen!" Der Hahn fliegt über den Baum weg, sie blinzelt ein wenig auf und schließt die müden Augen wieder und düselt so drein.

(**19.**) Die Henne ist unruhig im Neste, verläßt es aber nur kurz, und wenn sie wieder da ist, wendet sie sich unruhig hin und her, steht auf, bettet frisch mit Schnabel und Fuß, legt sich abermals nieder, und den Kopf auf den Nestrand gedrückt, stößt sie bisweilen Klagetöne aus, wobei sie erzittert und sich manchmal schüttelt. Ich meine zu beobachten, daß sich der brütende Vogel im Neste nach der Sonnenwende dreht; am Morgen liegt er unabänderlich stets mit dem Kopfe nach Osten, und auch am Mittag habe ich jetzt schon mehrmals gesehen, daß er mit dem Kopfe sonnenwärts liegt.

(**23.** Morgens, regnerisch.) Die Henne liegt ganz ruhig im Neste, hat meist den Kopf unter'm Flügel; sie schläft aber nicht, denn sie hebt den Kopf fast jede Minute, schaut sich um und verkriecht sich wieder in sich. Sie hört gar nicht darauf, wie der unverzagte Gatte trotz Sonnenlosigkeit überaus lustig ist und wohl gar den bewölkten Horizont als überaus günstig preist. Da gibt's besonders schmackhafte kleine Falter, die schmecken wie die ersten Spargeln, und auch pikante Larven; die Henne hört nicht darauf, sie hat jetzt gar keinen Appetit.

Mittags bei stürmendem Regen liegt die Henne, sich nicht rührend und regend, mit dem Kopfe nach Westen gegen den schützenden Ast, der sie ganz vor dem Regen deckt. Mag's wettern und nässen wie es will, es läuft vieles ab, wenn man sich nichts daraus macht und ein warmes Herz hat, und warm muß jetzt der Vogel haben, denn er braucht ja dreißig Grad Wärme zum Brüten und der Thermometer zeigt nur eilf Grad. Der Hahn singt mitten im Regen immer lustig drein. Wie groß ist wol die Eigenwärme des Vogels, und ist sie im Brüten gesteigert?

(**24.** Morgens.) Der Regen hat aufgehört, aber noch ist alles triefend naß. Der Apfelbaum ist mit röthlichen Knospen bedeckt, sie haben im Regen die Schuppenhüllen gesprengt, vielleicht sind jetzt auch schon im Neste die Küchlein ausgekrochen. Die Henne fliegt in der Frühe eine Weile aus, der Gemahl kann wohl festes Futter mit heimbringen, aber für den Morgenkaffee hat er kein Geschirr, und es scheint, daß das an den Zweigen herunterfließende Wasser, das man doch so nahe hat, nicht mundet. Die Henne fliegt aus, wie immer abwärts; sie kommt heim, hat sich offenbar erfrischt auf ihrem Morgenflug. Wer weiß, ob sie nicht gar am Ufer des nahen Flusses ein Kaltwasserbad genommen hat? Sie sieht äußerst geweckt und stramm aus. Auf der Schwelle ihres Hauses, auf dem Aste ruft sie: Witwit! und husch liegt sie im Neste und rührt sich nicht mehr.

(**25.**) Die Zweckmäßigkeitsklügler haben ihr Urbild in jenem Weisen, der die wunderbare Einrichtung der Natur pries, die in dem Katzenfell gerade da Löcher anbrachte, wo die Augen sind. So könnte man auch sagen: „Der Vogel hat's gut, daß er den Kopf leicht drehen kann, ohne die Körperlage zu ändern; das erleichtert ihm das Brüten und gibt ihm doch stets Bewegung in der Ruhe.“ Aber das ist ja im großen Ganzen wie im Einzelnen die Norm, daß die Harmonie alles Seins nur die Folgerung, die auseinander gelegte Entwicklung der gesetzten Bedingung ist. In anderer Weise kommen wir sonst darauf, es wunderbar zu finden, daß der Vogel Federn und der Fisch Schuppen hat.

Mein Fink hat es nun doch bequem, die Speise läuft ihm wirklich in den Schnabel. Ich sehe, wie die Henne manche Ameise, manchen Baumkäfer, die den Ast hinaufkriechen, vor dem Ende ihrer Laufbahn verschlingt; des Einen Tod des Andern Brod, sagt schon das Sprüchwort.

(26.) Der Vogel ist jetzt beim Brüten ganz regungslos und sieht abgemattet und schläfrig aus. Es kommen auch andere Vögel auf den Baum, aber sie halten sich auf der Südseite desselben, und kommen sie auf den großen Ast, darauf das Nest ruht, so halten sie sich doch etwas entfernt.

So eben war ein Blutfink, sogenannter Gimpel, da; er ist ein naher Vetter unserer Buchfinken, es scheint aber kein besonders verwandtschaftliches Verhältniß zu bestehen. Man ist offenbar gespannt mit einander. Der Gimpel saß aufgebläht auf einem Zweige über dem Neste; es gab hin und her kein einzig freundlich Wort; im Gegentheil, die Buchfinkenhenne schaute starr auf zu dem eindringlichen Gaste, verwandte stumm und steif keinen Blick von ihm, bis er davon flog; erst jetzt wendete sie den Kopf und steckte ihn wieder unter den Flügel. Der närrische Vetter wird wol in Zukunft seine ungebetenen Besuche unterlassen. Was geht ihn ein fremdes Hauswesen an? Er soll für sich sorgen, er hat genug für seine eigene Familie zu thun. Und wir wollen ja auch nichts von ihm.

Die Henne und der Hahn müssen doch oft nichts von einander wissen. So eben ist die Henne ausgeflogen, der Hahn kommt heim, setzt sich eine Weile auf das Nest, pfeift: Tücktück! offenbar grollend; es kommt niemand, er fliegt fort nach dem Bergwald zu, die Henne kommt erst nach einer Weile von der andern Seite.

(28.) Das Nest ist oft verlassen. Wenn schon Junge da sind, muß es ihnen manchmal schlimm ergehen. — Es hat keine Noth. Wenn die Menschenpflege nur immer so sicher wäre, wie die der Thiere. Die Thiere wissen genau, wie weit das Nest verkühlen darf; mit ihrer Schuld sind noch keine Jungen verkommen.

Ein prahlerisch bequemes Flickwort hat sich eben da angesetzt, wo eine Lücke in unserem Wissen ist. Wie groß thun Viele mit dem Wort Instinkt, und was sagt, was erklärt das Wort eigentlich? Weiter nichts als: hier sind Erscheinungen, die wir nicht verstehen. Wir sehen die Pflanze sich entfalten, die Blüthen treiben am Baum, und da heißt es: das ist Naturgesetz. Wir sehen das Thier scheinbar frei walten und doch gebunden stets dasselbe verrichten, und wir nennen das Instinkt. Wir können da wie dort nur die Erscheinungen constatiren, das, was das Gesetz gibt, können wir nicht ergründen, nicht in uns, nicht in der umgebenden Welt. Wir sagen: im Thiere ist sein ganzes Thun und Lassen einzig und allein von der Körperbeschaffenheit bedingt; wir sehen das Stetige seines Seins, aber wir sehen auch, daß die ausgebildeten Thiere je nach Zeit und Umständen ihre Anordnungen treffen. Wir stehen immer wieder vor dem Geheimniß des Lebens, und es mag wohl sein, daß auch die Barbarei gegen die Thiere — die durch Vereine gegen Thierquälerei nicht grundmäßig beseitigt wird — erst dann den rechten Gegensatz in den Gemüthern gewinnt, wenn wir auch in den Thieren ein höheres Leben achten lernen, ohne uns dabei in Empfindsamkeiten zu verirren.

(29.) Der Hahn kommt immer stolz von oben herunter zum Neste in mehrfachen Absätzen, als stiege er auf einer Paradetreppe herab. Er frißt was aus dem Neste. Sind die Eier verkommen? Die Henne brütet oft lange nicht, es schleicht eine trächtige Katze um den Baum — es wäre jämmerlich, wenn wir mit einander nichts als das leere Nachsehen hätten!

(30.) Was pickt das Männchen heute wieder aus dem Neste? Es muß etwas da sein. Was ist's?

(1. Mai.) Es sind Junge da! Zu spät habe ich den eigentlich richtigen Standpunkt entdeckt. Von der Dachkammer aus kann man gerade in's Nest hineinsehen. Es ist wie ein Blick in's Herz der Natur, aber es sieht noch chaotisch darin aus, nebelhaftes Grau, wie schwimmender Brei. Die weißlich graue Ausfütterung des Nestes mit Waldwolle und feinen dürren Gräsern, das fließt jetzt in Eins zusammen mit den grauflaumigen Küchlein; das Nest ist jetzt gemeinsame Bekleidung. Das Picken und Kauen des Hahns im Neste muß ein Abthun der Eierschalen gewesen sein.

Das Nest ist jetzt oft verlassen, dann ist aber die Sorge der Eltern nur um so emsiger. Ich kann nicht sehen, wie und wieviel sie äzen, die Alten stehen auf dem Rande und decken dabei das ganze Nest zu, und wenn sie fort sind, ist Alles Ein Flaumenbrei.

Die Henne prustet sich breit auf, wenn sie heimkommt und sich wieder auf's Nest setzt, und dann kratzt sie im Neste herum und schüttelt sich und die naßgewordenen Jungen, denn der Nebel fällt und ein ergiebiger Landregen macht sich ganz heimisch.

Die Knospen am Baum sind tiefroth und da und dort bricht schon eine auf; im Neste sind auch, wenn man so sagen kann, aufgebrochene Knospen.

Der Hahn versorgt die Jungen sehr hausväterlich, wenn die Frau Mutter nicht da ist, und er sieht dabei äußerst stolz und selbstbewußt aus; sein Gefieder ist aber auch jetzt wunderbar schön: grünlich glänzend an Oberhaupt und Rücken, rothschimmernd an der Brust und die Flügel mit dem weißen Vorstoß prangend in allen Farben, dabei das Straffe und Geschlossene in seiner Haltung und Gewandtheit in allen seinen Bewegungen.

Nach der Fütterung betrachtet er eine Weile ruhig mit sichtlichem Vaterbehagen die junge Brut. Er nickt mehrmals, wie wenn er sagen wollte: „Ja, ja, man kann sich von vielem in der Welt im voraus keine Vorstellung machen; aber ein Kind vor Augen, und nun gar eine ganze Brut — da weiß man doch erst, wie es Einem zu Muthe ist, wenn man's in Wirklichkeit erlebt. Das läßt sich nicht vordenken."

Wie der Hahn in drei Absätzen immer von oben herunter kommt mit vornehmer Herablassung, so verläßt er das Nest auch immer mit erhabenem Stolze, als wollte er sagen: „Flügelthüren auf!" In kräftigem Satze hüpft er zwei, drei mal aufwärts, pfeift sich eins, und dann Ade! Seid ohne Sorge, ich komme bald wieder!

(**2. Mai.** Nur drei Grad Wärme.) Die Henne verläßt das Nest fast gar nicht, sie muß gut einheizen; fliegt sie einmal auf, die Jungen erfrieren nicht so leicht, so wenig als die Knospen hier am Baum; die freie Natur macht wetterhart.

(Abends.) Der Hahn pfeift, die Henne antwortet nicht mehr vom Neste aus wie zur Eierzeit, sie fliegt aber doch bald fort und kommt schnell wieder.

(**3.**) Die Henne sitzt auf dem Neste, der Hahn kommt mit Futter; sie steht auf, die Jungen werden gefüttert, und sie hilft nach, wenn er Einem etwas ungeschickt den Bissen gegeben. Man sieht nichts als rothe Schnäbel sich aufsperren; ich glaube es sind fünf. Der Hahn bleibt noch eine Weile nach der Fütterung, er schüttelt den Kopf und will gewiß sagen: „Ja, ja, es ist doch merkwürdig, es nimmt einen oft Wunder, wie man sich allein fortbringt, wo man Nahrung findet; und jetzt, jetzt sind so viel hungrige Schnäbel da, und ich kann sie alle befriedigen. Ich bin aber auch fleißig, wenn ich eine Zeit lang blos gebummelt habe; da siehst du, wie ich fleißig sein kann, wenn's drauf ankommt." — „Ja wohl," nickt die Frau, „aber halt dich jetzt nicht auf und komm bald wieder." Jupjup! fliegt er davon.

(4.) Die Henne antwortet jetzt dem äußerst wohlgemuthen Gatten, wenn er vom Nachbarbaum herüber ruft, wieder manchmal vom Neste aus mit abgebrochenem Zwitschern. — Eben ist sie fort und schon wieder da. Sie füttert zwei zweimal, die andern kriegen nichts; dann fliegt sie wieder rasch fort und nimmt aus dem Neste etwas Weißes mit im Schnabel. Ihr Flug ist jetzt viel behender als zur Brutzeit.

Hahn und Henne kommen eben mit einander, er nimmt indeß der Frau die Speise ab und theilt aus; das ist Hausherrnrecht, und er scheint auch das Füttern besser zu verstehen, oder sie hat zuviel im Schnabel und kann die Portionen nicht austheilen. Der Hahn fliegt fort, die Henne bleibt da. Es scheint, sie hat die Kleinen zu strehlen und zu kämmen und ihnen das Bett besser zu machen, und nun breitet sie sich weit auseinander; sie ist doppelt so umfangreich als früher, und manchmal pickt sie, ohne aufzustehen, hinab in die Tiefe des Nestes.

(5. Starker. sprossenreifender warmer Regen.) Das Nest ist lange leer, die lustige Brut lernt bei Zeiten einen Puff vertragen. Der Hahn ist jetzt überaus fleißig, er zeigt sich als rechtschaffener Nährvater. Ich habe nun auch die Ehre, manchmal auf meinem Beobachtungsposten von ihm betrachtet zu werden; ich glaube, er sieht mir's an, daß ich ihn lobe.

Die Henne sitzt jetzt als ächte und gerechte Glucke auf dem Neste. — Die Jungen sind noch blind, sie können weiter nichts als die Schnäbel aufstrecken; sie merken es aber alsbald, wenn eines der Alten ankommt; ist es auf dem Zweige — der Schwelle des Nestes — so strecken sie die Schnäbel weit auf; fünf rothe Schnäbel öffnen sich wie auf Einen Zug, wie die Blumenkelche des rothen Fingerhuts. Noch immer sieht man nichts Bestimmtes vom übrigen Körper. Sind die Alten fort, da ist das ganze Innere des Nestes ein einziger zitternder Puls in unbestimmtem Flaum. Kommt aber ein Fütterndes, hui! wie zeigt sich da das Einzelleben! Ich kann nicht hören, ob die Jungen bereits eines Tones fähig sind.

Die Alten müssen viel im Kropfe haben und heraufholen, denn sie füttern mehrmals unmittelbar nach einander. — Diese Fütterungsepoche ist für die menschliche Betrachtung besonders anmuthend, nicht nur weil sich hier ein Abbild des Familienlebens, sondern weil sich überhaupt ein edlerer Zug des Thierlebens darbietet. Alles Edle beruht schließlich auf dem Unselbstischen. Wir sehen das ganze Jahr das Thier für sich allein leben, sich nähren, sich schützen; nur in dieser kurzen Elternperiode zeigt sich die Sorge für ein anderes, und zwar so anhaltend und ausschließlich, so das eigene Sein verschlingend, daß die Betrachtung dieser unermüdlichen Sorgfalt für die Familie wie die Anschauung eines rein schönen edeln Thuns erquickt.

(6. Mai.) Der Baum ist aufgeblüht, es summt in ihm in beständigem Chor, das vereinte Summen wird zum starken Ton, die feinen Zweige schwanken von den schwärmenden Bienen, die von Blüthe zu Blüthe fliegen. Kein Lüftchen regt sich, die ganze Natur steht in stiller Pracht.

Jetzt am Morgen (es ist sechs Uhr) im duftigen Mai — duftig in der doppelten Bedeutung des Wortes, da noch ein feiner Nebel über dem Thale steht — lassen die Finken das Nest wohl eine Stunde lang allein. Dieser lebentreibende Morgen mag auch die jungen Thierchen frisch beleben. Manchmal hebt sich's im Neste, als müßte es überquellen.

Der Hahn kommt, er fliegt vom frischgeackerten Felde unten auf, füttert rasch und fliegt wieder abwärts; er bedarf für seine Brut wohl jetzt junger zarter Larven; die kaum Geborenen nähren sich vom Halbentwickelten. Bald kommt auch die Henne, und es geht rasch hin und her. Heute strecken die Jungen schon die Hälse über den Nestrand heraus, und ein Küchlein — es hat nur spärlichen Flaum, die Flügel sind wie Fischflossen — hebt sich in die Höhe und läßt sich die Sonne lange in den Rachen scheinen. Ja, das ist ein echter heller Maitag, wo man nichts genießen möchte als den erquickenden Sonnenschein, aber auch der jungen Brut da genügt das nicht. Das wissen die Eltern, und es vergehen kaum ein paar Minuten, ohne daß eines der Eltern mit Speise kommt. Bestimmte Mahlzeiten zu haben, ist ja überhaupt ein Unterscheidungszeichen des Menschen vor den Thieren. Ich habe genau aufgemerkt, die Henne kam dreimal je nach 4 und 4½ Minuten und dazwischen regelmäßig der Hahn. Es wird jetzt nicht mehr gesungen und nicht mehr getänzelt, man hat vollauf zu thun, so viel hungrige Schnäbel zu stillen. — Um Mittag ist die Henne fleißiger und eine geraume Zeit lang ganz allein beim Füttern. Der Herr Gemahl hält wol Mittagsruhe.

(7. Mai. Morgens sieben Uhr.) Der Hahn äzt jetzt wieder am Morgen

sehr reichlich, er scheint mehr Futter zutragen zu können als die Henne, jedes Küchlein bekommt mehrmals etwas, er hift auch nach beim ungeschickten Schlingen. Heute, nachdem er gefüttert, lauerte er eine Weile; es war ein Wälzen im Nest, daß man meinte, ein Junges müsse herausfallen, und husch! jetzt hab' ich's einmal deutlich gesehen, der Alte packte etwas auf und flog damit davon, es war wie eine vollständige weiße Eischale. Es läßt sich denken, daß wenn die Eierschalen im Nest verblieben, sie die jungen weichen Leiber schneiden und verwunden müßten.

Der Hahn scheint mehr Körnerfutter zu bringen; die Henne brachte jetzt eben (neun Uhr) einen stattlichen Regenwurm, sie hielt zuerst auf der Zweigschwelle an und nahm den Wurm geschickter in den Schnabel, hüben und drüben hingen die Enden herab und nun ließ sie nach einander jedes Junge je eine Portion von der großen Wurst abbeißen.

Die Alten scheinen unabhängig von einander Futter zu holen, bald sind sie mit einander da, bald einzeln, sie fliegen stets nach verschiedenen Seiten ab; der Hahn tänzelt in der Regel ein bischen auf den Ast hinaus und fliegt erst dann davon, die Henne fliegt gleich vom Nestrand ab; sie betrachtet vorher die Jungen hüben und drüben, den Kopf hin und her wendend, dann fliegt sie mit einer zierlichen Wendung nie gradaus ab. Das Tempo der Fütterung ist heute viel beschleunigter als gestern. Viermal genau nach zwei Minuten und fünf bis zehn Sekunden ist die Henne wieder da, und sie kommt dreimal, bis der Hahn nur einmal, er scheint den Weg nicht um Bagatellen hin und her zu machen, er füttert lange, drückt immer am Kropfe und holt frische Körnchen herauf. Eben flog die Henne oben über'm Baum weg, die Jungen erkannten sie und streckten die Schnäbel auf, mußten sie aber leer wieder schließen. Eines der Jungen hebt sich wieder über die andern weg, es geht mühsam, aber es geht doch und es hebt die ungelenken, kaum beflaumten Flügel. Auch die Henne trägt jetzt eine weiße Masse fort nach der Fütterung.

Am Mittag versuchte sie es und blieb mit einem appetitlichen feinen Regenwurm im Schnabel auf der Zweigschwelle vor dem Neste stehen; nun mußten sich die Jungen weit vorbeugen. Das gab Leben, zitternd hin und her schwankende Hälse, aber die Jungen erreichten ihr Futter; sie haben schon gelernt, sich für ihres Leibes Nahrung auch ein klein wenig zu bemühen. Die Henne sah sehr befriedigt aus, stolz glänzend über diesen Fortschritt der Nachkommenschaft, und sie flog wieder mit einer zierlichen Wendung ab. Die Jungen spüren nun auch, was sie bereits können, und sie liegen seitdem alle weiter heraus mit den Schnäbeln. Wie das Blatt an der Blüthe, einmal gedehnt, sich nicht mehr knospenhaft zusammenrollt, so ist es auch hier.

Es wird Nacht. Wo sind die Alten in der Nacht? Sind die Jungen in der Nacht unbehütet, unbedeckt? Das wunderfitzige Menschenkind möchte gern Alles erschauen, aber die scheuen Thiere fürchten das Menschenauge. Die Sage von König Salomo, der die Sprache aller Thiere verstand, hat in der christlichen Heroendichtung eine sinnige Erneuerung gefunden. Ein Einsiedler im Walde, den alles Gethier ohne Furcht umspielt, ist eine Rückdichtung des Paradieses, und wie von Franz von Assisi erzählt wird, daß er dem reißenden Wolf seine Unarten wegpredigte, daß er die Nachtigall rief und sie kam, um mit ihm einen Wettgesang anzustimmen — es ist darin ein Zug der Sehnsucht in der Menschennatur ausgeprägt, daß die Friedsamkeit der Seele, die Frömmigkeit, uns wieder zurückführe, ohne Widerstreit mit der Welt, selbst mit den Thieren als ihr friedlicher Genosse zu leben.

(8. **Mai**, früh.) Die Henne sitzt jetzt nie mehr auf dem Rand des Nestes, wenn sie füttert, sondern auf der Zweigschwelle oberhalb desselben. Während sie in der Brutzeit so unordentlich aussah, erscheint sie jetzt äußerst schmuck und geschlossen, und ihr Gefieder ist viel heller geworden, nicht mehr so eintönig grau, es hat sich viel mehr Weiß aufgesetzt.

Die Jungen heben die Flügelchen und man sieht auch schon weiße Federchen an denselben, und eines aus der Sippe — es kann wol der Erstausgeschlüpfte, der Majoratsherr sein — hat schon so viel Beweglichkeit, sich mit dem gelb geränderten Schnabel die Halskrause zu putzen und sich unter'm Flügel zu kratzen.

Und wieder ist Friede und Stille, nur ein Flaum schwimmt leise bewegt im Neste, die ganze Sippe schläft den Schlaf der Unschuld und der Verdauung durch fremde Speisung. Nein, sie fangen schon an, sich selber zu nähren, jetzt im hellen Sonnenschein strecken sich drei Schnäbel auf; es war wohl einer davon so glücklich, eine vorbeifliegende Mücke zu haschen.

Das Nest quillt wieder auf, die Sippe findet kaum mehr Platz, es ist ein unruhiges Drängen im Neste, als müßte die Völkerwanderung beginnen, und ein Sproß, es ist wol der Majoratsherr, hebt sich auf den Rücken der Geschwister ganz in die Höhe. Beim Essen sind aber doch wieder Alle gleich, jedes nichts als Schnabel, und es ist deutlich, der Hahn holt nicht nur die Speise aus dem Kropf herauf und strengt sich dabei sehr an, er knappert und kaut auch noch die Speise in seinem dunkelgrauen Schnabel und dann trägt er wieder etwas Weißes davon. Alles hat einen immer noch schnelleren Rhythmus. Die Henne ist dreimal nach einander in einer Minute und vier bis sechs Sekunden wieder da. Sie sitzt heute wieder immer, zuerst wie verschnaufend auf der untern Zweigschwelle, und wenn die Mahlzeit fertig ist, betrachtet sie immer die Sippschaft eine Weile, ob sonst nichts zu besorgen ist. — Was die Alten forttragen, ist nicht die Eierschale, es ist die Losung; das bringt das Füttern mit sich, und Reinlichkeit ist in so kleinem Hausstande sehr nöthig.

Wie der Pendelschlag einer Uhr geht heute das Füttern vor sich, und so rasch, es läßt sich gar nicht mehr messen. Der Hahn fliegt immer aufwärts, die Henne immer abwärts, und dabei gibt's manche Unebenheiten in der Azung. Die Jungen zwitschern heute schon ganz vernehmlich und strecken die Schnäbel nicht mehr blos auf in's Blaue hinein, sie wenden sie hin und her, auf und ab. Das ganze Wesen bittet, und wenn sie gefüttert sind, zwitschert noch eine Einzelstimme lange nach. Es mag die Klage eines Einzelnen sein, das nicht genug oder vielleicht gar nichts bekommen hat. Es gehört allerdings viel dazu, zu wissen: du hast schon was bekommen. Aber wer weiß, welche Merkmale die Eltern haben, die ihnen die Uebung der Gerechtigkeit und Gleichheit in der Familie erleichtern?

Die Henne bringt eine Raupe im Schnabel, sitzt auf dem obern Zweige, betrachtet mich lange, und da ich mich nicht rühre und gar keine Lust zeige zum Mithalten, fliegt sie zu den Jungen und theilt aus, und ehe sie abfliegt, stellt sie sich jetzt noch einmal auf den Nestrand und betrachtet die ganze Brut still. Wie sie wiederkommt, gibt sie Einem eine ganze Raupe, die Andern kriegen gar nichts; die junge Welt scheint schon erkleckliche Portionen vertragen zu können. Der Hahn muß Einem ein Körnchen ungeschickt in die Kehle gegeben haben, es würgt daran und wackelt hin und her, er langt mit seinem Schnabel nochmals hinab und bringt's zurecht.

Die Henne gibt wieder Einem einen ganzen Wurm; es bringt ihn nicht fertig, sie nimmt ihn noch einmal heraus und gibt ihn geschickter, jetzt ist's gut. Die beiden Alten geben keinen Ton von sich, weder beim Zu- noch beim Abfliegen, es ist stille, rastlose Emsigkeit. Wenn die Alten — was selten ist — einander beim Neste treffen, fliegen sie nie mit einander ab, immer eines nach dem andern und nach verschiedenen Seiten.

Nun habe ich auch einmal gesehen wie der Hahn Futter holt, er flog einmal abwärts, zuerst auf die Umschau, auf den Pfahl am Rosenstock, dann auf den frischbesäten Rasen, im Gehen immer aufpickend und dann auch im kurzen Satz auffliegend und wie eine Bachstelze im Stoßfluge eine Mücke haschend, und endlich schlüpfte er durch den Zaun. Er muß einen weiten Umweg gemacht haben, denn er kam von ganz anderer Seite von oben angeflogen, gab nur zweien etwas und flog aufwärts in die Krone des Baumes; hier haschte er eine Biene, das scheint Futter für ihn selber, er verschmaust sie behaglich, wetzt sich den Schnabel am Zweige ab, schmettert seinen vollen Schlag und fliegt ab.

Am Mittag nach kurzem Sonnenregen geht die Fütterung wieder unfaßlich schnell vor sich, als würde bereit gehaltener Vorrath geholt; ja, was ich sonst nie sah, Hahn und Henne rennen auf einander beim Ab- und Zufliegen, sie entschuldigen sich aber nicht weitläufig, es ist keine Zeit dazu; dieser kurze ergiebige Moment nach dem Sonnenregen duldet jetzt keinen Aufhalt. Auch der Hahn betrachtet mich jetzt oft mißtrauisch, und ich habe kein Mittel, ihn zu beruhigen.

Der Majoratsherr scheint weit voraus; er hebt sich fast ganz aus dem Neste heraus und dehnt und streckt sich. Was soll das werden?

(**9. Mai,** früh sechs Uhr.) Der Nebel steht im Thal, am obern Himmel ist es hell, der Baum ist ganz aufgeblüht, es sind nur noch wenig Knospen an ihm, die Blüthe ist fünfblätterig wie im Vogelnest auch fünf Junge, und immer fünf oder sechs Blüthen auf Einem Büschel umkreisen die mittlere. Im Pflanzenleben ist weit mehr Ueberfluß als im Thierleben; nicht der hundertste Theil der Baumblüthen wird zur Frucht, und es scheint ein Gesetz zu sein, daß die Früchte, die sich lang aufbewahren lassen, auch immer lange Zeit zu ihrer Blüthenentwicklung bedürfen, und die Blüthe hat eine zähere Kraft. — So der Apfel, die Birne, im Gegensatz zur Kirsche, zur Pfirsiche und Pflaume. Es ist ein fröhliches Zusammenstimmen — dieses Blühen am Baum und dieses Leben auf ihm.

Das Gesetz: der Hahn bringt das Futter von oben, die Henne von unten, hält sich, und was als Forttragen der Eierschale erschienen war, ist eben das, was der Elternliebe nicht zu schwer und nicht zu häßlich ist; der Export ist heute fast gleich mit dem Import. Die Reinlichkeit des Naturlebens gehört zu dessen größten Schönheiten. Wer die Natur beobachtet, braucht nichts auszuschmücken, die getreueste Schilderung ist die schönste. — Die Henne ist immer noch die emsigere im Füttern, sie kommt dreimal bis der Hahn einmal.

Es ist ein Quellen und Kochen im Neste, es ist unfaßlich, daß es nicht überläuft, und der Majoratsherr hebt sich wieder so über's Nest hinausfallen, aber er findet sich doch wieder geschickt zurecht im Heimwesen bei den Geschwistern.

Wenn der Hahn gefüttert hat, spaziert er den Zweig hinauf, sorglos tänzelnd, oft kommt er aber nochmals zurück und besorgt den Export.

Es ist wie wenn das Nest größer geworden wäre, wenn die Jungen alle so bei einander liegen; sie liegen jetzt mit den Köpfen am Rande herum, nicht mehr auf einem Haufen, weil sie jetzt stets von außen gefüttert werden, und immer wird, wie es scheint, wechselsweise eines besonders genährt. Ein Junges legt das Flügelchen weit über den Nestrand hinaus; der Oberkörper ist noch fast ganz nackt, die Brust schon weiß befiedert; es ist als könnte das Junge den Flügel nicht mehr anziehen, aber rasch hat es ihn wieder übergekappt. Die Henne gibt dem Flügelausbreitenden einen ganzen Wurm, der Hahn scheint seinen besondern Liebling zu haben; der am Aste — es ist wol der Majoratsherr — bekommt am meisten.

Die fünf Geschwister sind schon muthig. Eine große Hummel fliegt über das Nest weg, sie sperren allesammt die Schnäbel auf, sei es zur Abwehr, sei es zum Verschlingen; die Hummel setzt sich auf eine Blüthe, die Fünf arbeiten allesammt nach ihr hin, aber sie erreichen sie nicht. Der Majoratsherr ist bereits so gescheit, die Losung über's Nest fallen zu lassen.

(Mittags im Regen.) Es fallen die ersten Blüthenblätter vom Baume, auch in's Nest fallen einige, die Jungen schütteln sie ab. In der Fütterung ist eine längere Pause, die Jungen ducken still im Nest, wie eine gestaltlose Masse, als wäre das Nest mit grünlich grauem Moos voll gestopft. Die Henne wagt sich an die Hausthüre, Futter suchend, und wie sie zum Nest fliegt, setzt sie zuerst auf dem Corneliuskirschenbaume ab, fliegt zu den Jungen und ist schnell fertig.

Als der Regen länger dauert, geht die Fütterung wieder gleichmäßig fort, nur können die Eltern das Klagen jetzt nicht lassen, besonders der Hahn pfeift noch lange auf dem Baum das im Regen bräuchliche: Es gießt! Es gießt! Wenn die Henne jetzt Futter bringt, hält sie regelmäßig eine Weile still auf der untern Zweigschwelle; wie auf einen Drahtzug strecken sich alle Hälse in die Höhe; sie bleibt ruhig und läßt sie sich abarbeiten, und wenn sie gefüttert hat, wirft sie nochmals einen ruhig bedächtigen Blick auf die Sippe. In der feuchten Abenddämmerung höre und sehe ich, wie Hahn und Henne von zwei Nachbarbäumen mit einander reden. Tütüti! ruft er, und Tü! antwortet sie fortwährend und immer regelmäßig.

Es ist doch nur ein geringfügiges, wesentlich allbekanntes Stück Naturleben, das ich nun seit einigen Wochen beobachte, und doch muß ich bekennen, daß es oft sehr ermüdend ist, dieses auf dem Anstand Stehen, dieses Unterstützen der Sehkraft durch das Fernglas und dann wieder mit raschen Worten Aufzeichnen, Alles das ist wahrhaft anstrengend, und wie gering ist das Ergebniß! Wenn ich an die Forscher denke, die Monate lang, ja Jahre lang in den unbequemsten, entbehrungs- und gefahrvollsten Verhältnissen der Beobachtung des Naturwaltens sich hingaben, wie riesengroß erscheint da solche Kraft, und es gibt keinen Entgelt und keinen Ruhm, der nur entfernt der Mühsal gleich kommt; aber die Erkenntniß hat den höchsten Lohn in sich selber.

(10. Regenloser, sonnenloser Tag.) Im Neste recken und strecken sich die Jungen, dehnen ihre Flügel ganz aus; unbegreiflich, wie sie Platz haben. Das Füttern geht wieder unsäglich rasch und meist wird auch Rückfracht mitgenommen. Die Henne fliegt jetzt so eigenthümlich, wenn sie gefüttert hat, mit den Flügeln schlägelnd, über dem Neste, wie eine Bachstelze, wenn sie in der Luft eine Mücke hascht. Soll das wohl erster Flugunterricht sein? Sie füttert stets nur eines oder zwei, und die andern sind bereits so klug, daß sie ganz ruhig sind, so artig, wie es nur die strengste Erzieherin verlangen kann, sie machen das Maul nicht auf und warten geduldig. Das ist jetzt im Ruhen ein sichtbares fünffaches Pulsiren im Neste, es ist wie wenn Wellen stets auf- und abwogen oder eigentlich wie Sieden in einem Topfe, und wenn die Brut nicht ruhig liegt, da ist fortwährendes Putzen an sich, das Köpfchen dreht sich so gelenk, es scheint, daß die Wirbel noch viel biegsamer sind als beim ausgewachsenen Vogel, und es muß stillschweigendes Uebereinkommen sein, daß immer nur Eines sich dehnt und reckt und putzt und aufsträußelt, die Andern ruhen während dessen, sie hätten Alle auf einmal unmöglich Platz zu solcher Turnerei. Ein Junges pickt schon vom Nestrand etwas auf, wie ein junges Huhn ein Körnchen vom Boden.

Hier beim Füttern sehen die beiden Alten viel glänzender, geschlossener und behender aus, als sie in der Ruhe ohne Action sind; da hat namentlich der Hahn etwas Verdrossenes, und während er in der Anspannung bei der Fütterung äußerst schlank und fein aussieht, hat er, auf dem Zweig ausruhend, zusammengekauert, etwas Klumpiges und so auch die Henne; hier aber vor dem Neste sind sie das Ideal ihrer selbst.

In der Fütterung steht noch immer Regenwurm und Larve und Larve und Regenwurm auf der Speisekarte, andere Delikatessen wird die junge Brut erst in der Freiheit und Selbständigkeit kennen lernen. Der Hahn muß sein

Futter tief im Kropfe haben, er besinnt sich stets, eh' er zum Neste kommt und ruft tiefkröpfig: Troiht! Die Henne ist immer still. Eben war eine Kohlmeise da, sie betrachtete sich eine Minute still das Nest, und als es sich darin regte, flog sie wie gescheucht davon.

Ich sehe auch heute zum Erstenmal, daß die Geschwister einander picken; bis jetzt lebte jedes nur für sich und schien sich weder zu Leid noch zu Freud um das andere zu kümmern, sie hielten nur einander gegenseitig warm. Eines nach dem andern dehnt und hebt und reckt die Flügel immer mehr, sie können aber noch lange nicht flugreif sein; die Schwanzfedern sind noch fast gar nicht entwickelt, und das ist doch wol das Steuer beim Fliegen. — Wenn ich nur den ersten Ausflug nicht versäume!

(11.) Das ist jetzt die Zeit, in der die Vogelsteller gern die junge Brut holen. Das Bibelgebot, daß man die Jungen nicht mit der Mutter nehmen dürfe, wäre jetzt nicht mehr anwendbar. Die Henne füttert, wiederum auf dem Nestrand stehend; es wäre jetzt offenbar gefährlich, die unruhige und schon so weit flügge Brut sich herausbiegen zu lassen. Und wenn sie alle ruhen, ist dieses fünffache sichtbare Athmen, wie wenn sich das ganze Nest wiegte. Der wollige Flaum, der noch aus den eigentlichen Federn hervorragt, wird leise vom Winde bewegt.

Ich meine schon zu erkennen, welche Männchen und welche Weibchen sind; diese haben nur graue Federn nebst den weißen im Flügel und weiße Brustfedern, während die Männchen auch grünlich befiedert auf den Flügeln sind und gelbe Brustfedern haben. Das krabbelt aber so untereinander, daß ich nicht unterscheiden kann, wie viel zu jedem Geschlecht gehören. Wie sie sich putzen, fliegen mit den Blüthenblättern vom Baume die wolligen Haarfederchen von ihrem Leibe davon, und vielleicht tapeziren schon andere Vögel ihre Nester damit.

Unendlich behutsam und geschickt arbeitet sich ein Unterliegendes hervor. Anfangs rücken die andern nicht von der Stelle, geben nicht nach, ja sie scheinen unwillig, aber Beharrlichkeit siegt, und gelingt es Einem hinauf zu kommen, dann ducken sich die andern still und lassen über ihre Rücken wegsteigen und gähnen nur bisweilen; überhaupt ist heute immer wiederkehrendes allgemeines Gähnen und Mauloffenhalten unter der Sippe; es mag von Langeweile oder verdorbenem Magen oder von beidem zusammen herrühren.

Jetzt haben sich zwei emporgehoben, schlagen zwanzig bis dreißig mal abwechselnd mit den Flügeln und dehnen sie dann wieder weit aus über den Nestrand und putzen einander. Die Flugfedern sind noch sehr stumpf, von den Schwanzfedern kaum geringe Anzeichen, es dauert wol noch lange bis zum Ausflug. Und ich sehe es ganz genau und wiederholt: es putzen und recken und strecken sich stets nur zwei, die andern liegen während dessen ruhig geduckt; es muß stille gehalten werden, und jetzt stellt sich eines — das ist gewiß der Majoratsherr — mit dem einen Fuß auf den Nestrand und mit dem andern in das Nest und schlägt lang um sich.

Hundertmal meint man, jetzt müsse das und das herunterfallen, der Raum ist doch gar zu klein und die Bewegung zu keck, aber sie scheinen schon Alles sehr genau zu bemessen, sie haben's für ihr künftiges Leben ja so nöthig. Der obere Rand des Nestes bekommt jetzt auch Lücken und wird auseinander gezerrt und erweitert; besonders gegen Osten scheint sich ein völliger Durchbruch bilden zu wollen.

Ich kann mir's nicht denken, daß die Jungen alle auf Einmal ausfliegen werden. Der Majoratsherr scheint allen voraus, er sitzt viel oben, ganz frei, auf den Rücken seiner Geschwister. — Der Hahn ist heute etwas lässig in der Nährvaterpflicht, man bekommt mehr von ihm zu hören als zu beißen, die Mutter aber ist unermüdlich. Er ruft der Frau Gemahlin offenbar zu: „Laß doch! Sieh, wie sie gähnen, du überfütterst die Kinder," und sie sagt gewiß: „Das verstehe ich besser. Sie sollen genug haben, so lang sie wollen und so lang es ihnen schmeckt. Wie lang (sie wiederholt ohne Furcht vor Eintönigkeit stets dieselben Worte), wie lang hat man denn noch die Freude, sie daheim an seinem Tisch zu haben? Wie lang wird das noch dauern? Wie bald werden sie auf und davon fliegen?" — „Meinetwegen, thu' was du willst," sagt der Mann und fliegt davon in den nahen Bergwald und pfeift sein Leibstück mit dem Schnalzer und Triller daran aus allen Leibeskräften.

(**12.** Pancratius, hell, herb und erfrischend, Morgens sieben Uhr.) Auf dem Boden unterm Baum ist es ganz weiß von den abgefallenen Blüthen, an den Zweigen sind schon Blätter groß entfaltet. Im Nest ist fortwährendes Picken und an sich Herumputzen, als müßte der Schnabel den Federn wachsen helfen; sie putzen sich heute alle auf einmal und haben doch Platz. Endlich ruhen zwei hoch erhaben über dem ganzen Neste, die anderen liegen geduckt darin und strecken nur die Köpfchen heraus. Gegen Mittag liegen sie wieder im Kreise herum, vier am Rande und eines in der Mitte, ganz wie die Büschel der Apfelblüthe gestellt sind. Alle sind aufgebläht und schauen still hinaus in die Welt.

Der Hahn pfeift heute nach der Fütterung viel und lustig schmetternd, und heute auf dem Baume, wo sein Heimwesen ist, sonst that er nur drüben im Wirthshaus auf dem Nachbarbaum so lustig; aber die junge Brut darf jetzt schon hören und sehen, was für einen fidelen Vater sie haben. Er ist der ewige Student, vielleicht heißt er auch darum coelebs. Er ist indeß rücksichtsvoll genug; während die Henne füttert, ist er still, aber gleich darauf schmettert er wieder los. Sie klagt einmal leise, das Nest betrachtend, wie die wilde Brut alles zerreißt. Er tröstet sie: „Ich bin der Mann dazu, der wieder ein neues bauen kann, wenn wir eines brauchen; laß sie nur tollen, wie es ihnen behagt; das ist so in unserer Familie, wir sind die Uebermüthigsten."

Das Singen des Vaters scheint die Jungen zu ermuntern, sie zwitschern schon ganz laut mit festem klarem Ton: „Züt Züt!" Die Schnäbel sehen grünlich grau und festbeinig aus, die Gelbschnäbligkeit ist vorüber. Wie sie dann am Mittag schlafen, stecken sie die Köpfe zusammen und lassen sich die Sonne auf den Rücken scheinen. Wenn's dann wieder an die Fütterung geht, halten sich alle ruhig auf der Stelle, drängen sich nicht über einander weg wie sonst, sie strecken nur die Schnäbel auf, ohne sich zu rühren, sie ahnen gewiß, daß sie sonst herunterfielen. Das Nest ist sehr zerrammelt, aus dem Innern hängen die feinen dürren Gräser, mit dem es ausgefüttert ist, zerzaust über den Rand hinab.

(Abends, kurz vor acht Uhr.) Ich habe nun doch noch ein Stück Nachtleben belauscht. Die Sonne war hinab, der Hahn schlug noch seinen vollen Schlag drüben im Wirthshaus zum Pflaumenbaum. Im Neste sah man nichts als eine Rundung, oben so hoch gewölbt wie unten, nichts Einzelnes mehr. Jetzt kam die Henne noch einmal, Schnäbel streckten sich auf und man sah das Rothe der Kehle, und nun hüpfte sie mehrmals auf dem Baume von Zweig zu Zweig; der Hahn schlug immer hell, sie flog zu ihm, und nun beide mit einander fort, dem Bergwalde zu. Ich habe über eine halbe Stunde unverrückt nach dem Baume gesehen, bis gar nichts Einzelnes mehr zu unterscheiden war. Es kam niemand mehr.

(13. Mai.) Das ist ein harter Frühlingstag. Pancraz hat seine richtige Kälte mitgebracht, es ist trübe und windig. Die Blüthenblätter wirbeln im Winde wie wirkliche Schneeflocken. Wir haben um zehn Uhr früh nur drei Grad Wärme. Der Finkenhahn hat schon vor Tag, vor vier Uhr früh seinen vollen Schlag und rasch nach einander laut werden lassen, und den ganzen Morgen klagt er immer, bevor er füttert. — Ich sehe heute den Finkenhahn an den Blüthen picken, auch die Kohlmeise ist oft da und pickt an den offenen Blüthen, und die Blätter fallen ab.

Die jungen Finken sitzen ruhig aufgerichtet im Neste, sie haben die Köpfe nach Osten gewendet, denn der Wind mit Regen kommt von Westen. Die jungen Vögelchen zwitschern viel zusammen und huschen nahe an einander und halten sich warm. Die Fütterung geht aber ruhig fort und die Finkenhenne pfeift Tütütü, wenn sie fertig ist, und fliegt davon. — So eben war ein Goldammer zu Besuch da, er betrachtete nur eine Weile still von einem benachbarten Aste das fremde Hauswesen, prustete sich auf, schüttelte den Kopf und flog davon.

Es wäre vielleicht der Untersuchung werth, warum bestimmte Vögel männlich und andere weiblich bezeichnet werden, so: der Fink, der Storch, der Staar, der Kreuzschnabel, der Specht, der Kukuk, der Rabe; dagegen die Lerche, die Schwalbe, die Drossel, die Nachtigall, die Amsel, die Grasmücke, die Elster, die Gabelweihe, die Eule, die Gans, die Ente ꝛc. und dann das Sächliche das Huhn. Auch für die vergleichende Sprachwissenschaft müßte das Thema ergiebig sein.

Mir ist etwas aufgefallen, das ich zu fernerer Beobachtung geben möchte. Es gibt Vögel, die im Gesang nur ausathmen, und dann solche, die im Gesang aus- und einathmen. Sind etwa die einfach ausathmend Singenden männlich, die geschwätzig — oder höflicher — conversationell fortsetzenden weiblich bezeichnet?

Die Fütterung geht heute ungemein rasch und der Hahn, der von oben kommend, immer Zipp Zipp Zipp von den Zweigenstufen ruft, stellt sich heute auf die Unterseite des Nestes und füttert dort ein wahrscheinlich in der Entwicklung zurückgebliebenes Junges, das ruhig in der Tiefe des Nestes hockt, und nur den Kopf herausstreckt; auch die Henne zieht dasselbe vor. Die Portionen sind heute klein. Kommen, etwas in den Schnabel stecken, fortfliegen — das geht in einem Hui.

Der Hahn, wenn er fortfliegt, putzt sich den Schnabel an einem Zweige, und ich sehe, wie er sich oft mitten in die äußersten Blüthenkronen der Zweige setzt und etwas aufpickt; das muß zur eigenen Nahrung sein, denn er kehrt nie mit solcher Blüthenkost zurück in's Nest, sondern fliegt weiter.

Das war eben eine große Turnerei im Neste. Das vielgefütterte Tiefhockende raffte sich auf und drängte die andern weg, und schlug mit den Flügeln um sich; da galt es fest zu halten, und mit den über den Nestrand hinab ausgebreiteten sich anklammernden Flügeln hielten sich die Bedrohten fest. Es lief alles gut ab. Diese Turnerei muß gut wirken, sie bildet die

Behendigkeit des Vogels vollkommen aus, bevor er zum selbständigen freien Fluge kommt. Auch hier geht's lang bis die Ausbildung fertig ist.

Während vier still zusammenhocken, steht eines eben auf und pfeift seinen einzigen Ton unaufhörlich fort, ganz ähnlich wie die Sperlinge pfeifen, es drückt sich dabei behaglich an den deckenden aufrechten Zweig, der auch das Schutzdach ist. Dieses Pfeifen ersetzt wohl, wie bei schreienden Kindern in der Wiege, die Bewegung.

Immer zerraufter wird das Nest; es ist wie eine Knospenhülle, die gesprengt wird. Eben war die Mutter da, sie sagte etwas und fütterte gar nicht und flog wieder davon. Ein Waghals steht mit beiden Füßen auf dem Nestrande und hält sich zugleich mit dem angedrückten Hinterkörper fest. Wie oft sagt eine Mutter den tollenden Kindern: „Ihr reißt ja noch das Haus ein." Das geschieht hier in der That, aber dieses Haus war ja nur für die Jungen, für sich selber brauchen die Eltern keines.

Der Hahn sieht heute nach dem Füttern lange zu, wie die Jungen mit den Flügeln schlagen, er betrachtet wol, wie lang es noch ist, bis sie mit auf die Reise gehen und ob die sogenannten Handschwingen bald reif sind. Das Nest ist so voll, es muß die Jungen bald hinauswerfen. . . .

Bei aller fortgesetzten angespannten Aufmerksamkeit, die sich auf einen bestimmten Punkt fesselt, entsteht eine gewisse Leidenschaftlichkeit. Ich bin nicht mehr so ruhig im Beobachten, die Unruhe des Gegenstandes geht auf mich über. Ich meine, ich stehe jeden Augenblick der Katastrophe gegenüber, die nur kurz sein wird, und wobei es gilt, nach allen Seiten hin zu beobachten, und das Fernglas hat das Mißliche, daß es den einen Punkt wohl schärfer gibt, aber die Raschheit des Umblicks hindert.

Die Katastrophe wird kurz sein und alle handelnden Personen sollten dabei beobachtet werden. Wir stehen offenbar im fünften Akt, aber wol noch nicht in der Schlußscene, auf welche alles gespitzt ist. Die Entwicklung in der Natur und die Verwicklung im Kunstwerke ist lange und allmälig, sich behaglich ausführend, die Abwicklung, die Katastrophe, sei sie zum Tod oder zu einer neuen Lebensgestaltung, ist kurz, oft nur ein Moment. Die lange versuchten Schwingen einmal gehoben, und fort — du hast das leere Nachsehen. Wenn nur die Jungen sich nicht in der Nacht davon machen! Ich kann's nicht glauben, ausziehen, um gleich zu schlafen, das kann nicht sein; essen und wieder essen, ist hier die Parole, und in der Nacht gibt's kein Futter für diese Thierchen. Birgt sich aber vielleicht die Schamhaftigkeit und Furchtsamkeit der freien Thiere in ihrem ersten ungelenken Weltflug in die schützende Nacht? Versuchen sie vielleicht einen Ausflug und kehren, bis sie vollends flugreif sind, wieder in's Nest zurück? Ich glaube nicht, daß sie, einmal heraus, wieder Platz genug haben würden. Alsbald nachdem ein Insekt aus der Puppe ausgekrochen ist, erscheint es so groß, daß es gar nicht mehr in die Puppe hineinversetzt werden kann. Es ist nicht nur die Bewegung, die es gedehnt, es ist hauptsächlich die starke Einathmung der Luft, die den Körperumfang erweitert, und wenn nun auch das Nest nicht als die Puppe dieser Thiere betrachtet werden kann, so ist doch so viel gewiß, daß sie durch einmal versuchten Ausflug viel zu groß wären, um wieder in dem elterlichen Hause Platz zu haben.

Es ist Nacht geworden, ich sehe nichts mehr, der Baum und seine Bewohner sind nichts als eine dunkle Erscheinung, deren man sich aus lichter Anschauung erinnert, und das Leben des Baums und das Leben der Thiere und des Menschen, es ist alles nur ein Punkt im unfaßlichen All, darin sich's regt, unendlich in Raum und Zeit....

(**14.** Sechs Uhr früh.) Die seltsamen Betrachtungen, die mich gestern überkamen, und dazwischen die Unruhe, nicht einmal die volle Betrachtung eines kleinen Einzellebens im All fassen und verfolgen zu können, alles das gab eine schwere unruhige Nacht. Sieh da, da ist der Morgen, die Welt steht in Sonnenglanz und Blüthenpracht, und wonniger Athem durchdringt das Leben.

Da ist das Vogelnest. Was ist das? Es sind nur noch drei Junge da! Also sind sie doch am Morgen ausgeflogen, und du mit deinem irrlichtelirenden Sinnen und Grübeln hast wieder darüber die wirkliche Welt versäumt. Nun aber sollen mir die drei noch übrig gebliebenen Stand halten, ich will sie nicht aus den Augen lassen. Sie schauen seltsam drein und drehen immer die Köpfe; zwei Geschwister sind fort in die Welt. Wie ist's denn draußen? Wo sind sie? Wie kann man denn auf Einmal so fort sein, gar nicht mehr da, und man war doch so lange bei einander, so eins, und wie gar nicht mehr heimisch sieht das Nest aus; und wo bleiben die Eltern so lange und warum läßt sich keines sehen? Nein, die Jungen sind gar nicht empfindsam; wie allen Kindern ist ihnen ein Umzug ein Fest, da geht's ja recht schön durch einander, da ist ja die ganze alte langweilige Ordnung aufgelöst, und was auf ewig festzustehen schien, hat auf Einmal lebendige Beine. Und nun gar die Vögelchen, die müssen's spüren, daß sie erlöst werden. „Das dumme kleine dürre Nest, das uns so lange gefangen hielt, komm, wir treten's und zerren's und zerfetzen's,“ so zwitschern die Jungen unter einander, und picken und reißen in der That unbarmherzig an dem Neste herum, wie wenn das Nest schuld wäre, daß es ihnen so unbehaglich und bang ist, und es doch nicht wagen mögen, auf eigene Faust sich davon zu machen.

Still! da kommt die Mutter, jetzt zum erstenmal vom Bergwald herunter; der Hahn schlägt in der Ferne seinen hellen Schlag. Hei! wie zwitschern und heben und regen sich die Jungen im Neste. Die Mutter hat aber nichts zum Essen mitgebracht. Was ist das? Seid ruhig! Ihr kommt bald in's gelobte Land, wo man im Umsehen sein Futter hat. Die Mutter sitzt lang still auf der untern Zweigschwelle. Was mag sie sagen oder vielmehr andeuten? Sie nickt nur mit dem Kopfe, pinkt mehrmals aufwärts in's Nest und jetzt, jetzt ist's — sie fliegt auf, ein Junges aus dem Neste ihr nach, — die Flügel tragen — jetzt noch eins, und fort geht's in den nahen Bergwald.

Mich überschauerte es, da ich dieses sah. So ist es dir doch geworden, dieses Letzte mit anzusehen, und einsam liegt noch ein einziges Vögelchen im Neste. Ist's den beiden gesagt worden, oder haben sie's aus sich gewußt, daß sie fliegen können, und das einzige nicht? ...

Es dauert geraume Zeit, es kommt nicht Hahn nicht Henne, das Verlassene zu trösten, und wenn auch nicht zu holen, doch mindestens zu füttern. Sei ruhig; es ist Brauch auf dem Lande, daß die Eltern mit den erwachsenen Geschwistern in's Feld gehen und das kleine Kind daheim eingeschlossen lassen, dein klagendes Zirpen nutzt nichts; schlaf, da verbringst du am besten die Zeit, und mit der Zeit wirst du auch groß und machst es künftig mit deiner Sippschaft auch so. Das Nesthockchen ist auch klug; nachdem es genug gezirpt, schläft es, ob aus Ueberlegung oder Ermüdung, es ist eins, wenn man nur Ruhe hat, und bei acht Grad Wärme, die wir heute haben, liegt sich's wohl gut im trockenen Neste, und alles ist still und glitzert im Morgenthau; es regt sich kein Blatt und keine Blüthe am Baum; oder doch, Blüthenblätter regen sich, aber nur zum Abfallen, wie von unsichtbarer Hand gepflückt. Sieh, am Baume, dessen Blüthen sich entblättern, sind auch noch Knospen, sie müssen warten, bis ihre Zeit kommt, es kann nicht Alles auf Einmal blühen und fliegen.

Jetzt ist das Nesthockchen wieder aufgewacht und Kinder, die einsam aufwachen, schreien gern. Die Henne ruft, das Nesthockchen antwortet, sie kommt bald und füttert und verweilt noch ein wenig, sie erzählt wie es den Geschwistern draußen geht. Ja, ja, die wären froh, wenn sie noch daheim wären im warmen trockenen Nest, wie du; es ist draußen rauh und kalt und feucht. Die Tröstung hilft so lange die Mutter da ist, aber sobald sie fort ist — und sie bleibt jetzt oft lange aus — kann das einsame Junge die Klagen nicht zurückhalten und es streckt und dehnt sich und hebt die Flügel. Wenn sie wieder kommt, da wird sie sehen, daß ich genug gewachsen bin und auch fort kann, ich will's nicht besser haben als meine Geschwister und kann eben so viel aushalten wie sie. . . .

Da kommt der Hahn, er muß doch auch einmal nach dem jüngsten Sprößling sehen, er füttert ihn reichlich, spricht nur kurz: du mußt gehorchen, mußt warten. Er fliegt rasch auf, jetzt ohne auf dem Baum zu tänzeln, nach dem Bergwald; die meisterlose Jugend, die er dort zurückgelassen, darf nicht allein bleiben und die Mutter, die jetzt bei ihnen ist, kann sie ohne väterliche Autorität nicht bemeistern.

So oft die Henne jetzt kommt und füttert, ruft sie vorher: bleib' nur ruhig, ich komm, ich komm bald. Das Junge tollt ganz allein im Neste herum, das ganze Haus gehört ihm, und es dreht sich vielmals im Kreise um seine eigene Axe, und dann ruht es in sich zusammengekauert, aufgeblasen, daß es das ganze Nest ausfüllt, wie vordem die Bruthenne. Und wieder kaut es seine Federn durch, hebt die Flügel und stellt sich mit beiden Füßen auf den Nestrand. Wird es allein fortfliegen? Nein, es setzt sich wieder in's Nest, und wie immer, wenn es nicht schläft oder sich putzt, zirpt es.

Außer dem einzigen Mal läßt sich der Hahn beharrlich den ganzen Morgen nicht beim Neste sehen; er hat genug zu thun, die vier zu regieren, und er läßt die Henne gewähren, daß sie das Junge verzieht und ihm gewiß viel zu viel gute Worte gibt: wenn's wieder in meine Zucht kommt, soll's schon anders werden. Die Henne füttert aber doch ihr Jüngstes nur in sehr großen Pausen, bleibt dann noch immer eine gute Weile am Bett stehen; sie schüttelt aber den Kopf und fliegt fort. Es ist noch nicht Zeit, wer weiß, ob's überhaupt heute noch wird. Du hast keine Ruh mehr und willst auch in die Welt hinaus? Du wirst's bereuen, du kriegst es nirgends mehr so gut als daheim.

Beim Abfliegen drückt die Henne sich nun auch auf dem Baume umher in die abfallenden Blüthen, sie muß da auch nur Futter für sich finden, denn sie kehrt nicht damit zurück; sie darf sich jetzt schon selber was zugute thun, sie hat lange genug ausschließlich für Andere gesorgt.

Jetzt um zehn Uhr scheint die Sonne voll und ganz in das Nest, der Hahn pfeift anhaltend in der Ferne, das Junge drückt den Kopf unter die

Flügel und läßt sich von der Sonne bescheinen und schläft. Es wachsen die Kinder am meisten im Schlaf, und so ein Tag ist für einen Vogel mehr als Ein Tag, und unsere Stundenuhr geht sie gar nichts an. Das Junge wacht auf und reibt sich den Kopf, daran noch der haarige Flaum hängt wie sehr verkleinerte Eulenohren, am Gesimse des Nestes, es wälzt sich unruhig darin hin und her, ja legt sich fast ganz auf den Rücken, und seht, wie die Jüngsten wissen, daß man ihnen alles nachgibt und sie verzieht! Die Henne kommt mit Futter, der verzogene Knirps steht nicht einmal auf, bleibt ruhig liegen, dreht nur ein wenig den Kopf und läßt sich füttern und von pflichtschuldigem Danksagen ist gar keine Rede. Das Nesthockchen richtet sich endlich auf, legt den Kopf in den Durchbruch des Nestes, der nach Osten gemacht wurde und spielt schon Mutter, es breitet sich aus wie eine brütende Henne.

Ein Familienbesuch stellt sich ein. Der Goldammer muß seiner Gemahlin von dem neulichen Besuche erzählt haben. So eben waren Mann und Frau da. Sie betrachteten sich eine Weile den einsamen Knirps und flogen wieder davon. Sie sind offenbar entläuscht, die Sache ist gar nicht so merkwürdig als der Mann erzählte. „Ja, so sind die Männer! Sie schmücken gern aus, wenn sie von ihren Reisen erzählen. Was ist denn da Merkwürdiges? Ein zerfetztes Nest und darin ein einziges graues Vögelchen, wie kann sich das nur mit unseren Goldkindern vergleichen? Geh, du bist ein Schwärmer und in fremden Häusern ist dir alles viel merkwürdiger als daheim.“ So predigt Frau von Goldammer ihrem verdutzten Gemahl, der allerdings gestehen muß: „Da hat sich seit meinem jüngsten Besuch viel verändert, ich hätte solche unordentliche Hauswirthschaft unserer sonst braven Cousine nicht zugetraut.“ — „Du solltest dich überhaupt um solche Kleinigkeiten gar nicht umsehen,“ fährt die Frau fort, die sich ihren Triumph zu nutze macht. Eine Biene kommt sehr bequem geflogen, der Goldammer fängt sie auf, fliegt davon, die Frau ihm nach.

(Gegen zwölf Uhr.) Die jungen Finken werden heute in der weiten Welt schlimm begrüßt, es hagelt, aber sie sind schon im Elternhause abgehärtet worden, und jetzt nach dem Hagel ist's um so schöner und erfrischender. Die Henne kommt jetzt oft zu dem Jungen, ohne zu füttern; sie muß nur zeigen, daß sie da und das Einsame nicht verlassen ist, ja, sie fliegt mehrmals vom Bergwald über den Baum weg nach dem Garten jenseits der Straße, ohne beim Neste anzuhalten.

Und immer frischer und sonniger wird's, und das einsame Vögelchen ist voll Unruhe und Ungeduld im Nest, dehnt und streckt sich und drückt den Kopf an den Nestrand, als müßte es ihn durchbrechen. Was wagt es jetzt? Es steht auf dem Gesims und mit einem kecken Satz die Flügelchen hebend, springt es auf den Zweig und klettert da immer weiter, es kann nicht mehr zurück und mag auch nicht; nein, es wiegt sich auf dem äußersten Zweig unter Blüthen und Blätter halb versteckt, wohlig auf und nieder. Es putzt den Schnabel am Zweig. Alles was gelb ist, muß herunter. Wir sind reif! Ja, und jetzt fliegen wir auf den Zweig gegenüber, wir fliegen sicher und halten fest, und rückwärts können wir auch schon klettern, bis hinauf an den Hauptast. Die Mutter kommt. Züt! züt! Wir sind da, nicht mehr im Neste, diesmal nehmen wir noch Futter, aber dann muß es fort gehen in die weite Welt!

Lange sitzt der jüngste Sproß allein in sich zusammengekauert, er wagt sich doch nicht allein weiter und das Herz mag ihm pochen. Jetzt ist die Mutter wieder da: Pück! Pück! Auf! Komm! Sie setzt sich nicht, sie fliegt um das Junge herum, es hebt die Schwingen, sie fliegt ihm voran, und in schiefem Winkel wie ein rascher Wurf geht's hinüber in Nachbars Garten auf den Zwergbirnenbaum, von da aber gleich wieder auf den höheren Apfelbaum. Da ist der Hahn mit den andern Jungen und sie fliegen gleich wieder auf, ich kann sie nicht weiter verfolgen. Ade! das Nest ist leer, die herausgerissene Waldwolle und die dürren Grashalme bewegen sich leise im Winde....

(15.) Mir fehlt etwas, seitdem ich nichts mehr zu beobachten habe, und doch bin ich beruhigt und wie befreit von einer Aufgabe. Ich habe doch Alles ziemlich genau gesehen, und ein Trost ist auch, daß wahrscheinlich das Nest diesen Sommer noch einmal von einer zweiten Brut bewohnt wird. Es ist leicht wieder hergestellt und es ist noch früh im Jahr. Ich werde mich aber nicht wieder binden, immer auf der Lauer stehen zu müssen, und zuletzt ist das Ergebniß doch nur ein kleines. Es sind gewiß auch viele Irrthümer in meinen Beobachtungen, die ich leicht aus Büchern berichtigen könnte; aber ich wollte nur getreulich aufzeichnen, was und wie ich selbst gesehen. Ich will zum Schluß dieser Beobachtungen, die mich oft am tiefsten bewegten, einige Bemerkungen anknüpfen.

Es ließe sich ein Stück vergleichender Völkercharakteristik daran nachweisen, wie die verschiedenen Nationen die Vögel lieben oder grausam gegen sie verfahren.

Der Vogel erscheint wie ein Mittelglied zwischen den Thieren auf dem festen Lande und den Thieren im Wasser. Weder diese noch jene erscheinen so als reine Vertreter der Lebenslust, wie die Vögel in der Luft; ihre freie Bewegung wie vor allem ihr Gesang bietet daher dem Menschengemüthe am meisten.

Der deutsche Volksmund gibt dem Finkenruf vielerlei Sprachen, und schon im alten Volkslied heißt es:

> Fröhlich der Fink im Frühling singt:
> „Hui Dieb, Spitzbue!"
> Die Mucken er in's Grüne bringt
> Mit seinem „Reiterzeug reit herzu'e."

Ich weiß nicht, ob die Bemerkung schon von andern gemacht wurde, mir trat sie hier zum ersten mal bestimmt entgegen und ich möchte sie weiterer Erörterung anheimgeben: Der Zustand der Cultur gibt Individuation auch im Thierleben, in dessen äußerer Erscheinung. Das Haushuhn brütet ein Dutzend und mehr Junge aus und von verschiedener Farbe (ganz abgesehen von den zu Hausthieren gewordenen Säugethieren, die, wie das Pferd, die Kuh, die Ziege, die Katze und der Hund, Junge von überraschender Farbe bringen), hier diese Finken sind sich immer gleich, ganz ohne individuelle Besonderheit als der ständigen der Geschlechter. Im wilden Leben herrscht das Gattungsmäßige vor, und noch bei unseren Hausthieren, die in Genossenschaften leben wie das Schaf, ist von Individualität der Erscheinung wenig zu beachten. Liegt hierin nicht vielleicht ein Aufschlußgebendes über manche Culturerscheinung?

(Im Juni.) Das Nest wird jetzt ganz zerfetzt von Regen und Wind; so lang es bewohnt war, schützte es die Einwohner und diese hielten es fest. Jetzt hat es keinen Halt mehr. Es scheint, daß das Nest dieses Jahr nicht mehr bewohnt wird, und ich möchte jetzt der allgemeinen Annahme beitreten, daß zu neuer Brut stets ein neues Nest gebaut wird.

Der Fink ist noch darum ein besonders anmuthender Geselle, weil er im Wald wie im Garten daheim ist, draußen am waldigen Berghang und im stillen Wiesenthale, da ist er zu jeder Tageszeit der Fink, der das Echo weckt, und hüben und drüben antwortet unermüdlich ein Fink dem andern.

Am heißen Mittag in der Waldschlucht. Drunten rieselte leise der Bach durch das Felsengewinde und wohlig ruhte sich's aus an einer Mulde, drin sich wie ausruhend ein beträchtlicher Wasservorrath gesammelt hatte. Es müssen andere Menschen gewesen sein, denen einst da Nixen erschienen, die sich in stiller Waldeskühle badeten, aber ich sah heute wie sich die Vögel badeten, und das ist gewiß nicht minder schön. Eine Schwarzamsel, ein Staarenpaar nahmen schnell ein Bad und machten sich rasch wieder davon, aber mit wahrem Behagen machte sich's ein Finkenpaar bequem. Wer weiß, ob's nicht meine Finken von daheim sind? Sie sehen mich an und thun sehr vertraut mit mir. Nur darf ich mich nicht rühren. Das ist ein Untertauchen, ein Zurücktänzeln, sich Aufsträußeln und mit einander Schäkern, und sie können immer nicht genug kriegen; wie die Kinder springen sie immer noch einmal in das Flußbad, wenn sie schon heraus sind, sie tauchen nur den Kopf ein, schlagen ein wenig mit den Flügeln, und dann schnell wieder zurück. Das ist ein Biegen und Heben und Neigen der zierlichsten Art.

(15. Juli.) Gestern hat man drüben über'm Strom den Roggen abgemäht, der Sommer hat seine Höhe erreicht und neigt sich abwärts, und gestern hörte ich zum letzten male den vollen Schlag des Finken. Heute ist's wie mit dem Messer abgeschnitten.*)

(Im August.) Und so ist's geblieben. Noch höre ich namentlich vor und nach einem Gewitter und auch sonst bisweilen in ruhigem Sonnenschein den Ruf „Fink Fink," aber der volle Schlag ist nicht mehr zu vernehmen. Das fröhliche Singen des Vogels hört auf, wenn der junge Hausstand sich verflattert hat. Der Vogel kennt die flügge gewordenen Jungen nicht mehr. Der Mensch erhält sein poetisches Lebensalter länger, er hat ein geistiges Verhältniß zu seinen Kindern und bleibt mit ihnen jung, er nimmt die ganze Welt in sich auf, bewahrt sich Sonnenschein und frischen Waldesathem in der Seele und aus dem Innersten heraus schafft er sich eine neue Welt. Glückselig der, der sich Aug' und Sinn offen erhält für die Herrlichkeit der Welt um ihn und in ihm! Und ist's nur ein Kleines, im Kleinsten ist die ganze unerschöpfliche Fülle des Seins.

---

*) Seitdem Obiges niedergeschrieben, habe ich durch mehrere Jahre, in verschiedenen deutschen Gegenden, das Aufhören des Finkenschlags genau am 15. Juli wiederholt gefunden.

Ein Julibrief aus Amerika.

New York, 4. Juli 1865.

Trompeten schmettern, Kanonen donnern, unter meinem Fenster schießt man mit Flinten und Pistolen. Es ist aber nicht das wüthende Geheul des mörderischen Kampfes, es ist heller Festesjubel, der dreintönt. Wir feiern heute den Jahrestag der Unabhängigkeitserklärung. Wir feiern ihn heuer um so freudiger, da wir ihn in den letzten vier Jahren mit so viel Herzleid und in so viel Sorge begehen mußten. Die Union ist gerettet. Der große Freistaat, der in Trümmer zu brechen drohte, ist in seiner alten Größe wieder hergestellt. Grund genug zu Freude und Jubel nicht nur in Amerika, sondern in der ganzen, der höheren Aufgaben sich bewußten Welt.

Ich wollte, ich könnte auch eben so zuversichtlich sagen: die Republik ist aus diesem Kampfe neu wiedergeboren in jenem großen Geiste der Unabhängigkeitserklärung, der nicht nur die Staaten, sondern auch die Menschen in ihnen frei und gleichberechtigt erkennt. So weit sind wir aber leider noch nicht! In Nord und Süd ruft man zwar: „die Sklaverei ist todt." Aber dem freigewordenen Neger gleiche Rechte, wie dem Weißen zu geben, dazu will man sich noch nicht entschließen. Die vollendete Thatsache soll in ihren Folgen umgedeutet, vielleicht vereitelt werden. Auf dem Schlachtfelde ist die Freiheit der Schwarzen geboren, sie nun aber in's bürgerliche Leben einzuführen, das will der Ernüchterung als zu viel auf einmal erscheinen.

Seit der Ermordung Lincolns und der hochgehenden Aufregung, die sie in allen Gemüthern hervorbrachte, ist eine traurige Reaktion in der Stimmung eingetreten. Es ist wahr, die schwungvolle Stimmung nach dem großen Siege und die tiefe Ergriffenheit des ganzen Volkes nach der darauf folgenden Ermordung Lincolns konnte als solche sich nicht gleich bleiben. Die Zeit stumpft ab. Aber man ist nicht nur in die Alltagsstimmung vor den großen Ereignissen zurückgesunken; man ist sogar müde und matt; und das sind nicht nur die Massen, sondern auch die Führer sind es. Und doch gilt es jetzt erst recht die straffe Haltung und, was mehr ist, die Treue zu bewahren für das Höchste. Denn jetzt bedarf es erst recht der täglichen Tapferkeit, um die Ergebnisse des Krieges und des Sieges in Sicherheit zu bringen.

Die Ermordung Lincolns erschien zunächst als Warner, daß die Zeit der Ruhe noch nicht gekommen sei. Andrerseits hatte der große Gedanke des Krieges — die Befreiung einer Menschenrasse — ein persönliches Martyrium, einen Blutzeugen geschaffen. Der Name Lincoln und seine Todesart mußte und muß als Wahrzeichen der großen menschlichen Idee gelten. Tausende gingen namenlos in den Tod für den großen Gedanken des Krieges; erst Lincolns Tod hat ihnen das Resultat gesichert, das ihr auf dem Schlachtfelde ausgehauchtes Leben noch nicht unwiderruflich zu sichern vermochte.

Der siegreich vollführte Krieg vollendete die Rettung des Staates, die Ermordung Lincolns kennzeichnete für immer die finstere Macht, die noch zu besiegen war.

Wie ist es aber jetzt? Friede will man haben, Friede um jeden Preis. Eine Ruhesucht, man möchte sagen eine Versöhnungswuth hat überhand genommen. Gegner, die sich seit Jahren bekämpfen, und sich grundsätzlich morgen wieder bekämpfen müssen, umarmen sich heute voll Zärtlichkeit. Greeley und Wendell Philipps, die alten Abolitionisten, reichen jetzt einem Wood und Seymour, die bis zuletzt mit den Sklavenhaltern konspirirt haben, vertrauensvoll die Hand, als sei Alles vorüber. Garret Smith, der wüthendste Feind des Südens, predigt jetzt: „Es sei das gemeinste Verbrechen, Jefferson Davis hinzurichten!!" Beecher, der sonntäglich von der Kanzel gegen das Verbrechen der Sklaverei gedonnert hat, trieft von salbungsvollen Bibelsprüchen, die zur Milde mahnen und Präsident Johnson begnadigt Jeglichen, der sich die Mühe giebt, sich an ihn zu wenden. Dabei ist der Zustand des Südens immer noch ganz ungeordnet, wenn man nicht das „neue Ordnung" nennen will, daß die auf dem Schlachtfeld besiegten Rebellen sich jetzt in der Heimath wieder organisiren, der Union und der Gleichheit der Menschen heute noch eben so feindlich, wie vor wenigen Monaten in dem Feldlager von Richmond. Sie wählen gesetzgebende Versammlungen zur Reconstituirung des Staates, in welchen die Rebellenpartei eine ungeheure Mehrheit besitzt. Sie verhöhnen durch Mißhandlung und Verfolgung der Neger thatsächlich die Emanzipationsgesetze, durch welche die Sklaven frei erklärt sind. Die Regierung in Washington hätte wohl die Macht, diesem ganzen Spuk kurzab ein Ende zu machen. Aber sie scheint sich der Pflichten, welche die Siege der Armee und die Ermordung Lincolns ihr für die neue Ordnung in den

Rebellenstaaten auferlegten, gar nicht mehr bewußt zu sein. Johnson, der Präsident, prahlt mit seinem Plebejerthum und ist doch nur deßhalb ein Feind der südlichen Junker gewesen, weil er selbst keine Sklaven hatte. Als armer Weißer im Sklavenstaate geboren, gehörte er daheim zum White trash (weißes Gesindel), das von den Sklavenhaltern tief verachtet und unter die Füße getreten wird, das aber eben darum den schwarzen Arbeiter erst recht verachtet. Es ist ja leider nur zu häufig, daß der Unterdrückte das Bedürfniß hat, auch Jemand unter die Füße zu treten.

So lange es sich um Herstellung der Union handelte, war Johnson für den Krieg. Die Abschaffung der Sklaverei aber, der eigentliche Zweck des Krieges, für welchen gerade wir Deutschen in den Krieg gingen, und um dessentwillen Lincoln dem Meuchelmorde fiel, dieser Hauptzweck ist für Johnson eigentlich nur eine störende Beigabe, die dem Kriege durch die Umstände aufgedrängt wurde. Um die Macht der Rebellion zu brechen, sah man sich genöthigt, die Sklavenfrage zu benützen. Aber erst so spät als möglich entschloß man sich hiezu. Gerade der Einfluß der Johnson'schen Partei war es, der Lincoln bis zum letzten Jahre abgehalten hat, Ernst zu machen mit Abschaffung der Sklaverei. Es ist also nicht zu verwundern, daß Johnson eben nicht sehr eifrig ist, die ehemaligen Sklavenstaaten nach dem Grundsatze der Gleichberechtigung aller Menschen zu reorganisiren.

Sie fragen mich wohl: wie kommt es, daß Johnson gewählt wurde, daß der Vicepräsident so ganz anders ist, als der aus derselben Wahl hervorgegangene Präsident? Hier die Antwort: die Vicepräsidenten sind bei uns Geburten des Compromisses. Die große Partei, die einen Präsidenten nach ihrem Herzen und Geiste wählt, sucht, um der Mehrheit bei der Wahl sicherer zu sein, die ihr am nächsten stehende Fraktion der Gegner dadurch zu gewinnen, daß sie ihr den Vicepräsidenten giebt, natürlich in der Voraussetzung, daß derselbe nicht an die Regierung kommen wird. Und doch ist diese Vererbung auf den Vicepräsidenten schon dreimal vorgekommen, und jedesmal zum Unglück ausgeschlagen.

Hoffen wir, daß die Nöthigung der Vernunft oder auch der einfachen Praxis uns diesmal rettet. Es steht fest, der Süden kann nicht in Wahrheit reorganisirt werden, wenn man nicht die Sklaverei jetzt, heute und gründlich mit Stumpf und Stiel ausrottet.

Die Union bedarf im Süden einer loyalen Bevölkerung, und diese kann dort vorläufig nur aus ehemaligen Sklaven bestehen. Es ist jetzt keine ideale Frage, kein Verlangen des ewigen Menschenrechtes mehr, ob die Schwarzen als Bürger anerkannt und Stimmrecht haben sollten oder nicht, es ist jetzt einfach zwingende Nothwendigkeit der praktischen Politik geworden, ihnen das volle Stimmrecht zu geben. Mögen sie es zunächst gut oder schlecht anwenden, es kann ihnen nicht vorenthalten werden, und sei es auch nur, um die südlichen Junker unschädlich zu machen. Das aber will man eben nicht, und wer es am wenigsten will, ist der Präsident selbst. Er steht bereits wieder ganz unter dem Einflusse seiner ehemaligen Parteigenossen, der Demokraten des Nordens, die noch während des Krieges zu den Sklavenhaltern des Südens hielten. Johnson wendet jetzt alle Aemter, die zu besetzen sind, seinen alten Freunden zu, wenn sie auch während des ganzen Krieges Gegner der Lincoln'schen Regierung waren. So bekommen Sie in Berlin denselben Gesandten wieder, Governor Wright, der unter Buchanan Gesandter gewesen ist, zu derselben Zeit, als die Jefferson Davis und die Floyd's Minister in Washington waren uud für die Rebellion arbeiteten, die nach der Wahl Lincolns zum Ausbruch kam.

Weil man aber nichts Durchgreifendes thun will, weil man am liebsten den Süden ganz gewähren läßt, deßhalb experimentirt man in der planlosesten Weise unsicher umher. Dadurch wird natürlich die Verwirrung von Tag zu Tag größer. Es sollte mich gar nicht wundern, wenn man in der Zwischenzeit bei all' dem Experimentiren die Aufmerksamkeit von der eigentlichen Aufgabe dadurch abzulenken suchte, daß man zu dem Haß, mit dem man jetzt schon die Schwarzen verfolgt, noch den Haß gegen die „Verdammten Fremden" fügte, gegen die Deutschen und Irländer. Die Stimmung ist schon wieder ganz zu einer neuen knownothing-Bewegung angethan. In Washington selbst, am Sitze der Regierung, ist die Sache schon in vollem Gange. Dort sind die deutschen Soldaten, besonders aber die deutschen Generale schon wieder die „Fremden" geworden, die man nicht mehr kennt, von deren Verdiensten im Kriege man nichts mehr weiß und die man jetzt so schnell als möglich zu beseitigen sucht. So sind bei den letzten großen Paraden alle deutschen Generale vollständig fern gehalten worden. Nächstens wird man wieder den Ruf hören, der „verdammte Dutchman" ist an all' dem Scandal, an dem ganzen Kriege, eigentlich Schuld gewesen. Merken Sie es sich wohl, wir stehen wieder am Eingange einer Bewegung der eingeborenen Bevölkerung englischer Abstammung gegen die Eingewanderten und ihre Gleichberechtigung, die dies Mal um so bitterer und gehässiger wird, weil jetzt der Dank für die Aufopferung der Fremden im Kriege noch dazu kommt. Wer seinen Undank verbergen oder auch nur entschuldigen will, wird ein Verkleinerer oder auch Ankläger dessen, der ihm in redlicher Hingebung Gutes erwiesen. So ist's in der großen und in der kleinen Welt. In diesem Punkte, glauben Sie mir, sind die Amerikaner alle einig, und wenn Ihre Zeitungen drüben noch immer von der „bessern Stellung“ der Deutschen in den Vereinigten Staaten sprechen, so sind sie um zwei Jahre hinter den wirklichen Zuständen zurück. Diejenigen in Deutschland, die ihrem Freiheitsenthusiasmus dadurch genügen zu können glauben, daß sie jetzt nach Amerika als dem wahren Lande der Freiheit auswandern, um die Früchte „der bessern Stellung der Deutschen“ mitzugenießen, mögen wohl bedenken, daß man, bei einem fremden Volke lebend, wohl für dasselbe kämpfen kann, daß man aber im besten Fall nur als ein abenteuernder Söldner oder Landsknecht von demselben betrachtet wird und sonst weder Ehre noch Dank davon hat. Der „Fremde“ bleibt vielmehr stets der Sündenbock, der für die Fehler Aller verantwortlich gemacht wird. So hat es Napoleon mit seinen deutschen Verbündeten gemacht, und so haben es jetzt wieder die Amerikaner mit ihren deutschen Truppen gemacht.

Die Rückwirkung aber des amerikanischen Freiheitskampfes auf Europa und besonders auf Deutschland, von der jetzt so viel die Rede ist, wird ja kommen, ich glaube selbst daran. Sie wird aber nur unter der Bedingung kommen, daß Deutschland nicht ferner durch eine massenhafte Auswanderung seiner besten Kräfte beraubt wird.

Wären die Franzosen nach dem ersten Unabhängigkeitskriege aus Sympathie für die neue Republik in Massen nach Amerika ausgewandert, so würde die gerühmte Rückwirkung von 1789 in Frankreich schwerlich eingetreten sein.

Darum bleibt im Lande und arbeitet redlich für alle Ideale, die ihr im Herzen tragt, statt ihnen in romantischer Selbsttäuschung in die Ferne nachzulaufen. Wenn ihr es dann zu Haus zu etwas Ordentlichem bringt, dann werden wir in der Fremde noch viel sicherer die gute Rückwirkung für unsre Stellung dem fremden Volke gegenüber erfahren, als ihr sie von unsern Kämpfen für die Freiheit in einem fremden Lande, und sei dies Land auch Amerika, bei euch erfahren werdet.

Literarische Anzeigen.

Magazin für die Literatur des Auslandes

herausgegeben
von

Joseph Lehmann.

Vierunddreißigster Jahrgang.

Wöchentlich 2 Bogen in Quartformat; Preis vierteljährlich 1 Thaler.

Ferd. Dümmler's Verlagsbuchhandlung (Harrwitz und Goßmann) in Berlin.

Ist das „Magazin" auch seit einem Menschenalter in der gebildeten Welt bekannt und geachtet, so glauben wir doch Diejenigen, die es noch nicht kennen, darauf aufmerksam machen zu dürfen, daß es in umfassenderer Weise als irgend ein anderes literarisches Organ alle wichtigeren neuen Erscheinungen des geistigen Lebens der Völker bespricht.

Kein Land, kein Volk, keine Literatur kann und darf sich in unsrer Zeit auf sich selbst beschränken. Nicht mehr wie in früheren Jahrhunderten ist Italien oder Frankreich, oder England allein die Stätte, von der die wissenschaftliche, die sociale, die politische Bildung ausgeht. Alle civilisirten Länder der Welt stehen vielmehr in beständiger Wechselwirkung zu einander; jedes lernt von den übrigen und ist zugleich der Lehrer der anderen. Deutschland aber war von jeher das Land, welches das meiste Verständniß für das geistige Leben der Menschheit hatte und daher auch wie kein anderes geeignet, ein internationaler Vermittler dieses Kulturlebens zu sein.

Das „Magazin für die Literatur des Auslandes" hat sich stets bestrebt, ein Organ dieses internationalen Gesammtlebens zu sein. Unser Jahrhundert mit seinen großartigen Fortschritten auf den Gebieten der Technik und der Naturwissenschaft findet sich in den Jahrgängen dieser Zeitschrift abgespiegelt.

Das „Magazin" weist Jeden, der nicht die Muße und Gelegenheit hat, den literarischen Erscheinungen des Auslandes selbst nachzugehen, gleichwohl aber das Bedürfniß hat, sich von dem unterrichtet zu halten, was auf den Gebieten der geistigen Bewegung zur Erscheinung kömmt, auf die literarischen Mittel hin, sich damit näher bekannt zu machen.

Um den geistigen Zusammenhang aller Kulturvölker vollständig erkennen zu lassen, kann das „Magazin" allerdings nicht, wie sein Titel zu besagen scheint, lediglich die Literatur des Auslandes im Auge haben. Vielmehr darf es die deutsche Literatur nicht ausschließen, denn diese gerade hat vor allen Literaturen den weltbürgerlichsten Charakter, und weil sie die jüngste unter den klassischen Literaturen der Kulturvölker ist, gewährt sie gewissermaßen auch ein Spiegelbild und ist sie der concentrirende Mittelpunkt aller übrigen. Jede Nummer unserer Zeitschrift beginnt darum auch mit der Rubrik „Deutschland und das Ausland," unter welcher Ueberschrift hauptsächlich diejenigen Erscheinungen der deutschen Literatur besprochen werden, die in irgend einer Beziehung zur Literatur des Auslandes stehen und den geistigen Zusammenhang des Kulturlebens der Völker nachweisen, an deren Spitze jetzt anerkanntermaßen das deutsche steht.

Das Ausland selbst aber wird nicht blos in den auf seinen Büchermärkten erscheinenden Geistes-Erzeugnissen, sondern auch in seinen Zeitschriften und demnächst in seinen Essays, jenen anregenden, kurzen Erörterungen wissenschaftlicher, künstlerischer, politischer und socialer Fragen, vorgeführt, wobei hauptsächlich auf die eben der gebildeten Besprechung unterliegenden Stoffe Rücksicht genommen und nur dasjenige unberücksichtigt gelassen wird, was lediglich für die betreffenden Fachmänner ein spezielles Interesse hat.

Ein Blick in jede Nummer kann den Beweis liefern, daß man es hier mit einem universellen, die Bildung und Erziehung des Menschengeschlechts stets im Auge habenden Unternehmen zu thun hat, das sich selbst noch fortdauernd zu vervollkommnen sucht. Möge das Publikum dieses Streben auch ferner unterstützen!

Berthold Auerbach's Gesammelte Schriften.

Zweite Gesammtausgabe.

Mit dem photographirten Bildniß des Verfassers.

22 Bände.

8. Preis Rthlr. 8. 24 Ngr. oder fl. 15. 24 kr.

Das ist ein Buch! ich kann es dir nicht sagen,
Wie mich's gepackt hat recht in tiefer Seele;
Wie mir das Herz bei diesem Blatt geschlagen,
Und wie mir jenes zugeschnürt die Kehle;
Wie ich bei dem die Lippen hab' gebissen,
Und wieder dann hab' lachen müssen!

Das Alles aber ist dir nur gelungen,
Weil du dein Werk am Leben ließest reifen;
Was aus dem Leben frisch hervorgesprungen,
Wird wie das Leben selber auch ergreifen,
Und rechts und links mit Wonnen und mit Schmerzen
Sturmschritts erobern warme Menschenherzen!

Vor zwanzig Jahren, sofort nachdem der erste Band „Dorfgeschichten" erschienen war, hat Ferdinand Freiligrath in seinem Gedichte an Berthold Auerbach mit obigen Worten den Dichter begrüßt.

Hunderttausende haben seitdem die Begeisterung Freiligraths getheilt und die Erneuerung volksthümlicher Dichtung in Treuen herzlich empfangen. Dafür hat aber auch Berthold Auerbach bewiesen, daß er durch neue Werke jenem ersten stets gemüthstiefere und künstlerisch vollendetere anzureihen vermochte. Bei jedem neuen Werke Berthold Auerbach's hieß es immer: Dieß ist das beste! So bei der Erzählung „die Frau Professorin" (Lorle), so bei „Diethelm", bei „Barfüßele", bei „Joseph im Schnee", so bei „Edelweiß".

Durch die Gesammtheit seiner Schriften nimmt Berthold Auerbach eine hervorragende Stelle in der deutschen Literatur, ja in der Literatur aller Völker ein. Seine Schriften sind aus der Tiefe des deutschen Volksgemüths geschöpft und dringen wieder belebend in dasselbe ein. Sie haben den Gebildeten gezeigt, wie die edelste Hoheit und die gesunde Kraft im einfachen Wesen des Volkes liegt, und das Volk selbst hat sein Ebenbild, kunstmäßig aufgenommen, im Spiegel der Wahrheit erkannt.

Die Schriften Berthold Auerbach's bilden Epoche in der deutschen Literatur. Das haben alle Literaturgeschichten der neuen Zeit anerkannt. Die vielen Nachahmungen, die seine Dichtungen hervorriefen, zeigen nur immer mehr die unerreichte einfache Größe des ursprünglichen Dichters. Aber nicht nur im Vaterlande, überall wird jedes neue Werk Berthold Auerbach's mit Begeisterung aufgenommen, sie werden regelmäßig in alle lebenden Sprachen übersetzt.

Berthold Auerbach's Schriften sind in Wahrheit geeignet in der Hausbibliothek jeder guten deutschen Familie eingebürgert zu werden. Jedes Alter und Jede Bildungsstufe, der Vater und die Mutter, der Sohn und die Tochter ja auch die dienenden Hausgenossen, jeder findet darin etwas zu seiner Erhebung und Versittlichung. Giebt es ja kaum mehr ein Schullesebuch, in welchem nicht Musterstücke aus Berthold Auerbach's Schriften enthalten sind. Diese Schriften veralten nicht, sie werden immer wieder von Neuem mit neuem Reize gelesen.

Es freut uns daher, der deutschen Nation eine zweite vermehrte Gesammtausgabe von Berthold Auerbach's Schriften, welche mit seinen zwei neuesten Schöpfungen „Joseph im Schnee" und „Edelweiß" bereichert ist, darbieten zu können. Mögen alle Deutschen sich daraus in immer weiteren Kreisen Selbstkenntniß, Muth und Vertrauen zu allem Schönen und Guten schöpfen.

Die zweite Gesammtausgabe enthält nachstehende Schriften Auerbach's: Schwarzwälder Dorfgeschichten. 8 Theile. — Barfüßele. — Spinoza. 2 Theile. — Neues Leben. 3 Theile. — Schatzkästlein. 2 Theile. — Deutsche Abende. — Schrift und Volk. — Joseph im Schnee. — Edelweiß.

Stuttgart, Juli 1865. **J. G. Cotta'sche Buchhandlung.**

Im Verlage der **J. G. Cotta'schen Buchhandlung** in Stuttgart ist erschienen:

Auf der Höhe.

Roman in acht Büchern von **Berthold Auerbach.**

Drei Bände.

Preis 3 Rthlr. oder fl. 5. 12 kr. In Leinwand gebunden 4 Rthlr. oder fl. 6. 48 kr.

In diesem neuesten und umfangreichsten Werke hat der Dichter einen Schwung der Phantasie, Mannigfaltigkeit der Gestalten und Reichthum der Farben entfaltet, daß seine Verehrer freudig überrascht sein werden.

Man hat den Werken Berthold Auerbach's nachgerühmt, daß sie zu den seltenen gehören, die sowohl im geschlossenen Raume, als auch in der freien Luft sich lesen lassen. Wir bieten hier dem Publikum eine wahrhaft neue und originale Schöpfung, die, nach dem Ausspruche von Literaturkennern, Epoche bildend ist.

Undine. Eine Erzählung von Friedrich Baron de la Motte Fouqué.

Pracht-Ausgabe (Zwölfte Auflage 1860) mit 70 Holzschnitten nach Zeichnungen von Adalbert Müller, ausgeführt von A. Gaber. Mit des Dichters Biographie, Bildniß und Schriftbild. Lex.-8. in engl. Einband 1 Thlr. 10 Sgr.; in reich vergoldetem Einbande mit Goldschnitt 1 Thlr. 20 Sgr.

Diese liebliche Erzählung „das reizendste und tiefste Märchen, reinster Ausdruck romantischer Poesie", schildert die Natur der Nixen, wie sie in der Sagenwelt ruht, überaus anmuthig und hat dem Dichter namentlich die Gunst der Frauenwelt in hohem Grade erworben.

Ferd. Dümmler's Verlagsbuchhandlung (Harrwitz u. Goßmann) in **Berlin.**

Im Verlage von **Georg Reimer** in Berlin sind erschienen und durch alle Buchhandlungen zu beziehen:

Lord Byron's Werke.

Uebersetzt von

Otto Gildemeister.

In sechs Bänden à Band 20 Sgr.

Shakespeare's dramatische Werke.

Uebersetzt von

August Wilhelm v. Schlegel und **Ludwig Tieck.**

Sechste Octav-Ausgabe in zwölf Bänden. Preis 6 Thlr.

Shakespeare's Gedichte.

Deutsch von

Wilhelm Jordan.

1 Thlr. 20 Sgr.

Heinrich von Kleist's gesammelte Schriften.

Herausgegeben von

Ludwig Tieck.

Redigirt, ergänzt und mit einer biographischen Einleitung versehen von

Julian Schmidt.

Zweite Ausgabe. Drei Bände. 1 Thlr. 10 Sgr.

Jean Paul's ausgewählte Werke.

Zweite Ausgabe in 16 Bänden. Broch. 5 Thlr. 10 Sgr.

Verlag von **Wilhelm Hertz** in Berlin.

Heldensagen von Firdusi.

In deutscher Nachbildung nebst einer Einleitung über das Iranische Epos

von

Adolph Friedrich von Schack.

Zweite vermehrte Auflage der „Heldensagen" und der „epischen Dichtungen".

1865. Lexicon-Octav. 2½ Thlr.

Den als klassisch anerkannten Uebersetzungen **A. F. von Schack's** ist es gelungen, den großen persischen Dichter auch bei uns einzubürgern, so daß Firdusi in vielen deutschen Häusern gegenwärtig neben dem Homer seinen Platz hat. Die vorliegende Gesammtausgabe dieser Uebersetzungen hat den Zweck, diese Verbreitung noch weiter zu fördern, und dem größten Heldengedicht des Orients einen weiteren Eingang zu schaffen. Die sehr gute Ausstattung und der niedrige Preis werden hiebei hülfreich sein.

In **Ferd. Dümmler's** Verlagsbuchhandlung in Berlin ist erschienen:

Herman Grimm, Neue Essays über Kunst und Literatur.

1865. **24 Bogen. Velinpapier. gr. 8. eleg. geh. Preis 2 Thlr.**

Inhalt: Ralph Waldo Emerson. — Die Akademie der Künste und das Verhältniß der Künstler zum Staate. — Berlin und Peter von Cornelius. — Alexander von Humboldt. — Dante und die letzten Kämpfe in Italien. — Herrn von Varnhagens Tagebücher. — Raphaels Disputa und Schule von Athen, seine Sonette und seine Geliebte. — Der Verfall der Kunst in Italien. — Die Cartons von Peter von Cornelius. — Göthe in Italien.

„Grimm ist ganz Hingebung, ganz Enthusiasmus seinem Vorbilde gegenüber. Er erklärt, diejenigen Künstler ständen am höchsten, die uns die traurige Alltäglichkeit in ihrer innern Schönheit zeigen und uns die verborgene Glorie erblicken lassen, die jede Erscheinung umwebt. — — Grimm verfolgt sein Thema in ruhiger, zwar farbenfrischer, aber mehr logischer, als aphoristischer Entwicklung und erreicht dadurch, daß er nicht blos anregt und unterhält, sondern auch wirklich belehrt und überzeugt."

Blätter f. literar. Unterhaltung.

In derselben Buchhandlung erscheint seit Januar 1865:

Ueber Künstler und Kunstwerke

von

Herman Grimm.

Dieses periodische Unternehmen, das wesentlich Arbeiten des Herausgebers enthält, erscheint in monatlichen Heften in Lexicon-Format in eleganter Ausstattung. Der Preis des Jahrganges von 15 bis 18 Bogen und 4 bis 6 Kunstbeilagen ist in Erwartung einer großen Betheiligung der kunstliebenden Kreise auf 2 Thlr. gestellt.

Der Herausgeber, der sich durch sein „Leben Michelangelos" in die erste Reihe der Kunstschriftsteller der Gegenwart gestellt und sich als Meister künstlerischer Darstellung namentlich auch in seinen oben aufgeführten „Essays" gezeigt hat, legt die Absichten, die ihn bei Herausgabe dieser Monatsschrift geleitet haben, in dem ersten Hefte ausführlich dar.

Ein Urtheil der Presse über das Unternehmen:

„Die Zeitschrift will durchaus und im höheren Sinne eine kunsthistorische sein, das fesselnde Programm legt ausführlich dar, weshalb auf jede Besprechung der Kunst der Gegenwart verzichtet wird. — — Im Uebrigen sind es geistvolle, bedeutsame, durchaus anregende Gesichtspunkte, die der Herausgeber aufstellt. Die Förderung der modernen Kunstgeschichte und durch sie mittelbar des allgemeinen Interesses und Kunstsinnes soll zunächst auf dem Wege der Vervollständigung des Materials dieser Wissenschaft und praktischer Vorschläge hierzu erreicht werden. — — Auf alle Fälle belegt das erste Heft, daß die Grimm'sche Schrift die Beachtung und Theilnahme aller gebildeten Kunstfreunde beansprucht und verdient."

Illustrirte Zeitung.

Folgende, durch ihr Ausstattung namentlich auch zu Festgeschenken sich eignende Bücher empfiehlt die unterzeichnete Verlagsbuchhandlung:

Worte des Herzens

von

J. C. Lavater.

Für Freunde der Liebe und des Glaubens. Herausgegeben von C. W. Hufeland. Miniatur-Ausgabe (19. Aufl. 1865) in engl. Einbd. mit Goldschn. 20 Sgr. Dieselbe geb. 10 Sgr.

Diese Sammlung, lange Zeit theures Eigenthum einer edlen Fürstin, und nachdem von dieser dem berühmten Arzt Hufeland die Herausgabe zu einem milden Zweck gestattet war, durch Beiträge aus den Papieren Lavater's vermehrt, enthält eine reiche Fülle von schönen Gedanken, wie sie diesem edlen Herzen so leicht entströmten. Mit Versen wechseln Sentenzen, Auszüge aus Briefen und andere Fragmente, an denen der Leser sich wahrhaft erquicken kann.

Undine.

Eine Erzählung

von

Friedrich Baron de la Motte Fouqué.

Miniatur-Ausgabe. (Dreizehnte Auflage 1864.) Mit Titelkupfer nach einer Zeichnung von Ludwig Richter, in engl. Einband mit Goldschnitt. 1 Thlr.

Volks-Ausgabe. (Elfte Auflage 1859.) geb. 10 Sgr., in engl. Einband 17½ Sgr.

Diese liebliche Erzählung „das reizendste und tiefste Märchen, reinster Ausdruck romantischer Poesie", schildert die Natur der Nixen, wie sie in der Sagenwelt ruht überaus anmuthig und hat dem Dichter namentlich die Gunst der Frauenwelt in hohem Grade erworben.

Weltlich Evangelium.

Ein Blüthenkranz deutscher Lyrik.

Dritte Auflage. 1865. Miniatur-Ausgabe. In englischem Einband mit Goldschnitt 1 Thlr.

Kunstlos hat sich der Kranz gefügt, und luftig und leicht ist das Band um Blüthen und Blätter geschlungen. Aus Frühling und Liebe, aus Liebeswonne und Liebesleid, aus Scheiden und Meiden, aus fröhlicher Wanderlust und süßem Heimweh, aus Sommerblicken und Herbstschauern, aus Morgenträumen und Nachtgedanken, aus Schmerzenslauten und Sehnsuchtsklängen, aus Winterschnee und stiller Grabesruh, aus bangem Hoffen und frohem Sehnen ist es gewoben.

Luise, Königin von Preußen.

Dem Deutschen Volke gewidmet. Dritte Ausgabe. Miniatur-Ausgabe, geschmückt mit dem in Reliefmanier gestochenen Portrait-Medaillon der Königin. in engl. Einband mit Goldschnitt. 1859. 2 Thlr.

Die erste Ausgabe der hier zum dritten Male vor das Publikum tretenden Biographie der Königin Luise kam bekanntlich aus der Feder der Frau v. Berg, der Freundin und Gesellschafterin der Monarchin. Dem Verf. war es vergönnt, neue Briefe der Königin „unverwelkliche Herzblätter aus dem Lebensbuche der königlichen Dulderin" mitzutheilen, die allein schon hinreichend wären, dieser Biographie einen dauernden Werth zu sichern.

Ferd. Dümmler's Verlagsbuchhandlung (Harrwitz u. Goßmann) in **Berlin.**

Für Freunde des Schachspiels.

Ferd. Dümmler's Verlagsbuchhandlung in Berlin empfiehlt:

Lehrbuch des Schachspiels

von **D. Harrwitz,** enthaltend die Analyse der Eröffnungen und Endungen nebst Beispielen in wirklich gespielten Partien von **Anderssen, Bode, Horwitz, Kieseritzky, Löwenthal, Medley, Mongredien, Morphy, Perigal, Szen,** dem Verf. u. A. 21¼ Bogen in 8. in engl. Einband 1 Thlr. 20 Sgr.

Der Verf. ist in den Schachkreisen von Paris und London als einer der stärksten Spieler wohlbekannt und durch vieljährigen Unterricht im Schach vor Anderen zur Abfassung eines Lehrbuches des Schachspiels befähigt. Durch die gespielten Partieen, die er vorzugsweise unter solchen dem deutschen Leser minder bekannten wählte, dürfte auch für das Interesse älterer Spieler gesorgt sein.

Im Verlag von **Louis Gerschel,** Verlagsbuchhandlung in Berlin sind erschienen:

Anthologie der Schachaufgaben.

Eine Sammlung der besten Schachaufgaben und Studien der verschiedensten Art von **Jean Dufresne,** nebst Original-Beiträgen von **A. Anderssen.** 25 Bogen. Lex.-8. Preis 2 Thlr.; in eleg. engl. Einbd. 2 Thlr. 15 Sgr.

Die Probleme des Londoner Schach-Turniers

von 1862 nebst deren vollständigen Lösungen, enthaltend die sämmtlichen Preis-Probleme, nebst einer Auswahl der besten Aufgaben derjenigen Bewerber, die keinen Preis erhielten. Von **Jean Dufresne.** 1865. Lex.-8. geh. 15 Sgr.

Dieses Werkchen ist ein Anhang zu dem vorgenannten Buche.

GERMANIA

zu Stettin.

Vollständig begebenes Grundkapital:

Drei Millionen Thaler Pr. Court.

Versicherungsbestand:

Ende 1858:

5756 Versicherungen mit Thlr. **2,503478** Pr. Crt.

Ende 1861:

12579 Versicherungen mit Thlr. **7,088898** Pr. Crt.

Ende 1864:

51895 Versichervngen mit Thlr. **27,352598** Pr. Crt.

Ult. Mai 1865:

63772 Versicherungen mit Thlr. **32,542490** Pr. Crt.

Empfehlenswerthe Unterhaltungsschriften

aus dem Verlage von

Louis Gerschel Verlagsbuchhandlung in Berlin.

Karl Frenzel, Papst Ganganelli.

Historischer Roman.

Drei Bände. 1863. 4 Thlr. 20 Sgr.

„Papst Clemens XIV. hatte das Glück, in einer geistig tief angeregten Zeit auf einem Höhepunkte Europa's zu stehen. Reich, gebildet, edel denkend, menschlich wohlwollend gesinnt, hätte er auf dem päpstlichen Stuhle ein hochbefriedigendes, segensreiches Dasein führen können, wenn die Erregung seiner Zeit eine nur geistige gewesen und wenn nicht schon die geistigen Gegensätze zu einem die Gesellschaft zersetzenden und die Zustände unterminirenden Kampfe übergegangen wären, der mit den Waffen der Intrigue und des geheimen Verbrechens geführt wurde. Das erste äußere Anzeichen dieses Kampfes war die Aufhebung des Jesuitenordens — eine Niederlage der Partei der alten Mächte geistiger und sittlicher Gebundenheit. ... Wir glauben nicht zu viel zu sagen, wenn wir den Roman „Papst Ganganelli" als eines der bedeutendsten und interessantesten Bücher bezeichnen, und bedauern, hier nicht den Raum zu finden, um tiefer auf seine Würdigung eingehen zu können." (Zeitung für Norddeutschland.)

Leopold Kompert, Geschichten einer Gasse.

Zwei Bände. 1865. 3 Thlr.

Die Illustrirte Zeitung urtheilt über das Werk, wie folgt:

Leopold Kompert ist zuerst durch seine Geschichten „Aus dem Ghetto" bekannt geworden, Erzählungen, in denen er mit großer Schärfe der Beobachtung und psychologischer Feinheit jenes abgeschlossene und eigenthümliche Leben schilderte, das sich in Judenstädten und Judengassen Jahrhunderte lang erhalten hat. War der Schauplatz dieser Geschichten ein eng begränzter, in mehr als einer Beziehung dumpfer und düsterer, so ward er erhellt und verklärt durch jene tiefe und warme Familienliebe, welche dem jüdischen Stamm seit den Tagen der Zerstreung und des Exils eigen ist. Komperts spätere Erzählungen, so auch die neuesten „Geschichten einer Gasse" sind sämmtlich aus dem gleichen Boden erwachsen, haben die gleich eigenthümlichen Anschauungen, Sitten und Nothwendigkeiten zum unverrückbaren Hintergrund. Aber der Fortschritt des sehr begabten Autors ist ein wesentlicher, wenn wir die vorliegenden Novellen mit seinen ersten Bildern „Aus dem Ghetto" vergleichen. Das poetische Element erscheint unendlich vertieft, an die Stelle bloßer realistisch treuer Schilderung tritt die ideale darum nicht minder lebenswarme Schöpfung, die Leidenschaften werden heißer und größer, die Conflicte mächtiger, die Charaktere bedeutender. Eine Meisternovelle wie „Christian und Lea", die neben den besten Leistungen unserer erzählenden Dichter genannt werden darf, vereint in sich alle Vorzüge, welche einzeln den übrigen Erzählungen der beiden Bände nachzurühmen sind.

Lothar Bucher, Bilder aus der Fremde

für die Heimath gezeichnet.

Zwei Bände. 1863. 4 Thlr.

Ein sehr anziehendes und empfehlenswerthes Buch von dem bekannten geistreichen Londoner Korrespondenten der Berliner National-Zeitung, das sowohl über moderne englische und französische Zustände, wie über das Leben in Konstantinopel höchst ansprechende und geistig anregende Mittheilungen bringt, denen ein zeitgemäßer Sarkasmus oder eine treffende humoristische Bemerkung oft noch eine ganz besondere Würze verleiht.

Franz Wallner, Rückblicke

auf meine theatralische Laufbahn und meine Erlebnisse auf und außer der Bühne.

1864. 1 Thlr. 15 Sgr.

Diese „Rückblicke" sind in einer Form geschrieben, in der sich eine geübte Feder und ein künstlerisches Talent bei der Auswahl und Zubereitung des Stoffes zu erkennen giebt, das eine Reihe unterhaltender Scenen, lebendiger Portraits, interessanter Schilderungen von den verschiedensten deutschen, ungarischen, russischen, französischen und englischen Schauplätzen her zu Wege bringt. Denkwürdigkeiten, aber keine Selbstbiographie, anekdotenhafte Erlebnisse, seltsame Begegnungen, Geschichten überhaupt, in denen das allgemeine sociale Leben viel öfter als die besondere Theaterwelt seine Rolle spielt. (Hamburger Nachrichten.)

Julius Rodenberg, Die neue Sündfluth.

Ein Roman aus dem vorigen Jahrhundert.

1865. Vier Bände. 8. Velin. 5 Thlr.

Die französische Revolution von 1789, in ihrem Grundgedanken sittlicher Befreiung erfaßt, und zwei Menschenseelen, in denen sich unter heftigem Ringen dieser Prozeß, Schritt haltend mit den politischen Ereignissen, vollzieht, die sich über den Abgrund hinüber sehen, suchen, finden — mit anderen Worten, all' die Kämpfe, Widersprüche, die heldenhafte Selbstverleugnung und der bis zum Rausch gesteigerte Idealismus jener welterschütternden Begebenheit, aus dem Geschichtlichen übertragen in das Seelische: das ist das Thema dieses Romans, welcher die beiden Weltstädte London und Paris umfaßt, aus den schimmernden Höhen der höfischen Kreise hinabführt in das eiserne Treiben der Schreckensherrschaft und mit dem Augenblick abschließt, wo Napoleon die Weltbühne betritt. Mehr als historisch, ist dieser Roman symbolisch — das Bild einer gewaltigen Zeit, in lebhaften Farben gemalt, und trotz seiner Figurenfülle doch überall von den beiden Hauptpersonen beherrscht, deren Schicksale — wir haben Grund es zu glauben — den Leser in außerordentlichster Weise fesseln, spannen und befriedigen werden.

Genealogie

des

Königlich Preußischen Hauses

und der

jetzigen Regenten nebst deren Gemahlinnen und Thronfolger für 1866.

Geschlossen Ende Mai 1865.

Preußen. Friedrich Wilhelm Ludwig (Wilhelm I.), König, geb. 22. März 1797, folgt seinem Bruder Friedrich Wilhelm IV. in der Regierung am 2. Januar 1861, verm. 11. Juni 1829 mit Marie Louise Auguste Katharina, Tochter des verstorbenen Großherzogs Karl Friedrich von Sachsen-Weimar, geb. 30. Sept. 1811.

Kinder: 1) Friedrich Wilhelm Nikolaus Karl, Kronprinz, geb. 18. Okt. 1831, verm. 25 Jan. 1858 mit Victoria Adelheid Marie Louise, princess royal von Großbritannien, geb. 21. Nov. 1840. Kinder: 1] Friedrich Wilhelm Victor Albert, geb. 27. Jan. 1859. 2] Victoria Elisabeth Auguste Charlotte, geb. 24. Juli 1860. 3] Albert Wilhelm Heinrich, geb. 14. August 1862. 4] Franz Friedrich Siegismund, geb. 15. Sept. 1864. — 2) Die Gemahlin des Großherzogs Friedrich von Baden.

Geschwister des Königs: 1) Friedrich Karl Alexander, geb. 29. August 1801, verm. 26. Mai 1827 mit Marie Louise Alexandrine, Tochter des verstorb. Großherzogs Karl Friedrich von Sachsen-Weimar, geb. 3. Febr. 1808. Kinder: 1] Friedrich Karl Nikolaus, geb. 20. März 1828, verm. 29. Nov. 1854 mit Marie Anna, Tochter des Herzogs Leopold Friedrich von Anhalt-Dessau, geb. 14. Sept. 1837. Töchter: a. Marie Elisabeth Louise Friederike, geb. 14. Sept. 1855. b. Elisabeth Anna, geb. 8. Februar 1857. c. Louise Margarethe Alexandra Victoria Agnes, geb. 25. Juli 1860. 2] Marie Louise Anna, geb. 1. März 1829, geschieden von dem Landgrafen Alexis Hessen-Philippsthal-Barchfeld. 3] Die Gemahlin des Prinzen Friedrich Wilhelm Georg Adolph von Hessen-Kassel. 2) Die verwittwete Großherzogin von Mecklenburg-Schwerin. 3) Die Gemahlin des Prinzen Friedrich der Niederlande. 4) Friedrich Heinrich Albrecht, geb. 4. Okt. 1809. Kinder: 1] Friedrich Wilhelm Nikolaus Albrecht, geb. 8. Mai 1837. 2] Friederike Wilhelmine Louise Elisabeth Alexandrine, geb. 1. Februar 1842.

Des am 27. Juli 1863 verstorbenen Prinzen Friedrich Wilhelm Ludwig, Vetter des Königs, Wittwe. Wilhelmine Louise, des verstorbenen Herzogs Alexius Friedrich Christian zu Anhalt-Bernburg Tochter, geb. 30. Oktbr. 1799. Söhne: 1] Friedrich Wilhelm Ludwig Alexander, geb. 21. Juni 1820. 2] Friedrich Wilhelm Georg Ernst, geb. 12. Februar 1826.

Des am 28. Sept. 1851 verstorbenen Prinzen Friedrich Wilhelm Karl, Vater-Bruder des Königs, Kinder: 1) Heinrich Wilhelm Adalbert, geb. 29. Okt. 1811. 2) Gemahlin des Prinzen Karl von Hessen und bei Rhein. 3) Die verwittwete Königin von Baiern.

Wittwe des am 2. Januar 1861 verstorbenen Königs Friedrich Wilhelm IV.: Elisabeth Ludovike, Tochter des verstorbenen Königs Maximilian Joseph I. von Baiern, geb. 13. November 1801.

Anhalt. Herzog Leopold Friedrich, geb. 1. Oktbr. 1794, succ. seinem Großvater, dem Herzoge Leopold Friedrich Franz 9. August 1817, Wittwer seit 1. Januar 1850 von Friederike Wilhelmine Louise Amalie, Tochter des verstorbenen Prinzen Ludwig, Vater-Bruders des Königs von Preußen. — Leopold Friedrich Franz Nikolaus, Erbprinz, geb. 29. April 1831, verm. 22. April 1854 mit Antoinette Charlotte Marie Josephine Karoline Frida, Tochter des verstorbenen Prinzen Eduard Wilhelm Christian von Sachsen-Altenburg, geboren 17. April 1838.

Baden. Großherzog Friedrich Wilhelm Ludwig, geb. 9. August 1826, folgt in der Regierung seinem Vater, Großherzog Leopold, an Stelle seines Bruders, am 24. April 1852, verm. den 20. September 1856 mit Louise Marie Elisabeth, Tochter Königs Wilhelm I. von Preußen, geb. 3. Dezbr. 1838. — Erbgroßherzog Friedrich Wilhelm Ludwig Leopold August, geb. 9. Juli 1857.

Baiern. König Ludwig II. Otto Friedrich Wilhelm, geb. 25. Aug. 1845, succ. seinem am 10. März 1864 verstorbenen Vater Maximilian Joseph II.

Belgien. König Leopold I. Georg Christian Friedrich, Herzog von Sachsen-Coburg-Gotha, geb. 16. Dezember 1790, tritt als erwählter König der Belgier die Regierung am 12. Juli 1831 an, Wittwer seit 11. Oktbr. 1850. — Kronprinz Leopold Ludwig Philipp Maria Victor, Herzog von Brabant, geb. 9. April 1835, verm. 22. August 1853 mit Marie Henrica Anna, Tochter des verstorbenen Erzherzogs von Oesterreich Joseph Anton Johann.

Brasilien. Kaiser Dom Pedro II. de Alcantara Johann Karl Leopold ꝛc., geb. 22. Dez. 1825, verm. 4. Sept. 1843 mit Therese Christine Marie, Tochter des verstorbenen Königs Franz I. beider Sicilien, geb. 14. März 1822. — Aelteste Tochter: Isabella, geb. 29. Juli 1846, Gemahlin des Prinzen Ludwig Philipp Maria Ferdinand Gaston von Orleans, Grafen von Eu.

Braunschweig-Wolfenbüttel. Herzog August Wilhelm Maximilian Friedrich Ludwig, Sohn des am 16. Juni 1815 in der Schlacht von Quatre-Bras gebliebenen Herzogs Friedrich Wilhelm, geb. 25. April 1806.

Dänemark. König Christian IX., geb. 8. April 1818, verm. 26. Mai 1842 mit Louise Wilhelmine Friederike Karoline Auguste Julie, geb. 7. Sept. 1817, Tochter des Landgrafen Wilhelm von Hessen-Kassel.

England s. Großbritannien.

Frankreich. Louis Napoleon, Kaiser der Franzosen, geboren am 20. April 1808, vermählt 29. Januar 1853 mit Eugenie, Gräfin von Teba, Kaiserin der Franzosen, geb. 5. Mai 1826. — Sohn: Napoleon Eugen Louis Jean Joseph, geb. 16. März 1856.

Griechenland. Georg I., König der Hellenen, aus dem Hause Schleswig-Holstein-Sonderburg-Glücksburg, geb. 24. Dezember 1845.

Großbritannien und Irland. Königin Victoria Alexandrine, geb. 24. Mai 1819, regiert seit 20. Juni 1837, Wittwe seit 14. Dezember 1861 von Albrecht Franz Karl August Emanuel, Bruder des Herzogs von Sachsen-Coburg-Gotha. — Thronfolger: Albert Eduard Prinz von Wales, geb. 9. Nov. 1841, vermählt 10. März 1863 mit Alexandra Caroline Marie Charlotte, geboren 1. Dezbr. 1844, Tochter des Königs von Dänemark.

Hannover. König Georg Friedrich Alexander Karl Ernst August, geb. 27. Mai 1819, reg. seit 18. November 1851, vermählt 18. Febr. 1843 mit Marie Wilhelmine Katharine Louise Therese Henriette, Tochter des Herzogs Joseph von Sachsen-Altenburg, geb. 1818. — Kronprinz Ernst August Wilhelm Adolph Georg Friedrich, geb. 21. Sept. 1845.

Hessen-Kassel. Kurfürst Friedrich Wilhelm I., geb. 20. August 1802, reg. seit 20. Nov. 1847.

Hessen und bei Rhein. Großherzog Ludwig III., geb. 9. Juni 1806, reg. seit 16. Juni 1848, Wittwer seit 25. Mai 1862. — Geschwister: 1) Karl Wilhelm Ludwig, geb. 23. April 1809, verm. 22. Oktober 1836 mit Marie Elisabeth Karoline Victorie, Tochter des verstorbenen Prinzen Wilhelm von Preußen, geb. 18. Juni 1815.

Hessen-Homburg. Landgraf Ferdinand Heinrich Friedrich, geboren 26. April 1783, reg. seit 8. September 1848.

Italien. König Victor Emanuel, geb. 14. März 1820, regiert seit 3. April 1849, Wittwer seit 20. Januar 1855. — Kronprinz Humbert Rainer Karl Emanuel Johann Maria Ferdinand Eugen, geb. 14. März 1844.

Kirchenstaat. Papst Pius IX. (Mastai Ferretti), geb. zu Sinigaglia 13. Mai 1792, erwählt 16. Juni, proclamirt 17. Juni, gekrönt 21. Juni 1846.

Liechtenstein. Fürst Johann Maria Franz Placidus, geb. 5. Okt. 1840, regiert seit 12. Novbr. 1858.

Lippe. 1. Lippe-Detmold. Fürst Paul Friedrich Emil Leopold, geb. 1. Sept. 1821, reg. seit 1. Januar 1851, verm. 17. April 1852 mit der Prinzessin Elisabeth von Schwarzburg-Rudolstadt, geboren 1. Oktober 1833. 2. Lippe-Schaumburg. Fürst Adolph Georg, geb. 1. August 1817, reg. seit 21. November 1860, vermählt 25. Oktober 1844 mit der Prinzessin Hermine, geboren 29. September 1827, Tochter des am 18. Mai 1845 verstorbenen Fürsten Georg zu Waldeck und Pyrmont.

Mecklenburg. 1. Mecklenburg-Schwerin. Großherzog Friedrich Franz Alexander, geboren 28. Februar 1823, reg. seit 7. März 1842, Wittwer seit 16. April 1865. — Kinder: Erbgroßherzog Friedrich Franz Paul Nicolaus Ernst Heinrich, geb. 19. März 1851. 2. Mecklenburg-Strelitz. Großherzog Friedrich Wilhelm Georg Ernst Karl Adolph Gustav, geboren 17. Oktober 1819, regiert seit 6. September 1860, vermählt 28. Juni 1843 mit Auguste Karoline Charlotte Elisabeth Marie Sophie Louise, Tochter des verstorb. Herzogs Adolph von Cambridge, geb. 19. Juli 1822. — Erbgroßherzog Georg Adolph Friedrich August Victor Adalbert Ernst Gustav Wilhelm Wellington, geb. 22. Juli 1848.

Mexico. Kaiser Ferdinand Maximilian I. Joseph, Erzherzog von Oesterreich, geb. 6. Juli 1832, nimmt die Kaiserkrone von Mexico 10. April 1864 an, vermählt 27. Juli 1857 mit Marie Charlotte Amalie, geb. 7. Juni 1840, des Königs der Belgier, Leopold I., Tochter.

Nassau. Walramsche Linie. Herzog Adolph Wilhelm Karl August Friedrich, geb. 24. Juli 1817, reg. seit 20. August 1839, verm. 23. April 1851 mit Adelheid Marie, Tochter des verstorbenen Prinzen Friedrich August von Anhalt-Dessau, geboren 25. Dezember 1833. — Erbprinz Wilhelm Alexander, geboren 22. April 1852.

Niederlande. König Wilhelm III. Alexander Paul Friedrich Ludwig, Prinz von Oranien-Nassau, geb. 19. Februar 1817, regiert seit 17. März 1849, vermählt 18. Juni 1839 mit Sophie Friederike Mathilde, geb. 17. Juni 1818, Tochter des verstorbenen Königs Wilhelm I. von Württemberg. — Thronfolger: Wilhelm Nikolas Alexander Friedrich Karl Heinrich, Prinz von Oranien, geb. 4. September 1840.

Oesterreich. Kaiser Franz Joseph I. Karl, geboren 18. August 1830, regiert seit 2. Dezember 1848, vermählt 24. April 1854 mit Marie Elisabeth Amalie Eugenie, Tochter des Herzogs Maximilian Joseph in Baiern, geboren 24. Dezember 1837. — Kronprinz Rudolph Franz Karl Joseph, geb. 21. Aug. 1858.

Oldenburg. Großherzog Nikolaus Friedrich Peter, geb. 8. Juli 1827, reg. seit 27. Februar 1853, verm. 10. Februar 1852 mit Elisabeth Pauline Alexandrine, geb. 26. März 1826, Tochter des Herzogs Joseph Georg Friedrich Ernst Karl von Sachsen-Altenburg. — Thronfolger: Friedrich August, geb. 16. Nov. 1852.

Portugal. König Louis Philipp Maria Ferdinand, geb. 31. Oktober 1838, regiert seit 11. November 1861, verm. 6. Oktober 1862 mit Maria Pia, geboren 16. Okt. 1847, Tochter des Königs Victor Emanuel von Italien. — Thronerbe: Carl Ferdinand, geb. 28. Sept. 1863.

Reuß. I. Aeltere Linie. Reuß-Greiz. Fürst Heinrich XXII., geb. 28. März 1846, regiert seit 8. November 1859. Der letztwilligen Verordnung des verewigten Fürsten gemäß hat dessen Gemahlin, die Fürstin Karoline, geb. Prinzessin von Hessen-Homburg, die Regierung des Fürstenthums während der Minderjährigkeit ihres Sohnes übernommen. — Mutter. Karoline Amalie Elisabeth, Tochter des verstorbenen Landgrafen Gustav zu Hessen-Homburg, geb. 19. März 1819. II. Jüngere Linie. Reuß-Schleiz. Fürst Heinrich LXVII., geb. 20. Oktober 1789, verm. 18. April 1820 mit Sophie Adelheid Henriette, Prinzessin von Reuß-Lobenstein-Ebersdorf, geboren 28. Mai 1800, regiert seit 19. Juni 1854 in Schleiz und in Lobenstein-Ebersdorf. — Erbprinz Heinrich XIV., geb. 28. Mai 1832, verm. 6. Febr. 1858 mit Pauline Louise Agnes, jüngsten Tochter des verstorbenen Herzogs Eugen von Württemberg, geb. 13. Okt. 1835.

Rußland. Kaiser Alexander II. Nicolajewitsch, geb. 29. (17*) April 1818, reg. seit 2. März 1855, verm. 28. (16.) April 1841 mit Maria Alexandrowna (zuvor Maximiliane

*) Der 17. April alten Stils entspricht dem 29. April des neuen.

Wilhelmine Auguste Sophie Marie), Tochter des verstorb. Großherzogs Ludwig II. von Hessen und bei Rhein, geb. 8. Aug. (27. Juli) 1824. — Thronfolger: Alexander Alexandrowitsch, geb. 10. März (26. April) 1845.

Sachsen. I. Albertinische Linie. König Johann Nepomucenus Maria Joseph, geb. 12. Dezember 1801, regiert seit 9. August 1854, vermählt 21. Nov. 1822 mit Amalie Auguste, Tochter des verstorbenen Königs Maximilian Joseph I. von Baiern, geb. 13. November 1801. — Kronprinz Friedrich August Albert, geb. 23. April 1828, vermählt 18. Juni 1853 mit Carola, Tochter des Prinzen Gustav von Wasa, geb. 5. August 1833.

II. Ernestinische Linie. 1. Sachsen-Weimar-Eisenach. Großherzog Karl Alexander August Johann, geb. 24. Juni 1818, regiert seit 8. Juli 1853, verm. 8. Oktober 1842 mit Wilhelmine Marie Sophie Louise, Tochter des verstorbenen Königs Wilhelm II. der Niederlande, geb. 8. April 1824. — Erbgroßherzog Karl August Wilhelm Nikolaus Alexander Michael Bernhard Heinrich Friedrich Stephan, geb. 31. Juli 1844.

2. Sachsen-Meiningen-Hildburghausen. Herzog Bernhard Erich Freund, geb. 17. Dezember 1800, regiert seit 24. Dezbr. 1803, verm. 23. März 1825 mit Marie Friederike Wilhelmine Christiane, Tochter des verstorbenen Kurfürsten Wilhelm II. von Hessen, geb. 6. September 1804. Erbprinz Georg, geboren 2. April 1826, verm. mit der Prinzessin Feodore Victorie Adelheid Pauline Amalie Marie zu Hohenlohe-Langenburg, geb. 7. Juli 1839.

3. Sachsen-Altenburg. Herzog Ernst Friedrich Paul Georg Nikolaus, geb. 16. Sept. 1826, regiert seit 3. August 1853, verm. 28. April 1853 mit Friederike Amalie Agnes, geb. 24. Juni 1824, Tochter des Herzogs Leopold Friedrich von Anhalt-Dessau.

4. Sachsen-Coburg-Gotha. Herzog August Ernst II. Karl Johann Leopold Alexander Eduard, geb. 21. Juni 1818, reg. seit 29. Jan. 1844, vermählt 3. Mai 1842 mit Alexandrine Louise Amalie Friederike Elisabeth Sophie, ältesten Tochter des verstorbenen Großherzogs Karl Leopold Friedrich von Baden, geb. 6. Dez. 1820.

Schwarzburg. 1. Schwarzburg-Sondershausen. Fürst Günther Friedrich Karl, geb. 24. Sept. 1801, reg. seit 19. Aug. 1835. Erbprinz Karl Günther, geb. 7. Aug. 1830.

2. Schwarzburg-Rudolstadt. Fürst Friedrich Günther, geb. 6. November 1793, reg. seit 28. April 1807. Günther Sizzo, Prinz von Leutenberg, geb. 3. Juni 1860.

Schweden und Norwegen. König Karl XV. Ludwig Eugen, geb. 3. Mai 1826, regiert seit 8. Juli 1859, verm. 19. Juni 1850 mit Wilhelmine Friederike Alexandra Anna Louise, Tochter des Prinzen Wilhelm Friedrich Karl der Niederlande, geboren 5. August 1828.

Spanien. Königin Maria Isabella II. Louise geb. 10. Oktober 1830, reg. seit 29. Sept. 1833, verm. 10. Oktober mit Franz d'Asis Maria Ferdinand Herzog von Cadix, Sohn des Infanten Franz de Paula, geboren 13. Mai 1822. Kronprinz Alphons Franz d'Assisi Ferdinand Pius Johann Maria de la Conception Gregor 2c., Prinz von Asturien, geb. 28. November 1855.

Türkei. Großsultan Abdul-Aziz-Khan, geb. 15. Schaban 1245, d. i. 9. Februar 1830, 32ster Souverain vom Stamme Osmans, succ. seinem Bruder, dem Großsultan Abdul-Medjid-Khan, geb. 17. Zilhidje 1277, d. i. 25. Juni 1861.

Waldeck. Fürst Georg Victor, geboren 14. Januar 1831, regiert seit 15. Mai 1845, vermählt 26. September 1853 mit Helene Wilhelmine Henriette Pauline Mariane des verstorbenen Herzogs Wilhelm von Nassau Tochter, geb. 12. August 1831.

Württemberg. König Karl Friedrich Alexander, geb. 6. März 1823, reg. seit 25. Juni 1864, verm. 13. (1.) Juli 1846 mit der Großfürstin Olga, zweiten Tochter des verstorbenen Kaisers Nikolaus von Rußland, geb. 11. Sept. (30. August) 1822.

Jahrmärkte und Messen

in der

Preußischen Monarchie und den benachbarten Städten

im Jahre 1866.

(Nach Mittheilung durch das Königl. statistische Büreau.

Abkürzungen.

K. heißt: Kram-Markt.		KP. heißt: Kram- u. Pferde-Markt.
P. „ Pferde-Markt.		VP. „ Vieh- u. Pferde-Markt.
V. „ Vieh-Markt.		KVP. „ Kram-, Vieh- und Pferde-Markt.
KV. „ Kram- u. Vieh-Markt.		

* bedeutet, daß den Tag vorher (oder wenn der Markt auf einen Montag fällt, am vorhergehenden Sonnabend) Viehmarkt oder Vieh- und Pferdemarkt stattfindet. — Wo nichts bemerkt ist, da ist Kram-Markt.

(Die Bezeichnung neben dem Namen des Ortes bezieht sich auf die sämmtlichen Jahrmärkte desselben. Die Bezeichnung neben dem einzelnen Datum bezieht sich auf diesen Markt allein.)

Aach (K.Trier). KV: 26 Spt.
Aachen. K: 24 Juni, dauert einen vollen Monat. P: 3 April u. 5 Novbr.
Acken. 2 Tge. 8 Mrz, 29 Mai, 7 Aug, 11 Okt, am 1 Tage jedesmal zugl. W. u. V.
Adelnau. KV: 20 Febr, 26 Juni, 28 Aug, 13 Nov.
Adenau. KV: 5 u. 27 Febr, 26 März, 8 Mai, 25 Juni, 2 Aug, 3 Sept auch Schafm, 8 Okt. auch Schafm, 6 Nov, 27 Dez.
Affeln. 27 Juni.
Affden. K: 17 Apr, 3 Juli.
Ahaus. KV: 12 Mrz, 4 Apr, 22 Mai, 27 Juni, 13 Aug, 24 Okt, 12 Nov.
Ahlen. V: 7 Mai, 8 Okt.
Ahrenshagen. 13 Nov. K.
Ahrweiler. VK: 23 Jan, 15 u. 16 Mrz, 14 Mai, 10 Aug, 2 Nov, 1 Dez.
Albrecht. (St.) K: 1 u. 2 Mai.
Aldenhoven. K: 28 Mai, 1 Tg, 2 Juli 6 Tg; 20 Aug. 6 Tg; 10 Spt. 6 Tg; KP: 12 Nov. 3 Tg.
Aldekerk. 3 April.
Alf. KV: 1 Mai, 14 Aug.
Allenburg. 13 Febr, 15 Mai, 18 Spt, 20 Nov. Jed. Freit. v. VP.
Allendorf. 24 Apr.
Allenstein. K. 2 Tage: 26 Mrz, 28 Mai 17 Sept, 17 Dez. VP: 19 Febr, 24 März, 9 April, 23 Mai, 15 Sept, 16 Dez. Leinwandm: 22 Mai.
Allstedde. V: 7 Mai, 13 Nov.
Almsdorf. Kr: 26 u. 27 Aug. PV: 25 Aug.
Alsleben. 1 Tg. 5 Mrz. VP. 6 Mrz, 21 Juni, 20 Sept., 8 Nov. Jahrm. Jd. 1½ Tg.
Altdöbern. K: 22 März, 1 Juni, 31 Aug, 26 Okt, 14 Dez. V: 6 Fb, 7 Ap, 2 Jun, 30 Aug.
Altena. K. 3 Tage: 5 Sept. V: 22 Okt.
Altenberge. KV: 11 Mai.
Altenbeuthen. V: 12 Mrz, 23 Juli. KV: 1 Okt.
Altenkirchen. K: 23 Juli.
Altenkirchen. (Rhnprov.) KV: 16 Mai, 29 Okt, 20 Dezbr. Schweinem: 5 Jan, 1 Febr, 12 Nov, 30 Nov.
Alterkülz. KV. 6 Juni.
Altmark. (Drf. K. Stuh.) 7 Mai.
Altstadt. 14 Mai, 4 Okt. K.
Alzey i. Grßhrzgth. Hessen. K: 2 Tage. 12 Febr, 17 Sept, 12 Nov.
Amel. KV: 26 März, 3 Aug.
Ameloe b. Breden. KV: 30 Apr, 24 Aug, 3 Dez.
Anclam. KVP: 7 u. 8 Mrz, 4-7 Spt. Wollm: 6 Juni, 15 Septbr. V: 6, 13, 20, 27 Oktbr.
Andernach. KV: 12 März, 9 April, 2 Juli, 27 Aug. 3 Okt, 6 Nov, 5 Dez.
Angerburg. K: 22 Mrz, 8 Mai, 18 Sept, 27 Nov. Jedesm. Tags vorher VP. Leinwm: v. 4 bis 17 Juni excl. d. Sonnt.
Angermünde. KVP: 15 Febr. 7 Juni, 18 Okt.
Angermund. 13 März, 29 und 30 Mai.
Anholt. V: 24 Apr, 13 Nov.
Annaberg. (Sachs.) K: 12 Mrz, 30 Juli. V: 19 Mrz, 19 Sept, Jeder Krm. 3 Tage; jeder Viehm. 1 Tag.
Annaberg. (Schl.) KV: 26 Juni, 30 Juli.
Annaburg. KVP: 28 Juni, 22 Okt. K: 19 März, 12 Dez.
Anrath. 4 Juni, 3 Septbr. 2 Tage jeder.
Apenburg. 5 Apr, 28 Aug, 30 Okt, jed. zugl. VPK.
Aplerbeck. K: 18 Mai.
Apolda. KV: 12 Mrz, 2 Juli, 3 Sept, 5 Nov. Jeder 3 Tage. Wollm: 4 Juni, 6 Tage. Taubenm: 12, 19 u. 26 Fbr. Hundem: 30 Mai.
Arendsee. 24 Jan, 20 März, 31 Mai, 8 Sept, 24 Okt, 12 Dezbr. Beim 2. bis 5. Mkt. Tags vorher VVm.
Arneburg. *11 Apr, *21 Juni. *12 Okt, *7 Dez.

Arnsberg. K: 2 Tge: 21 Mrz, 20 Juni, 20 Sept.
Arnswalde. *22 Mrz, *8 Mai, *9 Aug, *11 Okt, *22 Nov.
Arolsen. KV: 1 u. 2 Aug. KrWollm. 20 u. 21 Juni. K: 14 Febr, 21 März, 16 Mai, 26 Sept, 7 Nov, 19 Dz.
Artern. 2 Tg. KV: 3 Mai, 11 Okt.
Arys. *20 Febr, *1 Mai, *24 Juli, *6 Nov. Jeder 1½ Tg. Leinwandm: 16-27 Juli.
Ascheberg. V: 1 Mai.
Aschersleben. K. 5 u. 16 März, 8 Mai, 13 Spt, 12 u. 13 Dez. VP: 20 Febr. V: 7 Mai, 12 Sept, 11 Dezbr.
Asseln. K: 7 Mai.
Aßbach. KV: 19 Febr, 12 u. 26 März, 9 u. 23 April, 7 u. 28 Mai, 4 u. 18 Juni, 9 u. 23 Juli, 6 u. 20 August, 3 u. 17 Sept, 8, 15 u. 29 Okt, 12 u. 26 Nov u. 10 Dez.
Attendorn. KV: 30 Apr, Krm: 13 Nov.
Auras. K: 28 Febr. KV: 16 Mai, 22 Aug. K: 14 Novbr.
Aweyden. (Kreis Sensburg.) K.: 7 Mrz. V. u. Pm: Tgs vorher.

Bacharach. Schwm: 10 Apr, 1 Mai (3 Tg.) 29 Mai 4 Dezbr. 3 Tge.
Bärwalde (Neumark). KV: 7 Mrz, 2 Mai, 20 Juni, 29 Aug, 14 Nv, jedesm. Tgs vorh. P.
Bärwalde (Pomm.) V: 26 Feb, 23 April, 18 Juni, 15 Okt, 17 Dez, immer Tags nachh. K.
Bahn. PV: 25 Jan. K: 6 Mrz, 8 Mai, 21 Aug, 9 Okt.
Baldenburg. KVP: 20 Mrz, 26 Juni, 18 Sept, 20 Nov.
Ballenstädt. 13 Febr, 17 Juli K. 18 Juli. V. 2 Okt. KV.
Balve. 5 Febr, zugl. Faselschweinem, 4 Juli, 26 Sep, 30 Nov. zugl. Schweinem.
Barbarken (i. Thr.G.) 6 Juni.
Barby. 2 Tge: 3 Mai, 1 Nov, 17 Dez, zugl. V. jedesm.
Barcin. 2 Tg: KPV: 26 April, 3 Juli, 30 Aug, 31 Oct.
Bardenberg. 23 Jan, 3 Juli, 16 Okt.
Barmen s. Gemarke Wupperfeld u. Wichlinghausen.
Barten. 2 Tge. 10 Apr, 31 Juli, 16 Oktbr, 11 Dez. Jedesmal Freit. vorh. VP. Leinwm: 15 Mai 30 Tage.
Bartenstein. 2 Tge: 12 Juni 13 Nv. Jedesm. Freit. vorh. u. am 16 Febr u. 31 Aug. VP. Leinwandm. 4 Juni 6 Tage.
Barth. VP: 12 Febr, 30 Okt. K: 3 u. 4 Okt.
Baruth. 19 Febr, 7 Mai, 2 Juli, 17 Sept, 26 Novbr. Sonnab. vorher V.
Barweiler. K: 9 Juli, 10 Sept.
Bauerwitz. KV: 19 März, 14 Mai, 10 Okt, 5 Dez.
Baumholder. KV: 22 Febr, 19 Mrz, 23 Apr, 19 Jun, 24 Jul, 16 Aug, 8 u. 29 Okt. Am 1. Dienstage eines jeden Monats: Schweinem.
Bausendorf. KV: 9 Aug.
Bautzen. KV: 20 Jan, 24 Mrz, 4 August, 27 Oktober. Jeder 2½ Tag.
Bechem (Dorf i. Kr. Wipperfürth). 24 Juli.
Beek (R.-B. Aachen). 24 Jan, 24 Mai.
Beckum. KV: 26 Apr, 18 Okt.
Bedburg. KP: 10 Sept.
Beck. (R.-B. Düsseldorf). KV: 27 Aug.
Beelen. KV: 25 Juni, 7 Sept. Beim 2 auch Hanfm.
Beelitz. K: 13 Febr, 24 April, 26 Juni, 13 Nov, 11 Dez. Jedesm. Tgs. vorh. u. am 19 März, und 3 Sept. Flachs- u. Hanfm. KV: 20 März, 4 Sept.
Beeskow. Km: 23 Mrz, 4 Mai, 17 Aug, 26 Oktbr. Viehm.: Tags vorher.
Beitzsch. 29 Sept.
Belecke. 30 Jan, 8 Mai, 18 Sept, 6 Nov.
Belgard. V: 12 Mrz, 28 Mai, 18 Okt. Tgs dar. immer Km.
Belgern. 5 Mai. V., 8 Sept. V., 24 Nv. V., 7 u. 8 Mai, 10 u. 11 Sept. K., 26 u. 27 Nov. KFlchsm.
Bell (Kr. Mayen). KV: 30 Okt.
Bell (K. Simmern). KV: 1 Aug.
Belleveaux. KV: 8 Mai.
Belzig. 19 Febr, 18 Juni, 15 Okt. V: 22 Mrz, Pf.- u. Fohlenm: 11 Juni. VP: 1 Nov.
Bendorf. KV: 29 Jan, 26 Febr, 19 März, 16 Apr, 14 Mai, 11 Juni, 2 u. 30 Juli, 27 Aug, 17 Sep, 22 Okt, 19 Nov, 17 Dezbr.
Beneschau. KV: 23 Apr, 16 Jul, 13 Aug, 3 Sept, 5 Nov, 27 Dezbr.
Benneckenstein. 2 Tg: 3 Apr, 17 Okt. KVP. — K: 5 u. 6 Aug.
Bennshausen. KV: 26 März, 7 Mai, 17 Sept, 17 Dez.
Bentschen. KVP: 12 April, 5 Juli, 13 Sept, am 18 Okt. auch Hopfenm.
Berent (Wstpr.). KV: 27 Mrz, 29 Mai, 18 Sept, 6 Nov.
Berg. KV: 6 Sept.
Bergen (a. Rügen). KVP: 21 März 18 Juli, 31 Okt. Füllenm: 1 Sept.
Bergheim (i. Kr. gl. Namens). K: 5 Mrz, 3 Nov. KV: 24 Aug.
Bergkirchen. KV: 9 Juli.
Berka (a. d. Ilm). 11 u. 12 Okt. KV.
Berleburg. 6 März, 1 Mai, 19 Juni, 21 Aug, 9 Okt KV.
Berlin. K: 4 Tge: 21 März, 2 Mai, 8 Aug, 17 Okt. Wllm: 19 Juni 5 Tge. V: 4 Nov. 14 Tge. P: 4 März 14 Tge.
Berlinchen. *24 Jan, *21 Mrz, *24 Apr, *15 Aug, *17 Okt.
Bernau. *28 Febr, *4 Juli, *3 Okt, *7 Nov.
Bernburg. K: 20 Febr, 22 Mrz, 3 Juli, 4 Septbr, 16 Okt, V: 19 Febr, 2 Juli, 3 Sept, 15 Okt. Flachsm: 14 Okt, 14 Nov. KV: 15 Nov.
Bernkastel. 9 Mrz, 9 Mai, 1 Aug, 27 Sept, 24 Okt, 4 Dez. Sämmtlich KV.
Bernstadt (i. Schl.). KV: 12 Feb, 8 Mai, 26 Sept, 3 Dezbr. Jeder 2 Tage.
Bernstadt (i. Sachs.). KV: 14 Febr, 9 Juli, 1 Oktbr. Jeder 2 Tage.
Bernstein. *9 März, *13 April, *1 Jun, *31 August, *2 Nv.
Berschweiler. KV: 5 März, 3 Okt.
Berun. K: *13 Febr, *3 Mai, *24 Juli, *22 Aug, *23 Okt, *20 Dez.
Berus. K: 17 Sept.
Betsche. Kr u. Vm. 6 Febr, 1 Mai, 14 Aug, 8 Nov.
Betzendorf. KV: 23 Mrz, 2 Jul, 18 Sept, 12 Nov.
Beulich. KV: 13 Aug.
Beuren KV.: 24 Okt.
Beurich. KV: 10 Sept.
Beuthen (a.d.O.). 2 Tg: 15 Mz, 28 Juni, 30 Aug, 15 Nov, Tgs. vorh. jedesm. V.
Beuthen (i. Oberschl.). K: 6 Febr, 10 Apr, 10 Juli, 9 Okt, 27 Nov. V. Tags vorher.
Bevergern. 20 Apr, 17 Sept. Beide KV.

Beverungen. K: 29 Jan, 26 Mrz 14 Mai, 29 Okt.

Bialla. *13Mrz, *12Juni, *4 Sept, *11 Dez, jed. 1½ Tg

Biasloslíwe VPfm: 13 Mrz, 20 Juni, 18 Sept, 18 Dezbr.

Bibra. VP: 21 Apr, 6 Okt. K: 23u. 24 Apr, u. 8 u. 9 Okt.

Bieberswalde (Kr. Osterode). Leinwm: 10 Apr, 10 Juli, 4 Dez.

Bielefeld. Garn-, Flachs- u. Hanfm: 20 Jan., 17 Febr., 17 Mrz. Vieh- u. Flachsm: 20 Sept. KV: 7 Mai. K: 15 Mai. KV: 8 u. 9 Okt, 12 Nov. Flachs-, Garn- u. Hanfm: 17 Nov u. 15 Dez.

Biesenthal. KV: 12 Febr, 25 Juni, 5 Nov.

Biesfeld. 3 Juli, 11 Sept.

Bigge. K: 9 Mai, 15 Aug.

Billerbeck. KV: 30 April, 18 Juni, 8 Okt, 9 Nov.

Binsfeld. KV. 30 Aug.

Birkenfeld. KV: 2 u. 30 Jan, 13 Feb, 6 u. 21 Mrz, 3 u. 17 Apr, 2 u. 15 Mai, 5 Juni, 3 u. 25 Juli, 4 u. 18 Sep, 3 u. 16 Okt, 6 u. 20 Novbr, 4 u. 18 Dezbr.

Birnbaum. KVP: 13 Mrz, 27 Juni, 4 Okt, 6 Dez.

Bischofsburg. K. 2 Tg: 5 Febr, 9 Apr, 17 Juli, 19 Nov. PV: 1 Febr, 16 Mrz, 5 Apr, 15 Juni, 12 Juni, 3 Aug. Km: 7 Sept, 16 Nov, dauern 1 Tag.

Bischofstein. K. 2 Tg: 15 Jan, 9 Juli, 22 Okt. PV: 12 Jan, 23 Mrz, 6 Juli, 28 Sept, 19 Okt, 21 Dez. Lwdm: 2 Juli.

Bischofswerder. K: 6 Febr, 8 Mai, 21 Aug, 23 Okt. Jedesmal Donnerstag vorh. VP.

Bismark. 14 Febr, 21 Mrz, 24 Apr, 5 Spt, 7 Nov, 19 Dez. V: 17 Apr, 26 Juni, 25 Okt.

Bitburg. KV: 5 Febr, 6 Mrz, 5 Apr, 29 Mai, 7 Aug, 4 Okt, 5 Nov, 3 Dez.

Bitterfeld. 1½ Tg. K: 6 Dezbr. KVP: 5 März, 7 Mai, 17 Sept. Jeder 1½ Tag.

Biver. K: 25 Juli.

Bladen. K: 19 Febr, 30 Apr, 27 Aug, 26 Nov.

Blankenberg. 20 Mrz, 8 Dez.

Blankenburg (i. Braunschw.) KVict: 6 März, 28 Aug, jed. 3 Tage.

Blankenheim. K: 30 April. KV: 17 Oktober.

Blankenrath. KV: 25 Juni, 13 Aug.

Blankenstein. 21 Mai.

Blasheim. 3 Sept KV.

Bleialf. KV: 3 April, 22 Mai, 12 Nov.

Bleicherode. K: 18 Juni, 8 Okt. KV: 19 Mrz, 10 Dez.

Blesen. KVP: 20 Mrz, 26 Jun, 4 Sept, 27 Novbr.

Bliesberger Kapelle. KV: 26 Apr.

Bnin. KV: 13 Febr, 17 Mai, 21 Aug, 13 Nov.

Bobersberg. KVP: 18 Apr, 27 Juni, 29 Aug, 7 Nov.

Bocholt. KV: 25 Jan, 15 Mrz, 12 April, 9 Mai, 28 Juni, 31 Juli, 13 Sept., 31 Okt., 15 Nov., 5 Dez.

Bochum. KV: 14 Febr, 18 Apr, 13 Juni, 22 Aug, 17 Okt, 6 Dz.

Bockhorst. 23 Juli KV.

Bockwitz. 22 Mrz, 18 Dez.

Bodelschwingh. V: 2 Juli.

Bodungen (Gr.-). 2 Tg: 8 Jan, 14 Mai, 15 Oktbr. Kr. u. V.

Bödefeld. 20 Aug.

Böle. 30 Apr. KV.

Bönen 19 Juni.

Bobrau. 9 April, 2 Juli, 8 Okt., 10 Dez.

Boitzenburg. 27 Febr, 18 Sept.

Bojanowo. 2 Tge, KV: 14 Mz, 3 Mai, 27 Sept, 6 Dez.

Bolkenhayn. 8 Jan, 23 Juli. V: 27 März, 9 Okt.

Bomst. KVP: 20 Mrz, 5 Juni, 25 Okt, 18 Dez.

Bonn. KV. u. FlM., 2 Tg: 22 Febr, 3 Mai, 25 Juni, 15 August, 26 Nov.

Boos. KV: 3 Apr, 27 Aug.

Boppard. K: 17 Mrz, 23 Juni. Kram- u. Zwiebelm: 29 u. 30 Aug. Kr.- u. Flachsm: 20 u. 21 Nov.

Boreck. KV: 7 März, 10 Juli, 3 Sept, 23 Okt.

Borgentreich. 7 Mrz, 25 Apr, 3 Oktbr, 10 Dez.

Borgholz. 5 Febr. 19 März, 15 Okt, 3 Dez.

Borgholzhausen. KV: 27 Apr, 12 Okt.

Borghorst. KV: 8 Mai, 10 Aug, 29 Okt.

Borislawitz. KV: 4 Jan, 22 Mrz, 21 Juni, 11 Okt.

Bork. V: 8 Okt.

Borken. K: 1 Febr, 6 Mrz, 26 April, 12 Juni, 24 Juli, 23 Aug, 27 Sept, 25 Okt., 14 Nov., 11 Dez.

Born. V: 17 April u. 16 Okt, K: 22 u. 23 Okt.

Bosem (Kr. Sensburg). KVP: 27 Spt.

Bottrop. KV: 12 Feb, 27 Apr, 13 Aug, 8 Okt, 19 Nov.

Bous. Viehm: 4 Juli.

Bracht. 8 Okt.

Brackel (im Arnsbergischen). KV: 19 Apr.

Brackel (i. Mindensch.). K: 6 Febr, 10 April. KV: 6 u. 7 Aug, 26 Sept. Hammelm: 2 Mai, 12 Sept, 23 Okt.

Brackwede. 27 Aug. KV.

Brätz. KVP: 13 Feb, 27 Mrz, 19 Juni, 6 Nov.

Bralin (Kreis Wartenberg). KV: 24 Apr, 17 Juli, 10 September.

Brandenburg (Altstadt) KV: 14 Febr, 18 April, 6 Sept, 4 Oktbr, 8 Nov.

Brandenburg (Neustadt). KV: 8 März, 23 Mai, 28 Juni, 25 Okt, 29 Nov.

Brandenburg (Marktfl. R.-B. Königsberg). 29 u. 30 Jan, 3 u. 4 Sept. Jedesm. Freitags vorher VP.

Braunfels. K: 14 Mai, 25 Juni, 15 Okt. KV: 26 März.

Braunsberg. 3 Tge. K: 15-17 Januar, 4-6 Juni, 8-10 Okt. PV: 12 Jan, 1 Juni, 5 Okt. Leinwm: 28 Mai, 24 Sept. Jeder 6 Tage. Flachsm: 17-19 Dezbr.

Braunschweig. 2 Messen, jede 16 Tage: 24 Jan, 1 Aug. Wollm: 4 Tage: 2 Juli, 6 Aug. PRindv. u. Schweine: 5 u. 6 Febr., 12 Mrz, 25 Juni, 13-14 u. 27 Aug, 23 u. 24 Okt. Schafm: 25 Apr, 1 Aug. Rindv. 26 Sept.

Braunsrath (Kr. Heinsberg). KP: 23 Nov.

Brauweiler. Flachs.- u. K: 6 Dez.

Breberen. K: 17 Jan, 13 Sept.

Breckerfeld. 25 u. 26 Juli K. 15 Mrz. V.

Bredenborn. 16 Apr, 6 Nov.

Brehna. KV: 19 Mrz, 22 Juni, 22 Okt; jeder 2 Tge.

Breitenbach in Schwarzburg-Sondershausen. KV. 2 Tge: 20 Mrz, 19 Juni, 25 Sept. Jahrm: 11 Dez. (1 Tg.)

Breitenstein. K: 24 Jun 1½ Tg.

Brenig. KV: 13 Feb u. 4 Sept.

Breslau. K: 12 Mrz, 10 Sept, jeder 8 Tage. VP: 7 und 8 März, 9 April, 13 Juli.

KVP: 25 Juni. 8 Tage, 19 Novbr. 8 Tage. Wollm: 7-9 Juni, 3-5 Oktober. Flachsmarkt 6 Dez.

Breungenborn auch Bringenborn. KV: 6 Febr, 26 Mrz, 19 Apr, 9 Mai, 21 Juni, 6 August, 27 Sept, 11 Okt, 6 Nov.

Brieg. Wollm: 1 Juni, 28 Sept. V: 19 Febr, 28 Mai, 23 Juli, 3 Sept, 3 Dez. K: 29 u. 30 Mai, 4 u. 5 Sept, 4 u. 5 Dez.

Briesen (Kr. Culm). 14 Mrz, 27 Juni, 5 Sept, 14 Nov; jedesm. zgl. VPK.

Briesen od. Wabrzezno (Dorf, Kr. Schlochau). KVP: 9 April, 23 Juli, 5 Sept., 5 Dz.

Brilon. K: 12 Mrz, 1 Mai, 28 Jun, 6 Aug. KV: 27 Sept. Schaf- u. Hammelm: 4 Mai, 14 Sept, Kr: 12 Nov, 21 Dez.

Brochterbeck. V: 4 Juni.

Brockhagen. V.- u. Hausmarkt 5 April. KV: 4 Juli.

Bromberg. 10 April, 10 Juli, 9 Okt, 4 Dezbr; jedesmal 4 Tage K., am 1. Tage auch Viehm., 18 u. 19 Juni Pfdem. 26 Sept. Füllenm.

Brück. K: 21 Mrz. 15 Mai. V: 14 Mai, 17 Septbr. K. u. Flachsm. 18 Sept.

Brücken. KV: 18 u 19 Sept.

Brüggen. 20 Mrz.

Brühl. K: 24 Febr, 24 Aug.

Brünen. V: 27 Febr, 8 Mai, 21 Juli, 6 Nov.

Brüssow. 12 Mrz, 18 Juni, 8 Nov.

Bublitz. KV: 9 Mrz, 22 Juni, 21 Sept, 16 Nov.

Buchholz. KV: 19 Mrz. V: 8 Mai, 28 Aug, 20 Okt. K: 9 Mai, 29 August, 22 Oktober, 17 Dezember.

Buchholz (Kr. Wittlich). KV: 2 Juli, 8 Oktbr.

Buchholz (Kr. St. Goar). KV: 5 Juni, 2 Aug.

Buckow. 6 März, 15 Mai, 18 Sept, 11 Dez. Tags vorher jed. V.

Bückenbach. KV: 19 Juni.

Budow. 13 April, 9 Okt.

Budzin. KVP: 27 Mrz, 16 Mai, 26 Sept, 28 Nov.

Büdlich. Kram- u. Viehm: 5 April u. 20 Sept.

Büchenbeuren. KV: 28 März, 17 April, 12 Okt.

Buer. V: 13 Mrz, 23 April, 28 Mai. KV: 3 Sept.

Büllingen. KV: 29 Mai Vm: 3 Juli, 16 Okt.

Bünde. KV: 1 Mai, 11 Juli, 10 Okt, 12 Dez.

Büren. K, Schaf- u. Hammelm. 25 Juli, zugl. Vm. 1 Oktbr. KV: 26 Mrz, 2 Nov.

Bütow. KV: 28 Feb, 27 Juni, 12 Sept. V. u. Saat: 2 Mai. V. u. Honig: 7 Novbr. V. u. Wollm: 12 Dez.

Büttchenbach. KV: 14 Mai, 8 Okt.

Buk. KV 2 Tge: 1 Mai, 3 Juli, 17 Sept, 23 Okt.

Buldern. 11 Mai KV.

Bunzlau. 2 Tge: 20 Febr, 1 Mai, 21 Aug., 30 Okt. T. vor dem K. ist V.

Burbach. KV: 17 Mai, 9 Okt.

Burg, Dorf, Kr. Cottbus. KV: 14 Mrz, 3 Aug.

Burg. *K: 6 März, 8 Mai, 4 Sept, 25 u. 26 Okt, jed. Tgs. v. VP. Wollm: 16 u. 17 Fbr., 13-17 Juni, 12-15. Okt.

Burg (Ober-). 4 u. 5 Jun.

Burg (Unter-). 25 Juni 3 Tge.

Burscheid. 3 Tg: 13 Aug.

Buttstädt. K. 6 Febr, 10 April, 25 Juni, 29 Septbr, 1 Nov. VP: 5 Febr, 9 Apr, 23 Juni, 28 Sept, 31 Okt. Taubenm: 8, 15 u. 22 Febr, 1 Mrz. Schafm: 19 Juli, 6 Sept.

Byfang (b. Holten). 10 September. KV.

Calau s. Kalau.

Calbe a. d. Milde. K: 16 März, 8 Juni, 21 Sept, 19 Okt. jed. Tg. vorh. VP.

Calbe a. d. Saale. K*, 2 Tge: 8 Mai, 18 Sept, 6 Nov. V: 5 März.

Calcar. Mkt. f. mag. Vieh: 5, 12, 19 u. 26 Apr, 3, 10, 17, 24 Mai. Mkt. f. fettes Vieh: 11, 18, 25 u. 31 Okt., 8, 15, 22, 29 Nov., 6, 13, 20 Dez. K: 1 Mai 1 Tg, 23 Juli 3 Tge. K- u. Flachsm: 25 Okt.

Caldenhausen. V: 3 Jan, 7 Febr, 7 Mrz, 4 April, 2 Mai, 6 Juni, 4 Juli, 1 Aug, 5 Spt, 3 Okt, 7 Nov, 5 Dez.

Calenborn. KVm: 16 Mai, 4 Juli, 5 Sept, 17 Okt.

Callies. 21 Febr, *28 März, *8 Mai, *7 Aug, *11 Okt, 12 Dez. Vm. beim 2. bis 5. Tags vorher.

Camen. 27 Apr, 16 Okt. KV.

Camenz Viehm: 1/2 Tag 22 Mrz, 26 Juli. KV: 1/2 Tge., 7 Mai, 17 Sept.

Camerau (Amt Neidenburg). K: 28 Juni, 30 Aug., jed. zgl: VP.

Camin (i. Westpr.) K: 20 Mrz, 1 Mai, 28 Juni, 16 Okt, jed. zgl VP.

Cammin (i. Pommern). V: 15 Febr, 5 April, 7 Juni, 27 Sept, 8 Nov. K: 20 Febr, 10 April, 12 Juni, 3 Okt, 13 Nov.

Canth. 10 Apr, 4 Sept, 13 Nov. K. jeder 2 Tage. Vm: 12 Apr, 6 Sept, 15 Nov.

Carden. KV: 16 Apr, 22 Mai, 6 Aug, 19 Nov.

Carlsmarkt (K. Brieg). 11 Sept.

Carlsruhe. KV: 14 Mai, 3 Spt.

Carsdorf. Jahr-VP: 4 u. 5 Mai, 25, 26 Okt, K: 20 u. 21 Dez.

Carthaus (in Westpreußen). 2 Mai u. 17 Okt. KV.

Cassel. 2 Messen, jede 14 Tge: 12 März, 20 Aug. Jahrm. jed. 3 Tage: 8 Jan, 25 Juni zugl. WV, 1 Oktbr. zugl. V. 12 Nov. Km.

Castellaun. KV: 21 Febr, 7, 21 März, 4 April, 23 Mai, 27 Juni, 11 Juli, 26 Sept, 17, 31 Okt, 28 Nov. VP: 3 Okt.

Castrop. KV: 9 Apr, 25 Juni, 17 Sept.

Cavelpaß. KV: 27 Febr, 15 Juni, 21 Sept.

Caymen. VP 23 Mrz, 26 Spt.

Charbrow, bei Lauenburg. 13 Mrz, 4 Sept.

Charlottenburg. KV: 6 Mrz, 12 Juni, 9 Okt. Pfm: 17 Apr, 14 Aug, 20 Novbr.

Charlottenbrunn. 14 Mrz, 22 Mai, 26 Septbr, 12 Dezbr. 2 Tage jeder.

Chemnitz. K: 23 Juli, 5 Nov. jed. 2 1/2 Tage. VP: 22 Febr, 13 Sept. à 1 1/2 Tg.

Chodziesen. KVP: 28 März, 17 Mai, 4 Okt, 6 Dez.

Christburg. 19 März, 25 Juni, 3 Sept, 12 Nov K., Freitags vor jedem Krm. ist VP. 20 u. 21 Juni Leinwm., 7 u. 8 Nov Flachsm.

Christianstadt. K: 26 Febr. KV: 30 Apr, 24 Sept, 21 Dez. V: 23 Juli, 6 Tage.

Clarholz. 13 Aug.

Clausen (Kreis Wittlich). KV. 13 Mrz, 29 Aug, 5 Nov.

Cleinich. KV: 21 Mrz, 8 Mai, 12 Juni, 4 Okt.

Cleve. 3 u. 17 April, 7 u. 21 Aug, 4 u. 18 Sept., 2, 16 u. 30 Okt., 13 u. 27 Nov. VP. 17 Okt u. 21 Nov. Flachsm. 11 Juli Pfm. 16 Juli 8 Tage Krammarkt.

Clötze. KV: 19 März, 7 Mai, 25 Juni, 1 Okt, 12 Novbr. 17 Dez.

Clüsserath. K: 15 Mz, 26 Sep.

Coadjuthen (Kr. Tilsit). VP: 12 Febr, 10 Spt. K: 15 Feb, 13 Sept.

Coblenz. 11 Apr 12 Tge K. 26, 27 u. 28 Juni Wollm. 19 Sept. 12 Tage Krm. 5 Dez 2 Tge, 18 Dez. 6 Tge K.

Coburg. KV: 9 Jan. 22 Febr, 10 Apr, 17 Juli, 17 Sept, 20 Nov. der 5. 3 Tage, die übrigen 2 Tge. V: 21 März, 30 Mai, 10 Okt.

Cochem. KV: 9 Jan, 26 Febr, 18 Sept, 8 Nov, 6 Dezbr. K· 19 Juni.

Cochstädt. KV: 20 Mrz, 30 Okt. Jeder 2 Tage.

Cocsfeld. KV: 22 Mrz, 7 Mai. K: 22 Mai. KV: 13 Aug, 17 Sept, 22 Okt, 7 Nov, 17 Dez.

Cöln. Dienstag und Freitag jed. Woche Kälb. u. Schafm., jeden Montag u. Dienstag Schweinm.; jeden Montag Hornviehmarkt und vom 1. Montag im August bis in den Herbst Weidviehm. 30 Apr. 2 Tage Blumenm. 10 Apr. 3 Tage Kbm. 11 Apr 19 Tage Kr. 1 Dez, 32 Tage Weihnachtsm. Jeden Wochentag Fruchtm. Pf: 6 März, 14 Mai, 8 Oktb, jeder 2 Tage. Lederm: 26 Mrz, 31 August. Jeder 4 Tage.

Cölleda. K. 1½ Tg: 8 Mai, 24 Juli, 9 Okt. Schwm: 8 Okt.

Cönnern. K: 1½ Tage: 20 Febr, 25 Spt, 18 Dez KV. 1½ Tg: 27 Mrz, 15 Mai. V: 24 Sept ½ Tag. VP. 1 Tag: 22 Febr, Wollm: 24 Aug.

Cöpenick. K: 19 Mrz, 13 Aug. 15 Okt. V: 17 Mrz, 11 Aug, 13 Okt. KV: 10 Dez.

Cörlin. K: 10 Apr, 25 Mai, 9 Okt. V: 9 Apr, 24 Mai, 8 Okt.

Cöslin. K: 8 Febr, 14 Juni, 6 Sept, 11 Okt. V: 5 Sept, 28 Nov. Schafm. 17 Juli.

Cöthen. 30, 31 Jan, 1, 2 Mai, 10, 11 Juli, 1⁻, 19 Sept, 20 u. 21 Nov. Viehm. am Tage vorh. Ochsenm. 12 März u. 13 Aug. V. u. Saat: 9 Juli.

Colberg. Wllm: 13-16 Juni u. 19 Okt. V: 5 u. 19 Mrz, 6 Juli, 26 Okt. K: 9 Juli, dauert 8 Tge. Oelm. 16 Febr.

Commern. 23 Okt. KV.

Conitz (i. Westpreuß.). KVP: 26 Mrz, 25 Juni, 20 Sept, 29 Okt.

Consfeld. KV: 25 Juni.

Constadt. KVP: 19 Mz, 2 Juli, 6 August, 15 Oktb, 19 Nov. Flachsm: 3 Dez.

Conz. KV: 23 Aug.

Corbach. KV Füllenm: 14 Jun. KV: 24 Okt. K: 23 Jan, 13 Mrz, 10 Juli, 26 Sept, 8 Nov, 4 Dez. Kr.-, Schaf- u. Hammelm. 11 April.

Cornelymünster. Km: 17-22 Sept. V: 29 Mai, 24 Sept.

Coronowo. KVP. 2 Tge: 19 Apr, 28 Juni, 23 Aug, 25 Okt.

Corvey. KV: 9 Apr. K: 15 Juni. KV: 3 Okt.

Cosel. KV: 12 Febr, 28 Mai, 6 Aug 1 Okt. 3 Dez.

Coswig. VK: 13 Mrz u. 14 Aug. Vieh- u. Flachsm: 1 Okt. FKV: 31 Okt.

Coßdorf. K: 26 Mrz, 29 Okt. VP: 27 Okt.

Cottbus. KVP: 9 Apr, 3 Sept. Wllm: 9 Juni u. 6 Sept. Wachsm. 9 Mai. V: 17 u. 31 Mai, 7, 14, 21 u. 28 Juni, 5, 12 Juli, 27 Sept, 4, 11, 18 u. 25 Okt, 1 u. 8 Nov.

Cranenburg. 28 Mai, 3 Tage.

Crange. 10 Aug KV.

Cranz (Strandb. u. Badeort). 9 Juli, 10 Aug.

Crefeld. 6 Tg: 8 Mai, 21 Sept.

Cremmen. 15 Mrz, 21 Juni, 11 Okt. Jedesm. Tg. v. VP.

Creuzburg (R.-B. Oppeln). KV: 15 Jan, 23 Mai, 17 Sept, 29 Okt.

Creuzburg (R.B. Königsberg). 2 Tg: *16 Jan, *17 Apr, *21 Aug, * 13 Nov.

Cröff. KV: 26 Apr.

Crone (Deutsch-) in Westprß. 13 Febr, 20 Mrz, 15 Mai, 26 Juni, 24 Juli, 18 Sept, 6 Nov, 11 Dez; Tages vorher VP.

Cronenburg. KV: 1 Mai, 25 Sept.

Croppenstädt. KV: 6 u. 7 März, 6 u. 7 Nov.

Crossen. 2 Tg: 7 Mrz, 16 Juni, 3 Okt, 5 Dez. Tgs. v. jed. VP. Wollm: 8 Mai, 18 Sept.

Crossen (Flecken, Kreis Zeitz). 7 u. 8 Mai, 22 u. 23 Okt. V: 5 Mai u. 20 Okt.

Crottingen (Kr. Memel). VP: 2 Jan, 11 Apr, 18 Sept.

Crummenau. KV: 20 Sept.

Cürten (Kreis Wipperfürt). 10 April, 26 Juni.

Cüstrin. K: 5, 7, 8 Febr, 16. 18, 19 Apr, 3, 5, 6 Sept. VP: 6 Febr, 17 Apr, 4 4 Sept., 21 Nov.

Culm. K: 8 Jan, 21 Juni, 27 Sept, 15 Nov. VP. jedesm. zugl.

Culmsee. KVP: 12 März, 9 Juli, 12 Sept, 10 Dez.

Cumehnen. VP: 16 März u. 21 Sept

Czarnikow. K: 21 Mrz, 13 Juni, 29 Aug, 5 Dez. Vm. 6 Febr, 20 Mrz, 24 Apr, 12 Juni, 10 Juli, 28 Aug, 9 Oktbr, 4 Dez.

Czarnowo, (K. Thorn). 5 Nov. K.

Czarze (Kr. Culm). KVP: 1 Mai, 23 Okt.

Czempin. KV: 10 Apr, 10 Juli, 18 Sept, 6 Nov.

Czernicjewo. KVP: 2 Tge: 8 Mrz, 7 Jun, 13 Spt, 18 Dez.

Czersk (Kr. Conitz). KVP: 13 Mrz, 14 Juni, 4 Spt, 15 Nv.

Daber. K: 23 Mrz, 17 Mai, 19 Juli, 5 Okt, 19 Dez.— Vm: 19 Mrz, 8 Mai, 18 Juli, 27 Sept, 28 Nov.

Dabringhausen. K: 3 Tage: 2, 3 u. 4 Juli.

Dahl. 21 Sept.

Dahlen. K: 27 Febr, 2 Tage, 5 Juni, 1 Tag, 20 Nov, 2 Tage.

Dahme. *17 Apr, *19 Juni, *4 Spt, *6 Nov. Tags vorher u. am 12 Febr. V.

Daleiden. 17 Apr, 5 Sept. KV.

Dallmin. 8 Mai, 13 Sept.

Damm (Alt-). *9 Mrz, *13 Juni, *9 Nov. Lwd. 7, 8 u. 9 Juni. Fettvieh: 30 Jan u. 2 Aug

Damm (Kr. Grevenbroich). K u Flchsm: 6 Dez.

Damgarten. 1 März u. 28 Nov Krm. 1 Okt Gänsem.

Dankerode. 1½ Tag: 26 Juni, 16 Okt.

Dannenberg. Kr u Viehm: 1 Febr, 15 März, 12 April, 8 Mai, 5 Juli, 11 Sept, 8 Novbr, 20 Dezbr.

Danzig. K: 5 Aug. Dauer desselben: a. 4 Wochen für

alle in den sogenannten langen Buden ausstehenden Verkäufer; b. 14 Tage für die in Privathäusern und an anderen Marktplätzen außerhalb der langen Buden ausstehenden Handelsleute; c. 5 Tage für die nicht in den langen Buden ausstehenden Leinwandhändler, Fabrikanten u. Handwerker. — P: 5-10 Aug.

Dardesheim. Vm: 20 Mrz, 2 Okt. Km. Tags darauf.

Darkehmen. 1 März, 5 Juli, 6 Sept, 20 Dez. VP: 28 Febr. — VPf.- u. Lwdm: 4 Juli. u. 5 Sept. — Füllenm: 12 u. 13 Sept. — VP: 19 Dez.

Dasburg. 12 Sept. KV.

Datteln. V: 30 Apr, 3 Sept.

Dattenfeld. 12 Mai, 4 Aug.

Daubitz. 12 Mrz, 2 Juli, 3 Okt. Jedesmal zugleich V.

Daun. KV: 7 Febr, 13 März, 16 Mai, 14 Aug, 18 Okt, 20 Nov.

Delbrück. KV: 26 Mrz, 14 Mai, 25 Juni, 26 Nov, 18 Dez.

Delitzsch. 2 Tge. KV: 16 Febr, 29 Juni, 5 Nov.

Demmin. K: 15 März, 28 Juni, 31 Okt. V: 13 Mrz, 26 Juni, 28 Aug, 30 Oktbr.

Denklingen. 16 Mai.

Derenburg. 9 u. 10 Okt KV.

Dessau. 27 Febr, 12 Juni, 4 Sept., 13 Nov.

Deutsch-Eylau. K: 10 Apr, 3 Juli, 4 Sept, 13 Nov. VP: Freitag vorh. Lwdm: 4 April, 30 Mai, 29 Aug.

Deutz. 9 Okt 3 Tage gr. Jm.

Dhaun (R.-B. Coblenz). V: 18 April, 13 Juni, 10 Aug.

Dhün. K: 3 Tage: 20 Aug.

Dieblich (Kr. Coblenz). KV: 8 Mai.

Diehsa. KV: 3 Apr, 9 Juli, 10 Sept, 10 Dez.

Dielingen. K.: 26 Juni.

Dierdorf. 18 Dezbr. Viehm: 8 Mrz, 12 April, 3 Mai.

Diesdorf (K. Salzwedel). KV: 16 März, 7 Sept, 4 Dez.

Dilkrath. 20 März.

Dill. KV: 23 Okt.

Dillingen. KV: 5 Mrz, 29 Okt.

Dingelstedt. KV: 2 Tage: 19 März, 1 Oktbr, 10 Dez. Viehm. stets am 2. Tage. KV: 2 Juli.

Dingden. KV: 24 Mai Hanf-, Fl.-, B.- u. Lwm. 26 Sept.

Dinker. K: 18 Sept.

Dinslaken. V: 2, 16, 30 Jan, 13 u. 27 Febr, 13 u. 27 Mrz, 10 u. 24 Apr, 8 Mai, 5 u. 19 Juni, 3, 17 u. 31 Juli, 14 u. 28 Aug, 13 u. 27 Sept, 9 u. 23 Okt, 20 Nov, 4 u. 18 Dez. K: 3 Tge., u. V. 1 Tge: 23 Mai u. 12 Nov.

Dirmingen. KV: 13 Febr.

Dirschau. K: 12 Mrz, 4 Juni, 17 Sept, 12 Nov. VP: 9 Mrz, 1 Juni, 14 Sept, 9 Nov.

Dobrilugk. *27 Febr, *14 Aug, *27 Nov. Vm. 26 Apr.

Dobrzyce. KV: 7 Febr, 11 Apr, 1 Aug, 22 Nov.

Döbern. *24 Jan, *20 Juni, *24 Okt.

Dollberg. V: 23 Apr, 26 Sept.

Dollendorf. KV: 2 Okt.

Dolsk od. Dolzig. KVPSchw: 15 Mrz, 8 Aug, 4 Oktbr, 20 Nov.

Dommitzsch. KV: 30 Jan, 9 Mai, 28 Aug.

Domnau. 2 Tage. 20 Mrz, 26 Juni, 9 Oktbr, 18 Dez. Jedesm. Freitag vorh. VP. Lwm. 2 Juni.

Dornberg. KV: 15 Juni.

Dorsten. 5 März, Leinsamen-V. u. Leinwandm. 16 Apr, V. u. Leinwandm. 4 Juni, V. 25 Juni KV. u. Lwm. 16 Aug, 11 Okt Vm. 3 Sept V. u. Leinw., 26 Nov KV, 5 Dez KV-Lwm.

Dortmund. 7 Mrz Schüppenmarkt 1 Tag; 21 Mrz, 16 Mai, 20 Juni, 19 Okt, KV 2 Tg.

Doveren. 21 März.

Drabenderhöhe. 21 März, 22 Aug.

Dragaß. Fohlenm: 5 Sept.

Dramburg. *23 Mrz, *18 Mai, *28 Aug, *17 Okt, *30 Nov. Wollm: 14 Juni, 3 Okt.

Drebkau. K: 16 Apr, 26. Juni, 17 Sept, 10 Dez. V: 17 Febr, 14 Apr, 25 Juni, 15 Sept, 27 Okt.

Drehna. KV: 26 Juni. V: 5 Dez. K: 6 Dez.

Dreiborn. KV: 14 Mai, 22 Okt.

Dreierwalde 3 Sept. KV.

Drengfurth. 6 Febr., 20 Mrz, 10 Juli, 6 Nov. Freit. vorh. VP.

Dresden. Krm: 2 Tge. 19 Febr. 25 Juni, 22 Oktbr. 19 Dez. 6 Tage Christm. VP: 5 u. 6 März, 5 u. 6 Nov.

Driburg. KV: 30 Apr, 16 Juli, 22 Okt.

Driesen. 7 März, 20 Juni, 5 Sept, 5 Dez. Sch.VP: Tags vorher. V: 30 Apr, 29 Okt.

Dringenberg. K: 27 Mrz, 24 Apr, 18 Dez. KV: 4 Okt.

Drognitz. 25 Juni.

Drolshagen. KV: 14 Mai, 12 Nov.

Drossen. KVP: 12 Mrz, 7 Mai, 20 Aug, 1 Okt.

Dudeldorf. KV: 3 April, 18 Oktober.

Düben. 21 Feb. VP, Tags darauf u. am 11 Mai u. 20 Aug Km., KVP: 12 Mai, 21 Aug. KFlachs-V: 3 Nov.

Dülken. 14 Febr.

Dülmen. KV: 9 Mrz, 2 Mai, 2 Juli, 17 Aug, 15 Okt, 5 Nov, 31 Dez.

Düren. 6 Tge: 30 Juli, 2 Tge: 20 Aug K.

Düsseldorf. 3 Tge: 5 Mrz (11, 12 14, 15 Mai 4 Tg), 17 Sept, 23 Okt. Wllm: 4 Tge. 10 Juli.

Düstermühle bei Legden. 27 Aug Vm.

Duisburg. 27, 28 Apr, 24, 25 Aug, 29, 30 Okt.

Dubin. KVSchwPf: 13 März, 30 Mai, 17 Okt, 3 Dez.

Dyhrufurt. KV: 23 Jan, 1 Mai, 3 Juli, 3 Okt.

Dzwierzno (Kr. Thorn). K: 10 Okt.

Ebeleben. KF-Garnm: 30 Apr, 5, 6 u. 7 Juli, 12 u. 13 Dez. KV-, Flachs- u. Garnm: 11, 12, 13 Okt.

Eckartsberga. KVP: 2 Tage, 11 Mai, 17 Sept., 3 Dez. Taubenm: 7, 14 u. 21 Febr..

Eckenhagen. 21 Juni KV. 19 Apr, 17 Mai, 19 Juli, 16 Aug. 20 Sept, 18 Okt, 15 Nov. Vm.

Eckweiler. KV: 20 Juni, 1 Aug., 10 Oktbr.

Ediger. KV: 8 Mai, 12 Spt.

Egeln. KV: 6 u. 7 Febr, 8 u. 9 Mai, Kr. u. Wollm: 11 u. 12 Septbr.

Eggerode. 4 Sept, V. 27 Nov, Korn-KV.

Ehrang. KV: 4 Sept.

Ehrenbreitstein. KV: 8 Jan, 3, 4, 17 u. 18 Dez.

Eichhorn. *22 Feb, *27 Sept.

Eickel. KV: 26 Apr, 28 Sept.

Eilenburg. 17 Feb, V: 19 Feb, 2½ Tg. K. 2 Juni, 1 Sept. V. 3 Sept 2½ Tag. K. 21

April, 29 Sept, 31 Dezbr. Flachsm.
Eisenach. VK: 28 Febr., 26 Sept. K: 25 April, 25 Juli, 14 Nov. Jeder M. 4 Tage.
Eisleben (Altst). VP: 26 u. 27 Feb, 17 u. 18 Spt, 22 u. 23 Okt. K: 26-28 Febr, 18-20 Jun, 17-21 Spt, 22-24 Okt. V: 18-19 Juni.
Eisleben (Neustadt). 8 Mai, 27 Nov K. Jeder 2 Tage.
Eitorf. KV: 16 Mai, K: 26 Sept. V: 7 u. 21 Mrz, 4 u. 18 Apr, 2 Mai, 6 u. 20 Juni, 18 Juli, 15 Aug, 19 Sept, 17 Okt. und 21 Nov.
Elberfeld. Messe, 10T: 14 Mai, 1 Okt.
Elbing. K: vom 5 bis incl. 12 Mai, V, auch zugl. P: 28 Mai, 9 Okt. K: 10 bis incl. 17 Nov, V: 29 u. 30 Mai, 10 u. 11 Okt. Wollm: 22 u. 23 Jun.
Ellrich. 12 Mrz, 22 u. 23 Mai 30 Juli, 17 Dez.
Elsei. 28 Mai.
Elsoff. KV: 26 Mrz, 18 Juni, 8 Okt.
Elspe. KV. 28 Mai.
Elsterwerda. V: 2 Mrz 6, 12 Mai, 18 Okt. K: 27 Mrz, 14 Mai, 19 Okt.
Elten (Hoch). und
Elten (Nieder). P. 1, 8, 15, 22 u. 29 Mrz. 8 Okt, 3 Tge. K.
Emmerich (Kr. Rees). VK: 11, 18 u. 26 April, 1, 15 u. 29 Aug, 12 u. 26 Sept, 10 u. 24 Okt, 7 Nov. K: 9 Juli 8 Tage.
Emsdetten. 2 Mai Kramm. 26 Sept KV.
Engelskirchen 29 Juni.
Enger. KV: 20 Feb, 12 Juli, 11 Okt.
Engers. KV: 8 Mrz, 29 Nov.
Enghausen. 10 Aug K.
Enkirch. KV: 24 Apr, 24 Mai, 30 Aug, 15 Nov.
Enniger. KV: 23 Juli.
Ennigerloh. Jahr- u. V: 3 Okt.
Epe. 12 Febr V, 14 Mai V, 23 Juli V, 3 Okt. V.
Erfurt. K: 2 Juni, 12 Sept, 14 Nov. VP: 7 Febr, 11 Apr, 25 Juni, 27 Sept, 31 Okt. Die Jahrm. dauern 5, d. P u. V. 1 Tg.
Ergste. 25 Juni K.
Erkelenz. 4 u. 5 Juni, 10 u. 11 Sept.
Ermsleben. 16 Mrz, 12 Okt, 30 Nov. KV. u. Flachsm. Jeder 2 Tage.
Erntebrück. KV: 28 Mz, 26 Spt.
Erp. 25 Aug. 2 Tage.
Erwitte. 9 Mai V, 3 Okt VK. Hammelm: 9 Apr, 3 Sept.
Eschweiler (Reg.-Bez. Aach.) 2 Juli, 1 Okt, jeder 3 Tage.
Eslohe. 21 Aug.
Essen. V: 1 Tg, 12 Mrz, 7 Mai, 2 Juli, 20 Aug, 15 Oktbr, 26 Nov, 17 Dezb. K: 3 Tage, 7 Mai, 15 Okt.
Eupen. 24 April KV: 18 Juni K. 17 Spt, KSchw: 16 Okt. V. 19 Nov KSchw. 7 Dez K.
Euskirchen. K: 13 Febr, 8 Mai, 2 Aug. KV: 29 Okt.
Everswinkel. 18 Juni KV.
Exin. KVP: 2 Tge: 13 März, 15 Mai, 18 Sept, 30 Okt.
Eylau, s. Dtsch- o. Pr. Eylau.
Eynatten. 2 Okt KV.

Falkenau (Groß-). 11 Juni.
Falkenberg. KV: 11 Jan, 26 Apr, 9 Aug, 18 Okt.
Falkenburg. 14 Febr, 21 Mrz, 16 Mai, 17 Juli, 5 Sept, 13 Nov. Jed. Tgs vb. VP.
Fehrbellin. *27 Mrz, *15 Jun, *16 Okt.
Fell. KV: 17 Sept.
Festenberg. KPV: 8 Jan, 30 Apr, 3 Sept, 5 Nov.
Fiddichow. KVP: 11 Apr, 4 Juli, 31 Oktbr, 19 Dez.
Filehne. V: 4 Apr, 23 Juli, 26 Sept, 10 Dez. Jed. 2 Tge, am 1. Tage jedesm. Viehm. VP: 8 Fbr, 8 Nov.
Finsterwalde. 13 Mrz, 12 Jun, 21 Aug, 2 Okt. Jed. Tags vrh. V. Wm: 13 Juni, 3 Okt.
Fischbach. KV: 20 Aug.
Fischhausen. K: 2 Tge, 13 Mrz, 12 Juni, 4 Sept, 18 Dezbr. VP: 12 März, 3 Sept.
Flamersheim. K: 21 März, 8 Aug, KV: 19 Sept.
Flatow i. Wstpr. KVP: 7 Mrz, 8 Mai, 13 Sept, 7 Nov.
Flierich. 20 Juni.
Flötenstein (Kr. Schlochau). PKV: 10 Apr, 13 Aug, 15 Okt.
Fördc. 12 Juni.
Fordon. KVP: 13 Fbr, 8 Mai, 28 Aug, 13 Nov.
Forst. Kr: Cochem KV: 20 Aug.
Forst. KVP: 20 Febr, 27 Mrz, 15 Mai, 10 Juli, 9 Oktbr. K: 18 Dz. Noch VP: 1 Spt.
Frankenhausen. KRV: 6 Mrz. KV: 12 Juli. K: 15 Mai, 21 Spt, 27 Nov. V.-, Flachs- u. Garnm: 22 Okt.
Frankenstein. 23 Mai, 3 Spt, 29 Okt. Tags darauf jedesmal V.
Frankfurt a. d. O. Messen: 26 Febr, 9 Juli, 12 Nov. Wllm: 11 Juli 3 Tge.
Frankfurt a. M. Messen: 21 Mrz, 29 Aug, 3 Wochen.
Franzburg. KVP: 14 Mrz, 10 Juli, 20 Nov., jeder 1½ Tg. Füllen- u. Jungvm: 5 Sept Gänsem: 2 Oktbr.
Frauenburg. 26 Febr, 14 Mai, 27 Aug, 12 Nov. Jedesm. Freitag vorh VP.
Fraulautern. KV: 9 Februar, 28 Mai.
Fraustadt. 2 Tge. KV: 8 März, 3 Mai, 27 Sept, 29 Novbr.
Frechen. KV-Flachsm: 1 u. 2 Okt.
Freckenhorst. V: 7 Mai, 8 Okt.
Fredeburg. 27 August.
Freiburg (Kr. Querfurt). K: 26 u. 27 Febr, 22 u. 23 Oktbr. VP: 23 u. 24 Feb, 20 Juni. V. 1 Tg: 20 Okt.
Freienstein. 2 u. 3 Mai, 17 u. 18 Okt.
Freiburg (bei Schweidnitz). 5 Mrz, 17 Sept. K., jed. 2 T.
Freienwalde in Pommern.* 21 Mrz, 11 Juli, 10 Okt, 12 Dez.
Freienwalde in der Mark. *14 Mrz, *22 Aug, 28 Nov.
Freihahn (Kr. Militsch). 5 März, 14 Mai, 8 Okt, 3 Dez.
Freisen. K. u. Vm: 13 März, 7 Aug, 20 Sept.
Freistadt (RB. Liegnitz). 3 Tg: 19 Febr, 28 Mai, 8 Oktbr. Am 1. Tg. Roßm. Am 2. KV. u. am 3. Tage Km.
Freiwaldau (Kr. Sagan). 20 Mrz, 13 Aug.
Freudenberg. Vm: 1 Mai, 5 Juni, 3 Juli, 7 August, 4 Sept. 2 Okt, 6 Nov
Freudenburg. KV: 22 Febr, 12 Apr, 27 Spt. K: 25 Mai.
Freystadt (in Westpr.) VP: 9 März, 8 Juni, 14 Sept, 7 Dez. K: 13 Mrz, 12 Juni, 18 Sept, 11 Dez.
Friedberg. KSchw: 14 Febr, 28 Mrz, 18 Apr, 16 Mai, 13 Juni, 11 Juli, 8 Aug, 5 Spt, 3, 31 Okt, 28 Nov, 19 Dez.
Friedeberg (R.-B. Frankfurt). *14 März, *6 Jun, *29 Aug, *14 Nov.
Friedeberg (am Queis). KV: 2 Tage, 19 Mrz, 23 Juli, 3 Sept, 22 Okt.
Friedewald s. Kuhstamm.

Friedland (Kr. Fallenb.). KV: 19 März, 18 Juni, 20 Aug, 12 Novbr.

Friedland (unterm Fürstenst.) 3 Jan, 28 Febr, 6 Juni, 29 Aug, 31 Okt, jeder 2 Tge.

Friedland (in d. Niederlausitz). KV: 15 Mrz, 31 Mai, 30 Aug, 29 Nov. Krm. Tags darauf.

Friedland (R. B. Königsberg). 2 Tage: 6 Mrz, 19 Juni, 16 Okt, 27 Nv. Jedesm. Freit. vorher VP. Leinwdm: 8 u. 9 Juni.

Friedland (Märk.)*. 19 Apr, 21 Juni, 28 Sept, 20 Dez.

Friedland (Preuß.). VPK: 15 Mrz, 14 Mai, 16 Juli. 4 Okt.

Friedrichsdorf. 28 Mai, 26 Sept. Kirchmeß u. V.

Friedrichshof (A. Friedrichsf.) KVPLwdm: 21 Mrz, 7 Nov.

Frielingsdorf. 12 u. 13 Sep. K.

Friesack. 9 Apr, 2 Juli, 17 Spt, 12 Nov. Jedesm. Tags darauf K.

Friesenhagen. KV: 17 Mai, 4 Okt.

Fröndenberg. 21 Sept.

Füchtorf. V: 3 Oktbr.

Fürstenberg (in der Niederlausitz). KV: 20 Mrz, 19 Juni, 16 Okt, 11 Dez. V: 27 Aug.

Fürstenfelde. KVP: 28 Febr, P: 8 Mai. KV: 9 Mai. P: 2 Okt. KV: 3 Okt.

Fürstenwalde*. 13 Febr, 8 Mai, 28 Aug, 30 Okt, 11 Dz.

Fürstenwerder. 20 Jun, 10 Okt. Jedesm. Tags vorh. VP.

Fulda. K: 2 Tage, 6 März, 15 Mai, 21 Aug, 23 Okt. V: 22 Febr, 22 Mrz, 26 Apr, 7 u. 28 Juni, 9 Aug, 25 Okt.

Gahlen. V: 7 Mai, 27 Aug.

Gamlen. KV: 30 Aug, 4 Okt.

Gangelt. K: 1 Spt, 6 Dez.

Gandersheim. K: 27 Febr, 2 Tage.

Garath. 13 Mrz, 13 Novbr.

Gardelegen. 19 Febr, 9 Apr, 2 Juli, 1 Oktbr, 26 Nov, 2 Tg; am 1. Tge jed. VP, am 2. Tge K.

Garnsee. 11 Jan, 22 Mrz, 12 Juli, 4 Okt. Tgs vorh. VP.

Garz a. d. O. KVP: 13 Febr, 29 Mai, 4 Okt.

Garz a. Rügen. 19 Mrz, 16 Jul, 29 Okt.

Gassen. KVPf: 12 Feb, 26 Mrz, 14 Mai, 20 Aug, 1 Okt, PfVm: 2 Juli. K: 3 Dez.

Gebesee. 1½ Tg., 25 Sept. 26 Febr, 1 Tag.

Gebhardsdorf. KV: 19 Mrz, 23 Juli, 3 Sept, 22 Okt.

Gebhardshain. KV: 6 Aug, 5 Nov.

Gedern. K: 7 u. 21 März, 29 Aug, 19 Sept, 17 Okt. V: Tags vorher. K: 4 Dez.

Gefell. KV: 22 Jan, 26 Febr, 23 Apr, 25 Juni, 25 Juli, 29 Okt 17 Dez.

Gehofen. 2 Tage, 28 Juni, 15 Nov.

Gehrden. K: 26 Mrz, 24 Juli, 26 Nov.

Geierwalde, s. Jeierwalde.

Geilenkirchen. K: 19, 26 Febr, 5, 12, 19, 26 März. Kr. u Schweinem: 22 Mai. Vm: 24 Oktbr.

Geistingen. 11 Mai, 29 Sep.

Geldern. K: 8 Jan, 22 Mai, 22 Juni. KV. u. Flachsm: 22 Oktbr. V: 5 April.

Gelsenkirchen. 30 April KV, 20 u. 21 Sept, den 1. Tg. V, den 2. Tag K.

Gemarke. 18 Juni 3 Tage, 17 Sept. 2 Tage.

Gembic. K. V. u. Pfm: 20 Mz, 15 Mai, 7 Aug, 23 Okt.

Gemünd. KV: 16 Mai, 15, 16 Okt.

Gemünden. KV: 12 März, 30 Juli.

Genthin. K: *20 Mrz, *15 Mai. *18 Sept, *20 Nov. P: 5 April.

Gera. Jahrm: 27 u. 28 März, 17 u. 18 Juli, 9 u. 10 Okt, 20 u. 21 Nov. Wollm: 13 u. 14 Jun. Roßm: werden 2 abgehalten; Zeit unbestimmt. V: 6 Oktbr, 1 Dez.

Gerbstädt. V: 28 Febr. K: 1 Mrz, 8 Mai, 11 Sept, 29 Nov, jed. K 1½ Tag.

Gerdauen. 24 Jan, 13 Juni, 29 Aug, 24 Okt. Jed. Freitag vorh. VP.

Gernrode. K: 22 Mai, KV: 1 Oktbr.

Gerolstein. KV: 24 April, 4 Sept, 5 Nov.

Gerswalde. 15 Mai.

Gescher. KV: 12 Mrz, 11 Mai, 23 Juli. 18 Okt, 7 Dez.

Gesecke. KV: 12 Mrz, 3 Mai, 24 Okt, 13 Dez.

Gevelsberg. 23 Juli K. 2 Tg.

Gießen (Großherzth. Hessen). Viehm: 20 Febr. KV: 13 u. 14 März, 10 u. 11 Apr, 8 u. 9 Mai, 5 u. 6 Juni, 3 u. 4 u. 31 Juli, 1 Aug, 28 u. 29 Aug, 26 u. 27 Sept, 9 u. 10 Okt, 6 u. 7 Nov, 27 u. 28 Nov.

Giffhorn. KV: 27 Febr, 30 Aug, 8 Nov jeder 1½ Tge. V: 24 Apr, 12 Juni, 25 Sept.

Gilgenburg. 2 Tge: 27 Mrz, 26 Juni, 9 Okt, 18 Dezbr. Jedesm. T. vrh. VPuLdwm.

Gillenfeld. KV: 20 Sept.

Gimborn. K: 26 Juni.

Gingst auf Rügen. 25 Juli.

Gladbach. K: 12 Mrz, 6 Tge, 10 Aug, 1 Tg, 12 Nov, 6 Tge.

Gladbeck. 12 Sept, V.

Glanerbrücke bei Epe. KV: 1 Mai, 17 Juli, 15 Okt.

Glatz. 6 März, 22 Mai, 21 Aug, 6 Nov, K. jed. 3 Tg. beim 1. u. letzten zugl. V. am 3. Tage.

Gleiwitz*. 30 Jan, 6 Mrz, 17 Apr, 12 Juni, 17 Juli, 21 Aug, 23 Okt, 18 Dez. — Wollm: 19 Juni, 16 Okt.

Glogau (Groß-). 4 Tage: 1-4 Mai, 7-10 Aug, 4-7 Dezbr. Wollm: 30 Mai. V: 1 Mai, 7 Aug, 4 Dez.

Glogau (Ober-). V: 15 Jan, 12 Mrz, 2 Juli, 27 August, 22 Okt. Jdsm. T. darauf K.

Gnesen. 5 Fbr, 7 Mai, 30 Juli, 22 Okt. KVP: Jeder 2 Tge. der 2. Markt 8 Tage.

Gnewin. 15 Mrz, 11 Juni, 14 Novbr.

Gniewkowo. KV: 2 Tg: 6 Mz, 5 Juni, 9 Okt, 27 Nov.

Gobr. Kr: 11 Juni, 6 Tage.

Goch. 5 Tg: 2 Juli. Flachsm: 30 Okt, 27 Nov. VPf. 10 u. 24 Apr. 2 u. 16 Okt.

Gödenroth. KV: 14 Mai, 3 Sept.

Görchen. KV: 6 Mrz, 2 Mai, 12 Sept, 18 Okt.

Göritz. KV: 22 Mrz, 11 Okt.

Görlitz. KV: 4 Tg: 12 Febr, 4 Juni, 20 Aug, V: 22 Mrz. W: 11 Juni.

Görtzke. KV: 8 Mrz, 31 Mai, 23 Okt.

Gößnitz. KrV. 18 Juni, 28 Spt.

Göttingen (siehe Liesborn).

Goldap. 27 Febr, 3 Juli, 4 Spt, 18 Dez. Jedesm. Tgs v. VP. Leinwm: 25 Juni 9 Tage, 27 Aug. 9 Tage.

Goldberg. K 2 Tage: 8 Jan, 9 April, 9 Juli, 22 Okt. KV: am 2 Tage.

Gollancz. KVP: 6 März, 5 Juni, 4 Sept, 20 Nov.

Gollnow. 9 Febr Fettviehm,

16 Mrz V. 21 Mrz, K. 1 Juni. V, 6 Juni K, 7 Sept V, 12 Spt K, 26 Okt V, 31 Okt K, 14 Dez Fettviehm.
Gollub. 27 Mrz, 26 Juni, 16 Okt 27 Nov. Jed. KVP.
Golßen. K: 12 Mrz, 25 Juni, 24 Aug, 22 Oktbr. VP: 10 März, 23 Juni, 23 Aug, 20 Oktbr.
Gommern. K: 13 Febr. KV: 29 Mai, 30 Oktbr.
Gonsawa. 14 Mrz, 6 Juni, 24 Okt, 5 Dez. Jedesm. zugleich KVP. Jeder 2 Tge.
Gornhausen. KV: 28 Aug.
Goslar. KV: 16 Okt. 3 Tage. K: beim Freischieß. Ausg. Juni oder Anfang Juli 8 Tage lang.
Gostyn. 3 Tage: Kr.-, Vieh-, Pferde- u. Schweinemarkt, 7 Mrz, 10 Juli, 4 Sept., 23 Okt.
Gotha. K: 4 Tg, 2 Mai, 18 Jul, 24 Okt, 20 Dez. Wollm: 14 Juni. 3 Tage. V: 23 Okt.
Gottesberg. Kr: 12 u. 13 Feb, 28 Mai, 24 Sept, 3, 4 Dez. Kr. u. V: 29 Mai, 25 Sept.
Grabia (Kr. Thorn). KVP: 20 Febr, 4 Juni, 21 Aug, 13 Nov.
Grabow (i. Posenschen). KVP: 21 Mrz, 21 Jun, 29 Aug, 12 Dez.
Gräfenhavnchen. 26 Febr, 30 April, KV. 4 u. 5 Juni K.- u. Wllm, 6 Aug KV. 1 u. 2 Okt. Kr.- u. Wollm. 29 Okt. KV.
Gräffrath (Kr. Kempen). 7 Aug. Haus- u. Ackergeräth.
Gräfrath (Kr. Solingen). 3 Tage: 27 Aug.
Gräz. KV: 13 Mrz, 15 Mai, 4 Sept, 30 Okt.
Gramzow. 20 Juni.
Gransee. *23 Mrz, 28 Mai zgl. VP. *9 Okt, *11 Dez.
Graudenz. KVP: 9 Apr, 25 Juni, 3 Sept, 19 Nov.
Greifenberg (in Pommern) K: 22 Febr, 8 Mai, 23 Okt, 18 Dez. V: 21 Febr, 7 u. 21 Mrz, 9 Mai, 24 Okt.
Greifenberg (in Schlesien). K, 2 Tge: 12 Febr, 11 Mai, 13 Aug, 5 Nov. Am 2. Tge. jed. auch Vm.
Greifenberg (i. d. Uckermark). 19 Apr, 6 Nov.
Greifenhagen. K: 16 Febr, 6 Juni, 21 Septbr, 15 Novbr. Viehm. Tags vorher. Fettviehm: 5 Dez.
Greifswald. 1 Fbr, 25 Juli P, 31 Juli - 3 Aug K, 30 Mai, 25 Juli u. 26 Septbr. Butterm. 25 Oktbr. VP, 6 Novbr. K, 4 Tage, 1 August u. 7 Nov Schuhm.
Greven. KV: 1 Mai, 27 Aug, 29 Okt.
Grevenbroich. 21 Mrz, 1 Tag K, 22 Aug 3 Tage K.
Grimmen. 6 Mrz VP, 7 Mrz K, 18 Juni VP, 19 Juni K, 9 Okt VP, 24 Okt K.
Gröbzig. KV: 8 Fbr, 19 Apr, 6 Spt, 25 Okt.
Gröningen. 7 u. 8 Mai, 19 u. 20 Nov.
Gronau. 28 Mai VP, 8 Okt. Viehm.
Groslitgen. KV: 22 Mai.
Groß-Aisleben. KV: 20 Febr, 2 Okt.
Großen-Gottern. 17 Sept.
Großenhain. K. 2 Tge. 15 Feb., 5 Juni, 4 Sept. Jedesmal Tgs vorh Bretter-, Vieh- und Pfm.
Groß-Glogau, siehe Glogau (Ober-).
Groß-Schwansfeld (b. Schippenbeil). 14 Mai, 12 Nov.
Gr. Wolfsdorf (Kr. Rastenb.) K: 28 Feb, 28 Nov. Montags vorh. VP.
Grottkau. K 2 Tg: 10 Apr, 9 Okt. V: 26 Febr, 19 Apr, 11 Juni, 6 Aug, 8 Oktbr, 10 Dezbr.
Grünberg (i. Schlesien). 2 Tg: 15 Jan, 23 Mai, 30 Juli, 15 Oktb K, am 1. Tge zugl. VPf. Wollm. 1 Tag: 23 Febr, 8 Juni, 20 Juli, 19 Okt. VPf: 9 April.
Grumbach. 20 Feb, 27 August. KV.
Guben. K: 8 Mai, 18 Sept, 6 Nov, jedesm. 2 Tge, Tags vorh. zugl. KVP. VP: 12 Mrz, 11 Juni, 13 Aug. Wm: 20 Juni, 15 Okt. jeder 3 Tge.
Gülzow. K: 8 Mrz, 14 Juni, 17 Aug, 14 Novbr, 5 Dez. V: 27 Feb, 19 Apr, 15 Juni, 16 Aug, 25 Oct.
Günstedt. KPV: 30 Apr. 2½ Tg. 1 Okt. 2½ Tage.
Gütersloh. KV: 20 März, 14 Mai, 17 Sept, 12 Novbr.
Gützkow. 23 März K, 26 März VP, 28 Juni KVP, 12 Okt K, 19 Okt VP., d. 2, 3 u. 4 Markt. 1½ T.
Guhrau. 20 Mrz, 31 Juli, 23 Okt Leinwandm. — Tags darauf KV, den 3. Tag K.
Gumbinnen. Kr: 3 Tge: 12 Februar, 4 Juni, 15 Oktbr, Freitg vorh. VP. Füllenm: 10 u. 11 Sept. Wllm. 6 Tge: 4 Juni, 15 Okt. 5 Tge.
Gummersbach. K: 22 Mai, 16 Okt.
Gürzenich. V: 19 Mz. K: 5 Nov.
Güsten. KV: 7 Mai, 13 Spt, 13 Nov.
Güsten (Rheinp.). K.- u. Fl.: 1 Mai, 23 Juni.
Gurczno. PKV: 13 Mz, 12 Jun, 4 Sept, 13 Nov.
Guttentag. KV: 5 März, 2 Mai, 9 Juli, 22 Okt.
Gutstadt. K, jeder 2 Tage: 5 Febr, 14 Mai, 20 Aug, 12 Nov. VP: 3 Febr, 23 März, 11 Mai, 17 Aug, 9 Nov, 7 Dez. Lwdm. 20 Juni.

Haaren. K u. Schwm: 24 Jun.
Habelschwerd. K: 15 Jan, 9 Apr, 2 Juli, 1 Okt.
Hadmersleben. V: 10 Apr, 16 Okt. Tags darauf K.
Hagen. 15 Mai KV, 2 Sept. V. 4 Sept K, 11 Dez Schwm.
Halbau. KV: 14 Mrz, 22 Jun, 29 Spt, K: 21 Dz. V: 17 Aug.
Halberstadt. 12 Mrz, auf dem Domplatz. 15 Juni, 16 Okt, auf dem Markte jed. 8 Tage. V: a. d. Burghardi-Ang: 15 Mrz, 4 Okt.
Haldem. KV: 4 Okt.
Haldensleben (Neu-) VP: 12 Mrz, K: 13 Mrz, 15 Mai, 28 Aug, 23 Okt, Tags vorh. V: 20 Juni, 21 Septbr. P.
Halle. KV: 22 u. 23 Mrz, 10 u. 11 Spt, 14-24 Dez Weihnm. 19 Juni und 23 Oktbr. V. Vorst. Glaucha: 23-25 Mai, 10-12 Aug. (Immer 3 Tage) Vorst. Neumark: 12-14 Nov Krm.
Halle (Westph.). K. 6 Dez zugl. Schwm. VKP: 26 Feb, KV: 26 Apr. KV- u. Flachsm: 27 Sept.
Hallenberg. K. 12 Fbr, 3 Apr, 25 Juni, 29 Okt, 10 Dez.
Halsenbach. KV: 4 Juni, 6 Aug.
Haltern. 22 Feb. K, 30 April, 9 Juli KV, 3 Sept Jahrm, 17 Sept dgl., 22 Okt u. 29 Nov KV.
Halver. 4, 5 Juni.
Hamborn. KrVm: 30 April, 26 Septbr.

Hambuch (Kr. Cochem). KV: 25 Juni, 23 Juli.

Haminkeln. V: 1 Mai, 16 Juli.

Hamm. KV: 22 Mrz, 21 Jun, 27 Spt, 21 Dez. V: 2 Mai, 23 Okt.

Hammerstein. PKV: 21 März, 18 Juni, 20 Aug, 22 Okt.

Hanau. Messe, 8 Tge. 28 Mai, 12 Nov.

Hannebach. KV: 5 Nov.

Harpen. KV: 16 Aug.

Harsewinkel. KV. Kleesam: 23 März, KV: 20 Sept.

Harzgerode. KV: 2 Febr, 1 Mai, 2 Juli u. 30 Okt. Thierschau u. V: 18 Sept.

Hattingen. 13 Mrz, 8 Mai, 30 Okt, 11 Dez. Immer zgl. V.

Haupersweiler. KV: 9 Mrz, 5 Sept.

Hausberge. KV: 2 Mai, 20 Spt.

Hasselfelde. KVictual: 17 u. 18 Apr, 25 u. 26 Septbr.

Haspe. 6 Juli.

Havelberg. 10 April, 4 Sept, 20 Nov. Tags v. Schweine-, Rindv.- u. Pf., 18 Jun VPf.

Havixbeck. KV: 1 Mai, 8 Okt.

Haynau. KV: 11 Jan, 3 Mai, 26 Juli, 18 Okt.

Heck. V: 13 Febr. K. 9 Mai. KV: 13 Juli, 13 Nov.

Heepen. KV: 17, 18 Juli, 7 Nov.

Heesen. KV: 30 Apr, 8 Okt.

Heidekrug. 1½ Tg: 22 Jan, 22 Oktb. VP. 1 Tag: 19 Jan. 20 Juli, 19 Oktbr.

Heiden. 2 Mrz, 8 Jun, 13 Aug.

Heiligelinde. K: 28 Juni 5 Tg. Leinwm: 24 b. 27 Juni.

Heiligenbeil. 2 Tge: 12 Febr, 16 Juli, 29 Oktbr. Freit. v. VP.

Heiligenhaus. 2 Tge: 25 Juni, 10 Sept.

Heiligenstadt. 2 Tage. KV: 17 Jan, 7 März, 2 Mai, 11 Juli, 26 Sept, 28 Nov. V. stets am 2 Tage.

Heilsberg. K: 18. 19 Juni, 8. 9 Okt. PV: 2 März, 15 Juni, 5 Okt, 14 Dez. Lw: 8 Juni.

Heimbach (Kreis Neuwied). KV: 4 Okt, 15 Nov.

Heimbach (Kr. Schleiden). 13 April 1 Tag, 9 Juli, 6 Tge K. 22 Okt. KV.

Heinrichs KV: 6 Fbr, 8 Mai, 11 Septbr.

Heinrichswalde. KVPf: 9 Juli 8 Okt.

Heinsberg. V: 1 Mz. K: 7 Mrz. KV: 11 u. 12 Apr, K: 24 Spt 3 Tg. K: 3 Nov.

Helmstädt, Kr. u. Vm: 1½ Tg. 20 Mrz, 10 Juli, 4 Sept, 13 Novbr. Viehm: 17 Dez.

In der Vorstadt Neumark V: 15 Febr, 8 Okt.

Hellenthal (Kreis Schleiden.) KV: 2 Okt.

Hemmerde. 15 Juni.

Hennen. 22 Mai, 5 Sept.

Hennweiler. KV: 15 August.

Heppenbach. KV: 1 Sept.

Herbede. KV: 28 Juni, 31 Okt.

Herbern. KV: 3 Okt.

Herchen. 23 Aug.

Herdecke. 7 Mai, 22 Okt, beim zweiten zugl. V. V: 17 Dez.

Herford. KV: 8 März, 10 Apr, 18, 19, 20 Juni, 17 Spt, 20 Dz.

Hergisdorf. 22 Mai.

Heringen. 23, 24 Jul, 16, 17 Okt.

Hermeskeil. KV: 14 Mz, 11 Ap. 12 Sept, 10 Okt, 14 Nov.

Herne. KV: 1 Mai, 10 Okt, 13 Dz.

Herrnstadt. KV: 9 April, 25 Juni, 8 Oktbr, 10 Dez.

Herscheid. 28 Mai.

Hersfeld. K: 21 Feb, 21 Mrz, 8 Mai, 18 Juli, 5 Sept, 17 Oktbr, 19 Dez. Beim 2 bis 6 Markt zugl. V. Jeden Mittwoch Fruchtm.

Herrstein. KV: 7 Mrz, 10 Apr, 6 Juni, 1 Aug 10 Okt, 15 Nov.

Herten. V: 8 Mrz, 16 Aug.

Herzberg (Pr Sachsen). 1½ Tag: 22 März, 31 Mai, 27 Spt, 6 Dez. Den Tag v. d. K. ist VPf.

Herzebrock. Kirchmeß: 7 Mai, 30 Juli, 3 Okt.

Herzfeld. VK: 27 Apr, 6 Sept, 26 Nov.

Herzogenrath K: 23 Okt.

Hettstedt. K. u. Flachsm: 1½ Tg: 20 Mrz, 17 Juli, 16 Okt, 4 Dezbr. PVK: 13 Sept.

Heuchelheim. KV: 1 Mai, 22 Mai, 2 Juli, 6 Sept.

Heusweiler. KV: 21 Febr, 21 Mrz, 9 Juli, 26 Sept.

Hiesfeld. 17 u. 18 Sept.

Hilchenbach. KV: 24 Aug.

Hildburghausen. K: 20 Febr, 8 Mai, 3 Juli, 10 Aug, 2, 27 Okt, V: 24 Jan, 21 Feb, 26 Mz, 11 Apr, 9 Mai, 2 Jul. 11 Aug, 10 Oktb, 5 Dezbr, Schwm: 7 Mai, 1 Oktbr, Messe v. 16 b. 23 Dez.

Hilden. 4, 6, 7 Aug, 27 u. 29 Okt.

Hille. KV: 30 Apr, 18 Juni, 14 Sept.

Hillensberg. K: 1 Okt.

Hillesheim. KV: 15 Febr, 5 April, 17 Mai, 21 Juni, 9 Aug, 11 Okt.

Himmerodt. 7 Juni KV.

Hirschberg (in Schlesien). 2 T: 14 Mai, 20 Aug, 12 Novbr. V: 1 März, 16 Mai, 22 Aug, 14 Nov.

Hirschberg (i. Fürstenth. Reuß). KV: 5 Mrz, 3 Apr, 22 Mai, 23 Juli, 8 Okt, 16 Dez.

Hitzacker. KV: 1 Mrz, 19 Apr, 18 Sept, 10 Okt, 11 Dezbr. VPf Schweinem. 26 Juni.

Hochkeppel. 23 Mai, 8 u. 9 Aug.

Hörde. 20 März, 3 Sept.

Hörste. KV: 6 Juni.

Hörstel. Vm: 8 Mai, 5 Spt.

Hövelhof. KV: 5 Okt.

Höxter. 27 Febr, 1 Mai, 23 Okt.

Hohenfriedberg. Krm: 26 Feb, 2 Juli, 12 Novbr. KrVm: 9 April, 15 Oktbr.

Hohenleuben (Frstth. Schleiz). JahrV: 20 Mrz, 19 Juni, 15 Okt, 11 Dez.

Hohenmölsen. 8 März. PVK. V: 28 Mai. K: 28 u. 29 Mai, 10 u. 11 Sept. V: 7 Sept. u. 11 Okt.

Hohenröderhof. KV: 12 Mrz, 17 Sept.

Hohensolms. KV: 18 Juni, 17 Sept.

Hohenstein, poln. (Olstynek). 2 Tg: 20 Mrz, 3 Juli, 4 Spt, 6 Nov. Tages vorh. VP. Leinwdm: 12 März 6 Tge., 25 Juni, 6 Tge., 27 August, 6 Tge., 29 Okt., 4 Tge.

Hoim. KVFl: 18 Juni, 25 Okt.

Holland, s. Preuß. Holland.

Holpe. 4 Juli.

Holten. KV: 16 April, 18 Juni KVFl: 15 Okt.

Holthausen. 13 Aug. 3 Tage Bienenmarkt.

Holtwick. KV: 16 Apr, 10 Dez.

Holzhausen unter Limberge. 18 Juli KV.

Holzweiler (Kr. Erkelenz). K: 10 Apr, 28 Aug.

Honnef. 27 März Eiermarkt, 3 Juli Kirschm, 29 Sept, 10 Nov Kramm.

Hopsten. V: 5, 19 Februar, 16 Apr, 14 Mai. KV: 22 Okt, 7 Dz.

Horburg (Dorf). 8. u. 9 Sept.

Hornburg. V: 13 Mrz, 13 Nov. K: 14 Mrz, beim Schützenfest 24 u. 25 Juni, 14 Nov.

Horneburg (Kr. Recklinghausen). KV: 2 Mai, 20 Sept.

Horst. V: 9 Apr, 16 Juli, 8 Okt.

Horstmar. KV: 16 Mz, 13 Jun.

Hottenbach (Kr. Bernkastel). K. u. Vm: 14 Mrz, 4 Sept.

Hoyerswerda. KV: 12 Febr, K: 15 Dez. KVW: 30 Apr, 29 Sept.
Huckarde. KV: 5 April.
Huckingen. 16 Mai 3 Tg.
Hückelhofen. K: 16 Okt.
Hückeswagen. 7 Mai 2 Tge.
Hülchrath. 12 Febr, 3 Spt.
Hüls. K: 15 Mai 3 Tge., KV: 15 Jun 1 Tg. K: 4 Sept. 3 Tge. KVieh- u. Flachsm. 6 Dez.
Hülscheid. 17 Juli.
Hülsenbusch. 21 Aug.
Hülzweiler (Kr. Saarlouis). KV: 6 Aug.
Hünxe. V: 3 Sept.
Hüsten. KV: 17 Sept.
Hüttgeswasen. KV: 19 Mrz, 26 Juli, 3 Okt.
Hultschin (i. Oberschles.). KV: 23 Mrz, 22 Juni, 28 Sept, 14 Dez.
Hundsfeld. KV: 22 Mai, 20 Aug.

Jablonowo (Drf, Kr. Straßburg). KVP: 26 März, 30 April, 4 Juni, 9 Juli, 20 August, 8 Okt, 5 Nov.
Jahrsfeld. KV: 2 August, 6 u. 20 Sept.
Jakobshagen. 20 Mrz, 3 Juli, 5 Okt, 18 Dez. Tags vorh. jedesm. V.
Janowiec. VKP 8 Mz, 8 Mai, 17 Oktob, 11 Dezbr, jeder 2 Tage.
Jaraczewo. KVP: 27 Mrz, 12 Juni, 9 Okt, 20 Dez.
Jarmen. 14 Mrz, 19 Juni, 25 Okt K., Tgs vorher Vm.
Jarozin. KPV: 24 Januar, 2 Mai, 22 Aug, 14 Nov.
Jastrow. KVP: 14 Mrz, VP: 4 Juli u. 8 Okt. K: 16 Mai, 5 Juli, 23 Aug, 9 Oktbr, 14 Nov u. 20 Dez.
Jauer. 3 Tage: 19 März, 18 Juni, 3 Sept, 3 Dez. Am 3. Tge auch V.
Ibbenbüren. KV: 20 Feb, 3 Mai, 25 Jul, 14, 15 u. 16 Spt, 22 Nv, 11 Dez. Hanf- u. Flachsm: 3 Okt.
Jedwabno. KrVPf: 28 Mrz, 21 Septbr.
Jeierswalde (poln. Gerzwalde) PKV: 24 Mai, 13 Dez.
Jena K, jed. 3 Tg: 27 Feb, 8 Mai, 23 Okt, 18 Dzbr. Tags vorh. V. beim 3 Vieh-, Pflaumen- u. Nußm.
Jerichow. *17 Apr, *26 Juni, *2 Oktbr, *22 Nov.
Jessen. PV 3 Feb, 23 Juni, 18 Aug, 1 Dez. K: 5 u. 6 Febr, 25 u. 26 Juni, 20 u. 21 Aug, 3 u. 4 Dezbr.
Jeßnitz. KV: 20 Mrz, 4 Okt. K: 19 Juni, 11 Dez.
Igel. KV: 15 Okt.
Illingen. KV: 14 Mz, 13 Sept.
Ilmenau. 19 Mrz, 7 Mai, 30 Juli, 17 Sept, 26 Nv. 2 Tge. Am 2 Tage auch Vm.
Imgenbroich. KV: 7 Mai, 24 Sept.
Inowraclaw. 2 Tage: KV: 11 April, 27 Juni, 5 Sept, 7 Nov.
Insterburg. 7 Febr, 30 Mai, 10 Okt, jedesm. Montags u. Dienstags vorh. VP, jeder K. ebenfalls 2 Tage.
Joachimsthal (i. d. Mark). 7 März, 27 Juni, 3 Okt. Immer zugl. KVP.
Jöllenbeck. KV: 13 Aug.
Johann (St.) KV: 27 Febr, 26 Juni, 28 Aug, 13 Nv. jeder 2 Tage.
Johannisburg. 9 Januar, 10 April, 3 Juli, 23 Oktober. VP: Tags vorher beim 1, 2 u. 4 Mkt, beim 3 Mkt Tags vorh. VPLeinw.
Irmenach. KV: 18 Apr, 4 Juli, 31 Aug.
Irrzwald, s. Jeierswalde.
Iserlohn. 16 Mrz P. 1 Mai V. 2 u. 3 Juli K. 23 Okt. V. 29 Nov. Schweinem.
Isselburg. 7 Mai V, 18 Juni, 13 Aug. K.
Isselhorst. KV: 13 Juni.
Jülich. V: 5 Juni. K: 21 Aug. K- u. Flachsm. 3 T: 6 Nv.
Jüterbogk. K: 9, 10 Mrz, 22 u. 23 Juni, 27 Spt, 9-10 Nv. Flachsmarkt: 10 Oktbr u. 7 Nov. KV: 16 Mai. V: 8 Mrz, 21 Juni, 26 Sept. u. 8 Novbr. Pferde-, Rind-, Ziegen-, Hammel- u. Schafviehm: 16-18 Aug.
Juliusburg. Jedesm. KV: 29 Jan, 9 Apr, 13 Aug, 29 Okt.
Jutroschin. PKV: 27 März, 17 Mai, 8 Aug, 6 Nov.

Kähme (Kamionna). KPV: 28 Febr, 4 Apr, 6 Juni, 26 Spt.
Kaisersesch. KV: 8 Mrz, 14 Mai, 29 Okt.
Kaiserswerth. K: 5 u. 6 Mrz, 2, 3, 4 Juli, 10 u. 11 Sept.
Kalau. Kr. 2 Tge: 12 Fbr, 7 Mai, 9 Juli, 10 Sept. Schw. 1 Tg: 9 Febr, 23 Mrz, 4 Mai, 6 Juli, 7 Sept, 26 Okt. Tgs darauf VP. Wm: 7, 14, 21 Juni.
Kaldenkirchen. 9 Apr, 10 Spt.
Kalterherberg. KV: 8 Mai, 11 Sept.
Kamenz, s. Camenz.
Karge (Unruhstadt). KV: 27 Mz, 26 Juni, 4 Sept, 13 Nov.
Kaschenbach. 21 Dez.
Katscher. K: 22 Jan, 26 Mrz, 17 Dez. KV: 11 Jun, 8 Okt.
Kauernick. KVP: 12 Apr, 17 Mai, 5 Juli, 6 Spt, 15 Nov.
Kaukehmen. K: 12 Jan, 6 Juli. VP: 20 Apr, 5 Juli, 7 Sept, 7 Dez.
Kavna. 2 Tge: 12 Juni, 6 Nov. V: 12 April, 27 Sept.
Kelbra. 7 Mai V., 8 Mai K., 10 Spt V., 11 Spt, 11 Dz. K. Die Km. 1½ Tag.
Kell. KV: 27 Aug.
Kellberg. KVFlm: 29 Jan, 19 Febr, 12 Mrz. KV: 9 Apr, 28 Mai. KV.- u. Schafm: 30 Juli, 17 Sept, 29 Okt. Flachs- KV 3 Dez.
Kelpin (Kr. Karthaus). KV: 3 Okt.
Kemberg. KV: 17 Febr, 24 Mrz, 7 u. 8 Mai. KVFlm: 24 u. 25 Sept. K: 15 Dez.
Kempen. KPV: 17 Jan, 17 Apr. 22 Aug, 6 Nov.
Kempen (Rheinpr.) 6 Mrz, 3 Nv.
Kempenich. KV: 7 Mai, 19 Nvo.
Kempfeld. KV: 26 Mrz, 25 Juni, 24 Aug, 25 Okt.
Kerpen (Kr. Bergheim). 13 Mz, 23 Okt.
Kerpen (K. Daun). KV: 4 Okt.
Kesten. V: 15 Mai. K: 23 Juli, KV: 22 Nov.
Kettenis. 22 Mai Krm. und Schweinem.
Kettwig. 31 Mai u. 1 Jun, 2 u. 3 Nov.
Ketzin. KV: 8 Mai, 13 Sept.
Kevelaer. 15 Aug, 8 Sept.
Kiebel. KVO: 6 Febr, 24 Apr, 7 Aug, 6 Nov.
Kieferstädtl. *28 Febr, *16 Mai, *8 Aug, *17 Okt, *12 Dez.
Kielbaczyn (Kr. Thorn) 8 Spt, 17 Okt.
Kierspe. 13 Juli K.
Kilburg. KV: 27 Mrz, 8 Mai, 19 Juni, 27 Sept, 8 Nov.
Kindelbrück. KVP: 1½ Tag: 20 Febr, 10 Juli, 13 Nov.
Kirchberg. KV: 15 Febr, 8, 15 März, 5, 19 April, 3 u. 17 Mai, 7 u. 21 Juni, 2 u. 23

Aug, 6 Sept, 4, u. 18 Okt, 8 u. 22 Nov auch Flachsm.
Kirchen. VK: 30 Juli, 27 Sept.
Kirchenjahn. 5 Mrz, 3 Dez.
Kirchhayn*. 20 Mrz, 19 Juni, 16 Okt. PSchw.u.V: Tags vorher u. am 5 u. 6 Sept.
Kirchhelen. 25 Juni Km., 13 Sept. V.
Kirchwelfer. K: 4 Juni.
Kirn. KV: 8 Jan, 5 Fbr. auch P: 5 Mrz, 9 Apr, 7 Mai. 4 Juni, 2 Juli, 6 Aug, 3 Sept, 8 Okt, 5 u. 30 Nov, 21 Dez.
Kischienen. PKV: 16 Apr, 8 Okt.
Kiszkowo. KVPf: 22 Febr, 24 Mai, 6 Sept, 8 Nov, j. 2 Tg.
Klecko. KVP: 2 Tge: 20 März, 26 Juni, 28 Aug, 27 Nov.
Klie, an der. KV: 28 Aug.
Kobylagora. KV: 28 März, 20 Juni, 26 Sept, 19 Dez.
Kobylin. KVP: 2 Tage: 20 Mrz, 16 Mai, 24 Juli, 19 Novbr.
Köben. KV: 12 Mrz, 28 Mai, 20 Aug, 5 Nov.
Köbnitz. KV: 8 Febr, 15 Mai, 2 Aug, 30 Okt.
Köln (Kr. Neustadt). KV: 24 Apr, 13 Nov.
Königsberg (i. Koburgsch.) K: 2 Febr, 26 Mrz, 7 Mai, 11 u. 29 Juni, 25 Juli, 24 Aug, 24 Sept, 29 Okt, 30 Nov, 21 Dez.
Königsberg (Neum.). 12 Apr, 5 Juli, 1 Novbr. Tags vorher VP.
Königsberg (i. Preuß.). Lwdm: 11-16 Juni. K: 18 Juni 8 Tg. Wollm: 25 Juni, 3 Tg. VP: 25 Juni, 2 Tage. K: 15-24 Dez.
Königsbrück. 16 Jan, 15 Mai, 7 Aug, 16 Okt., jeder 1 ½ Tag K. Tags vorher V.
Königsfeld. KV: 19 April, 5 Juni, 18 Okt.
Königslutter. KV: 27 Febr, 19 Juni, 9 Okt. Jeder 1 ½ Tg.
Königsee. K: 27 Febr, 27 Mrz, 15 Mai, 4 Sept, 9 Okt. u. 21 Dez. V: Tags darauf u. am 18 Apr, 6 Juni, 11 Juli, 8 Aug, 7 Nov.
Königswalde. KV: 7 Mrz, 15 Aug, 31 Okt.
Königswartha. K: 8 Jan, 23 Apr, 1 Okt. V.-, Getr.- u. Gemüsem: 17 Jan, 21 Febr, 21 März, 18 Apr, 16 Mai, 20 Juni, 18 Juli, 15 Aug, 19 Sept, 17 Okt, 21 Nov, 19 Dez.
Köpnitz. s. Köbnitz.
Körperich. KV: 28 Sept.
Koliebken. K: 13 Mrz, 15 Mai, 13 Sept.
Kontopp. KV: 1 Mai, 6 Sept, 29 Nov.
Kosten. KV: 2 Tge: 7 März, 24 Mai, 12 Sept. 5 Dez.
Kostenblut. Jedesm. 2 Tage. 13 Mrz, 8 Juni, 11 Sept.
Kostrzin. KV: 16 Jan, 17 Apr, 10 Juli, 16 Okt.
Kotzenau (Klein-). KV: 19 Mz, 27 Aug, 26 Nov.
Kowalewo (Schönsee.) KVP: 15 Mrz, 20 Sept.
Kozmin. KrVSchw.-, Pf.-, Getr.-, Leinw.- u. Flachsm: 9 Jan, 24 April, 7 Aug, 30 Okt.
Kranichfeld (Weimar). 1 Mz, 7 Mai, 1 Oktbr. Tags darauf auch Viehm.
Kranowitz. KV: 27 Febr, 3 Juli, 23 Okt, 11 Dez.
Krappitz. KV: 5 Mrz, 14 Mai, 15 Okt, 17 Dez.
Kraudorf. 17 Mrz.
Kraupischken. VP: 7 Febr, 12 Sept.
Kreutzberg. 9 Okt.
Kreuznach. V: 2, 16 u. 31 Jan, 13 u. 27 Febr, 13 u. 27 Mrz, 10 u. 24 April, 8 u. 22 Mai, 5, 19 u. 26 Juni, 10 u. 24 Juli, 7 20 u. 21 Aug, 4 u. 18 Sept, 9, 16 u. 30 Okt, 13 u. 27 Nov, 11 u. 18 Dez.
Kriescht. 23 Mai, 18 Okt.
Kriewen (Krzywin). KV: 3 Jan, 21 Mrz, 12 Juni, 16 Okt.
Kröben. KV: 13 Febr, 24 Apr, 30 Aug, 27 Nov.
Kroffdorf. KV: 24 Apr, 12 Juni, 18 Sept.
Krojanke. KVP: 21 März, 17 Mai, 20 Aug, 18 Okt.
Krokow (Kr. Neustadt). KV: 20 Febr, 8 Mai, 4 Sept, 20 Nov.
Krombach. 22 u. 23 Okt KV.
Krone (Poln.-), s. Coronowo.
Krotoszin. KV: 8 März, 21 Juni, 13 Sept, 13 Dez.
Kruschwitz. KV: 8 Mai, 4 Juli, 22 Aug, 28 Nov.
Kruft. (Kr. Mayen) KV: 19 Mrz, 22 Okt.
Küstelberg. KV: 22 Mai, 10 August.
Kuhna (Kr. Görlitz). KV: 2 Juli, 8 Okt.
Kuhstamm. KV: 16 Mai, 20 Juni, 15 Aug.
Kupferberg. K: 2 Tg: 16 Apr, 11 Juni, 10 Sept, 26 Nov. Am 2 Tage auch Viehm.
Kurnik. KV: 7 März, 27 Juni, 3 Oktbr, 19 Dez.
Kuttlau. KV: 9 Apr, 2 Juli, 17 Okt.
Kwieciszewo. PKV: 6 Mrz, 16 Okt.
Kyritz. *13 Mrz, *29 Mai 3 Okt. V: 11 Dez.
Kyschau (Alt-). KV: 8 Mai, 14 Nov.

Laasphe. KV: 3 u 4 Apr. Schw.: 5 Juni. KV: 1 Aug, 3 Okt, 18 Dez.
Labes. 14 Mz, 30 Mai, 18 Juli, 27 Sept, 28 Nov Allemal V. Tags vorher, Schfm. 19 Jul.
Labiau. K: 3 Tage, 7 Mai, 9 Juli, 22 Okt. PV: 16 Febr, 6 Juli, 19 Okt. Leinwm: 4 Juli.
Labischin. KPV. 2 Tg: 20 Mrz, 21 Juni, 27 Sept, 22 Nov.
Ladbergen. 3 Sept, KV.
Laer. KV: 1 Mai, 18 Okt.
Lähn. 2 Tage: K. 7 Febr, 18 Apr, 11 Juli, 24 Okt. Viehm. am 2. Tage. Am 7 Febr auch Taubenm.
Lagow. 28 Febr, 30 Mai, 26 Sept.
Lambertsberg. KV: 17 Sept.
Landeck in Schlesien. 16 Apr, 25 Juni, 10 Sept, 26 Nov K., jeder 2 Tage.
Landeck i. Westpreußen. KVP: 12 Mrz, 11 Juni, 17 Sept, 12 Nov.
Landsberg (R.-B. Oppeln). KVP: 29 Jan, 26 Mrz, 14 Mai, 27 Aug, 22 Okt, 10 Dez.
Landsberg (Alt-). KVP. 26 Febr, 28 Juni, 19 Okt.
Landsberg in Ostpreußen. 5 Febr, 7 Mai, 23 Juli, 15 Okt. Jedesm. Freitags vorher VP.
Landsberg an der Warthe. 14 Febr, 2 Mai, 4 Juli, 24 Okt. Tags vorb. immer VP. Haupt-Wollm: 14 u. 15 Juni.
Landsberg (Kr. Delitzsch). KV: jed. 1 ½ Tage, 16 Apr, 3 Sept.
Landscheid. KV: 15 März.
Landshut. 2 Tage: 23 Apr, 25 Juni, 2 Septbr, 12 Nov, am 2 Tg. auch Vm. bei allen Märkten.
Langenberg (Rheinpr.) 25 Jul, 3 Okt.
Langenberg (Westph.). KV: 29 Mai, 3 Sept.

Langendorf. KV: 22 Jan, 26 Mrz, 27 Aug, 19 Dez. K: 4 Juni, 15 Okt.
Langensalza. 2 Tage. K: 10 Apr, 3 Juli, 4 Sept. V: 1 Tag, 20 Febr, 18 Juni, 19 Spt, 23 Okt.
Langerfeld. 6 Juli. K.
Langheim. 6 Juni, 21 Nov. Mont. v. VP.
Langschede. 11 Juli.
Lanken (auf Rügen). 4 Apr.
Lanzenhausen. KV: 30 Mai u. 8 Aug.
Lasdehnen. KVP: 20 Mrz, 15 Mai, 18 Sept, 18 Dez.
Lassan. 29 Juni, 4 Okt.
Laubach. KV: 7 Mai, 10 Juli.
Lauban. KV: 29 Jan, 11 Juni, 27 Aug, die beiden folgend. Tage jedesmal bloß Krm.
Laucha. K: 2 Tage, 12 Mrz u. 12 Nov. VPFl: 2 u. 3 Febr. V: 10 Nov.
Lauchstädt. KV: 21 Febr. K: 2 Tage: 11 Mai, 27 Aug.
Lauenburg. KVP. 2 Tage: 22 Febr, 26 Juli, 18 Okt, 13 Dez.
Laurensberg. 1 Tag: 14 Aug.
Lautenburg. 19 Mrz, 2 Juli, 17 Sept, 10 Dez. PV: Freitags vorher.
Lauterbach. V: 20 Mrz, 29 Mai, 7 Aug, 9 Okt. K: T. darauf.
Leba. KV: 10 Apr, 5 Juli, 9 Okt.
Lebach. 15 Febr, 8 März, 19 April, 17 Mai, 14 Juni, 19 Juli, 9 Aug, 6 Sept, 11 Okt, 15 Nov. KV, der 2., 3., 5., 6., 7., 9. u. 10. blos Viehmarkt. Schweinem: am 2. und 4. Mittw. eines jed. Monats.
Lebus. KV: 7 Mai, 20 Aug, 18 Okt.
Lechenich. 25 Sept. K, 22 Okt. Fohlenm.
Ledde. KV: 22 Mai, 23 Juli.
Leeden. V: 13 Sept.
Legden. K-Korn-V: 6 Febr, V: 14 März, 7 Mai, 1 Aug, 5 Nov, 14 Dez.
Lehelitz (Kr Delitzsch). 2 Juli.
Lehnin. KV: 2 Mai, 3 Okt.
Leichlingen. 26 Juni, 2 Tge.
Leimbach. KV: 1½ Tag, 2 Juli, 24 Sept.
Leinefelde. VP: 19 Spt. 2 Tg.
Leiningen. 17 Sept KV.
Leippe. 1 Mai, 9 Okt. Auch Vm.
Leipzig. 1) Neujahrsmesse: 27 bis 31 Dez 1865 Böttcherw; 1 bis 8 Jan 1866 Meßw; 8 b. 14 Jan. Zahlw. 2) Ostm, Böttcherwoche: 16 b. 22 Apr 1866. Meßwoche: 23 bis 29 Ap. Zahlw: 30 Apr b. 5 Mai. 3) Michm: Böttcherw: 24 bis 29 Sept. Meßw: 30 Sept b. 7 Okt, Zahlw: 8 bis 13 Okt.
Leistenau (Groß-). KVP: 5 März, 4 Juni, 15 Okt, 17 Dez.
Leitzkau. KV: 5 Apr, 4 Okt.
Leiwen. 13 Nov.
Lekno. KVP: 28 Mrz, 27 Juni, 5 Sept, 28 Nov.
Lembeck. 7 Juni. K.
Lengerich. Vieh- u. Jahrm: 14 Mai, Pf- u. Jahrm: 28 August.
Lennep. 3 Tage. 30 Juli.
Lenzen. *20 Febr, *26 Juni, *28 Aug, *23 Okt.
Leobschütz. KV: 5 März, 7 Mai, 3 Sept, 10 Dez. Wm: 2 Juni, 3 Nov.
Leschnitz. KV: 29 Jan, 23 Apr, 25 Juni, 20 Aug, 25 Okt.
Lesno. VPK: 20 Mrz, 30 Apr, 9 Okt.
Lessen. KVP: 15 März, 28 Juni, 20 Sept, 15 Nov.
Lethmate. 2 Tage: 10 Juli.
Lette im Münsterschen. KV: 18 Mai.
Lette i. Minden. KV: 27 Apr, 18 Juni, 30 Okt.
Letschin. V: 21 Mrz, 10 Okt. V: 8 Aug. K: 22 Mrz, 11 Okt.
Leun. KV: 10 Apr, 29 Mai, 7 Aug, 4 Sept, 6 Nov.
Leuscheidt. 24 Mai 11 Okt.
Leutenberg im Schwarzburg. KV: 8 Febr, 15 Mrz, 12 Apr, 17, 22 Mai, 21 Juni, 26 Juli, 16 Aug, 20 Spt, 18 Okt, 8 Nov, 6 Dez.
Levern. KV: 9 Okt.
Lewin. 29 Jan, 3 April, 6 Aug, 15 Okt.
Lichtenau. K: 5 Jan, 12 Febr, 1 Mai, 6 Aug, 18 Okt. V. 3 und 5 zugl. Viehm. V. 4 zugl. Schaf- u. Hammelm.
Libau. K 2 Tage: 22 Jan, 14 Mai, 27 Aug, 5 Novbr. V. am 2. Tage.
Liebemühl (poln. Milomlyn). 2 T: 23 Jan, 8 Mai, 7 Aug, 30 Okt. Freit. vorh. VP.
Liebenau (Kr. Züllichau). KVP: 30 Ap, 25 Jun, 3 Spt, 29 Okt.
Liebengrün. 22 Mai, 5 Nov.
Liebenthal. K. 2 Tage: 15 Jan, 16 Apr, 16 Juli, 15 Okt. Vm. stets am 2. Tage.
Liebenwalde. K. u V: 20 Mrz, 28 Juni, *23 Oktober.
Liebenwerda. PV: 3 März, 9 Mai, 14 Juli, 1 Septbr. K: 5 Mrz, 11 Mai, 16 Juli, 3 Sept. — Wm: 8 Mai, 31 Aug. Viehm: 3 Nov.
Lieberhausen. K: 14 Aug.
Lieberose. KV: 19 Feb, 26 Mrz, 30 Apr, 25 u. 26 Juni, 1 u. 2 Okt, 17 Dez.
Liebhausen (Kr. Simmern). KV: 9 u. 10 Okt.
Liebstadt. 2 Tg: 20 Febr, 17 Apr, 10 Juli, 20 Nov. Jed. Freit. vorh. VP. Lwdm: 4 Juli.
Liegnitz. K, jeder 3 Tage: 5 Febr, 7 Mai, 6 Aug, 5 Nov. Viehm: am 1 Tag. W: 5 Juni, 27 u. 28 Sept.
Lienen. 11 Juli KV. 12 Nov. V.
Liesborn Bauerschaft Göttingen Viehm: 2 Mai, 30 Okt.
Lieser. KV: 29 Mai, 7 Aug.
Ligneuville. V: 1 Juni.
Limburg. 26 Juli 2 Tage.
Lindau. Kr. Zerbst. KV: 8 Mai, 4 Dez.
Linden. 24 Aug.
Lindenau. 29 Mai, 6 Sept.
Lindern. 30 Juni.
Lindlar. K: 7 u 8 Aug.
Lindow. 16 Mz, 6 Juli, 3 Oct. Tgs vorh. VP, 12 Nov. VP.
Linichen (Groß-). 31 Jan, 13 März, 29 Mai, 17 Sept, 5 Dezbr.
Linn. K: 13 Febr, 14 Aug. Kr.- u. Flachsm: 30 Nov. 2 Tage.
Linnich. KFlachsm: 13 Febr, 23 Mrz. K: 29 Mai, 1 Okt. KVFlachsm. 2 Jan, 30 Nov.
Linslerhof. K. 26 Mai.
Lintorf. 2 Tge: 15 Juni.
Linz. KV: 16 Mai, K: 27 Aug.
Lipcke (Alt- b. Landsberg a. W.) KVP: 7 Mai, 15 Okt.
Lipp. K: 20 Okt.
Lippborg. KV: 30 Apr, 27 Aug, 25 Okt.
Lippehne. 12 Mrz, 29 Mai, 29 Aug, 19 Okt.
Lippling. 26 Sept. KV.
Lippspringe KV: 15 Juni, 18 Oktober.
Lippstadt. KV: 28 Fbr, 28 Mrz, 19 April, 17 Mai, 19 Juli, 23 Aug, 20 Septbr, 9 u. 29 Okt, 19 Nov, 6 u. 20 Dez.
Lippusch. KV: 3 Juli, 9 Okt.
Lissa. KV: 2 Tage. 20 Mrz, 7 Mai, 4 Sept, 11 Dez.
Lissa (Kr. Neum.) 22 Mai, 9 Okt.
Lissewo (Kr. Culm). KPV: 12 Juli, 8 Nov.
Lobenstein. K: 13 Febr, 1 Mai, 29 Juni, 10 Aug, 29 Sept, 30 Novbr. V: 28 Septbr. Vom Fastnachtsdienstage bis Ostern an jed. Dienstage

und außer dieser Zeit am 1. Dienstag eines jeden Monats Viehmarkt. Ein Wollmarkt wird alljährlich besonders ausgeschrieben.
Lobsens. KVP: 2 Tg: 27 Mrz, 19 Juni, 27 Sept, 13 Nov.
Loburg. KV: 9 Mrz, 11 Mai, 17 Aug. u. 12 Okt.
Loitz. V: 19 Mrz, 11 Juni, 8 Okt, 3 Dez. K: 27 Mrz, 15 Okt.
Loken (p. Lukla)*. 15 Juni, 16 Nov.
Lonk (Kloster). K. u. Vict: 3 Juni 8 Tge. Lwm: 8 Tge v. 27 Mai.
Lontzen. 13 Nov V.
Lopienno. 15 März, 17 Mai, 9 Aug, 15 Nov. KV.
Lorenzdorf. 6 Mrz, 28 Aug, 13 Nov.
Losheim. KV: 8 Mrz, 9 Juli, 20 Sept, 12 Nov. Schwm.: am 4. Dienstage jeden Mon.
Loslau*. 21 März, 13 Juni, 13 Sept, 13 Dez.
Lotte. KV: 27 Juni.
Löbau. K: 11 April, 27 Juni, 5 Sep, 14 Nov. VP: 5 April, 21 Juni, 30 Aug, 8 Nov.
Löbejün. VK: 13 u. 14 Mrz, 23, 24 Okt. Flachsm: 22, 23 Okt, KVF: 10, 11 Dez.
Lötzen. Kr: 13 Febr, 15 Mai, 3 Juli, 16 Okt. Jedesm. Tags zuv. VP. — Lwdm: 9 Juni. 8 Tage.
Löwen. VP: 27 Mrz, 26 Juni, 28 Aug, 23 Okt, 11 Dez. Tags vorher Krm.
Löwenberg. 2 Tage: 22 Jan, 7 Mai, 8 Okt. Am 2. Tg. jed. zgl. V. Viehm. 30 Juli.
Lublinitz*. 27 Febr, 8 Mai, 31 Juli, 9 Oktbr, 11 Dez. Jed. K. 2 Tage.
Luckau. 31 Jan, 2 Mai, 29 Aug, (6 Nov. bloß Krm.) Jedesm. Tags vorh. u. am 24 Mrz u. 7 Juli VP.
Luckenwalde. 8 Feb K, 19 Apr KVP, 14 Juni KVP, 20 Spt KVPFlachsm, 15 Okt K-VPFlachsm, 13 Dez K.
Ludweiler (Kr. Saarbrücken). KV: 8 Mai, 18 Sept.
Lübbecke. KV: 27 Febr, 29 Mai, 16 Juli 3 Okt, 30 Nov.
Lübben (Niederlausitz). Jahrm: 5 Mrz, 14 Mai, 17 Sept, 19 Nov. Freitag vorh. Schwm. u. Sonnabend vorher VP. Ferner VP: 9 Juni, 14 Juli, 28 Juli, 13 Okt. W: 13 Juni.
Lübbenau. *19 März, 4 Juni, 27 Aug, 5 Nov, jedesmal Sonnabends vorher V. u. Freitags vorh. Schweinem.
Lüben. 2 Tage K: 12 Mrz, 13 Juni, 12 Sept, 19 Nov. Viehm. am 1 Tage.
Lüdenscheid. 27 u. 28 Sept, K. 29 Okt V. 25 März, 2 Sept Eisenmesse.
Lüdinghausen. KV: 15 Mai, 24 Juli, 25 Okt.
Lügde. KV: 7 Mrz, 16 Mai, 17 Okt, 12 Dez.
Lünen. V: 1 Mai. KV: 28 Aug, 30 Okt.
Lütgendortmund. 24 Aug. KV.
Lüttringhausen. 18, 19 Juni K. 27 Aug KV.
Lützen. 10 Mrz Faß-V, 12 u. 13 Mrz K, 18 Aug Faß-V, 20, 21 Aug K, 3 Nov Faß-V, 5, 6 Nov K.
Lutzerath. KV: 12 Febr, 5 Apr, 5 Nov. K: 3 Oct.
Lupow b. Stolpe. KV: 11 Apr, 1 Aug 17 Okt. K: 21 Dez.
Lusinno. KV. 6 Nov.
Lychen. KVP: 6 Mrz, 26 Jun, 13 Nov.
Lyck (poln. Elka). K. 2 Tge: 20 Mrz, 29 Mai, 21 Aug, 4 Dez. Tags vorh. VP. Lwdm: 22 Mai, 13 Aug. jed. 8 Tage.

Magdala. KVW: 9 März, 15 Jun, 30 Nov. Jeder 1½ Tg.
Magdeburg (Altstadt). Fastm: 5 Fbr 6 T. Osterm: 9 April 6 Tage. Pfingstm: 28 Mai 6 Tage. Die Herbstm. nimmt ihren Anfang den 15 Sept, und dauert 15 Tge. Wm: 15, 16 Juni.
Magdeburg (Neustadt). 1) im alten Theile KV: 15 Okt. 2) im neuen Theile KVP: 16 Febr, 5 Juli. 3) in der Sudenburg VP: 13 März, 7 Sept.
Maldingen. KV: 21 Sept.
Malmedy. KV: 1 Mai, 29 Juni, 15 Aug, 11 u. 31 Okt, 6 Dez.
Mambüchel, KV: 27 Febr. u. 9 Oktbr.
Manderfeld. Kr. Vieh 7 Mai, 18 Sept.
Manderscheid. KV: 26 Mrz, 20 Aug.
Mannebach. KV: 19 Juni, 21 Aug.
Mansfeld. K-Flachsm: 15 Mz, 9 Mai. KV-Flachsm: 5 Nov.
Marburg. K: 2 Febr, 26 Mrz, 1 Mai, 2 Juli, 3 Oktob, 19 Novbr. VPfm: 15 Febr, 8 März, 5 April. V: 3 Mai, 28 Juni, 23 Aug, 27 Sept, 18 Oktbr, 29 Novbr.
Marggrabowa s. Oletzko.
Margonin. KVP: 18 Apr, 4 Juli, 22 Aug, 24 Okt.
Marienbaum. KSch: 13 Febr.
Marienberghausen. K: 22 Mai.
Marienburg. 7 Mai KVP. 8 u. 9 Mai KV. 7 Juli VP. 8 Okt. KVP. 9 u. 10 Okt. KV.
Marienhagen. 20 Juni.
Marienhaide. K: 9 Juli, 10 Spt.
Marienlinden. 2 Okt. K. 2 Tge.
Mariensee. KV: 1 Mai, 17 Juli, 13 Sept, 4 Okt.
Marienwerder*. 21 Mrz, 20 Juni, 12 Sep, 14 Nov. Füllenm: 6 Sept.
Marklissa a. Queis. KV: 12 März, 25 Juni, 1 Oktbr.
Markranstädt. KV: 28 u. 29 Mz. VP: 10 Nov, K: 12 Nov. 1½ Tage.
Marksuhl. KVP: 14 März, 18 Juli, 24 Okt.
Marl. 12 Sept. V.
Masburg. KV: 20 Mrz, 13 Aug.
Massow. V: 15 Mrz, 26 Apr, 20 Sept, 18 Okt. K: 7 März, 16 Mai, 3 Okt, 21 Dez.
Mastershausen. KV: 15 Mai, 24 Juli.
Mastholte. 25 Juli KV.
Mauspath. KV. 29 Aug.
Mayen. KV: 5 März, 10 Apr, 11 Jun, 23 Aug, 16 u. 17 Okt, 4 Dez. V: 25 Jan, 15 Feb, 17 Mai, 26 Juli, 8 Novbr. VSchf: 20 Septbr. Schf: 17 Oktbr.
Mechernich. K: 25 Juni. KV: 3 Sept.
Medebach. K: 22 Mrz, 7 Sept. Kr. u. Vm: 8 Mai, 3 Okt.
Medzibor. KV: 22 Jan, 7 Mai, 8 Okt.
Mehlauken. *18 Mai, *26 Okt.
Mehlsack. K: 2 Tage: 29 Jan, 2 Juli, 5 Nov. PV: 26 Jan, 16 Mrz, 30 Jun, 24 Aug, 2 Nov Lwdm: 25 Juni u. 29 Okt.
Mehren. KV: 4 April, 2 Mai, 26 Juni, 18 Sept, 13 Nov.
Meiderich. KV: 22 Mai, 29 u. 30 Sept. V: 3 Apr, 6 Aug.
Meinerzhagen. K: 3 Aug. V: 19 Okt.
Meiningen. K: 24 Jan, 26 Feb, 10 April, 1 Mai, 12 Juni, 24 Juli, 25 Sept, 18 Okt, 13 Novbr, 18 Dez. Wm: 25 Juli.

Meisdorf (Dorf). KV. u. Flm: 22 Mai, 29 Okt. Jeder 1½ T.
Meisenheim. K: 27 Feb, 1 Mai, 24 Aug, 27 Nov. Fruchtm. jeden Donnerstag.
Memel. K: 15 Aug, 14 Tage. PV. 2 Tge: 4 Juni, 22 Okt.
Memmleben. K: 4 u. 5 Juni. V: 2 Juni.
Menden. 22 Feb. Faselschweine, 3 Mai V, 22 Mai, K, 25 Okt Rindv, 14 Dez Schw.
Mengede. V: 30 Apr. KV: 15 Juni, 28 Sept.
Mensgut (Kreis Ortelsburg). PV: 7 Juni, 6 Dez.
Merl. KV: 29 Mai, 8 Okt.
Merscheid (Kreis Bernkast). KV: 13 Sept.
Merseburg. 5 b. 7 März, 18 b. 20 Juni, 6 b. 8 Aug, 29 bis 31 Okt, jeder 3 Tage. PV: 29 Okt, Vorstadt Neumarkt 5 März VP, und 9 bis 11 April K.
Merzig. KV: 18 u. 19 Juni, 7 Dz. K: 6 Dez. Am 2. Dienstage eines jeden Monats u. am 19 Mrz, 18 Sept, 8 Okt. V.
Meschede. K: 26 Mrz, 28 Aug. KV: 5 Nov.
Meseritz. KVPSchw. 13 Mz, 3 Jul, 9 Okt, 20 Nov.
Metelen. KV: 4 Mai, 6 Juni, 24 Aug. V: 23 Oktbr. KV: 30 Novbr.
Metheler. 18 Sept.
Mettingen. 19 Mrz, 10 Aug, 24 Okt, 4 Dez.
Mettlach. KV. 14 Mai.
Mettmann. 25 Juni 2 Tage, 24 Sept. 1 Tag.
Mewe. 26 Mrz, 18 Juni, 8 Okt, 19 Nov. Freit. vorh. jedesm. VP.
Mevenburg. *20 Mrz, *29 Jun, *9 Okt, *14 Dez.
Miasteczko. VP: 15 Fbr, 11 Okt.
Michelau. 6 Fbr, 8 Mai, 18 Spt.
Mielzyn. KVP. 2 Tage: 13 Feb, 17 Mai, 9 Aug. 22 Nov.
Mierunsken. KVP: 8 Febr, 3 Mai, 2 Aug, 13 Dez.
Miescisco. KV: 9 Jan, 1 Mai, 25 Sept, 6 Nov.
Mieszkow. KV: 7 Mrz, 21 Juni, 21 Sept, 21 Dez.
Militsch. KV: 26 Febr, 7 Mai, 4 Okt. Jed. 2 Tage.
Millingen. 5 Novbr.
Miloslaw. KV: 20 März, 28 Juni, 26 Sept, 18 Dez.
Milte. 15 Mai V.
Minden. K. 8 Tage: 8 Mai, V: 26 Feb, 9 Mai, 27 Aug, 3 Dezbr. KFlV: 16 Okt, K. 8 Tage: 11 Nov.
Mislowitz. V: 19 Feb, 23 Apr, 4 Juni, 6 Aug, 15 Okt, 10 Dez. Krm: Tags darauf.
Mittelstrimmig. 7 Mai KV.
Mittelwalde. K: 29 Jan, 30 April, 9 Juli, 15 Okt.
Mittenwalde. K. 22 Mrz, 15 Mai, 21 Aug, 18 Sept, 4 Dez. Jedesm. Tgs vorh. V.
Mixstadt. KVP: 16 Jan, 27 Mrz, 29 Mai, 16 Okt.
Mlynitz (Kr. Thorn). KVP: 13 Mrz, 18 Sept.
Möckern. 13 Mrz. KV. 3-5 Juli KVW. 11 Sept. KV. 27 Nov. KV.
Möllenkotten s. Schwelmer Brunnen.
Mörs. KSchwm: 1 März, 3 Mai, 5 Juli, 6 u. 7 Sept, 2 Nov. V. 9 April, 29 Okt.
Mogilno. KVP: 13 Mrz, 12 Juni, 18 Sept, 11 Dez.
Mohrin. KV: 21 März, 5 Juli, 3 Okt.
Mohrungen. 2 Tage: 15 März, 7 Juni, 20 Sept, 13 Dez. Jedesm. Dienstag vorh. VP. Leinwm: 12 Juli.
Monreal. KV: 14 Mz, 28 Mai, 13 Sept, 19 Nov.
Montjoie. 23 Apr, 21 Sept.
Monzingen. KV: 22, 23 Mai, 13 Nov.
Morbach. KV: 5, 12, Mrz, 4 u. 9 Apr, 2 Mai, 4, 18 Juni, 24 Juli, 20 Aug, 9 Oktbr. Schafm: 15 Okt, 15 Nov.
Morsbach. K: 9 Mai, 19 Sept.
Morswiesen. KV: 22 Okt.
Moselkern. KV: 23 Apr, 11 Okt.
Moschin. KV: 8 Febr, 16 Mai, 9 Aug, 18 Okt.
Mroczen. 2 Tg. KVP: 8 Mrz, 8 Mai, 21 Aug, 23 Okt.
Much (Kr. Sieg). K: 19 u. 20 Jun. V: 26 Apr, 30 Mai, 28 Juni, 26 Juli, 30 Aug, 27 Sept, 25 Okt.
Mücheln. K: 2 Tge: 12 Febr, 7 Mai, 27 Sept. V: 26 Sept.
Mühlberg (R.B. Merseb.) 2 T: K: 22 Feb, 1 Mai, 8 Okt. V: 21 Febr, 30 April, 6 Okt.
Mühlberg (R.B. Erfurt). KV. 2 Tg: 19 Febr, 18 Juni, 2 Okt.
Mühlhausen. Quatember- u. Fl: 21 Feb, 23 Mai. u. 19 Sept, Quatemb- u. Weihnachtsm: 19 Dez. K: 14 Mai, 16 Juli, 22 Okt. PV: 19 Sp, 23 Okt. W: 18 Juni. Die K. u. der Wm. dauern 3 Tage, der Weihnm. 4 Tage.
Mühlhausen (im Oberlande). 2 T: 7 März, 18 Juli, 3 Okt, 19 Dez. Jed. Mont. vh. VP.
Mühlheim (a. d. Möhne). 10 Juli
Mühlheim (Kr. Bernkast). KV: 8 Aug.
Mühlheim (a. Rhein). K. 3 Tg: 20 Feb, 31 Juli, 20 Novbr. Alle Dienstag und Freit. das ganze Jahr hindurch Fruchtmarkt.
Mühlheim (a. d. Ruhr). 6 Feb. VP, 14 Mrz u. 22 Mai K, 17 Sept VPKr.
Müllenbach (R.-B. Cöln). 26 Juni, 2 Okt.
Müllrose. KVP: 16 Apr, 17 Spt, 10 Dez.
Müncheberg*. 13 Mrz, 3 Juli, 25 Sept, 20 Nov.
Mündelheim. 4 Sept. 2 Tg.
Münster. 14 Mz, 17 Okt, 8 Tg. Sendm, 30 April, 17 Mai 9 Aug, 28 Sept V, 27 Juni 5 T. K.
Münsterberg. K: 23 Apr, 1 Mai, 8 u. 9 Oktbr, Hopfenm: 27 Okt. V. u. Tpfm: 2 Mai, 10 Okt.
Münstereifel. KV: 26 Feb. K: 22 Mai. KV: 26 Spt, 13 Nov.
Münstermeyfeld. KV: 19 Feb, 27 März, 7 Mai, 3 Sept, 12 Nov, 27 Dez. Bei den 3 letzten zugleich Sch.
Münsterwalde. 26 Jun, 18 Dez.
Muldszen. 23 Juli.
Murowana-Goslin. KV: 8 Febr, 3 Mai, 17 Okt, 13 Dez.
Muskau (Niederlausitz). Kr.- u. Viehm: 19 Mrz, 18 Juni. 7 Sept, K: 19 Dez. Wollm: 30 Mai, 29 Okt.
Myszeniec. VPf: Getr. Krm: 4 Jan. 3 Tge; 20 Fbr. 2 Tge; 27 Mrz. 1 Tg; 9 Mai 3 Tge; 25 Juni 1 Tg; 2 Aug 3 Tg; 26 Spt. 2 Tge; 28 Nov. 3 Tge.

Nakel. KVP: 14 Mrz, 27 Juni, 5 Sept, 17 Okt, jeder 2 Tge.
Namslau. 12 Mrz, 14 Mai, 13 Aug, 8 Okt. V. Tags dar. K.
Nauen. KVP: 12 Apr, 9 Juli, 20 Sept, 15 Nov, 13 Dez.
Naugardt. 6 März, 3 Mai, 11 Okt, 4 Dez. V: 13 Mrz, 4 Sept, 6 Nov.
Naumburg (am Bober). KV: 19 Mrz, 18 Juni, 27 Aug, 29 Okt, 20 Dez.
Naumburg (a. Queis). KV: 20

Mrz, 8 Mai, 24 Juli, 26 Spt, 6 Dez.

Naumburg (a. d. Saale). K. u. Topfm: 25 b. 27 Mrz. VP: 19 Mrz. Messe: 20 Juni 21 Tg. Roß-V: 24 Sept, 29 Okt.

Nawra. KVP: 9 Apr, 25 Jun, 3 Sept, 22 Okt.

Nebra. 1½ Tag: K: 9 Juli. KVP: 10 Sept 1½ Tag.

Neheim. 3 Apr V. 3 Sept. K.

Neidenburg. 17 Jan, 13 Juni, 5 Spt. V: 15 Jan, 11 Jun, 3 Spt. (Montags vorher).

Neisse. 20 Jan PV. 22-25 Jan K. 24 Mrz, 14 Apr, VP. 16 b. 19 Apr, K. 19 Mai W. 21 Juli VP. 23-26 Juli K. 15 Sept. W. 20 Okt VP. 22-25 Okt K.

Neubrück. KV: 6 Mrz, 26 Juli, 26 Sept, 18 Dez.

Neudamm. 16 März, 26 Sept. VP. Tags vorh. 26 Juni u. u. 22 Nov. KWlm. 27 Juni, 23 Novbr.

Neuenburg. 23 Apr, 9 Juli, 3 Spt, 5 Nov. Freit. vorh. VP.

Neuenhoven. 6 Tage: 6 Juli.

Neuenkirchen (i. Mindenschen). KV: 1 Mai, 16 Juli. KV u. Hanfm: 4 Okt.

Neuenkirchen (i. Münstersch.). KV: 23 Mai. V: 18 Juni, 22 Okt, 10 Dez.

Neuenrade. 19 Mrz. 2 T, zgl. P.

Neuerburg. KV: 20 Febr, 19 März, 10 Apr, 1 Mai, 4 Juli, 27 Aug, 23 Okt, 20 Nov.

Neuhaldensleben s. Haldensl.

Neuhaus. 11 Mai, 8 Nov. KV.

Neukaunitz. 5 Apr KV. Klees. u. Hanfm. 20 Nov KV.

Neukirch, Deutsch (Kr. Leobschütz). KV: 5 Febr, 28 Mai, 9 Juli, 22 Okt, 31 Dez.

Neukirch (Kr. Niederung). K: 19 Febr, 10 Sept.

Neumagen. KV: 6 Mz, 14 Mai.

Neumark. 12 Mrz, 7 Mai, 13 Aug, 22 Okt. Freit. vorher V. u. P.

Neumarkt. K: 7 Feb, 2 Mai, 3 Okt, jedesm. 3 Tage. V. am 1. Tage. Am 20 Mrz u. 13 Nov. Tabaksm.

Neunkirchen. KV: 17 Mai, 27 Aug, 9 Okt.

Neunkirchen (K. Sieg). 28 Aug.

Neurode. 22 Jan, 23 Apr, 27 Aug, 12 Nov. jeder 2 Tge.

Neusalz. 2 Tage K: 23 April, 27 Aug, 26 Nov.

Neustadt b. Pinne. KV: 2 Tge: 6 Fbr, 29 Mai, 21 Aug, 19 Nv.

Neustadt a. d. Dosse. 20 Apr, 2 Aug, 8 Novbr. Jedesmal Tags vorh. PVSchwm.

Neustadt a. d. Heyde. KV: 9 Jan, 13 Febr, 13 März, 3 Apr, 8 Mai, 12 Juni, 10 Jul, 14 Aug, 11 Spt, 9 Okt, 13 Nov, 21 Dez.

Neustadt a. d. Orla. V: 14 u. 28 Feb, 7, 14, 21 u. 28 Mrz, 4 April. W: 5, 6 Juni. KV: 21 u. 22 Feb, 30 u. 31 Mai, 8 u. 9 Aug, 10 u. 11 Okt, 5 u. 6 Dez.

Neustadt (i. R.-B. Erfurt). 2 Tge: 12 März, 9 Juli, 3 Dezbr. Kr. Viehm.

Neustadt i. Westpreuß. KVP: 8 Febr, 18 April, 24 Mai, 4 Okt, 15 Nov, 20 Dez.

Neustadt-Eberswalde. 14 Feb, 9 Mai, 30 Okt. Jedesm. Tgs v. VPferdem.

Neustadt (R.-B. Oppeln). KV: 30 Jan, 8 Mai, 9 Okt, 27 Nv.

Neustadt a. d. Warthe. KV: 20 Mz, 19 Jun, 27 Spt, 29 Nv.

Neustadt (Rhpr.). K: 22 Mai.

Neustädtel. 16 April, 3 Sept, 15 Okt. K., V: Tags darauf.

Neuß. 1 Mai, 25 Juni, 27 Aug, 1 Okt. P. u. Fohlenm: 10 Mrz, 10 Nov. V: 12 Nov.

Neuteich. KVP: 6 Feb, 26 Juni, 25 Juli, 16 Okt.

Neutomysl. KV: 15 u. 16 März, 14 u 15 Juni, 29 u. 30 Nov, KV: Hopfnm: 10 b. 12 Okt.

Neuwarp. K: 2 Mai, 14 Nov. Jeder 1½ Tag. V u. Psm: 1 Mai, 13 Novbr.

Neuwedell. 7 März, 28 März, 2 Mai, 27 Jun, 24 Okt, 5 Dez. Jedesm. Tgsvorh. VPSchw.

Neuwerk. 4 Dez.

Neuwied. K. u. Schweinem: 5, 26 März, 28 Juni, 8 u. 29 Okt, 10 u. 28 Dez.

Niedeggen. 15 Okt KV.

Niederbreisig. K: 6 Mrz, 7 Aug. KV: 17 u. 18 Septbr. KV. u. Flachsm: 30 Novbr.

Niederemmel. KV: 21 Aug.

Niederhemer. 15 Juni K.

Niederkrüchten. 28 Aug.

Niedermarsberg. K: 5 Apr, 14 Mai. KV: 5 Nov. Schaf- u. Hammelm: 7 Mai, 17 Spt, 30 Oktbr.

Niedermendig. 22 Mai KV.

Niedernetphen. 11 Apr. KV.

Niederorschel. KV. 2 Tg., 30 Apr, 30 Juli, 3 Okt, 12 Dez.

Niederwenigern. KV: 23 Apr. Kr: 24 Sept.

Nieheim. KV: 27 Apr, 20 Aug, 16 Okt, 21 Dez.

Niemegk 30 Apr, 25 Jun, 22 Okt, 15 Dez. VFlchsm: 1 Mai. V: 15 Nov.

Nienborg. KV: 5 Mrz, 14 Jun, 6 Aug, 23 Nov.

Nievenheim. 31 Mai. 10 Tge.

Niewieczyn. PKV: 25 Juni, 8 Oktbr.

Nikolai*. 8 Februar, 22 Mrz, 24 Mai, 26 Juli, 25 Okt. V: Tags vorher.

Nikolaiken. 27 Febr, 10 Juli, 18 Sept, 18 Dez. PV. Tags vorher Leinw: 1 Juli 10 Tge.

Nimptsch. 5 Febr 2 Tg. K, am 3 Tg. VFl, 7 Mai, 1 Okt K, am 3. Tage V.

Nörenberg*. 15 Mrz, 5 Juli, 4 Okt, 6 Dez.

Nordenburg. 9 Jan, 20 März, 3 Juli, 13 Nov. Jed. Freit. v. VP. — Lwm: 30 Juni 14 T.

Nordhausen. K: 8 Tg. 3 Mai, 14 Sept. V: 1 Tag, 22 Feb, 13 Septbr.

Nordwalde. KV: 7 Mai, 26 Sp.

Nottuln. KV: 3 Juli, 12 Nov.

Nümbrecht. 28 Feb, 16 Mai, 5 Sept.

Nunkirchen (Kr. Merzig). Kr. u. Vm: 12 Fbr, 11 Jun. Am 3. Mont. jed. Mon. Schwm.

Nunkirch (Sargenroth) (Kr. Simmern). KV: 4 u. 5 Spt.

Obergondershausen. KV: 7 Mai, 16 Juli.

Oberemmel. VK: 24 Mai.

Oberkeil. KV: 10 Aug, 12 Sep.

Oberkirchen. KV: 8 Mrz, 14 Juni, 14 Aug, 14 Spt, 19 Okt.

Obermarsberg. K: 15 Febr, 30 April, 2 Juli, 8 Okt, 2 Tg. 27 Dez, beim 2 u. 4 Markt zugl. V.

Obernetphen. 3 Okt. VK.

Oberstreit. 9 u. 10 Spt. KV.

Oberwesel. K. u. Flachsm: 6 u. 7 Nov.

Obornik. KrVPf. u. Schwm: 27 Mz, 16 Mai, 22 Aug, 7 Nv.

Obrzycko. KV: 14 Mrz, 21 Aug, 23 Okt, 12 Dez.

Ochtrup. 9 Apr, KV. 20 Jun. 2 Aug V. 26 Sept KV.

Odenkirchen. KrVm: 7 Mrz, Krm: 13 Aug. V: 7 Nov.

Odenspiel. 17 Juli K.

Oderberg. PKV: 5 Mrz, 18 Juni, 17 Sept, 12 Nov.

Oebisfelde. KV: 27 Feb, 26 Apr, 5 Juli, 4 Okt, 6 Dez.

Oeding. KV: 27 März.

Oedingen. 25 Juni.
Oelde. KV: 8 Mai, 12 Okt, 7 Dz.
Oels. KV: 2 Tage, 19 Fbr, 28 Mai, 27 Aug, 12 Novbr. Flm: 7 Dez.
Oer. V: 2 Juli, 27 Aug.
Oestinghausen. 30 Juli.
Oestrich. 27 August.
Oeynhausen (Kreis Minden). KrVm: 11 Mai, 15 Oktbr.
Offenbach. KV: 20 Mrz, 8 Mai, 12 Spt, 4 Dez.
Offermannsheide. 29 Juni K.
Ohlau. 2 Tg: 26 Febr, 4 Juni, 20 Aug, 10 Dez. Die Viehm. werd. jedesm. am 3 Tge. abgeh.
Ohle. 22 Mai.
Ohrdruff. KV. 2 Tge: 27 Feb, 2 Okt. K: 3 u. 4 Juli.
Oldendorf (unter Limberge). KV: 27 Juni, 31 Okt.
Oldenkott (b. Vreden). KV: 24 Apr, 19 Okt.
Oletzko oder Marggrabowa. VPf: 15 Jan, 12 März, 18 Juni, 24 Sept. K. Tags darauf. Leinwm: 10 Juni u. 16 Spt. Jeder 8 Tage.
Olfen. V: 8 Mai, 23 Okt.
Oliva. KVP: 8 Mai, 16 Okt.
Olpe. 17 Juli, 18 Spt.
Olve im Arnsbergschen. 1 Mai, 26 Juni, 18 Okt. Der 3. a. V.
Opalenic. KVP: 1 Mai, 27 Nov.
Opalenitza (Kr. Buk). KV: 27 Feb, 16 Okt.
Opherdecke. 1 Mai KV.
Opladen. Vm: 8 Febr, 8 Mrz, 7 Juni, 8 Novbr.
Oppeln. KVP: 8 Jan. VP: 12 Mrz. KVP: 30 Apr, 16 Juli, 17 Sep, 5 Nov. W: 18 Juni, 8 Okt.
Oppenwehe. KV: 12 Sept.
Oranienbaum. KV: 5 Mrz, 14 Mai, 13 Sept, 5 Nov.
Oranienburg. 19 Mrz, 22 Juni. 18 Sept, 20 Nov. Jed. a. VP.
Orsoy. KruVm: 12 Apr; Krm. 2 Tage. 10 Sept, KV. u. Flachsm: 11 Oktbr.
Ortelsburg. K: 8 Feb, 12 Apr, 30 Aug, 22 Nov. Dienstags v. VP. Lwdm: 16 Juni.
Ortrand. 26 März, Sonnabd. vorher PV. 8 Juni, Tags vorher PV. 27 Aug, Sonnabend vorher PV. 26 Okt, Tags vorher PV.
Osche. KVP: 29 Mrz, 17 Spt.
Oschersleben. 27 Febr, 1 Mai, 23 Okt. Jeder 2 Tage. KV. V. Freischießen Ausgangs Juli K.
Ostbevern. 23 April V.
Ostenfelde. V: 22 Mai, 26 Spt, 12 Nov.
Osterburg. *27 Mrz, *19 Juni, *11 Sept, *6 Nov, 18 Dez. Bei den 4 ersten Märkten Tags zuvor VP.
Osterfeld. VP: 19 u. 26 Feb, 5 Mz. K: 5 u 6 Mrz. V: 23 Apr, 22 Okt. KV: 15 u. 16 Okt.
Osterfeld (Wstph). KV: 11 Mai.
Osterrode in Ostpreußen. 2 T: 14 Febr, 16 Mai, 8 Aug, 21 No. VP: 12 Feb, 14 Mai, 6 Aug, 19 Nov. Leinwm: 13 Febr, 15 Mai, 7 Aug, 20 Nov.
Osterwick (in Westph.) KV: 22 Jan, 30 Apr, 19 Juni, 26 Spt.
Osterwiek. K: 28 Feb, 22 u. 23 Mai b. Schützenfest. V: 27 Feb, 25 Spt. K. u. Wm: 30, 31 Okt.
Ostrokollen. KVP: 30 Okt.
Ostrowo. KV: 17 Ap, 24 Juli, 3 Spt. 27 Nov. Jed. 2 Tg.
Ottenstein (i Westph). KV: 14 Mai, 4 Juni, 14 Sept.
Otzenhausen. KV: 21 März, 31 Okt.
Ottmachau. Kr u. V: 12 Fbr, 30 April, 3 Sept, 3 Dez.
Ottweiler. V: 8 Jan, 5 Febr, 5 März, 9 April, 7 Mai, 4 Juni, 2 Juli, 6 Aug, 3 Sept, 8 Okt, 5 Nov, 3 Dez. K: 17 Sept, 26 Nov. KV: 26 März.
Overath. 8 Mai, 23 Okt 2 Tg. K, 12 Apr, 14 Juni, 11 Okt V.

Paderborn. K: 29 Juli 8 T. V: 5 Mrz, 3 April, 7 Mai, 4 Juni, 3 Septbr, 26 u. 27 Oktbr, 19 Novbr. Schaf- u. Hammelmarkt: 4 Mai, 13 Sept. u. 25 Okt.
Pakosc. 15 Mrz, 5 Juli, 11 Okt, 6 Dez. Immer KVP.
Papau. 15 Mai, 9 Oktbr.
Parchwitz. KV: 2 Tge: 12 Fbr, 30 Apr, 8 Okt, 10 Dez.
Pasewalk.* 20 März, 21 Juni, 18 Okt. Jeder 1½ Tag.
Passenheim. 15 Mrz, 21 Juni, 6 Spt, 13 Dez. Dienst. vorher VP.
Patschkau. KV: 8 Jan, 14 Mai, 27 Aug, 12 Nov.
Peckelsheim. 28 Mrz, 30 Mai, 11 Jul, 29 Aug, 1 Okt, 11 Dz.
Pehsken i. Amte Mewe. K: 3 Sept.
Peiskretscham. 22 Feb, 1 Mai, 12 Juli, 18 Sptbr, 6 Dez, Jdsm. Tgs. vorher V.
Peitz. KVP: 28 Mai, 6 Aug, 29 Oktober. Jed. 2 Tage.
Pelkum. 3 Juli.
Penkun. PKV: 8 Mrz, 28 Juni, 12 Okt.
Perl. KV: 26 Apr, 4 Oktbr.
Perleberg. 19 Feb, Getreidem. K: *6 Mrz, *12 Juni, *30 Oktbr. V: 20 Aug.
Perscheid. 18 Juni KV.
Pestlin. KrVPfm: 8 Jan, 9 April. 11 Juni, 8 Okt.
Petershagen. KV: 12 Apr, 23 Juli, 11 Okt.
Pfalzfeld. KV: 30 Mai, 3 Juli.
Pfeffelbach (Kr. St. Wendel). KV: 6 Mrz, 11 Juni, 21 Aug, 7 Nov.
Pförten. KV: 12 Fbr, 16 Apr, 25 Juni, 27 Aug, 22 Oktbr, 10 Dez.
Pilchowitz. K: 23 Jan, 12 Apr, 31 Juli, 20 Nv. Tgs. vorh. V.
Pilkallen. K. 2 Tge: 15 Febr, 7 Juni, 30 Aug, 11 Oktbr. Tgs vh. VPf.
Pillau. 2 Tge: 16 Mai, 10 Okt.
Pinne. KV: 21 Mrz, 17 Mai, 16 Aug, 11 Dez.
Pitschen. KV: 19 Februar, 7 Mai, 2 Juli, 20 Aug, 12 Nov. K. Tags darauf.
Plathe. K: 15 März, 5 Okt, 20 Dez. V: 14 Mrz, 22 Juni, 12 Okt.
Plaue an der Havel. 19 April.
Plaue (in Sondershaus.). KV: 25 Juni, 29 Sept.
Plauen. KV: 7 u. 8 Mrz. V: 7 u. 21 Febr, 21 Mrz, 11 Apr, 9 Mai, 20 Juni, 18 Juli. KV: 1 u. 2 Aug. V: 15 Aug, 5 u. 19 Sept, 3 u. 17 Oktbr, u. 14 Nov. Roßm: 9 März u. 7 Nov. KV: 5 u. 6 Dez.
Pleschen. KV: 27 Mrz, 5 Juni, 17 Sept, 4 Dez. Jed. 2 Tage.
Pleß. 11 Jan, 8 Mrz, 21 Juni, 23 Aug, 18 Okt. Tags vorh. jedesm. V.
Plettenberg. 21 Aug, 2 Tage. V: 26 April, 5 Dez.
Plötzkau. KVP: 10 Spt.
Plusnitz. KVP: 26 Mrz, 26 Nv.
Pobethen. KV: 16 Apr, 8 Okt.
Podgursz. KVP: 16 April, 8 Okt.
Pobrosche. KV: 13 Mrz, 2 Juni, 14 Aug, 23 Okt.
Podzamcze. KVP: 13 Mrz, 12 Juni, 12 Sept, 11 Dez.
Pölitz. *5 April, *4 Juli, *28

Sept. Fettv: 4 Dez. Hpfm: 16 Oktbr.
Pogorzella. KV: 27 Feb, 15 Mai, 12 Spt, 16 Okt.
Boguttken. KV: 17 Ap, 23 Okt.
Polch. KV: 5 Febr, 10 Dez.
Polkwitz. KV, 2 Tg: 5 Febr, 14 Mai, 16 Juli, 17 Sept, 12 Nov.
Pollhans. KV: 22 Okt.
Pollnow. KV: 19 Mrz, 18 Jun, 26 Sept, 10 Dezbr.
Polsum. V: 27 Aug.
Polzin i. Hinterpom. V: 14 Mrz, 20 Juni, 22 Aug, 17 Okt. Tgs. dar. K.
Posen. K: (8 Tage) 9 Apr, 3 Juli, 8 Oktbr, 15 Dez, zugl., 12 Tage K.- u. Weihnachtsm. Wm: 12, 13 Juni. V: 12 Apr, 4 Juli, 11 Okt, 20 Dez., jed. 2 Tage.
Potsdam. 1 Febr, 22 März, 21 Juni, 30 Aug, 18 Okt, 22 Nov.
Powidz. KVP: 13 März, 12 Juni, 9 Okt, 4 Dz. Jed. 2 Tge.
Prausnitz. KV. 2 Tge: 16 Apr, 23 Juli, 8 Okt, 26 Nov.
Prenzlau. K: 12 Febr, 25 Juni, 15 Okt, 3 Dez. V: 9 Febr, 22 Jun, 12 Okt.
Prettin. K: 13 März, 14 u. 15 Mai, 10 u. 11 Sept, 5 u. 6 Nov, 18 Dz, beim 1. auch V. W: 12 Mai u. 8 Sept. FlV: 3 Nov.
Pretzsch. KVP: 28 Mai, 17 Aug, 29 Okt. K: 5 Mrz, 14 Dez.
Preußisch-Eylau. 23 Jan, 24 Apr, 10 Jul, 23 Okt. Jedsm. Freit. vorher VP. 8 u. 9 Juni Leinwd.
Preußisch-Holland. 2 Tage. 21 Mrz, 27 Juni, 5 Sept, 12 Dez. VP: 19 Mrz, 23 Mai, 25 Juni, 3 Sept, 17 Okt, 10 Dez.
Priebus. K: 5 u. 6 Febr. V: 17 Mz. KV: 2 Tge: 11 Mai, 3 Sept, 30 Novbr.
Primkenau. 1 Tag K: 19 Mrz, 9 Juli, 3 Sept, 5 Nov. V, 1 Tag: 17 Mrz, 7 Juli, 1 Sept, 3 Nov. Lwm: 14 Mrz, 4 Juli, 29 Aug, 31 Okt.
Pritzerbe. 23 April, 17 Okt.
Pritzwalk. *9 Mz, *22 Jun, *21 Sept, *9 Nov.
Profen (Kr. Zeitz). V: 14 Mai, K: 14 Mai, 2½ Tag. V: 7 Nov. K: 7 Nov, 2½ Tag.
Prökuls (Marktfl. im Kr. Memel) VP: 20 Apr, 22 Juni, 17 Sept.
Proskau. KV: 8 Mrz, 7 Juni, 23 Aug, 15 Nov.
Prüm. KV: 1 Febr, 2 März, 23 u. 24 Mz, 11 Mai, 25 Juli, 20 Aug, 13 Sept, 16, 29 u. 30 Okt, 15 Nov. Kr.-, V.- u. Schweinem: 28 Dez.
Pudewitz (Powiedziska). KV: 21 Feb, 11 Apr, 25 Juli, 19 Dz.
Pützchen (Kloft. i. d. Bürgermeister. Bilich). K: 9 u. 10 Sept, V: 10 u. 11 Sept.
Pulsnitz. K: 13 Mrz, 17 Juli, 27 Spt, jed. 1½ T. Vm. Tags vorher.
Punitz. KV: 28 Feb, 26 Juli, 13 Sept, 4 Dez.
Putbus. 13 Juli K. 26 Okt KV.
Putlitz. 23 Mrz, 27 Apr, 6 Juli, 12 Okt. Jed. T. v. VSchw.
Puttlingen. KV: 9 Apr, 6 Aug.
Putzig. 27 Feb, 26 Juni. KV: 23 Okt, 18 Dez.
Pyritz. K: 7 Febr, 2 Mai, 5 Spt. Tgs. vorh. VP. — Fettv: 10 Juli, 4 Dez.

Quaritz. KV: 27 u. 28 Febr, 23 u. 24 Okt.
Quedlinburg. 16 bis 18 Apr, 2 u. 3 Oktbr, 12-14 Novbr. K. 1 Okt VP.
Querfurt. VP: 19 u. 20 Feb, KP: 4 Apr. 3 Tage. K: 14 u. 15 Mai, 23 u. 24 Juli, 24 u. 25 Sept V., 22 Sept, 3 T. K: 11 Dez.

Rackwitz. KV: 26 April, 21 Juni, 27 Sept, 8 Nov.
Radeburg. K: 28 Feb, 16 Mai, 12 Spt, 28 Nv. Jed. 2 halbe T. V: 27 Februar, 15 Mai, 11 Sept, 27 Nov.
Radegast. KV: 12 Febr, 23 Apr, 6 Juli, 20 Sept, 13 Dez.
Radevormwald. KV: 10 Sept.
Radmeritz. KV: 30 April, 22 Okt. V: 1. Mai, K: 23 Okt.
Ragnit. KVP: 22 Febr. VPf: 14 Juni, 4 Oktbr, 6 Dez. K: Tgs. darauf.
Raguhn. KV u Wllm: 22 Febr, 16 Mai, 21 Sept, 29 Nov.
Rahden. KV: 21 Mrz, 23 Okt.
Rahmel. 18 Sept.
Ramsdorf. V: 30 Apr, 28 Mai, 12 Sept, 10 Okt, 27 Nov.
Randerath. 17 u. 18 Sept.
Ranis. KV: 19 Febr, 3 April, 2 Juli, 29 Sept, 19 Dez.
Rastenburg. K, 2 Tge: 2 Mai, 17 Okt. VP: 22 Jan, 30 Apr, 23 Juli, 16 Okt. Leinwm: 28 Mai 6 Tage.
Raszkow. KV: 8 Mrz, 3 Juli, 6 Sept, 25 Okt.
Rathenow. Altst: *19 Juni, 23 Okt. Neust: *15 Mrz, 11 Dez. Jdsm. Tags vorh. VV.
Ratibor. V: 16 Jan, 13 Mrz, 19 Juni, 28 Aug, 6 Nov. K: Tags darauf. W: 28 Mai, 26 Okt.
Ratingen. 12 Juni, 22 Aug, 16 Okt.
Ratzebuhr. KV: 15 März, 21 Juni, 30 August, 5 Novbr, 13 Dezbr.
Raudten. KV: 22 Jan, 26 Mrz, 11 Juni, 27 Aug, 29 Okt.
Ravensbrück. 24 Mai, 7 Nov.
Rawicz. KV 2 Tage: 15 Mrz, 5 Juli, 11 Okt, 13 Dez.
Recke. VK: 12 Mrz, 6 Aug. Mkt: 1 Mai, 26 Okt V: 26 Nov.
Recken (Gr.-). Mkt: 30 Apr, 29 Okt.
Recken (Kl.-) Mkt: 25 Juni.
Reckenzin. 8 Juni, 30 Nov.
Recklinghausen. V: 5 Febr, 26 Mrz, 1 Juni, 6 Aug, 17 Spt, 5 Nov, 21 Dez. KV: 1 Mai, 9 Okt.
Rederitz. KVP: 4 Juni, 3 Okt.
Rees. K: 1 Tag. 7 Mai, 29 Septbr 3 Tage. V: 5 u. 26 April, 2, 16 u. 30 Aug, 13 u. 27 Septbr, 11 u. 25 Okt, 8 u. 22 Nov.
Reetz (Alt-). V: 23 Aug.
Reetz i. d. Neumark. 20 Febr, 15 Mai, 16 Aug, 18 Okt, 18 Dez. Tgs. vorh. VP.
Regenwalde. K: 16 Mrz, 1 Juni, 19 Okt. V: 20 Apr, 25 Mai, 14 Sept.
Rehden. KVP: 19 Mrz, 28 Mai, 27 Sept, 10 Dez.
Rehlingen. KV: 22 Mai, 17 Okt.
Rehme. KV: 29 Aug 2 Tge.
Reichenbach i. d. Lausitz. K. 2 Tage: 12 Mrz, 25 Juni, 17 Sept, 12 Nov. V. am 1. Tage.
Reichenbach. K. 2 Tage: 19 Mz, 2 Juli, 24 Spt, 26 Nov, jedm. d. 3. Tag V.
Reichenstein. Km. 2 Tage: 19 März, 11 Juni, 17 Sept, 10 Dezbr.
Reichthal. KV: 6 Febr, 1 Mai, 28 Aug, 23 Okt.
Reichwalde. KV: 5 März, 11 Juni, 29 Oktbr.
Reiferscheid (Kreis Adenau). KV: 27 Sept.
Reifferscheid. V: 7 Mai, 12 Spt.
Reil. KV: 17 Mai.

Reilkirch. KV: 3 Juli.
Reinerz. 19 März, 7 Mai, 16 Juli, 24 Sept.
Reinsfeld. KV: 8 Okt.
Reisen. KV: 13 Mrz, 2 Mai, 3 Okt, 5 Dez.
Reiste. KV: 23 Aug.
Remagen. K: 25 Jan 1 Tg., 23 Juli, 6 Tage. KFlachsm: 3 u. 4 Dez.
Remlingrade. 13 u. 14 Aug.
Remscheid. 3 Tg: 9 Juli K, 4 Apr V. 7, 14, 21 u. 28 Nv V. Schweinem: 2, 9, 16, 23 u. 30 Jan, 4, 11, 18, 27 Dez.
Reppen. KV: 2 Mai, 3 Okt, 10 Dez.
Reuland. KV: 26 Apr, 10 Spt.
Reusrath. 20 März, 29 Mai, 12 Dez.
Rhaunen. KV: 13 Mrz, 16 Apr, 27 Juni, 8 Okt.
Rheda. KV: 30 Apr, 25 Okt, 30 Novbr.
Rhede. K: 2 Mai, 11 Juli, 22 Okt.
Rheidt. 12 u. 14 Mai, 15 u. 17 Sept.
Rhein. 30 Jan, 27 Mrz, 14 Aug, 13 Nv, jed. Tg. zuv. VP. Leinwdm: 16 Juni, 8 Tage.
Rheinbach. 28 Aug K, 19 Mrz KV. 18 Sept KV.
Rheinberg. PV: 7 März, 26 April, 28 Septbr, 9 Nov. K.-u. Schwm: 3 Apr, 7 Aug, 21 Spt. Schw., Flachs- u. Km: 29 Oktbr.
Rheinböllen. KV: 4 Juni.
Rheine. KV: 26 Mrz, 16 Mai, 11 Juni, 20 Aug, 8 Oktbr, 5 u. 26 Nov, 17 Dez.
Rheinsberg. KVP: 8 März, 26 Juni, 18 Okt.
Rhens. KV: 1 Mai, 4 Sept.
Rhinow. 20 Mrz, 9 Oktbr, 18 Dez jedesm. Tgs. v. VP.
Richtenberg. KV: 12 Mrz, 11 Juli. Gänsem. 3 Okt. VP: 10 Okt. K: 19 Okt.
Richterich. 8 Nov KV.
Riesa (Königr. Sachsen). V. 7 April, 20 Okt. K: 9 Apr, 22 Okt. (2 Tge.) Zucht- u. Melkv., a. Oelsaatm. 20 Aug.
Riesenbeck. KV: 1 Mai, 12 Spt, 12 Nov.
Rinoldi-Kapelle. 29 Mai. Krm.
Riesenburg. 15 März, 5 Juli, 27 Sept, 22 Novbr. Dienst. v. VP.
Rietberg. KV: 16 April, 27 Aug, 5 Nov u. 5 Dez.
Ringenberg. 11 Mai. V.
Rinteln. 2 Messen: Jede 8 Tage und zwar 4 Tage vor und 4 Tage nach dem 9 Mai und resp. 9 Novbr. KV: 19 März, 25 Juli, 1 Oktbr.
Rocherath. V: 18 Spt.
Rockeskyl. KV: 28 Aug.
Roda (K. Weißenfels). K: 23 Juli. $1^1/_2$ Tg.
Robach. KV: 8 Febr, 15 März, 3 Mai, 14 Juni, 12 Juli 13 Sept, 18 Okt, 13 Dez. V: 18 April, 13 Juni, 1 Aug u. 17 Oktbr.
Rödingen. 26 März, 17 Sept.
Rödinghausen. KV: 27 Aug.
Römershagen. 3 Juli KV.
Rönsal. 25 Juni.
Roesrath. K: 15 Mai, 4 Sept.
Rössel. K, 2 Tge: 8 Jan, 23 Apr, 8 Okt, 26 Nov. PV: 1 Tg: 5 Jan, 15 Mrz, 20 Apr, 22 Juni, 5 Oktbr, 23 Novbr. Wllm. 10 Tge: 1 Jun, 17 Nv. 6 Tge. Leinwm. 1-8 Juni.
Rötgen (Kr. Montjoe). VK: 23 Mai, 9 Okt.
Rogasen. KV: 13 Mrz, 14 Mai, 4 Sept, 13 Nv. J. 2 T.
Rogowo. KVP: 6 März, 3 Juli, 28 Okt, 18 Dez.
Rohr. KV: 12 Febr, 23 Apr, 1 Oktbr, 10 Dez.
Rommerskirchen. 29 Juni.
Ronsdorf. 3 Tge: 4 Juni.
Rosbach. 10 Juli. K.
Rosenberg (Pr.) 27 Feb, 15 Mai 28 Aug, 30 Okt. Freit. vorh. VP.
Rosenberg (Schles.) VP: 14, 15 Febr, 20, 21 Mrz, 29, 30 Mai, 3, 4 Oktbr, 21, 22 Nov. K: 19 Febr, 4 Juni, 8 Okt, 26 Nov.
Roslau. KV: 30 Jan, 7 Mai, 20 Spt. Immer auch Flchsm.
Rostarzewo. KV: 27 Febr, 10 Apr, 28 Aug, 11 Dez.
Roth. KV: 22 Aug.
Rothenburg in d. Lausitz. KV: 26 Feb, 25 Juni, 12 Nov.
Rothenburg a. d. Oder. KV: 2 Tage: 21 Mz, 27 Juni, 26 Sept, 19 Dez.
Rothes Haus bei Nennig. KV 7 Mai, 20 Aug.
Rothsyrben. 13 Mrz, 12 Juni, 13 Nov.
Rothwasser. KV: 16 Mrz, 4 Mai, 3 Aug, 5 Oktbr.
Rudelsdorf (Nieder-). KV: 28 Mai, 16 Juli.
Rudelstadt (Kr. Bolkenhain). 5 Mrz, 30 Apr, 30 Juli, 22 Okt.
Rudolstadt. KWV: 8 u. 9 Juni. KV: 2 Tage: 23 Jan, 6 Mrz, 27 April, 21 Aug, 9 Okt, 20 Nov. V: 10 Febr, 24 Mrz, 14 Sept.
Rübenach. KV: 21 Mrz, 17 Jul, 27 Sept, 11 Dez.
Rügenwalde. 5 März KV, 18 Juni K, 17 Sept KVP, 12 Nov KV.
Rüggeberg. 5 März K., 10 Aug K.
Ründeroth. 8 Mai, 7 Aug.
Rüthen. K: 30 Apr, 15 Okt.
Ruhland in der Lausitz. K: 7 März, 2 Mai, 20 Aug, 29 Okt, 19 Dez. V: 6 Mrz, 1 Mai, 18 Aug, 27 Okt, 18 Dez.
Ruhrort. K: 26 Apr 2 Tge, 25 Juli 3 Tage.
Rummelsburg. KV. 27 Mrz, 15 Mai, 27 Spt, 13 Nov, 18 Dez.
Ruppelrath. 3 u. 4 Mai V.
Ruppichteroth. K: 2 u. 3 Okt
Ruppin (Alt-). KVP: 9 Mai, 5 Sept.
Ruppin (Neu-). 21 Feb, VP-Schweine- u. Saatm. 20 Mrz, 7 Juni, 27 Sept, bei diesen 3 Märkten Tgs. vorh. VP-Schweinem., 10 Nov. VP- u. Schweinem.
Ruß. $1^1/_2$ Tg. 29 Jan, 18 Juni, 29 Okt.
Rybnick. *K: 13 Febr, 24 Apr, 26 Juni, 14 August, 16 Okt, 4 Dez. V. jedesm. Tgs. vb.
Ryczywol. KV: 19 Apr, 24 Juli, 13 Sept, 29 Nov.
Rynarzewo. KVP: 6 Mrz, 29 Mai, 4 Spt, 6 Nv. J. 2 T.

Saabor (Kr. Grünberg). KV-Flachsm: 22 Febr, 28 Juni, 11 Okt, 29 Nov.
Saal. 9 Okt.
Saalburg. KV: 10 März, 22 Mai, 22 Sept, 19 Dez.
Saalfeld in Ostpreußen. K: 2 Tge. 13 Mrz, 19 Juni, 18 Sept, 20 Nov., jedesm. Freitags vorh VP. 22 Mai, Leinwandm.
Saarbrücken. KV: 2 Jan, 1 Mai, 9 Okt. Jeder 2 Tge.
Saarburg. KV: 20 Febr, 3 Mai, 7 Aug, 9 Okt.
Saarlouis. K: 19 Mrz, 27 Aug. V: 6 Febr, 3 Juli, 25 Sept, 6 Nov. KV: 20 Mrz, 28 Aug.
Saarmund. K. 15 Feb, 14 Juni, (18 Sept Tags vorher V, Hirse- u. Flachsm.) 6 Dez.
Saarn. 2 u. 3 Juli.
Saarwellingen. V: 6 März, 23 Apr, 11 Mai, 20 Juli.
Sabow (Groß-). 5 u. 6 Juli

Leinw.- u. Vikt. 27 April, 5 Sept V.

Sachsa. 2 Juli, 2 Tage K. 3 Sept, 1 Tg. KV. 12 Nov, 2 Tge K.

Säffeln. 5 Juni K, 12 Nov. Flachs- u. Km.

Saerbeck. KV: 20 Mrz, 8 Okt.

Sagan. KV: 2 Tge. 26 Fbr, 14 Mai, 20 Aug, 22 Okt. W: 25 Mai.

Sagard auf Rügen. 23 Mrz, 20 Juli, 2 Nov.

Salze (Groß-). 21, 22 Juni, 4, 5 Sept. Am 1 Tge V.

Salzkotten. KV: 16 Apr, 7 Spt, 9 Nov.

Salzwedel. KV: 8-10 Mai, 25 Juni. VP: 16 Feb, 9 Apr, 17 Aug. KPV: 9 Okt.

Sameczin. KVPf: 20 Mrz, 8 Mai, 11 Dez. VP: 5 Febr, 9 Ap, 2 Juli, 5 Nv. K: 12 Spt.

Samter. KV: 20 Mrz, 10 Juli, 4 Oktbr, 22 Nov.

Sandau. K: 22 Mrz, 5 Juli, 4 Okt, 15 Nov. Beim letzten Markt Tags vorh. V.

Sandberg. KV: 20 Febr, 29 Mai, 21 Aug, 28 Nov.

Sandersleben. KV: 15 Febr, 3 Mai, 11 Sept.

Sangerhausen. KVP: 3 Tg: 28 Mai, 4 Okt. K. 3 Tg: 13 Dez.

Santomysl. KV: 23 Jan, 1 Mai, 14 Aug, 23 Okt.

Sargenroth, s. Nunkirchen.

Sarne. KVP: 15 Febr, 26 Apr, 23 Aug, 22 Nov.

Sassenberg. KV: 30 Apr, 2 Juli, 26 Sept.

Schaafstedt. K. 2 Tge: 9 Juli, 3 Dezbr. VP: 30 Nov.

Schaag. 31 Juli. Haus- und Ackergeräth.

Schaakische Vitte. 16 Fbr, 17 Aug, 26 Okt.

Schale. 12 Apr, Mkt. 12 Spt, KV. 28 Nov Mkt.

Scharfenort. KV: 21 Febr, 2 Mai, 28 Aug, 13 Nov.

Scheidingen. 3 Oktbr.

Schermbeck. V: 20 Apr, 25 Juli, 30 Novbr.

Schermeisel. 6 März, 3 Mai, 10 Juli, 2 Oktbr. Jedesmal Tgs. vorh. V.

Schernberg. K.-, Fl.- u. Garn 18-20 Juni. Kr.-, V.- Fl.- u. Garnm: 8-10 Okt.

Schievelbein. 11 Apr, 13 Juni, 15 Aug, 7 Nov. Tgs. vorh. jedesmal V.

Schildau. 14 Feb. VP, 15 u. 16 Feb, K, 2 Mai VP, 3 u. 4 Mai K, 10 Okt, VP, 11 12 Okt K.

Schildberg. KVP: 6 März, 5 Jun, 4 Spt, 4 Dz. J. 2 T.

Schildesche. KV: 25, 26 Juni, 12 Septbr.

Schillingen. KV: 25 Jun, 3 Spt

Schippenbeil. K 2 T: 18 Apr, 4 Juli, 12 Sept, 21 Novbr, jedesm. Freitag vorh. VP, Lwdm: 28 Mai. 6 Tage.

Schirwindt. K: 2 Tge: 2 Febr, 4 Mai, 29 Jun, 5 Okt. VP. Tg. vrh.

Schkeuditz. V. 1 Tg: 3 März, 6 Juli, 24 Sept, K. 2 Tge: 28 Mai, 22 Okt.

Schkölen. K: 5 Febr, 30 Apr, 1 Mai, 29 Okt. Bei j. Sonnabend vorh. V.

Schlawa. KV: 12 Februar, 22 Mai, 17 Sept. Fl.- u. Hanfm: 3 Nov.

Schlawe. 22 Febr. K, 15 Mrz V. u. Saatm, 21 Juni KV, 19 Juli Leinwm, 20 Sept. KV, 19 Okt Fettviehm. 15 Nov K.

Schleiden. K: 18 Sept. KV: 8 Mai u. 17 Sept.

Schleiz. KV: 17 Jan, 20 Mrz, 14 Mai, 16 Juli, 21 Aug, 26, 27 Spt, 14 Nov, V: 14 Febr. Außerdem jährl. 1 Wollm., der besonderer Bestimmung unterliegt.

Schleusingen. Jahrm. 2 Tge: 16 Jan, 20 Mrz, 11 Mai, 31 Juli, 25 Sept, nur 1 Tg. 13 Nov, 13 Dez. V: 13 Mrz, 12 Juni, 9 Okt, 11 Dez. Gemüsem: 26 Spt. Schweinem: 30 Apr, 24 Sept.

Schlichtingsheim. KV: 7 Febr, 2 Mai, 29 Aug, 28 Nov.

Schlieben. PV: 7 Apr, 7 Juli, 17 Nov. K. 2 Tge: 9 Apr, 9 Juli, 19 Nov. V. 15 September. Krm: 17 Sept.

Schliewitz. Kr Vieh- u. Pfm: 4 Juli, 3 Oktbr.

Schlitz. K: 7 Febr, 14 Nov, V: 13 März. 4 Okt. KV: 2 Mai, 18 Juli.

Schlochau. KVP: 19 März, 7 Mai, 13 Sept, 3 Dez.

Schloppe. 28 Febr, 10 Apr, 9 Mai, 18 Juli, 22 Aug, 4 Oktbr, 14 Nov, 19 Dez. VP: Tags vorher.

Schloß-Heldrungen. KVPf. 1½ Tg. 11 Mai. KV. 20 Mz, 18 Spt, 4 Dez. à 1½ Tg.

Schmaleninken. KVP: 2 Tge: 8 Jan, 18 Juni, 15 Okt.

Schmalkalden. K: 2 Tage: 31 Jan. 7 Mrz, zugl. V. 1 Mai, 25 Juli, 29 Aug, 24 Okt, zgl. V. 6 Dez.

Schmallenberg. 3 Apr, 10 Spt.

Schmiedeberg in Schlesien. 2 Tge: 20 März, 5 Juni, 4 Sept, 27 Nov. Am 2 Tage jedesmal V.

Schmiedeberg in Sachsen. K: 19 Feb, KVPf: 26 März, 9 Juli, VP: 8 Okt, Tgs. dar. u. am 17 Dez. K.

Schmiedefeld. KV: 23 April, 22 Okt.

Schmiegel. KV: 20 Mrz, 26 Juni, 20 Sept, 11 Dez.

Schnakenburg. KV: 1 März, 20 Juni, 26 Sept, 11 Dezbr.

Schneidemühl. Kr. 27 Febr, 5 Juni, 2 Oktbr, 27 Nov. VP: 29 Jan, 26 Feb, 7 Mai, 4 Juni, 30 Juli, 1, 29 Okt, 26 Novbr.

Schocken. KV: 13 März, 12 Juni, 11 Sept, 18 Dez.

Schömberg. 2 Tge: am 1 Tge. auch Vm: 30 April, 16 Juli, 15 Okt, 10 Dez.

Schönau. K: 2 Tge: 3 April, 25 Juni, 3 Okt, 10 Dez. Am 2 Tage auch V.

Schönberg in der Lausitz. K: u. V: 5 Mrz, 16 Apr, 18 Juni, 10 Sept, 5 Nov.

Schönberg (Kr. Malmedy). KV: 11 Spt.

Schönberg (Kr. Simmern). KV: 3 Juli 2 Tage.

Schönenberg (Dorf, im Kr. Siegen). 7 Aug.

Schönbruch. 9 Febr, 29 Juni, 23 Nov. Tags vorher VP.

Schöndorf (Kr. Bunzlau). 6 Mrz, 28 Aug, 13 Nov.

Schönebeck b. Magdeburg. KV: 11 Mai, 19 Okt, K: 12 Mai, 20 Okt, 7 u. 8 Dez.

Schöneck in Westpreußen. 7 Febr, 6 Juni, 11 Juli, 17 Okt. Tgs. vorher. V.

Schönecken. KV: 19 Febr, 11 Apr, 25 Juni, 22 Aug, 26 Sept, 5 Nov.

Schönewalde. VP: 11 Apr, 4 Juli, 17 Okt. Jed. die beiden Tage darauf K. 20 Dez. K.

Schönfließ K: 31 Jan, 14 März, 27 Juni, 24 Okt. VP: 29 u. 30 Jan. P: 12 u. 13 Mrz.

Schöningen. KV: Jeder 1½ Tge, 13 Mrz, 12 Jun, 5 Nov.

Schönlanke. KV: 19 Juni, 12 Dez. 1 Tg. V. u. 1 Tg. K: 22 Mrz u 24 Sept.

Schönsee s. Kowalewo.

Schönwalde (Kr. Neustadt.) KV: 6 Sept, 6 Dez.

Schöppingen. V: 23 März. KVKornm: 29 Okt.

Schraplau. K: 2 Juli, 26Nov. KV: 4 Sept.

Schrimm. KV: 2 Tage: 27 März, 6 Juni, 17 Septbr, 12 Dezbr.

Schroda. KV: 9 Jan, 13Mrz, 17 Juli, 9 Oktbr.

Schubin. KVP, 2 Tage: 27 Mrz, 12Jun, 13 Spt, 13 Nv.

Schullitz. KVP: 17 Mai, 20 Nov.

Schurgast. KV: 12 Febr, 4 Juni, 27 Aug, 29 Okt.

Schwanebeck. 2 u3.Juli, 2Okt K., 3 Okt VP.

Schwansfeld s. Gr. Schwansfeld.

Schwarza. KV:18Apr, 18Jul, 19 Sept, 12 Dez.

Schwedt.KVP: 2Tge. 9April, 2 Juli, 29 Oktbr. Tabakm: 18, 19, 20 Dez.

Schweich. KV: 12 Mrz, 8 Aug, K: 13 Dez.

Schweidnitz. K: 2 Tge. 1 Mz, 24 Mai, 11 Okt. KV: 28 Febr, 23 Mai, 10 Oktober. Wllm: 6 Juni, 11 Oktbr.

Schweinitz. K: 26Febr, 7Mai, 29 Okt. V: 24 Feb, 5Mai, 27 Okt. KV: 25 Aug., 2 Tge.

Schwelm. K: 3 Apr, 22 Mai. V: 5 Nov. KrPf: 24 Aug, 12 Novbr.

Schwelmer Brunnen. V: 19 Mrz, 16 Apr, 22 Mai, 3, 12, 17 u. 26 Septbr. 3, 8, 15, 22, 29 Okt, 5, 12, 19, 26 Nv.

Schwentainen (Kreis Oletzko). K: 13 Okt.

Schwerin a. d. W. KVP: 8 Mrz, 21 Juni, 23 Aug, 25 Okt. Tabakm: 6 Dez.

Schwersenz. KV: 20März, 15 Mai, 4 Spt, 23 Okt.

Schwerte. KV: 2 Mai, 31 Okt.

Schwetz. KVP: 6 Febr, 20 März, 1 Mai, 19 Juni, 7 Aug, 4 Sept, 9 Okt, 11 Dez.

Schwetzkau. KV: 13 Febr, 22 Mai, 26 Sept, 13 Nov.

Schwiebus. KVPSchw: 5Mz, 14Mai, 27 Aug, 8 Okt, 3Dz. Wollm: 20 Juni, 7 Nov.

Seeburg. 2Tage K: 29Jan, 30 Apr, 16 Juli, 5 Nov. V. 1 Tag: 26 Jan, 19 März, 27 April, 13 Juli, 24 Aug, 31 Okt. Lwdm: 23 u. 24 Apr, 13 u. 14 Aug.

Seehausen i. d. Altmark. 3 Tg: den 1. Tag V., d.2. KP.u. d. 3. K. 30 Apr, 16 Juli, 17 Sept, 12 Nov, der 2. Mkt. 2 Tge. VPf: 6 März.

Seehausen i. Magdeburgisch. KV: 13 Fbr, 19 Juni, 2 Okt, 13 Nov.

Seelow. K. 20 Mrz, 1 Mai, 4 Sept, 4 Dez. Tags zuvor u. den 2 Aug. V. u. Pf.

Seelscheidt. K: 7 Aug.

Seffern. KV: 7 Juni.

Seidenberg. K, 2 Tage: 23 April, 9 Juli, 24 Sept, 10 Dez. Viehm. am 1. Tage.

Sellnow. KVP u.Schw: 24Ap, 3 Okt.

Senden. V: 4 Mai.

Sendenhorst. KV: 15 Okt.

Seckenburg. KVP: 15 Mai, 16 Oktbr.

Senftenberg. K: 14Mz, 24Apr, 2 Juli, 10 Aug, 19 Nov. V., Pf. 13 März, 23 April, 30 Juni, 9 Aug, 16 Oktbr, 17 Nov. Wllm: 14Mai, 17Spt.

Senheim. KV: 9 Mrz, 2 Aug.

Sensburg. VP: 5 Febr, 6 Aug. LnwVPf: 16 April, 5 Novbr. je 2 Tge. K: 7 Febr, 18 April, 8 Aug, 7 Novbr. Leinw: 14 Tg. 8 Juni.

Sevenich. KV: 20 Juni, 27 Aug.

Seyda. 4 Mai, 5 Okt, 7 Dez VP: 3 Mai u. 6 Dez. V. 4 Oktbr.

Siegburg. K: 2, 3 Febr, 15 Mai, 17 u. 24 Juli, V: 3Jan, 14März, 27Juni, 13 Sept u. 14 Nov. KflV: 6 u. 7 Dez.

Siegen. KV: 5 Juni, 15 Okt.

Siegersdorf (Kreis Bunzlau). K: 4Mai, 9Aug, 11Okt, 13Dz.

Sien. KV: 3 April, 22 Mai, 18 Juni, 20 Aug, 26 Sept, 15 Okt, 12 Nov.

Sierakowitz. KV: 15 Mai, 3 Juli, 21 Aug, 13 Nov.

Silbach. 4 Juni, 6 Nov

Silberberg. 26 Mrz, 28 Juni, 8 Oktbr, 7 Dez, jed. 2 Tge.

Simmerath. KV, 2 Tage: 28 Mai, 15 Okt.

Simmern. KV: 26 Febr, 14, 20, 21, 26 Mrz, 28 Mai, 27 August, 8, 29 Oktbr, 13, 14 Nov. K: 24 Dez.

Sinsperterhöhe. 18 Spt. K.

Sinzig. KV: 5 Febr, 5 Nov.

Skaisgirren. VP: 17 Sept.

Sobernheim. 25 u. 26 Juni.

Sömmerda. KV=Gem, 1½ Tg: 12 Apr, 19 Juli, 20 Sept, 25 Okt.

Soest. 26 Febr. V, 16 Apr, u. 7 Mai, 3 Tage KV, 4 Juli 8 Tge. desgl., 12 Spt 3 Tge. KV, 5 Nov. 8 Tge. KV. 10 Dez V. Schf.- und Hammelm: 30 Apr, 13 Aug.

Sohrau. PV: 21 Febr, 18 Apr, 27 Juni, 29 Aug, 10 Okt. 5 Dez. K: jedesmal Tags darauf.

Sohren. KV: 5 Mai, 20 Juni, 27 Sept.

Soldau. K: 31 Jan, 2 Mai, 18 Juli, 17 Okt. VP: 30 Jan, 1 Mai, 17 Juli, 16 Okt.

Soldin. 9 Febr, 27 April, 6 Juni, 14 Sept, 30 Novbr. VPf. Tags zuvor.

Solingen. 2 Tge: 16 April, 1 Okt.

Sommerfeld. K: 15 März, 3 Mai, 13 Spt, 29 Nov. KPf. u. V: Tgsvorh. VPm. 8Aug.

Sondershausen. Jahrm: 12 März, 9 Juli, 5 Nov. Jed. 3 Tage. V: 1 Okt.

Sonnenburg. KVP: 21 Mrz, 6 Juni, 28 Aug, 14 Nov.

Sonnewalde. K: 20Fb, 11Mai, 3Jul, 29Spt, 13Nv, VSchw: 19Feb, 2Jul, 28 Spt, 12Nv.

Sorau. K: 5-7 Feb. KVP: 25 Juni, 10 Sptbr. K: 26 u. 27 Juni, 11 u. 12 Sept. VPf: 23 Apr, 25 Juli. Wollmarkt: 24 Apr, 4 Oktbr.

Sorquitten. K: 17 Jan, 2 Mai, 4 Juli, 17 Okt. VP: Tags vorher.

Spandau. KVP: 13 Febr, 20 Mrz, 26Jun, 28Aug, 23Okt, 4 Dez.

Spangdahlen. KV: 14 Jun, 16 Aug.

Speicher. KV: 8 März, 15Mai, 17 Okt.

Spenge. 22 Aug. VK.

Spremberg. KV: 19 Febr, 14 Mai, 24 Aug, 1 Nov. K: 17 Dez. W: 1 Juni, 1 Oktbr. V: 2 Okt.

Sprockhövel. KV: 18 Apr, 17 Oktbr.

Sprottau K. 2 Tge. 22 Jan, 7 Mai, 17Spt, a. 1. T. auch V.

St. Aldegund. KV: 30 Juli.

St. Goar. KV, 2 Tg: 7 Mai, 9 Aug, 12 Nov.

St. Leonhard. 4 April, 6November.

Stadtilm. K: 12 Mrz, 22Mai, 24 Juli, 22 Okt, 10 Dez. V: 15 Feb, 13 Mrz, 23 Mai, 25 Juli, 24 Sept, 23 Oktbr, 11 Dezbr. Wollm. 16 Juni.

Stadtkyll. KV: 9 Apr, 12 Spt.

Stadtlohn. KV: 29 Jan, 3 Apr, 1Mai, 2Juli, 13 Sept, 5 Nov.
Stallupöhnen. K. 2 Tg: 20Fbr, 12Juni, 4 Sept, 23Okt. VP. Tags vorher.
Stargard in Pommern. P: 23 Fbr, 9 u. 23 Mrz, 3 Juli, 23Okt, 9 Novbr — K: 26-28 Juni, 27 bis 29 Nov. Fettv: 13 April, 18 Mai, 7 Dezbr. Honigm: 16 Aug. Lwdm: 19 Juni. 3 Tage.
Stargard in Preußen. VP: 16 Mrz, 22 Juni, 21 Sept, 26 Okt. K. 2 Tge: 20 Mrz, 26 Juni, 26 Sept, 30 Okt.
Starzeddel. 3 Sept.
Staßfurth. K: 13 u. 14Mrz, 19, 20Juni, 10 Okt. KV: 9 Okt.
Steele. Viehm: 13Fbr, 1März, 3 April, 15 Juni, 16 Juli, 14Aug, 11Sept, 13 Novbr, 11 Dezbr. KV: 14 u. 15Mai, 8, 9 Okt.
Steimel. KV: 20Febr, 6, 20, 27 Mrz, 10, 24 Apr, 8, 22 Mai, 5, 19 Juni, 3, 17, 31 Juli, 14, 28 Aug, 4 Spt. KVFlachsm: 18Sept, 9, 16, 30 Okt, 13, 27 Nov, 11Dez.
Steinau. KV: 15 Mrz, 3 Mai, 20 Spt u. 6 Dz. Immer Tgs vorh. K.
Steinau (Kr. Neustadt). KV 8 Febr, 30 Aug.
Steinfeld. K: 16 Juli, KV: 16 Apr. V: 9 Okt.
Steinfurt. K-Korn-V: 9 Febr, 15 Mrz, 16 Apr, 14 Mai, 22 Juni, 25 Juli, 16 Aug, 17 Sept, 26Okt, 9Nov, 4Dez.
Steinhagen. 17 Aug KV.
Steinheim. VK: 23 Juli, 17 Sept, 5 Novbr. Schaf- u. Hammelm: 16 April, 22 Mai, 20 Sept.
Stendal. KVPSchw: 9 Mrz, 14 Mai, 18 u. 19 Juli, 24 Sptbr, 22 Okt, K: 15 u. 16 Mai, 25 u. 26 Sept, 11 u. 12 Dezbr.
Stendzitz. KV: 16Apr, 28Jun, 26 Sept, 20 Nov. Schwm: 3, 10, 17 u. 28 Dez.
Stenschewo. KV: 6 Mrz, 5 Juni, 28 Aug, 14 Nov.
Stepenitz (Dorf). 13Ap, 14Spt.
Stepenitz (Amt) in Pommern. K: 17 Apr, 5 Juni, 11 Okt, 13 Dz. V: 23Fbr, 30Aug, 10Okt.
Sterkrade. KV: 1 u. 2 Juni.
Sternberg. K: 8 Febr, 15 Mrz, 3 Mai, 25 Okt, 13 Dez VP. Tags vorher.

Stettin. K: 16-21Apr, 22-27 Okt. VPf: 16 Fbr, 28 Sept. Vm: 19, 20 Okt. Wllm: 16-18 Juni.
Stettin (Neu). 7März, 27Juni, 4 Okt, 12 Dez. Jedesmal VP., Tags darauf K.
Stiepel. 28 Sept.
Stößen. V: 17 März, 7 Mai. K: 6-8 Mai. V: 1 Okt, 19 Nov. K: 18-20 Nov.
Stolberg. K. 15 Mai 1½ Tg. 25 Juni 5 Tg. 18 Okt. 1½ Tg. V: 3 Okt.
Stollberg. Kreis Aachen K: 16 April, 3 Tge. V, 3 Tge: 18 Juni, KV: 16 Nov.
Stolp. K. 2 Tage: 13 Febr, 3 Juli, 23 Oktbr. Leinw-, Flachs- u. Garnm: jedesmal Tgs. vorher. Wm: 6 Juni. Schafm: 20 Juli. Honigm: 22 Sept. Saat- u. Fettvm: 12 Apr, 3 Sept, 20 Dez. Fohlenm: 18 Spt.
Storchnest. KV: 27 Febr. 7 Juni, 20 Sept, 13 Dez.
Storkow. V: 9 Apr, 25 Juni, 4 Okt., 26 Nov. Tags vorh. immer Km.
Straberg. 5 Nov. K.
Strälen. 2 Nov. Kram-, Flachs und Schwm.
Stralsund. 30 Jan. VP. 20-25 Jun K. 12, 13 Jun Wllm. 23 Juli VP. 23 Okt V. 5 Dez. Kr. 6 Tage. 8 Dez. Schuhm.
Strasburg (Westpreußen). *5 Mrz, 18 Juni, 15 Okt, 26 Nov. Jed. Freitag vord VP.
Straßburg. 13 Mrz, 17 Juli, 13 Nov. Tags vorher V.
Straschin. 11 Dez. Schwm. 6 Nov VP.
Strasse. 29 Sept.
Straupitz. KVP: 7 Mrz, 16 Mai, 3 Okt, 12 Dez.
Straußberg. KVP: 21 März, 2 Mai, 18 Juni, 26 Sept, 13 Dez.
Strehlen. V: 16 Apr, 14 Mai. K: 15 u. 16 Mai, 2 u. 3 Okt. V: 16 Juli u. 1 Okt. W: 2 Juni, 29 Sept.
Strehlitz (Groß-). KV: 18 Jan, 22 März, 17 Mai, 9 Aug, 11 Okt., 29 Nov.
Strehlitz (Klein-). KV: 20 Mrz, 20Juni, 13Spt, 14Nov.
Striegau. K: 2 Tge: 5 Febr, 14 Mai, 27 Aug, 5 Nov. am 2. Tage auch Vm.
Stromberg (Rheinpr.) KV: 12 Febr, 7Mai, 30Juli, 12Nov.

Stromberg (Westph.). KV: 3 Mai, 4 Okt.
Stroppen. K- u. Vm: 22 Jan, 23 Apr, 27 Aug, 29 Okt.
Strzelno. KV. 2 Tge: 17 Apr, 19 Juni, 28 Aug, 30 Okt.
Stuckenbrock. 6 Sept. K.
Stuhm. 12 Febr, 16 Apr, 23 Juli, 5 Nov. Jedesm. Freit. vorher VP, beim 3. Markt auch Leinwm. u. beim 4. auch Flachsm.
Süchteln Vieh- u. Ackergeräth 4 April, 12 Novbr.
Süderwick. KV: 19 Apr.
Südlohn. KV 3 Mai, 14Juni, 20 Sept, 12 Nov.
Suhl. K. 2 Tage. 13 Febr, 19 Juni, 21 Aug, 11 Dez. KV. 2 Tage: 17 Apr, 9 Okt.
Sulau. KV u. Leinw. 2 Tge: 5 Mrz, 14 Mai, 6 Aug, 12 Novbr.
Sullenczyn. KV: 3 Mai, 13 Sept.
Sulmierzyce. KV: 13 Febr, 12 Juni, 2 Aug, 11 Dez.
Swinemünde. KPV: 1½ Tge: 8 Mai, 6 Novbr.
Szittkehmen (Kr. Goldapp). KVP: 24Jan, 2Mai, 26Spt.

Taben. KV: 26Apr, K: 11Mai.
Talling. KV: 3 Mai, 14 Sept.
Tangermünde. K: 12Apr, 5Jul: 6 Sept, 30 Oktbr. Jedesm. Tgs. vorh. V. u Pm. K, 22 Mai.
Tanna. KV: 29 Jan, 12 Mrz. 30 Apr, 11 Juni, 6 August, 15 Okt, 10 Dez.
Tannrode. K: 19 Mrz, 5 Nov. Tags nachher V.
Tapiau. K: 21 Mrz, 16 Mai, 17 Okt, 19 Dez. VP: 20 März, 16 Okt.
Tarnowitz. K: 9 Jan, 20Mrz, 15 Mai, 3 Juli, 4 Septb, 13 Nov. V. Tags vorher.
Tecklenburg. 5 April VK. u. Fruchtm. 25 Juni, 29 Okt u. 30 Nov KV.
Telgte. KV: 28 Mai, 10Sept, 5 Nov, 10 Dez, beim zweiten zugleich Hanfm.
Teltow. KV: 23 Aug, 15 Nov.
Tempelburg. V: 15 März, 17 Mai, 5 Juli, 23 Aug, 4 Okt, 8 Nov. Tags dar. K. 21 Dez K.
Templin. KVP: 8 Mrz, 30 Apr, 12 Juli, 8 Nov.
Tennstädt. 2 Tge: 1 Mrz, 26 Juni, 9 Okt.

Teuchern. 9 Apr V, 10 u. 11 Apr K, 13 u. 14 Juli VP, 1 u. 2 Nov. K.

Teupitz. KV: 3 Mrz, 30 Apr, 27 Aug, 10 Dez.

Thalfang. KV: 20 Febr, 8, 20 Mrz, 3 Apr, 1 Mai, 22 Mai, 2 u. 25 Juli, 11 u. 23 Okt, 13 u. 29 Nov.

Thamsbrück. 18 Juni, 29 Sept.

Tharau (Kr. Pr. Eylau). 8 Mrz, 18 Okt. VP. Tgs vorh.

Thier. 7 Aug.

Tholey. V: 3 Jan. Jahrm: 9 Januar, 8 Febr, 7 März, 4 Apr, 2 Mai. V: 13 Juni, 11 Juli, 8 Aug, 5 Spt, 3 Okt, 7 Nov, 5 Dez. K: 25 Mai.

Thorn. 8 Tg: 4 Jan, 28 Mai, 29 Okt.

Tiefenau. 5 Febr, 25 Juni KVP.

Tiegenhof. VP: 25 Mai 28 Sptbr. K: 30 Mai u. 4 Okt.

Tilsit. K: 25 Septbr. bis einschließl. 8 Okt. W: 18-23 Jun, 17-22 Septbr. PfV: 5 Mai. 25 Spt. P: am 20, 21 u. 22 Spt. Füllenm: 5 u. 6 Okt. Kleine P. am 1. Sonnabd. jed. Mts.

Tirschtiegel (Alt). KV: 10 Apr, 22 Nov.

Tirschtiegel (Neu). KV: 15 Mai, 16 Okt.

St. Tönis. Flachsm: 15 Jan.

Tönnisheide. K. u Vm: 4 Apr. 8 Aug, 26 Sept.

Tolkemitt. K: 8 Jan, 16 Juli, 8 Okt. VP: 5 Jan, 13 Juli, 5 Okt.

Topollno. KVP: 15 Jan, 19 Fbr, 26 Mrz, 16 Apr, 14 Mai, 18 Juni, 16 Juli, 13 Aug, 10 Spt, 15 Okt, 19 Nov, 17 Dez.

Torgau. K. 4 Tage: 26 Febr, 4 Juni, 17 Sept. V: 16 Apr. W: 7 u. 8 Juni. V: 15 Spt. Am 11 Mai V. d. landwthsch. Vereins zu Zwethau.

Tost. V: 12 Marz, 28 Mai, 23 Juli, 12 Sept, 29 Oktbr, K. Tgs. darauf.

Traben. K: 27 Febr, 25 Juli.

Trachenberg. KV, jed. 2 Tge: 12 Mrz, 7 Mai, 17 Sept.

Trarbach. KV: 22 Febr, 27 Juni, 3 Oct, 13 Dez.

Trebbin. K: 29 Jan, 26 März, 28 Mai, 27 Aug, 15 Okt, 17 Dez. VP: 24 Mrz, 26 Mai, 25 Aug, 13 Okt.

Trebnitz. KV, jeder 2 Tge: 19 Febr, 11 Jun, 20 Aug, 22 Okt.

Trebschen. 30 Jan, 26 Juni, 30 Okt.

Treis. KV: 19 Mrz, 26 Juni, 12 Spt, KV. u. Fl: 26 Nov, 24 Dez.

Treffurth. K: 11 Mrz, 29 Apr, 29, 30 Juli, 2 Spt, 4 Nov. V- u. Flachsm: 12 Mrz, 5 Nov. Flachsm: 30 Apr, 3 Sept.

Treptow a. Rega. K: 5 April, 28 Juni, 4 Okt. V: 7 u. 28 Fbr, 11 u. 18 Apr.

Treptow a. Tollense. 2 Tage K: 15 Febr, 21 Juni, 11 Okt. PV: 1 Febr. u. 30 Aug.

Treuenbrietzen. KV: 12 Mrz, 7 Mai, 2 Juli — KV u. Flchsm: 3 Sept 5 Nov, 3 Dez.

Triebel. K: 17 Febr, 15 Dez. V: 12 Mai, 31 Aug. KV: 24 Mrz, 9 Juli, 24 Spt, 10 Nov.

Triebsees. K: 9 Mrz, 9 Juli 17 Okt. VPf. u. Jungv: 7 Spt.

Trier. V: 3 Jan, 7 Febr. Pf. 10 Febr. VPf. 21 Febr. V: 7 März, 4 Apr, 2 Mai, 6 Juni. Pf. 26 Juni. VP. 27 Juni. V: 4 Juli, 1 August, 5 Sept, 3 Okt, 7 Nov, 5 Dez. Messen: 14 Tage: 22 Juni, 1 Novbr. Kr: 5 u. 6 Dez. Faßdaubenm: 31 Aug.

Tropplowitz. 20 Mrz, 4 Juni, 2 Okt.

Trzcmeszno. KVP, u. Schw. 2 Tge: 7 Mrz, 14 Juni, 4 Okt, 12 Dez.

Tschirnau. K: 30 Apr, 20 Aug, 5 Nov, Tgs. dar. VK.

Tuchel. KVP: 12 Mrz, 11 Mai, 13 Juli, 24 Aug, 18 Okt, 19 Nov.

Tütz. KVP: 26 Fbr, 7 Mai, 20 Aug, 12 Nov.

Twistedten. 30 Apr. 2 T. K.

Uckerath. 24 u. 25 Juni.

Uebigau. K: 12 Mrz, 11 Jun, 13 Aug, 22 Okt. V: 10 März, 11 Aug, 20 Okt.

Uedem. K: 23-25 Oktbr. Flm: 25 Oktbr.

Ueckermünde. K. 1½ Tage. 28 Juni, 4 Okt. VP. Tgs. vh.

Uelmen. KV: 26 Febr, 19 Mrz, 30 Apr, 2 Jul, 25 Okt, 15 Nv.

Uersfeld. KV: 20 Aug.

Uerzig. KV: 12 April.

Ueß. 17 Dez. KV u. Flachsm.

Uetterath. 3 Apr K.

Ujest. KV: 19 Mrz, 7 Mai, 18 Jun, 13 Aug. 8 Okt, 26 Nv.

Ullersdorf. K: 20 Mrz, 8 Mai, 24 Juli, 26 Sept, 6 Dez.

Unkel. 30 Juli K.

Unna. 4 Mai, 12 Okt KV. 22 u. 23 Nov. K.

Unruhstadt od. Karg s. Karge.

Urbach. 3 Okt.

Uscz. KVP: 5 Apr, 21 Juni, 27 Spt, 13 Dez.

Usedom. KVP: 27 Mrz, 3 Juli, 9 Okt.

Valbert. 23 Juli.

Valdorf. 27 Sept KV.

Vallendar. KV: 8 Jan, 12 Fbr, 5 Mrz, 9, 30 Apr, 28 Mai, 25 Juni, 16 Juli, 13 Aug, 3 Spt, 8 Okt, 5 Nov, 3 Dez.

Vandsburg. KVP: 19 Mrz, 23 Apr, 25 Juni, 10 Okt.

Veitsrodt (Fürstenth. Birkenfeld). KV: 19 Mrz, 14 Mai 19 Juni, 23 Juli, 21 Aug, 17 Spt, 22 Okt.

Velbert. 2 T: 4 Juni. 20 Aug.

Veldenz (Kreis Bernkastel). V: 2 Aug, 12 Sept.

Velen. 27 Aug V.

Verl. KV: 22 Aug, 8 Nov.

Versmold. KV: 28 Febr, 11 Mai, 16 Okt.

Vetschau. K: 26 Feb, 23 April, 20 Aug, 22 Okt. Freitag vorh. Schw. Sonnab. vorh. jedesm. VP.

Vierraden. KV: 19 März, 3 Okt, 17 Dez.

Vierssen. 2 T: 4 Juni, 8 Okt.

Vietz. PVK: 19 Juni, 22 Okt.

Vith, St. KV: 12 Febr, 19 März, 15, 26 Juni. V: 13 Aug, 27 Sept. KV: 22 Okt, 26 Nov, 21 Dezbr.

Vlotho. KV. 2 T: 2 Mai, 3 Okt, 10 Dez nur 1 Tag.

Vluyn s. Wluyn.

Völklingen. KV: 5 Febr, 14 Mai, 2 Juli, 24 Sept.

Vörde. 25 Juni 2 Tage.

Voerden. KV: 7 Mai, 12 Nv.

Volmarstein. 3 Juli, 15 Okt.

Vorsfelde. KV: 6 März, 8 Mai, 23 Okt. Jeder anderthalb Tage. V. 1 Tag: 30 Aug u. 22 Nov.

Vorst. 5 Mai, 29 Sept, jeder 3 Tage.

Voßwinkel. 25 Juli.

Vreden. KV: 5 Febr, 26 Mrz, 1 und 28 Mai, 25 Juli, 3 Sept, 30 Okt, 22 Nov.

Wachtendonk. 24 Nov. K.

Wadern. KV. 29 Jan, 26 Febr, 9 April, 4 Juni, 6 Aug, 17 Sept, 29 Okt, 3 Dez. Schw: am 1. und 3. Dienstag jedes Monats.

Waberslob. V: 26 Apr, 9 Juli, 3 Oktbr.

Wahlscheid. 24 Aug K.

Wahrenbrück. 7 April, PV. 9 April K. 23 Juni VP. 25 Juni K. 17 Dez. K-Flchsm.

Walbeck (Kr. Geldern). 13 Dez. Kr.- u. Flachsm.

Walbeck (Kr. Gardelegen). KV: 22 Mrz, 3 Mai, 27 Sept, 1 Nov.

Wald. K: 22 Mai, 14 u. 15 Aug, 16 u. 17 Okt.

Waldau. KV: 26 Apr, 25 Okt.

Waldau oder Waldowo (Dorf, Kr. Flatow). KVP: 22 Mai, 22 Okt.

Waldbroel. KV: 5 Apr, 3 Mai, 7 Jun, 5 Juli, 2 Aug, 6 Sep, 4 Okt, 8 Nov. K: 30 Mai, 22, 23 Aug.

Waldenburg. K: 11 Apr, 4 Juli (2 Tge), 3 Okt. KV: 12 Apr, 4 Okt.

Waldfeucht. 16 Aug.

Waldhilbersheim. KV: 27 Aug.

Waldniel. 19 Febr. Flachsm.

Wallhausen (Rheinpr.) KVm: 13 Aug, 8 Okt.

Wallhausen. 2 Tge: 13 Mrz, 23 Okt.

Walltrop. 7 Mai KV. 8 Aug V.

Walschleben. 2 Tage. KV: 20 Juni, 25 Spt, 28 Okt.

Walsum. 2 Juli 2 Tage.

Waltershausen. KV: 7, 8 Mrz, 6 u. 7 Juni (nur K.), 10, 11 Okt.

Wangerin. 13 Mrz, 15 Mai, 10 Juli, 9 Okt, 11 Dez K. Tags vorher VPfm.

Wanlo. KrSchw. 25 Sept.

Wansen. KV: 19 Mrz, 28 Mai, 27 Aug, 10 Dez, jed. 2 Tge.

Wanzleben. 24 u. 25 Mai K. 4 Okt KV. 5 Okt Krm.

Warburg. 5 März, 14 Mai, 30, 31 Juli zugl. V., 24 Spt, 5, 6 Nov, zugl. V, 24 Dez.

Warendorf. 19 Mrz. K. 4 Apr. V. 14 Mai VP. 20 Aug V. 26 Sept Hanfm. 22 Okt V. 3 Dez V.

Wargen. 17 Spt.

Warstein. KV: 10 Apr, 9 Okt.

Wartenberg. KV: 5 März, 14 Mai, 17 Spt, 19 Nov. — V: 30 Mai. Flachsm: 8 Dez.

Wartenberg (Dtsch-) i. Grünbergschen. K-Hnf-Flachsm: 2 Tage: 6 März, 15 Mai, 4 Sept, 6 Nov. V. zugl. am 1 Tage.

Wartenburg K. 2 Tge: 12 Mrz, 7 Mai, 22 Okt, 3 Dez. PV. 1 Tag: 9 März, 4 Mai, 23 Juli, 4, 19 Okt, 1 Dezbr. Lwdm: 5 Juli, 27 Sept. jed. 2 Tage.

Wassenberg. 14 Mai, 24 Sept.

Wattenscheidt. V: 16 Mrz, 3 Mai, 4 Juli, 5 Sept. 15 Nov.

Waxweiler. KV: 12 Mrz, 16 Apr, 14 Sept, 10 Okt, 6 Nov.

Weeze. K: 3 Sept 3 Tage.

Weferlingen. KV: 1 März, 19 Apr, 19 Juli, 11 Okt.

Wegberg. 28 Feb, 3 Juli, 9 Okt.

Wegeleben. 12 Juli, 8 Nov.

Wehlau. K. 2 Tg: 24 Juli, 9 Okt. V: 20 Juli. Lederm: 21 Jul. Leinwm: 16-21 Juli. P: 17-19 Juli. VP: 23 Mrz, 5 Okt.

Wehr (Kr. Mayen). KV: 12 Nv.

Weida. K: 15 Juni, KV: 13 März, 24 Apr, 16 Oktbr, 4 Dez. W: 14 Juni. Taubenm: 10 u. 24 Febr. Hundem: 12 Septbr.

Weidenhausen. 11 Mai.

Weiler. KV: 4 Sept.

Weimar. KV: 14 Mai, 16 Juli, 15 Okt. Jeder 4 Tage. W: 11 Juni. 3 Tg. Zwiebelm: 13 Okt. 2½ Tage. Oelfruchtm: 23 Juli, 15 Okt. Schafm: 23, 24 Juli u. 10, 11 Sept. V: 19 Mrz, 3 Dezbr.

Weißenthurn. V: 3, 17, 31 Jan, 14, 28 Febr, 14, 28 März, 11, 18 April, 9, 23 Mai, 6, 20, 27 Juni, 11, 25 Juli, 8, 22 Aug, 5, 26 Sept, 10, 17, 31 Okt, 14, 28 Novbr, 12, 19 Dezbr.

Weiskirchen. V: 12 Mrz, KV: 30 Juli. V: 22 Okt.

Weismes. V: 26 Apr, 22 Juni, 10 Sept.

Weißenfels. V: 16 Feb, 14 Spt, P: 24 u. 25 Okt. K. 3 Tge: 20 Feb, 17 Juli, 18 Sept.

Weißensee. 2 Tge: 13 März, 4 Sept, 23 Okt, 11 Dez.

Weitmar. 20 Aug. zgl. V.

Wenden. V: 15 Mai. KV: 21 Aug.

Wendel (St.). KV: 1 Febr, 21 März, 23 Mai, 26 Juli, 22 Okt, 6 Dez. Vm: 4 Jan, 8 Febr, 8 März, 5 April, 3 Mai, 7 Juni, 5 Juli, 2 Aug, 6 Sept, 4 Okt, 8 Novbr. 13 Dezbr., jed. Donnerst. ist Frucht- u. Schweine-, u. wenn Donnerst. ein Feiert. ist: Tags vorher.

Wengern. 9 u. 10 Juli. 1 Okt.

Werben (Altmark). K: 27 Apr, 6 Juli, 5 Oktbr. Jedesmal Tags vorher V.

Werben (i. Pomm.). K: 4 Mai, 19 Okt. Tgs vorh. ViehPf.

Werden. Kr. Essen. K: 7 Mai, 3 Sept. Jeder 3 Tge.

Werder. 15 März, 19 Juni, 26 Sept, 5 Nov, 12 Dez.

Werdohl. 9 Juli.

Werl. 2 März, 20 Apr V. 1, 2 Mai K. 1 Juni, 14 Sept, 5 Okt, 7 Nov V, 6, 7 Dez K.

Wermelskirchen: 27 Aug 3 Tg. 1 Okt. 1 Tg. K., 10 Mrz V.

Werne. 29 Okt. KV. 13 März, 3 Mai, 25 Juli u. 27 Nov. V.

Wernigerode. 2 Tage KV: 20 Febr, 11 Sept.

Wersen. 12 Jul KV.

Werth. 13 Apr, 14 Mai, 28 Jun, 16 Nov Markt.

Werther. 1 März. VP. 2 Juli KV. u. Schweinem.

Wesel. K: 3 Tge: 25 Mai, 3 Okt.

Wessum. 5 März, 26 Apr V, 7 Juni, 16 Juli KV, 20 Aug. K., 31 Okt KV., 10 Dez K.

Westbevern. 16 April V.

Westenholz. 20 Juli K.

Westerholt. V: 7 Mai, 29 Okt.

Westerkappeln. 15 Feb V, 21 Mai u. 4 Sept KV, 6 November V.

Westhofen. 5 Apr, 15 Okt.

Westkilver. 13 Sept. KV.

Westkirchen. 9 Juli V.

Wetter (Dorf). 26 u. 27 Apr. KV. 10 Okt V.

Wetter (Freiheit). 3 u. 4 Aug.

Wettin. Km: 23, 24 Feb, 29, 30 Juni, KVPf: 17—19 Sept, K- u. Flachsm. 6, 7 Dez.

Wetzlar. KV: 28 Fbr, 21 März, 2 Mai, 20 Juni, 25 Jul, 22 Aug, 19 Sept, 24 Oktbr, 5 19 Dez.

Wiblingwerde. 25 Juni.

Wichlinghausen. 2 Mai K, 7 Nov V.

Wickede. 8 Mai KV.

Wickrath. KVP: 20 März, 13 November.

Wickrathberg. Kr. 15 Oktbr.

Widminnen. VP: 21 Februar, 30 Mai, 8 Juli, 7 Novbr. Tags darauf K.

Wiedenbrück. KV: 19 Mrz, 15 Mai, 7 Nov, 10 Dez.

Wiednitz. KV: 9 Mai, 8 Aug, 10 Okt.

Wiehe. V: 14 Mz, 30 Apr, 27 Aug, 25 Okt. Die beiden folgenden Tage, beim 3ten Markt 3 Tage Krammarkt.

Wiehl. K: 4 Juli, 3 Okt.
Wielichowo. KV: 20 Febr, 29 Mai, 21 Aug, 13 Nov.
Wigandsthal. 2 Tge K: 30 Apr 2 Juli, 17 Sept. Am 1. T. V.
Wildberg. 25 Juli K.
Wildungen. KV: 8 Mai, 17 Oktbr. Km: 6 Nov, 13 Dez.
Wilhelmsthal. 15 Jan, 4 Juni, 8 Oktbr.
Willebadessen. K: 6 März, 18 Juni, KV: 29 Okt.
Willenberg. 19 Mrz, 25 Juni, 8 Okt, 10 Dez jdm. Sonnabends vorh. VP.
Wilmsdorf. KV: 16 Apr, 10 Okt.
Wilsnack. Kr: 13 Febr, 5 Juni, 14 Aug, 6 Nov. Tgs vorher Viehm.
Wiltingen. KV: 25 Okt.
Windheim. KV: 5 Apr, 18 Okt.
Winningen. KV: 17 Apr, 9 Jul, 29 Aug, 12 Nov.
Winterberg. KV: 23 Mai, 23 Juli, 20 Aug.
Winterscheid. 15 Mai.
Winterspelt (Kr. Prüm). KV: 17 Mrz, 2 Okt.
Wintrich. KV: 23 Aug.
Winzig. KV: 19 Mrz, 18 Jun, 3 Sept, 3 Dez.
Wipperfeld. 10 Juli.
Wipperfürth. 6 Febr. K, 24 April. V, 29 u. 30 Mai, 4 u 5 Spt, 4 Dez. K., 3 Okt. V.
Wippra. K-Flchsm: 1½ Tag: 31 Mai, 8 Nov.
Wirsitz. KVP: 15 Mrz, 14 Juni, 4 Oktbr, 20 Dez.
Wisseck. KVP: 6 März, 9 Mai, 9 Aug, 6 Nov.
Wissen. KV: 3 Mai, 19 Juli, 18 Oktbr.
Witten. KV: 8 Mrz, 11 Mai, 12 Juli, 7 Sept, 25 Okt, 31 Dez. Vm: 27 Sept, 4, 11 u. 18 Okt, 2, 8, 15 u. 22 Nov. u. 6 Dez. K: 8 Sept.
Wittenberg. K: 3 Tge: 16 Apr, 22 Okt., 10 Dez. V: 10 Okt. VP: 13 April, 22 Aug.
Wittenberg (Klein-). KVP: 17 Mai, 27 Aug.
Wittenberge in der Priegnitz. 17 April, 15 Mai, 5 Oktbr, 4 Dez. Jedesm. Tgs vh. V.
Wittichenau. KV: 26 März, 22 Mai, 6 Aug, 8 Oktbr.
Wittingen. KVPf: 5 März, 18 Juni, 3 Sept, 12 Nov. Schweinem. 15 Jan.
Wittkowo. 28 März, 20 Juni, 26 Sept, 19 Dez. KVP. 2 Tge.
Wittlich. KV: 23 Jan, 20 Febr, 21 Mrz, 1 Mai, 26 Jun, 31 Jul, 28 Aug, 9 Oktbr, 6 Novbr, 11 Dez.
Wittstock. 20 Feb, 17 April, 27 Spt, 6 Dez. Jdsm. Tg. v. V.
Witzhelden. 17 Juli.
Wörlitz. KV: 21 Mrz, 12 Juli, 15 Okt.
Wohlau. KV: 29 Jan, 7 Mai, 13 Aug, 19 Nv. Tgs. darauf K.
Woischnick auch Woznick. KV: 15 Jan, 26 Mrz, 18 Juni, 22 Okt.
Wolbeck. 16 Juli KV.
Woldenberg i. d. Neumark. K: 21 Feb, 13 Juni, 13 Sept, 21 November. Tgs vorher V.
Wolfersweiler. KV: 20 Mrz, 1 Mai, 26 Jun, 14 Aug, 30 Okt.
Wolfenbüttel. KrV: 5 März, 18 Juni, 16 Juli, 25 Okt. 1½ Tag. Weihnm. 8 Tge: 17 Dez.
Wolffsdorf, s. Groß-Wolffsd
Wolgast. 5 März VP, 6 u. 7 März K. 17 Sept. VP. 18, 19, 20 Sept K.
Wollin. K: 7 Mrz, 13 Jun, 26 Sept. Jedesm. Tg. vor. Vict. V: 15 Mrz, 12 Juli. Fettvh- alle Donn. v. Mich. b. Weihn.
Wollstein. Getreide- KV: 6 Mrz, 14 Aug, 23 Okt, 27 Nov. Hopfenm. 24 Oktbr.
Wolmirstädt. 2 T. K: 27 Apr, 16 Nov. Am 1 Tge. zgl. VP.
Wongrowiec. KVP: 2 Tge: 11 Apr, 20 Juni, 29 Aug, 7 Nv.
Woppenroth. KV: 26 Juni.
Worbis. 2 Tge KV: 5 Fbr, 7 Mai, 16 Juli, 12 Nov.
Wormditt. K, 2 Tage: 8 Jan, 25 Jun, 22 Okt. VP: 5 Jan, 28 Mrz, 22 Juni, 10 Aug, 19 Okt Lwdm: 18 Juni, 22 Okt.
Woznick s. Woischnick.
Wreschen. KV: 6 Mrz, 8 Mai, 28 Aug, 11 Dez.
Wriezen. K: 28 Febr, 30 Mai, 10 Okt, V: 27 Febr, 29 Mai, 30 Aug, 9 Okt, 9 Nov, 11 Dez.
Wronke. KV: 15 Mrz, 12 Juli, 18 Okt, 20 Dez.
Wüllen. KV: 4 Mai, 25 Juni, 26 Sept, 12 Nov, 3 Dez.
Wünneberg. 5 März, 23 Juli 24 Dez K. 4 Okt KV.
Wünschelburg. 5 Fbr, 7 Mai, 17 Sept, 10 Dez.
Wulfen. K: 25 Juni.
Wupperfeld. 27 Juli 2 Tage K. 6 Nov. V.
Wurzbach. KV: 31 Jan, 4 Apr, 30 Mai, 22 Juni, 15 Aug, 10 Oktb, 12 Dezbr; V: 14, 21, 28 Feb, 7, 14, 21, 28 März.
Wusterhausen a. D. V: 8 Febr VP- u. Schwm. Tags dar. K: 11 Apr, 4 Juli, 24 Okt.
Königs-Wusterhausen (Flckn)., 23 April, 3 Sept V., Tgs. nachher Krammarkt.
Wyk. V: 11 Okt. K: 15 Nov.

Xanten. 4 Juni, 3 Tge Kr. 20 Nv K. u. Flachsm, 3 Tge V u. Schwm: 21 Mrz. KV. u. Flachsm: 10 Okt. 3 Tge.
Xions. 21 März, 9 Mai, 13 Sept, 13 Dez. KV.

Zachan. K: 8 März, 7 Juni, 13 Sept, 15 Nov. V: 12 Spt.
Zahna. 10 Mrz KV, 12 Mrz K, 26 Mai KV. 28 Mai K, 8 Spt. PV, 10 Spt K, 17 Nv. KV, 19 Nv. K.
Zanow. KVP: 9 Apr, 25 Juni, 13 Aug, 8 Okt. Fettviehm: 3 Dezbr.
Zauditz. KV: 12 Mrz, 18 Juni, 17 Sept, 19 Nov.
Zduny. KV: 13 Mrz, 19 Juni, 9 Oktbr, 6 Dez.
Zehden. KV: 20 Mrz, 29 Juni (auch Wm.), 1 Okt, 17 Dz.
Zehdenik. K: 15 Mrz, 31 Mai, 18 Okt, 6 Dez, Tgs. vorh. V.
Zeitz. 12 März V, 1 u. 2 Mai K, 26 Mai V, 31 Juli u. 1 Aug K, 19 Spt V, 20, 21 Spt K, 5 Nov. P, 17 Nov. V.
Zell (R.-B. Coblenz). KV: 7 Mrz, 16 Mai, 20 Nv, 18 Dez.
Zella (i. Weimar.) 8 Mai, 11 Sept. K.
Zellin. KV: 19 Mrz, 20 Aug, 15 Okt.
Zempelburg. KVP: 4 April, 30 Mai, 27 Sept, 12 Nov.
Zerbst. VP: 12 Apr, 21 Aug, 18 Okt. Krm: 9 April, 24 Aug, 22 Okt, jed. Krm. 2 T.
Zerbster Ank. KV: 6 Febr, 22 Juni.
Zerf. KV: 14 Mai, 6 Aug, 8 Okt.
Zerkow. KV: 13 Mrz, 26 Jun, 4 Sept, 27 Nov.
Zernik. Kr. u. Vieh: 29 März, 12 Sept.
Ziebingen. KV: 15 März, 27 Sept.
Ziegenhals. KVP: 31 Jan, 2 Mai, 22 Aug, 7 Nov.
Ziegenrück. KV: 28 Febr, 26 Mrz, 8 Mai, 8 Okt, 7 Nov, 14 Dez. V: 7, 14, 23 Mrz.
Zielenzig. K: 14 Mrz, 20 Juni, 19 Sept. Jed. Tags vh. VP.
Ziesar. KV: 13 Mrz. KVW: 8 Mai. KV: 13 Sept. K: 15 Nv.

Ziethen (Dorf Kr. Schlochau.) K. V. Pfm: 29 Mai, 17 Okt.
Zingsheim. KV: 10 Okt.
Zinna. KV: 15 Febr, 12 Juli, 6 Dez.
Zinten. K: 2 Tge: 13 Mrz, 31 Juli, 23 Okt. Jedesm. Freit. vorh. VP. Wll: 26 31 Juli, 15-20 Okt.
Zippnow KPV: 15 Mai, 16 Okt.
Zirke. PKV: 1 März, 14 Juni, 30 Aug, 2 Novbr.
Zittau. K: 24 Febr, 12 Mai, 1 Spt, 1 Dez. Jeder 4 Tge. PVm: jedesmal am 1. Tge.
Zlottowo. 30 Juli. 8 Tg. Leinwandm. Kr. u. Vict: 6 Aug.
Znin. KVP: 21 Mrz, 16 Mai, 11 Juli, 16 Okt, jeder 2 Tge.
Zobten. K: 30 Apr, 20 Aug, 29 Okt Tags darauf auch V.
Zörbig. 2 Tage KV: 19 Feb, 25 Jun, 11 Okt., 10 Dez. nur 1. Tag.
Zorge. K.- u. Victualienm: 26 u. 27 Aug.
Zossen. K: 14 Mrz, 20 Juni, 29 Aug, 17 Oktbr, 12 Dezbr. Tags vorher V.
Zuckau. KV: 26 Juni, 27 Nov.
Züllichau. KVP: 15 Jan, 9 April, 2 Juli, 20 Aug, 22 Okt. Tags darauf K.
Zülpich. K: 1 Mai, 2 Okt. KV: 25 Okt.
Zülz. KV: 15 März, 3 Mai, 27 Sept, 8 Nov, 20 Dez.
Zwickau. VP: 26 Apr, 30 Juli, 30 Okt. K, jeder 2 Tage: 27 Febr, 18 September, 4 Dezember.
Zybella. KV: 22 Mai, 8 Okt.
Zwilbrock. KV: 7 Mai.

CPSIA information can be obtained
at www.ICGtesting.com
Printed in the USA
LVHW020218011221
704874LV00006BA/204

9 783752 548440